KB100943

타오르는
추 억

이 문 열
중단편전집
———— 4

일러두기 ───

1. 『이문열 중단편전집』에는 작가가 발표한 중단편 소설 51편을 모두 수록하였습니다.

2. 전집의 권별 번호 및 수록 작품의 게재 방식은 발표된 순서를 기준으로 하되 전체 구성을 고려해 예외를 두었습니다. 각 작품 말미에 발표 연도를 밝혀 놓았습니다.

3. 전집의 본문은 작가가 새롭게 교정, 보완한 내용을 충실히 반영하여 확정하였습니다.

4. 전집의 각 권에는 평론가의 해설을 실었습니다.

5. 전집 1권의 표제작이기도 한 '필론과 돼지'는 작가의 의도에 의해 수정된 것으로, 발표 당시 제목은 '필론의 돼지'입니다.

이 문 열
중단편전집
———— 4

타오르는 추억

알에이치코리아

중단편전집을 내며

12년 만에 다시 중단편 전집을 낸다. 내가 직접 추고와 교정 교열에 참가하는 판본으로는 이게 마지막이 될 공산이 크다.

가만히 헤아려보면 1권부터 5권까지는 1979년부터 1993년까지 대략 3년 만에 한 권씩 발표한 셈이 되고, 마지막 6권은 2004년 초에 나왔으니 10년을 넘겨 겨우 단편집 한 권을 묶은 셈이 된다. 그리고 6권 출간으로부터 지금까지 10년은 단 한 편의 단편도 쓰지 않아, 그쪽으로 나는 이미 폐업한 걸로 봐야 되는 게 아닌지도 모르겠다.

요즘에도 조금은 그 자취가 남아 있는 듯하지만, 한때 우리 소설 문단은 등단뿐만 아니라 문학적 성장과 그 성취까지도 단편 소설 위주로 측정된 적이 있었다. 내가 등단한 70년대 말까지도 장편으로 등단하는 작가는 아주 드물었고, 어쩌다 문예지나 신문의 현상공모에서 장편으로 등단하게 되는 경우에도 되도록 빨리 단편으로 자신의 기량을 추인 받아야만 문인으로서의 정상적인 성장 과정에 접어들 수가 있었다. 동배의 작가로는 김성동이나 박영한 같은 경우가 좋은 예가 될 것이다. 대신 단편집(중편 포함)은 잘만 짜이면 그 자체로 엄청난 대중적 성공을 기대할 수 있는 문학 상품이 될 수 있었다. 『난쟁이가 쏘아올린 작은 공』이나 『장마』 같은 단편집이 1970년대 말의 예가 된다.

내 젊은 날의 뼈저린 인식 속에는 내게 단편을 잘 쓸 수 있는 재능이 없는 것 같다는 강한 추정이 있다. 습작 시절 체홉이나 모파상은 누구보다 자주 나를 절망하게 만들었고, 고골이나 토마스 만의 섬뜩한 혹은 중후한 단편들도 내 가망 없는 사숙(私淑)의 대상이 되었다. 그렇지, 카뮈나 카프카의 숨 막히는 명편들, 그리고 여기서 일일이 다 늘어놓을 수 없을 만큼 긴 명인과 거장들의 행렬이 있었다. 거기다가 등단에 가까워질수록 눈부셔 보이던 이청준 김승옥 황석영의 1970년대 명품들…… 그런 단편들이 주는 절망감에 가까운 압도와 외경이 69년에 구체적으로 소설 쓰기를 지망하고도 10년이나 되어서야 겨우 중앙문단에 처녀작을 내게 된 내 난산의 원인이 되었다.

나의 문단 이력에서 눈에 띄게 고르지 못한 단편 생산도 그와 같은 습작 시절의 고심이나 고련과 무관하지 않을 것이다. 재능이 모자라다 보니 죽어나는 게 시간이라 그만큼 긴 습작 기간에 재고도 늘어났다. 등단할 무렵에 들고 나온 재고 목록에서 나중에 활자화된 것만도 세 편의 중편과 아홉 편의 단편이 있다. 그 넉넉한 재고들이 나를 자주 문단의 다산왕(多産王)으로 만들었지만, 동시에 현저하게 균형이 맞지 않은 내 단편 창작 연보의 원인이 되기도 했다. 그리하여 오래 준비된 풍성함으로 독자의 저변 확대와 작가로서의 나를 문단에 각인시키는 작업을 어느 정도 마무리 짓자, 나는 곧 힘들기만 하고 생산성은 낮은 단편 창작을 경원하고 마침내는 기피하게까지 된 것은 아닌지.

나는 단편을 쓸 때 기본 구성은 물론 제목과 소재의 배분까지 치밀하게 계산된 설계도를 가지는데, 거기 따라 탈고한 원고지 매수는 80매 내외의 단편 기준으로 설계도의 그것과 200자 원고지로 3매 이상 차이가 나지 않는다. 그 이상 늘어나거나 줄어들면 무언가 쓸데없는 것을 집어넣어 늘였거나 꼭 넣어야 할 것을 빠뜨린 것 같아 원고를 넘기기가 불안해진다. 나는 지금도 단편 창작이라고 하면 정교하게 제작되는 수제 공산품을 떠올리고 긴장부터 하게 된다.

이제 돌아오지 않는 강가에서의 한나절 분주히 혹은 쓸쓸하게 몰두했던 내 투망질은 끝나간다. 날이 저물면 집으로 돌아가야 할 아이가 기우는 햇살을 보고 그러할 것처럼 나도 어느새 낡고 헝클어진 그물을 거둘 때가 가까워진 느낌에 가슴이 서늘하다. 때로는 홀린 듯 더러는 신들린 듯, 함부로 내던진 내 언어의 그물은 어떤 시간들을 건져 올린 것인가. 여섯 권 50여 편 중단편이 펼쳐 보이는 다채로움과 풍성함이 주는 자족의 느낌에 못지않게 반복이나 변주를 통해 들키는 치부와도 같은 내 상처와 열등감을 추체험하는 민망함도 크다.

그러나 모두가 내 정신의 자식들이고, 더구나 다시는 이들을 없었던 것으로 돌릴 수도 없다. 내 투망에 걸려 세상 밖으로 내던져지는 순간부터 이들의 탯줄은 끊어지고 자궁으로 되돌아갈 길은 막혔다. 못마땅한 것은 빼고 선집(選集)의 형태로 펴내는 방도를 궁리해 보지 않은 것은 아니었으나, 길고 짧은 손가락을 모두 살려 손을 그리듯 모자란 것, 이지러짐과 설익음을 가리지 않고 내가 쓴 중단편을 모두 거두어 여섯 권의 전집으로 엮는다.

돌아보는 쓸쓸함으로 읽어봐 주는 것까지는 참을 수 있으나 물색없는 동정이나 연민은 사양하겠다. 이 자발없고 모진 시대와의 불화는 1992년 이래의 내 강고한 선택이었다.

2016년 3월 負岳 기슭에서

李文烈

　중단편선집을 묶는 일은 최근 몇 년간 나의 은근한 골칫거리였
다. 다 합쳐야 네댓 권 분량밖에 되지 않는 작품들이 이런저런 명
목의 선집으로 일고여덟 종이나 나와 있는 까닭이다. 그렇게 되면
내용의 중복은 피할 길이 없다. 심한 경우 어떤 선집과 어떤 선집
은 절반 가까운 작품이 중복된다. 그러나 제목과 표지를 달리하
고 있는 까닭에 내 이름만 믿고 책을 산 독자들은 불만에 찬 항의
를 해오기 일쑤이다.

　이 자리를 빌려 밝히거니와 일이 그렇게 된 데는 나 자신보다
는 우리 출판의 그릇된 관행 쪽에 책임이 있다. 웬만한 출판사면
중단편선집의 시리즈물을 갖고 있는데 묘하게도 그때에는 출판권
이 무시된다. 다시 말해 중단편에 관한 한 아무리 서로 간 전재를
해도 따지지 않는데 그게 오늘날 같은 중복 출판의 원인이 되었다.
그러나 출판사 나름대로 계획을 해두고 허락을 간청해 오면 작가
로서는 뻔히 중복이 될 줄 알면서도 거절하기가 어렵다. 최근에는
기를 쓰고 거절해 왔지만 그때에는 또 우리 특유의 인정(人情)주
의에 큰 부담이 남는다. 출판사 '솔'과 '청아'의 기획에 동의해 주지

못한 게 아직도 마음에 걸린다.

그런저런 고심 끝에 기획된 것이 이 중단편전집이다. 이 중단편 전집에는 이제까지 내가 쓴 모든 중단편이 한 편도 빠짐없이 다 실려 있다. 다만 발표할 때는 중단편이었더라도 나중에 한 제목 아래 단행본으로 묶은 것은 차별을 두었다. 곧 『젊은 날의 초상』에 묶었더라도 「그해 겨울」처럼 독립성이 강한 것은 그대로 중단편 취급을 해서 이 전집에 싣기로 했다. 『그대 다시는 고향에 가지 못하리』에 실려 있는 단편 몇 편, 그리고 『우리가 행복해지기까지』에 실린 중편 「장군과 박사」도 그러하다. 하지만 나머지는 비록 중단편의 형태를 띠고 있고 또 그렇게 발표되었더라도 이 전집에서는 빼기로 했다. 중복이 주는 불리한 인상을 최대한 줄이기 위해서이다.

처음 기획할 때는 다소 망설였지만 이제 이렇게 다 모아 놓고 나니 흐뭇한 점도 있다. 무엇보다도 지난 17년에 걸친 중단편 작업을 한눈에 살펴볼 수 있게 되었다는 점과 이제부터라도 어지러운 중복의 폐해를 피할 수 있게 된 점이 그러하다. 앞으로 발표될 중단편전집은 언제나 신작(新作)으로만 채워지게 될 것이다. 독자들의 볼멘 항의 전화를 받지 않을 수 있게 된 것만도 얼마나 다행인가. 오래 게을리해 왔던 중단편 작업에 다시 주의를 기울이게 된 것도 이 중단편전집 발간이 한 계기가 되어주었다. 머지않아 새로운 작품집으로 독자와 만나게 될 것 같은 예감이다.

언제나 깨어 있기를 빌어온 내 기도는 아직도 유효하다. 작가는 독자가 기르는 나무이다. 어떻게 자라고 무엇이 달리는지는 나무만의 일이 아니다. 좋은 독자가 없는 곳에 좋은 작가가 자랄 수는 없다. 변함없는 격려와 충고를 기대한다.

1994년 10월

李文烈

차례

중단편전집을 내며   5

초판 서문   9

타오르는 추억   15

이 황량한 역에서   55

과객(過客)   87

두 겹의 노래   105

심근경색   133

장려(壯麗)했느니, 우리 그 낙일(落日)   159

우리들의 일그러진 영웅   197

장군과 박사   291

작품 해설 이경재(문학평론가)   382
- 민족이라는 아버지와의 만남

작가 연보   401

타오르는 추억

듣기에는 좀 이상하겠지만, 나는 살아 있는 사람의 가슴 속을 들여다본 적이 있다. 내게 무슨 특별한 재간이 있어 사람의 속마음을 읽어냈다거나 내과의(內科醫)로 흉부 절개 수술을 했다는 뜻이 아니라, 말 그대로 살아 있는 사람의 가슴 속을 들여다보았다. 다름 아닌 할머니의 가슴으로, 그때 할머니가 무슨 미닫이를 열듯 누렇고 엷은 살가죽을 열어젖히자, 가장자리부터 푸르스름해져 들어가 심장께서는 온통 검푸르게 되어 있는 그 속이 훤히 보였다.

"이건 네 할아버지 때문이고, 이건 네 아버지 때문이란다."

할머니는 청회색(靑灰色)으로 푸석푸석하게 삭아 있는 곳과 검푸르게 짓물러 있는 곳을 번갈아 어루만지며 신기하여 들여다보고 있는 내게 그렇게 일러주었다. 그때는 얼른 알아들을 수 없었지만 세월이 갈수록 조리에 닿는 말로 여겨진다. 다 같이 요절(夭折)이라 불릴 수 있는 죽음이고, 또 지아비와 자식을 정(情)의 크기로 구분할 수 없기는 해도, 둘의 죽음에는 어느 정도 느낌을 달리하는 구석이 있다. 할아버지는 서른아홉에 병석에서 피를 토하며 숨을 거두신 데 비해, 아버지는 스물아홉에 전쟁으로 생목숨을 빼앗겼기 때문이다. 거기다가 십 년 가까이나 병석에서 시름시름하던 남편이 기어이 눈을 감은 것이 그때로부터 삼십여 년 전이라면, 홀몸으로 기른 유복자가 다시 돌 지난 손자와 스물일곱의 며느리를 남겨 놓고 총알을 맞아 벌집처럼 된 시체로 돌아온 것은 잘돼야 그때로부터 두세 해 전의 일이었다.

그런데 나의 그런 기억을 들은 사람들은 한결같이 못 믿겠다는 듯 왼고개를 틀었다. 무엇보다도 그들이 먼저 내세우는 근거는 할머니에게는 도무지 맨손으로 자신의 가슴을 열어보일 만큼 신통한 재주가 없었다는 점이었다. 그다음, 돌려 생각해서, 할머니가 나를 잡고 가슴속의 한을 그런 식으로 표현한 것을 어린 내 기억이 잘못되어 그렇게 머리 속에 남게 된 것이라고 풀이해 보아도, 못 미더워하는 표정은 별로 달라지지 않았다. 할머니가 돌아가신 것은 내가 네 살 때이니, 그 일은 아무리 늦춰 잡아도 내가 네 살 때의 일이 되는데, 그 나이는 가슴속에 응어리진 한을 펼쳐 보일 상대로는 터무니없이 어린 나이라는 이유였다. 더구나 설령 할머니가 어린 나를 잡고 넋두리 삼아 그런 말을 했다 해도 말귀조차 잘 알아듣지 못할 어린 것이 그토록 뚜렷한 기억을 지닐 수 있을 리 없다는 주장에 부딪치면 나마저도 그 기억에 대한 믿음이 흔들리는 판이었다.

그 바람에 초등학교 2학년 때인가 3학년 무렵 하여 처음 떠오른 그 기억은 이미 한 거짓말쟁이로서의 평판을 얻고 있던 나를 한층 불리하게 만들고 말았다. 아이답지 못한 잔망스러운 거짓말이란 이유 때문이었다. 기껏 나를 잘 보아주려고 애쓰는 쪽도 그 기억만은, 나를 업어 기르다시피 한 고모가 누군가와 할머니 얘기를 하는 걸 어깨너머로 들은 내가 머릿속에서 꾸며낸 것 이상으로는 생각해 주지 않았다.

생각하면, 그 전에 이미 나를 억울한 거짓말쟁이로 만들어버린 원인도 태반은 그 같은 기억에 있다. 몽롱한 유년의 의식을 뚫고 섬광처럼 지난날을 비춰주는 기억이 있어, 마치 오래전에 가지고 놀다 애석하게도 잃어버린 귀중한 노리개를 다시 찾은 것과도 같은 기분으로 그것을 말하다 보면, 열에 아홉은 거짓말쟁이로 몰리게 되고 만다. 다른 사람들에게는 전혀 없었던 일이 내 기억에만 존재하는 데서 빚어지는, 애꿎은 불상사였다.

그중에서 가장 자주 사실과 충돌하고, 그래서 가장 효과적으로 내가 거짓말쟁이라는 낙인을 받게 한 것은 6·25를 앞뒤로 한 기억들이다. 이를테면, 그 무렵 우리 마을 부근의 산에 겨울 속옷 솔기의 서캐보다 많았던 산빨갱이가 그렇다. 사람들은 그 산빨갱이만 잡으면 목을 뎅강뎅강 잘라 개울가의 바위 위에 나란히 얹어

두거나 어떤 때는 그들을 지서 앞 대추나무에 달아매 놓고 몽둥이로 때려죽이기도 했다. 나는 틀림없이 조무래기 친구들과 겁먹은 어른들 틈 사이로 그 모든 광경을 영문 모르게 조마조마해 하며 훔쳐 보았는데, 나중에 무엇 때문인가 흥이 나서 신나게 추억하기 시작하자마자 그 일은 전혀 없었던 걸로 되어 있었다. 어른들뿐만 아니라 그때 나와 함께 구경했던 아이들까지 그런 일이 전혀 없었다고 잡아떼는 데는 정말 허파가 뒤집힐 노릇이었다.

나만 턱없이 거짓말쟁이가 되는 게 싫어 그 아이들의 기억을 깨우쳐주려고 자세하고 생생하게 내 기억들을 늘어놓다 보면 나만 한층 심한 거짓말쟁이가 될 뿐이었다. 그리고 어쩌다 내 말이 어른들 귀에라도 들어가게 되면 돌아오는 것은 잘해야 꾸지람이었고 잘못되면 눈에 불이 번쩍할 정도의 따귀였다. 단 한 사람 친척 아저씨가 비교적 자상하게 내 잘못된 기억의 원인을 분석해 준 적이 있는데, 그것도 내 말에 붙은 거짓이란 누명을 벗겨주기에는 큰 도움이 못 됐다. 그 무렵 개울에서 맨손으로 물고기를 잡으면 곧바로 배를 따서 창자를 씻어내고 물가 바위에 널어 말리던 일이나 복(伏)날 지서 앞 대추나무에 개를 달아매고 때려잡던 것과 산빨갱이에 대한 어른들의 불온한 쑤군거림이 결합된 내 망상에 불과하다고 한 풀이가 그랬다.

모자(帽子) 일도 그렇다. 6·25를 앞뒤로 하는 내 기억에는 사람들이 한결같이 모자를 쓰고 있었다는 게 있다. 아이들은 보꼬보시(보온모)라는 솜 넣어 누빈 고깔 비슷한 모자를 여름 겨울 할 것

없이 밤낮 쓰고 있었고, 남자 어른들은 허름한 중절모나 갓, 빵떡모자, 개똥모자, 털모자가 아니면 경찰모나 철모를 쓰고 있었다. 여자 어른들도 한결같이 남바위나 풍뎅이, 고깔 따위를 쓰고 있었고, 그것이 없으면 처네나 수건을 덮어쓰고 있었으며, 때에 따라서는 양동이나 옹배기, 소쿠리, 독 따위를 쓰기도 했다. 그런데 문제가 된 것은 한결같이 입성들은 시원치 않았다는 기억이었다. 여자들은 젖가슴과 아랫도리 정도를 가리거나 말거나 했고, 남자들은 아이 어른 할 것 없이 발가벗고 돌아다녔다는 식의 기억이 그랬다. 하지만 모자 얘기까지는 간신히 참고 들어주던 사람들도 옷 얘기가 나오면 어림없다는 투로 왼고개를 저었고, 구체적인 증거를 대도 기껏해야 웃음을 터뜨릴 뿐이었다.

내가 처음 그 기억을 되살려 말하기 시작할 무렵 사람들이 가장 소리 내어 웃던 것은 방위군 소위 얘기였다. 방위군 소위란 6·25 이듬해 우리 마을 서당 건물에 주둔했던 방위군 소대장을 가리키는 것으로 그는 늘상 반짝이는 철모를 쓰고 있었지만 나머지는 알몸이었다. 언젠가 나는 서당 마루에 앉아 있던 그의 거무튀튀한 남근(男根) 위에 쇠파리 두 마리가 앉아 피를 빨아 먹고 있는 것을 본 적이 있다. 그가 안장 없는 말을 타면 불알 두 쪽이 정확히 말잔등 양쪽으로 갈라져 축 드리워지는 걸 신기하게 여기곤 했는데 ― 내 얘기가 거기에만 이르면 사람들은 왁자한 웃음과 함께 둘 중의 하나로 나를 결론지었다. 맹랑한 허풍쟁이 아니면 머리에 적잖은 이상이 있는 꼬마로.

그 밖에 내 스스로 생각하기에도 신기한 것은 아버지의 승천이다. 아버지가 총에 맞아 벌집처럼 된 시체로 돌아왔다는 것은 어른들의 말일 뿐 내가 기억하는 그의 마지막은 다르다. 그는 선산(先山) 발치에 있는 새 무덤가에서 하얀 모시 도포 차림으로 학처럼 하늘로 솟아올랐다. 나는 분명 그 신비한 광경을 흐느끼는 어머니의 등에 업혀 보았는데, 나중에 다시 그걸 기억해 내 말하자 또 터무니없는 거짓말이 되고 말았다. 내가 묘사하는 아버지의 모습은 큰집 마루에 걸려 있던 사진틀 속에 있는 아버지의 모습에 지나지 않으며, 아버지가 날아갔다고 주장하는 선산발치에는 바로 아버지의 무덤이 있다고 했다. 잘해야 어머니의 등에 업혀 그 무덤을 찾곤 하던 기억과 그 사진 속의 모습을 결합한 것일 뿐이라는 게 그들의 설명이었는데, 그나마도 두 번 다시 그 기억을 입 밖에 내지 말라는 엄격한 주의와 함께였다.

하지만 지금껏 돌아본 기억들은 들은 사람들이 그래도 비교적 조용히 넘어간 편에 속한다. 어린 날의 기억 가운데는 정말로 혹독한 대가를 치른 뒤 스스로 철회하거나 포기하도록 강요된 기억들도 있기 때문이다.

그 대표적인 것들 가운데 하나가 남자와 여자가 붙어 있던 기억이다. 아주 어렸을 적에는 어른들이 항상 남녀 둘씩 붙어 있었던 것 같았는데 언제부터인가 나도 모르는 사이에 각기 떨어져 살게 되었다는 내용이 그랬다. 어느 날 우연히 그걸 떠올리자 나는 갑작스레 그 까닭과 시기가 궁금해져서 가장 기억이 생생하고 증거도 쉽게 댈 수 있는 사촌 형수에게 물어보았다. 그때만 해도 그녀는 내게 아직 뒷날 같은 표독을 부리지 않고 있었다.

"새아지매, 새아지매는 언제 큰형과 떨어졌노?"

"아이, 데련님, 그기 무슨 말입니꺼?"

사촌 형수는 또 무슨 뚱딴지같은 소리냐고 묻는 듯한 눈길로 나를 보며 말했다.

"전에는 큰형님하고 붙어 있었던 것 같은데 언제 떨어졌노, 이 말이라."

"별소릴 다 하네예, 지가 언제……."

"새아지매도 참……. 이래 붙어 가지고 누워 있기도 하고 앉아 있기도 안 했나?"

나는 마주 보고 끌어안는 시늉까지 해보이며 물었다. 그녀는 이미 결혼한 지 사 년이나 되었고, 말하는 나는 겨우 초등학교에 입학한 때였지만, 웬일인지 사촌 형수의 얼굴이 갑자기 붉어졌다. 그러나 나를 흘겨보는 두 눈에는 웬지 섬뜩한 악의가 느껴졌다. 그 눈길이 다소 마음에 걸렸지만 나는 내친김이라 계속했다.

"둘이 아래위로 붙기도 하고 옆으로도 나래비로(나란히) 붙어 자기도 하고 들에 가 붙어 밭을 매거나 물도 긷고 안 했나 말이다. 그런데 언제 떨어졌노?"

"데련님, 그런 소리 하믄 몬써요, 다시 그러매이(그따위) 소리 하믄 형님한테 일러 시껍시킬 끼래요."

사촌 형님한테 이른다는 품이 조금도 엄포로 느껴지지 않을 만큼 매몰찼다. 그렇게 되면 큰일이었다. 그 무렵 어머니와 나는 아직 큰집에 더부살이를 하고 있을 때라 사촌 형님은 집안의 유일한 남자 어른이었는데 내게는 특히 엄했다. 그러나 사촌 형님이 무서워 더 이상 캐묻지는 못해도 궁금함은 여전히 남아 있어 다음부터는 사촌 형수 말고 또 남자와 붙어 있던 걸로 기억되는 마을 아주머니들에게 묻기 시작했다. 한결같이 당황해하거나 성내는 것으로 보아 어느 정도 사실인 것 같은데도 대답은 약속이나 한 듯 발뺌이었다. 그러다가 어느 날 드디어 나는 호된 꼴을 당하고 말았다. 또 누군가 동네 새댁네를 붙잡고 그걸 묻고 있는데 갑자기 눈앞이 번쩍했다. 어디선가 사촌 형님이 솥뚜껑 같은 손바닥으로 힘껏 따귀를 올려붙인 것이었다.

"요, 배라묵을 놈, 애비 없는 호로자식이라 카디 니가 똑 글쿠나. 예라이, 요 못되 빠진 노무 짜슥……."

그리고 그길로 집에 끌려온 나는 싸리 회초리가 너덜너덜해질 때까지 맞고 내가 전에 본 것이 거짓이라는 걸 자백한 뒤에야 그 이해 못 할 재난에서 벗어날 수 있었다.

그런데 그에 못지않은 고통을 안겨준 또 다른 기억이 바로 문둥이에 관한 것이었다. 산빨갱이들이 없어지자 이번에는 우리 마을 부근에 문둥이들이 우글거리기 시작했다. 참꽃이나 송기를 꺾으러 가까운 산에 가려고 해도, 산딸기나 머루를 따러 얕은 골짜기로 들어가려 해도 문둥이 때문에 안 되었고, 들에서의 밀 서리나 감자삼곳(감자서리)조차 문둥이 때문에 마음 놓고 못 갈 지경이었다. 심하게는 텃밭의 보리 이랑에도 문둥이가 어린 우리의 간을 빼 먹으려고 숨어 있어, 그런 곳에서 술래잡기를 하다가 없어진 아이가 있다는 소문마저 돌았다.

그런 어느 날이었다. 들에 나간 사촌 형님 내외를 따라 나갔다가 심심해서 가까운 곳을 어슬렁거리던 나는 한군데 막 익기 시작하는 보리밭 고랑에서 사람의 기척을 듣고 걸음을 멈추었다. 나역시 두렵지 않은 것은 아니었으나, 그 인기척에는 어딘가 두려움을 억누를 만한 어떤 자극적인 음향이 섞여 있었다. 마침 부근에는 들킬 경우에는 문둥이에게 잡히지 않을 만한 거리에 있으면서도 소리 나는 곳을 잘 살펴볼 수 있는 헌 원두막이 하나 있어 나는 그리로 올라가 보았다.

틀림없이 문둥이였다. 한 깍지 둥치 같은 문둥이가 어린 처녀 아이를 잡아다 놓고 간을 파먹고 있었다. 멀어서 자세히 보이지는 않았지만 처녀 아이는 괴로운지 몸을 비틀며 신음하고 있었는데 반나마 벗겨진 가슴께에는 정말로 피가 벌겋게 묻어 있는 것 같았다.

겁에 질린 나는 서둘러 원두막을 내려왔다. 그런데 전해에 묶었던 새끼가 삭아 있던 탓인지, 아니면 당황한 내가 조심을 하지 않았던 탓인지 갑자기 의지하고 있던 빗대가 무너져 내리며 나는 외마디 소리와 함께 땅바닥에 떨어지고 말았다. 그 소동에 처녀 아이의 간을 빼먹던 문둥이는 나를 잡더니 누런 이빨을 드러내 보이며 얼러 댔다.

"니 웃마(웃마을) 살제? 만약 이 얘기 남한테 카믄 느그 집에 찾아가 간을 빼묵을 끼다."

그 바람에 새파랗게 질린 채 도망쳐 나온 나는 정말 아무에게도 내가 본 것을 말하지 않았다. 그리고 이따금씩 그때 꿈을 꾸어 가위눌린 적은 있어도 결국은 까맣게 잊어버리고 말았다. 초등학교에 들어가기 전이었으니 잘해야 여섯 살 때의 일이었다.

그러다가 어찌 된 셈인지 사촌 형님에게 호된 꼴 당하기를 전후하여 불쑥 그 기억이 떠올랐다. '붙어 있다'는 데서 온 연상 때문이라기보다는, 어느 날 우연히 장터에서 그때 문둥이에게 간을 뽑혀 죽은 줄 알았던 그 처녀 아이를 다시 본 때문이었다.

"거참 이상타……."

나는 그 깍지 둥치 같은 문둥이의 위협도 잊고 빤히 그 처녀 아이를 쳐다보았다. 처녀 아이도 나를 알아본 것 같았다. 고무신인가 운동화가를 흥정하다가 그만두고 돌아서더니 아프리만큼 내 손목을 꼭 쥐고는 장터 구석으로 끌고 갔다.

"여쯤 온나 보자. 니 머가 이상하노?"

장판을 약간 벗어난 곳에 이르기 무섭게 그녀가 날 선 눈길로 나를 다그쳤다. 멀지 않은 곳에 장꾼들이 우글거린다는 것 때문인지, 아니면 벌써 초등학교 2학년이나 되어 여자인 그녀를 깔본 탓인지 나도 별로 겁을 먹지 않았다.

"니는 간이 빼묵히고도 사나?"

"뭐시라?"

"니 전에 보리밭에서 문둥이한테 간이 안 빼묵힛나? 그런데 어예 살았노?"

"뭐라꼬? 니 그거 언제 봤노? 한 번 더 그따우 소리 해봐라."

별 악의 없이 한 말에 눈물이 쑥 빠지도록 꼬집히자 나도 화가 났다.

"이 가시나가 사람은 왜 꼬집노? 놔라, 놔. 간은 문딩이한테 빼묵히고 애맨 내한테 와 지랄고?"

"그래도, 에이 요놈의 머시마……."

그녀가 다시 알밤을 먹이고 드디어 울음보가 터진 내가 장바닥에 나뒹굴며 소리를 치고 — 그러는데 갑자기 우리 마을 청년들이 나타났다.

"처녀가 와 이리 부랑시럽노? 시집 몬 갈라 카나? 장바닥에서 알라 붙들고 먼 시비를 이래 하노?"

"와따, 그 처자한테 장가들라 카믄 당수부터 먼저 배워야 안 되것나? 사람 치는 재주가 여간 아닌가 베……."

그들은 나를 구한다기보다는 그걸 구실로 그녀를 희롱하려 들었다.

그녀도 그들이 나타나자 더는 어쩔 수 없다는 듯 내 손목을 놓아주었다.

"다시 또 그러매이 소리 해봐라. 입을 서(세) 발이나 째 놓을 끼다."

그러면서 나를 흘겨보는 눈길이 다분히 위협적이었지만 이미 나는 분이 꼭두까지 찬 뒤였다. 거기다가 든든한 후원자들까지 있으니 거리낄 게 있을 리 없었다.

"오이야, 이 가시나야, 간은 문딩이한테 빼묵히고 내한테 암만(아무리) 글캐(그런 소리 해)봐라 누가 겁낼 줄 알고······."

그런데 그 말이 그 끔찍한 풍파를 몰고 올 줄이야. 내 말을 재미있게 생각한 마을 청년들이 그 까닭을 묻고, 나는 서슴없이 본대로를 털어놓고 그들에게서 빠져나온 지 사흘쯤 된 뒤였다. 그때 이미 집과는 정이 떨어져 저물도록 밖에서 놀다가 돌아오니 어머니는 마루 끝에 앉아 눈물을 찍고 있고, 사촌 형님만이 성난 얼굴로 웬 억세 보이는 노파의 말에 맞장구를 치고 있었다.

"바로 조노맙(저 놈아입)니더. 그 못된 소문내고 댕긴 기······."

무언가 심상찮은 분위기를 느낀 내가 쭈뼛쭈뼛 사립께로 들어서자 사촌 형님이 하던 얘기를 멈추고 나를 손가락질했다. 그러자 금세 도끼눈이 된 노파가 왁살스레 나를 움키더니 그대로 땅바닥에 쓰러뜨리고 두 다리로 양팔을 눌렀다.

"요놈의 자슥, 요런 망종은 입을 삼 발이나 째 놔야 된다."

그녀는 다짜고짜로 두 손의 집게손가락을 내 입에 집어넣더니 서로 반대 방향이 되게 힘껏 잡아당겼다. 놀란 가운데 입가가 뜨끔하며 곧 입안에서 비릿한 피 냄새가 났다. 입가가 터진 것이었다. 그러나 노파는 거기서 멈추지 않았다. 질린 나머지 울음조차 크게 울지 못하는 나를 남겨두고 우르르 달려가 마당 구석에 놓인 삼촌의 지게에서 시퍼런 낫을 빼 들더니 다시 돌아와 나를 올라돘다.

"이놈, 바른대로 대라, 참말로 우리 은님이 산판 인부 놈하고 붙어묵었나? 참말로 보리밭에서 붙어묵는 거 니 눈까리로 봤나?"

잘 알아들을 수도 없는 말에다 금방이라도 내리찍을 듯 낫을 겨누는 바람에 나는 이미 반 넋이 나간 상태였다. 따라서 나는 그녀가 무엇을 원하고 있는지도 알지 못한 채 기나긴 악몽에 빠져 있었다. 무엇 때문인가 마루 끝에서 훌쩍이고 있던 어머니가 그제야 말리려고 들었지만 아무 소용이 없었다.

"아(아이) 놀랜다꼬? 야, 이 호양(화냥)년아, 아 놀래는 거는 대단코 우리 은님이 신세 망화(망하게 해) 논 거는 아무치도 않단 말가? 예이 더러븐 년, 하기사 그 밑으로 빠진 새끼가 오직 할까마는 글티라도(그렇더라도) 낯짝이 있으믄 그런 소리는 몬 할 끼다."

노파가 허옇게 거품을 뿜으며 그렇게 퍼부어 댔고, 사촌 형님도 한통속이 되어 되레 어머니를 윽박질렀다.

"숙모는 고마 가만있으소. 야(이 아이) 못된 병은 이래야 고칩니더. 그보담은 이녁 행신이나 조심하소."

그러자 어머니는 허물어지듯 푹석 마당에 주저앉아 눈물만 줄줄 흘릴 뿐 말려줄 엄두조차 내지 못했다. 그 바람에 속절없이 그 노파의 눈먼 증오에 맡겨진 나는 마침내 정신을 잃고서야 그 노파의 오금 사이에서 풀려날 수 있었다.

그 일이 있은 뒤 사흘을 앓고서야 정신을 차린 나는 급속히 말을 잃어갔다. 무엇을 말한다는 것은 대개 자기가 본 것이나 기억하는 것에 관해서이기 마련인데, 그 두 번의 혹독한 경험은 나로 하여금 기억에 자신을 잃게 만들어버렸다. 따라서 그 뒤 나는 두 번 다시 내가 본 것이나 기억하는 일을 입 밖에 낸 적이 없다.

하지만 지금의 내 처지를 설명하기 위해서는 꼭 미리 말해 두어야 할 기억이 둘 있다. 그 하나는 어머니 역시 문둥이에게 간이 뽑힌 일이고, 다른 하나는 이십 년 뒤에나 만날 아내의 얼굴을 그때 이미 보았다는 기억이다. 어머니가 문둥이에게 간이 뽑힌 일은 내 입이 찢어진 지 얼마 뒤의 일로, 그때 나는 공연히 겁이 나 먼발치로 보고 도망쳤는데, 결국 어머니는 그 이듬해에 죽고 말았다. 아무도 없는 당(堂)집에서 아랫도리로 피를 한 말이나 쏟고 죽어 있더라는 이야기를 들었을 때는, 그게 문둥이에게 간을 뽑힌 탓이라고 사촌 형님에게 일러주고도 싶었지만, 또 무슨 일을 당하게 될지 몰라 끝내 입을 다물고 말았다.

또 아내의 얼굴을 어린 내가 그때 이미 보았다는 것은 그 시절 우리에게 떠돌던 미신과 관계가 있다. 그믐 달밤 으스름 빛 속 뒷간에 앉아 거울을 들여다보면 장차 맞이해 살 자기 색시의 얼굴을 볼 수 있다는 미신인데, 어머니가 죽은 그해 고모마저 시집을 가서 여자의 따뜻한 손길이 그리운 나머지 진작부터 앞날의 아내를 궁금히 여기던 나는 뒷간에 숨겨 간 거울 조각 속에서 정말로 뒷날의 아내를 보았다. 지붕 없는 뒷간의 으스름 달빛 아래서, 어딘가 낯익은 것 같기도 하고 생판 낯설기도 한 사람의 얼굴이 희미하게 떠오르는 걸 보고 나는 놀라 들고 있던 거울 조각을 타고 앉은 뒷간 널판 사이로 떨어뜨리고 말았다. 하지만 더는 허풍쟁이나 바보가 되지 않기 위해 끝내 거기에 대해서는 입을 열지 않았다.

어린 날의, 어떻게 보면 허황되고 어떻게 보면 하찮은 추억에 대한 회상이 너무 길었다. 그러나 당신들, 나를 재판하기에 앞서 정신 감정부터 먼저 실시하고 있는 당신들에게는 어쩌면 그것들이 뒤에 있을 내 진술보다 더 소중할지도 모르겠다. 나는 심리학인가 뭔가 하는, 인간의 내면을 분석해 내는 학문에 대해서는 아는 바 없지만, 사소한 어린 날의 체험이 뒷날의 성격 형성에 결정적인 역할을 담당하는 수도 있다는 것 정도는 알고 있다.

어머니가 죽은 뒤로 나는 점점 더 한심한 지경에 빠져들었다. 할머니가 돌아가시면서부터 고단해지기 시작한 우리 모자(母子)의 더부살이였지만, 그래도 어머니가 있을 때는 나를 마을의 천덕구니로까지 만들지는 못했다. 그런데 그 마지막 바람막이마저 없어져, 나는 큰아버지도 없는 큰집의 달갑잖은 군식구로서 노골적인 천대 아래 놓이고 말았다. 자기의 혈육들에게마저 미움 받는 열 살의 고아를 이웃의 누군들 예뻐해 주겠는가.

거기다가 나를 한층 그들의 멸시와 학대 속에 빠져들게 한 것은 문둥이 사건 이후 생겨난 자폐 증상과 무력감이었다. 자신의 기억에 대한 불신 내지 공포는 급속히 다른 방향으로 번져갔다. 그 하나가 학교 공부였다. 2학년 때까지만 해도 첫째, 둘째를 다투던 내 성적은 3학년 때부터 곤두박질을 시작해 결국은 꼴찌로 초등학교를 졸업하게 만들고 말았다. 거기에까지 기억에 대한 불신과 공포가 번져 방금 선생님에게 들은 말이나 읽은 책 내용도 자신 있게 발표하거나 시험지에 써넣을 수 없었기 때문이다. 그다음은 사람을 대하는 태도였다. 사람과 사람이 어울린다는 것은 거의 말로 이루어지는데, 이미 말했듯이 기억에 대한 자신을 잃자 남과 어울려 말하기가 두려워진 탓이었다.

만약 그 둘만 아니었더라도 — 다시 말해 내가 학교 공부는 꼴찌인 주제에 틈만 나면 으슥한 곳에 숨어 들어가 멍청하게 앉아 있는 버릇만 없었더라도, 사촌 형님은 하나뿐인 사촌 동생에 대해 최소한의 의무는 다했을 것이다. 아버지가 아직 분가(分家)도 하기 전에 죽은 탓에 큰아버지가 고스란히 물려받은 할아버지의 재산 가운데는 분명 내 몫도 약간은 있었을 것이기 때문이다.

하지만 그곳에서의 삶이 고단하고 서럽기는 해도 그것만으로 어린 나를 무턱댄 가출(家出)로 내몰 만큼은 못 되었다. 나를 열네 살의 나이로 그 마을을 등지게 하고, 마침내는 이 길로 들게 한 데에는 또 하나의 섬뜩한 추억이 있다. 폭풍처럼 내 어린 영혼을 뒤흔들고 짓이겨 논 아버지의 죽음 뒤에 감춰진 진상이었다.

앞서 말했듯이 아버지의 죽음에 대한 어른들의 설명은 전쟁 통에 총에 맞아 죽었다는 것밖에 없었다. 나는 당연히 어디서 어떻게 해서 그렇게 되었는지 궁금했지만, 그런 내 물음에 대한 어른들의 대답은 잘해야 나무람 섞인 침묵이었고, 심하면 눈흘김과 꾸중이었다. 따라서 아버지의 죽음은 어쩔 수 없이 내 멋대로의 상상에 맡겨지게 돼버렸는데, 그게 탈이었다. 나중에 초등학교에 들어가 배우게 된 6·25에 대한 반공 독본적인 지식과 비록 어른들에 의해 부인되기는 했지만 내 마음속에서는 그때껏 믿음으로 살아 있던 아버지의 승천이 결합되어 엉뚱하게 화려한 신화로 조작된 까닭이었다. 즉, 아버지는 용감한 국군 아저씨로서 괴뢰군을 무찌르다가 총을 맞고 집으로 돌아와 학이 되어 하늘로 날아갔다는 줄거리였다. 나중에 학이 되어 날아갔다는 부분은 워낙 믿는 사람이 없어 곧 삭제되고 말았지만, 어쨌든 내 상상력이 닿는 한의 화려한 신화로 재생된 아버지는 내가 완전히 말을 잃기 전, 그러니까 초등학교 3학년 때까지 조무래기 급우들의 무한한 존경을 받았다. 아무런 반대의 근거도 비판의 능력도 갖지 못한 아이들이 곧이곧대로 내 말을 믿어준 덕분이었다.

그런데 내가 지어낸 아버지의 무용담을 신나게 떠들 때면 반드시 거기에 맞서 자기 아버지의 얘기를 들고 나오는 아이가 하나 있었다. 용감한 국군 아저씨는 아니었지만 역시 공산당과 대항해 싸우다 목숨을 잃은 아버지를 둔 김정두란 아이였다. 하지만 목숨을 잃었다는 사실뿐 나머지는 내 아버지의 신화와 상대가 못 돼 언제나 한편으로 몰리곤 했는데, 내가 말을 잃은 뒤로는 6·25 얘기라면 혼자 도맡아 신바람을 내게 되었다. 마치 그동안 나에게 가리워 빛을 보지 못했던 걸 한꺼번에 보충하려는 듯 열심이었다. 그러다가 5학년 때인가의 6·25 날 드디어 그 아이는 공격으로 나왔다. 이미 말을 잃은 뒤라, 기념식(추모식)이 파하기 무섭게 학교를 빠져나오는 나를 한 떼의 아이들을 거느린 녀석이 불러 세운 게 그 시작이었다.

"야, 이누마야, 니 거 쫌 섰그라 보자."

나는 공연히 주눅이 들어 굳은 듯 그 자리에 걸음을 멈추었다. 방금 한바탕 자기 아버지의 얘기를 신나게 떠들어 댄 덕에 또래의 작은 영웅이 되어 내게 다가온 녀석의 얼굴에는 웬일인지 전에 보지 못하던 자신만만함과 증오가 떠올라 있었다.

"니, 전에 느그 아부지가 용감한 국군 아저씨였다꼬 캤제?"

그런 녀석의 목소리에도 전에 없던 적의와 이죽거림이 섞여 있었다. 나는 말없이 고개를 끄덕였다.

"그라고 괴뢰군 수백 명을 혼자서 쏴 죽있다 캤제?"

녀석이 흥, 하는 표정으로 다시 물었다. 역시 내 입으로 한 적이 있는 소리라 힘없이 고개를 끄덕이지 않을 수 없었다. 그러자 녀석은 더는 못 참겠다는 듯 대뜸 내 엉덩이에 발길을 올려붙이며 으르렁댔다.

"요노무 새끼, 어따 대고 거짓말고, 순 빨갱이 노무 새끼가……."

"뭐라꼬?"

그제야 나는 아픈 것도 잊고 항의 섞인 어조로 되물었다. 될 수 있으면 그와의 시비를 피하고 싶었지만, 그 말만은 도저히 그냥 들어 넘길 수 없었다. 녀석이 작은 악마처럼 이죽댔다.

"빨갱이도 일마, 숭악한 산빨갱이였다 카드라."

"누가 카드노?"

"우리 삼촌이 다 캐 주드라. 그래 가주고 애맨 사람 마이 쥑였다 카드라. 그라고, 일마…….."

그러면서 녀석은 어느새 주먹을 날려 충격으로 멍해 있는 내 콧잔등을 호되게 쥐어박으며 내뱉었다.

"우리 아부지도 일마, 바로 느그 아부지 패한테 죽었다 카드라. 그란데 머라꼬? 용감한 국군 아저씨랬다꼬?"

"참말가?"

나는 쏟아지는 코피를 닦으려고도, 다시 정강이에 떨어지는 발길을 피하려고도 하지 않고 다급하게 되물었다. 사실 진작부터 나는 아버지의 죽음에 몇 가지 석연찮은 심증을 가지고 있었다. 내 물음을 받은 어른들의 태도나, 이따금씩 나를 쓸어안고 우시면서 곁들이던 어머니의 넋두리 같은 것 외에도, 몇 가지 새로운 사실을 듣고 있었기 때문이다. 주로 어른들의 수군거림을 엿들은 것으로, 어쩌면 내가 그토록 대단하게 아버지의 죽음을 미화하기 시작한 것 자체가 이미 그런 그들의 태도에서 느낀 어떤 불안 때문이었는지도 모를 일이었다.

"느그 형님도 내가 그걸 물으이 암 말도 안 하고 고개만 수그리드라. 니도 집에 가 함 물어봐라, 일마."

그러자 나는 갑자기 맥이 쏙 빠졌다. 이상하게도 나 또한 전부터 그 모든 것을 뚜렷이 알고 있었던 것 같은 기분이었다. 그 바람에 말없이 코피만 닦고 있는 나를 녀석은 몇 번이고 거푸 세찬 발길질을 한 뒤에야 돌아갔다.

"이누무 새끼, 한 번만 더 고따우 가짓말 해봐라, 빼당구를 확 추려 뿔 끼다."

하지만 더 지독한 것은 사촌 형이었다.

"너 아부지가 죽인 기 어디 가들 아부지뿐인 줄 아나?"

내가 집으로 돌아가 묻자 그는 조금도 망설이지 않고 그렇게 대답했다. 그리고 숨김없는 증오를 드러내며 덧붙였다.

"저쪽뿐이 아니라. 산에 들어갈 때 이 마(마을)에서 델꼬 간 여섯도 결국 하나또 안 살아 왔으이 너 아부지가 죽인 택이고, 우리 아부지가 쉰도 못 돼 돌아가신 것도 그 꼴난 동생 때매 경찰한테 맞아 골빙(골병) 든 탓이라. 그뿐가? 나도 젊디젊은 기 비만 오믄 뼈당구가 쑤시 못 산다."

사실 그 말은 열두 살의 아이에게는 얼른 이해되기 어려운 내용이었지만 신통하게도 내게는 단번에 모든 게 뚜렷해졌다. 그리고 그 끔찍한 진상은 그러지 않아도 견디기 힘든 그곳에서의 생활을 더욱 견딜 수 없는 것으로 만들었다. 내가 마지막까지 포기하기를 거부한 기억은 학처럼 푸른 하늘로 솟아오른 아버지였다. 그가 다시 학처럼 내려앉아 서러운 나를 구해 주는 꿈이 나날이 더해 가는 냉대와 멸시를 견디게 해주는 유일한 힘이었는데 그것마저 사라져버리고 말았다.

내가 서러움과 미움의 그 마을을 떠난 것은 초등학교를 졸업하던 해 봄이었다. 형편없는 내 졸업 성적이 사촌 형에게 자연스러운 구실을 주어 중학교도 진학하지 못한 채 어린 나무꾼이 된 나는 어느 날 지게를 벗어 동구 밖 당나무에 걸어두고 아지랑이 피는 신작로를 따라나섰다. 아무런 준비도 계획도 없었지만 어디를 가도 그 마을만 못하지는 않으리란 생각에 마음은 오히려 가벼웠다.

그 뒤의 고달프고 쓰라린 삶은 차라리 당신들의 조사가 더 자세할 것이다. 구걸, 고아원, 도망, 구두닦이, 버스 차장, 트럭 조수 — 대충 나는 그런 과정을 거쳐 어른이 되어갔다. 스스로의 기억을 믿지 못하는 데서 오는 정신적인 발전의 포기와 헤어날 길 없는 무력감은 그동안에도 나의 삶을 비슷한 경우의 아이들보다 몇 배나 어렵게 만들었다. 그러다가 열아홉에 트럭 조수가 된 것을 계기로 나는 한 구원의 가능성을 발견했다. 그것은 기계였다. 다른 모든 기억과는 달리 그것에 대한 기억만은 아무의 시비나 방해도 받지 않고, 시간이 지남에 따라 내용이 변하는 수도 없었다. 그리하여 이윽고 그 기억을 믿게 됨에 따라, 차츰 그것들은 지식으로 쌓여가고, 힘으로 변해 나를 인생의 밑바닥에서 조금씩 끌어올렸다.

군대에서 운전면허를 따고, 제대하자마자 이삿짐센터에 일자리를 얻게 되었으며, 다시 중장비 기술 학원을 거쳐, 스물여덟에는 어엿한 중장비 기사로 한창 성장 중인 어떤 건설 회사의 불도저를 몰게 됨으로써, 나는 일단 사회의 어두운 그늘에서 벗어났다. 그동안 어린 날 고향 마을에서 받았던 상처도 어느 정도 치유되어 그런 외형적인 발전에 보조를 맞추었다. 크게 배운 것은 없어도 그

럭저럭 생활은 해나갈 수 있는 능력과 마찬가지로 약간 내성적이
긴 하지만 옛날의 자폐 증상이나 무력감과 열등감은 거의 자취를
감춘 청년으로 변해 간 덕분이었다.

그러던 내가 다시 한 번 지난날의 상처로 괴로움을 받은 것은
조금 늦어진 결혼 초가 된다.

그렇고 그런 여자들과의 길고 짧은 몇 번의 동거 끝에 내가 드
디어 정식으로 결혼식을 올린 것은 서른이 넘어서였다. 상대는 단
골 이발소의 면도사 아가씨로, 우리 결혼은 육 개월의 연애 끝에
어렵사리 이루어졌다. 그런데 그 첫날밤 나는 참으로 오랜만에 어
린 날의 기억 하나를 떠올렸다. 이십여 년 전 뒷간 으스름 속에서
거울 조각을 통해 보았던 어떤 여자의 얼굴이었다. 나는 그 기억
자체가 믿을 수 없다는 걸 알면서도, 어렴풋이 떠오르는 그 얼굴
과 신부의 얼굴이 조금도 닮지 않은 걸 느끼자 문득 내가 아내를
잘못 고른 것 같은 기분과 함께 까닭 모르게 불길한 예감에 빠져
들었다. 다행스럽게도 오래잖아 아내의 얼굴에서 발견한 어떤 닮
은 점으로 그 예감을 일찌감치 털어버릴 수 없었던들, 우리들의 결
혼 생활은 그 터무니없는 기억 때문에 진작부터 상처를 입었을지
도 모른다. 내가 아내의 얼굴에서 옛날 거울 조각 속의 얼굴과 닮
은 점을 찾아낸 것은 분방했던 신혼 초의 방사(房事) 중이었는데,
그 절정의 순간에 언뜻언뜻 떠오르는 아내의 표정이 바로 그랬다.

그 밖에 또 하나 잊고 있던 어린 날의 상처를 들쑤신 것은 결혼
이듬해에 계획했던 나의 중동(中東) 취업이었다. 마침 내가 소속해

있던 건설 회사가 사우디아라비아 쪽에서 큰 공사 하나를 따내 동료들 간에 중동 바람이 불자, 결혼한 지 겨우 일 년밖에 안 된 게 마음에 걸렸지만, 나도 어려운 결심으로 취업 신청을 했다. 이미 태어난 큰아이로 다급해져 있던 내게 짧은 시간에 목돈을 쥘 수 있는 것은 그 길밖에 없었기 때문이었다. 그런데 뜻밖에도 신원 조회에서 걸려 모처럼의 계획은 물거품이 되고 말았다. 살인, 강도, 도둑, 방화, 사기 — 인간이 범할 수 있는 그 어떤 다른 범죄보다 빨갱이란 것을 더 끔찍한 죄로 알았던 어린 날의 단순한 이해가 어른들의 사회에서도 그대로 유지되고 있으리라고는 생각지도 못 한 일이었다. 살인도 십오 년만 지나면 벌을 받지 않는다는데 단순히 빨갱이의 아들이었다는 이유만으로 삼십 년이 지난 날까지 불이익을 입어야 하다니. — 하지만 다행히도 그 문제 역시 이듬해에 해결되고 말았다. 당신들도 잘 아는 재작년의 연좌제 폐지가 그것이었다.

이제야말로 어두운 과거와는 작별이라는 기분으로 나는 중동으로 갔다. 그 흔해 빠진 중동 얘기는 그만두자. 어쨌든 나는 그곳에서 일 년을 뼈 빠지게 일해 거의 천만 원 가까운 돈을 아내에게 송금했다. 아내는 꼬박꼬박 답장을 해 마지막 편지는 이제 조금만 더 보태면 변두리에 이십 평 아파트 한 칸은 장만할 수 있으리라고 알려왔다. 그때 마침 회사에서도 지난해보다 더 유리한 조건으로 일 년간 머물 것을 권유해 와 나는 아내와 상의했다. 아내의 답장은 예상 외로 선선했다. 괴로운 대로 한 해를 더 기다리겠노라는 내용이었다. 그렇게 되면 무리하게 빚을 얻을 필요 없이 좀 더 넓은 내 집을 장만할 수 있으리라는 계산도 덧붙였다.

그런데 힘들여 일 년을 채우고 돌아와 보니 아내는 전셋돈까지 빼내 종적을 감추고 없었다. 중동에 있을 때도 이따금씩 들어왔고, 며칠 늦은 대로 빼놓지 않고 읽던 신문에서도 더러 본 적이 있는 그 일이 바로 내게서 일어난 것이었다. 가까운 곳에 사는 처형을 찾아가 다그치니 핏덩이 같은 남매를 맡기고 나간 지 한 달째라는 말과 함께 아이들만 내밀었다. 말인즉, 아내는 내가 송금한 돈을 한 푼이라도 늘리려고 이것저것 손대다가 모조리 실패해 돈만 날리게 되자, 나를 볼 낯이 없어 그 돈을 다시 찾을 때까지 돌아오지 않겠다며 아이들을 맡기고 나갔다는 것이지만 아무래도 눈치가 이상했다.

아니나 다를까, 두 달간의 수소문 끝에 찾아낸 아내는 어떤 놈팡이와 살림을 차리고 있었다. 어디까지나 공식대로 간 셈이었다. 그런데 통상과 좀 달라진 것은 그 해결이었다. 처음 아기자기하게 꾸며진 그 방에 들어설 때는 눈이 뒤집힐 만큼 화가 났지만, 그래도 나는 이제 겨우 젖을 뗀 딸아이와 네 살배기 큰놈을 생각하고 화를 억눌렀다. 어떻게든 그녀를 달래 다시 시작해 볼 작정에서였다. 요새 세상에 남의 남자 모르고 평생을 지내는 여자가 몇이나 있겠는가, 용서한다. 우리가 언제 돈 때문에 만나 살게 되었는가, 돈이란 또 벌면 되는 것, 걱정 마라. ― 그렇게까지 달래 보았지만 아내는 통 마음을 돌리려 들지 않았다. 아니, 도둑이 거꾸로 매를 든다고 오히려 나를 달래 떼어 보내려고만 들었다. 돈을 날려버린 것은 미안하지만 그건 언제든 사정이 되면 다시 갚겠다로 시작한 그녀는 지난 일은 없었던 걸로 하고 조용히 보내 다오로 끝을 맺었다. 그리고 부글거리는 속을 눌러 참으며 내가 다시 돌아갈 것을 권하면서부터는 돌아갈 수 없는 까닭을 댄답시고 오래 잊고 있었던 상처들을 후비기 시작했다. 고아라는 처지, 가난, 보잘것없는 학벌, 희망 없는 직업 따위 새삼스러울 것도 없는 내 약점들을 골고루 쑤신 뒤에 난데없는 아버지까지 끌어내어 자신의 결정이 옳음을 주장하는 근거로 삼았다.

"이제 괜찮아진 것처럼 보이지만 당신 아버지 일도 믿을 건 못 된데요. 몇 해 선심 쓰듯 느슨하게 풀어줬다가 조그만 일만 있어도 전보다 몇 배나 바싹 죌 거래요. 전에도 이번 조치 비슷한 게 있었는데 몇 해 안 돼 흐지부지되고 말았대요……."

내가 갑자기 그녀의 목을 누르기 시작한 것은 그녀가 하고 있는 말들이 모두 함께 살고 있는 놈팡이의 입에서 나온 것이리라는 추측 때문이었다. 거기서 온 순간적인 분노에다가 아무래도 말로는 안 될 것 같아 위협 삼아 목을 누르기 시작했는데 — 그때 참으로 이상한 일이 벌어졌다. 고통으로 일그러지는 그녀의 얼굴이 그 어느 때보다도 뚜렷한 선으로 떠오르는 어린 날 뒷간 거울 속의 얼굴과 점점 닮아가는 것이 아닌가. 그걸 깨닫자 갑자기 억누를 길 없는 호기심이 일며 아내의 목을 죄고 있는 손을 늦출 수가 없었다. 정말로 그녀가 이십여 년 전에 어두운 뒷간의 거울 속에서 본 그 얼굴인가, 어린 날의 환상으로 단정하고 포기해 버린 그 기억이 실제로 있었던 것인가를 끝까지 확인해 보고 싶었기 때문이다.

아내의 얼굴은 묘한 전율을 일으킬 만큼 시시각각 이십여 년 전 거울 속의 그 얼굴을 닮아갔다. 그러다가, 이건 틀림없다 싶어 손을 늦췄을 때 아내의 몸에는 이미 조그만 움직임도 느껴지지 않았다. 진정코 말하지만 당신들이 궁금해 하는 살의(殺意) 따위는 애초부터 품어볼 틈이 없었다……

그 뒤 내 행동의 세세한 전개는, 즉 당신들이 말하는 바 도피 경로는 내 기억에는 거의 남아 있지 않다. 나는 다만 아내의 죽음으로 하여 갑자기 타오르기 시작한 추억의 불길을 향해 똑바로 날아드는 한 마리의 불나비(부나방)에 지나지 않았다. 아무런 저항 없이 포기해 버렸던 기억 하나가 사실임이 확인되자, 쓰라리게 또는 두려움과 혼란 속에서 포기하거나 철회를 강요당했던 갖가지 기억들이 새삼 크고 무거운 것으로 되살아나며 제각기 존재 증명을 요구해 왔다. 지금과 같이 한심하고 처량한 형태로 내 삶의 방향이 잡힌 것은 바로 그 모든 진실을 포기한 뒤부터였다는 것이 후회처럼 떠오르고, 끝내는 살인 같은 끔찍한 사건으로 막을 내리게 된 인생극에서의 내 배역(配役)도 그로 말미암아 준비되었다고 단정되었다. 이제 어긋나버린 내 삶을 제자리로 되돌려 보낼 수 있는 길은 그 잃어버린 진실들을 회복하고, 거기에서 새로 출발하는 것뿐이다. ― 그것이 뜨겁게 타오르는 추억에 부대낀 내가 내리게 된, 선택의 여지없이 자명(自明)한 결론이었다. 아아, 당신들도 이해할 수 있을는지…….

그런 내가 어느 정도 냉정을 회복한 것은 잠든 듯 누워 있는 아내를 버려두고 그 방을 나온 지 대여섯 시간 뒤였다. 나는 그사이 서울을 빠져나와 A시에서 고향으로 들어가는 막차에 오르고 있었다. 누구보다도 내 기억의 많은 부분을 부인하거나 포기를 강요한 사촌 형을 찾기 위해서였다. 나는 가만히 차 안을 둘러보았다. 나를 뒤쫓는 자가 있나 없나를 살피기보다는 혹시 나를 알아보는 이가 있어 천에 하나라도 내가 사촌 형을 찾아보는 데 지장이 생길까 걱정이 되어서였다. 막차답지 않게 반쯤 들어찬 차 안에는 분명 낯익은 얼굴들이 몇 있었지만 다행히도 그쪽에서는 나를 알아보지 못했다. 이십 년이 넘은 세월 탓이리라.

그런데 막 안도의 숨을 내쉬며 빈자리를 찾아 걸음을 옮기는 내 눈길에 뒤편 구석진 자리에서 유심히 나를 살피는 중년 부인이 들어왔다. 도회풍의 차림에 제법 가꾸어진 얼굴로 나도 오래잖아 그녀를 알아보았다. 바로 옛날에 문둥이에게 간이 뽑힌 걸 본 적이 있는 그 처녀 아이가 변한 모습이었다.

그녀 역시 내 기억들을 회복하기 위해서는 반드시 한번은 찾아야 할 사람들 가운데 하나였으므로 나는 똑바로 그녀 옆의 빈자리로 향했다. 그러나 그녀는 내가 그녀를 알아보고 그녀 쪽으로 다가가자 갑작스레 당황한 표정이 되어 황급히 눈길을 차창 밖으

로 돌렸다. 마치, 조금 전 유심히 살펴본 것은 순전히 우연이었을
뿐 나는 당신을 전혀 몰라요, 하는 듯한 태도였다.

"안녕하십니까? 오랜만입니다."

나는 그녀의 태도에 아랑곳없이 옆자리에 앉으며 인사를 건넸
다. 그녀는 흠칫하면서도 차갑게 시치미를 뗐다.

"누구시더라?"

"이름이 은님이라고 하시죠? 아랫마을에 사셨고……."

"그건 그렇지만 아무래도 누구신지 기억나지 않는데요."

그녀는 말투까지 완전히 고향 사투리가 아니었다. 그러나 내가
끈질기게 추궁하자 겨우 내가 누구라는 것만 아는 체를 했다. 얄
미운 기분이 들어 바로 문둥이 얘기를 꺼내려다 말고 애써 정중
함을 유지하며 물었다.

"요즘 어디 사십니까?"

그런데 그녀의 대꾸가 그러는 내 기분을 확 바꾸어 놓았다. 차
갑고 공격적인 어조에 내 기를 꺾어 놓기 위한 것임에 분명한 반
말 투가 그랬다.

"여자 사는 곳이 따로 있어? 남편 있는 곳이지."

"송하(松下)엔 무슨 일로?"

"어머님이 위독하단 기별을 받고 가는 길이야. 그래, 요즘은 뭘
하지? 오래 고향 떠나 있은 걸루 아는데……."

그녀는 어머니의 임종을 보러 가는 딸답지 않게 침착한 말투로
은근히 나에 관한 것을 캐물으려 들었다. 그러나 나는 갑자기 떠

오르는 억센 노파의 험악한 표정과 어린 날의 내 눈앞에 번득이던 시퍼런 낫에 오싹했다가 이내 마음을 다잡아먹고 말했다.

"거기도 역시 만나야 할 사람인데 늦은 것 같군요."

"그게 무슨 말이야? 어머님께 무슨 볼일이 있지?"

그녀는 노골적으로 경계하는 표정이 되어 나를 살피며 물었다.

"내게 소중한 기억을 빼앗아간 사람이죠. 그걸 찾아야 하는데……."

"그게 무슨 말이야? 기억을 빼앗아가다니, 그게 무슨 기억인데?"

"어떤 처녀 아이가 문둥이에게 간을 빼먹힌 걸 본 기억."

"처녀가 문둥이에게 간을 빼였다구? 그건 옛날이야기 속의 일이겠지. 잘못 본 걸 거야."

"그건 바로 당신이오. 나는 그때 똑똑히 보았소. 그런데 당신 어머니는 불쌍한 그 아이를 윽박질러 그 기억을 빼앗아가 버렸지."

나는 그녀의 천연덕스러움이 더 견딜 수 없어 조금 높은 목소리로 말했다. 그러나 그녀는 까딱도 하지 않았다.

"정말 이상한 사람이야. 차라리 안 밴 아이를 내놓으라는 게 낫지. 문둥이는 난데없이 무슨 문둥이야."

만약 그녀가 그때 순순히 내 기억을 돌려주기만 했어도 아무런 일이 없었을 것이다. 그러나 그렇게 매몰차게 거절하자 내 감정은 거칠어지기 시작했다.

"보아하니 꽤 괜찮은 데 시집가 좀 낫게 사는 모양인데…… 남편도 그 일 알고 있어?"

나는 짐짓 거칠고 비열한 표정으로 말투마저 바꾸었다. 그러자 약간 효과가 나타났다. 태연하던 얼굴이 일순 흐려지는 것을 나는 놓치지 않았다. 하지만 그것뿐이었다. 그녀는 이미 냉정을 회복하여 대수롭지 않다는 듯 말했다.

"이십 년 가까이나 산 남편에게 무슨 뚱딴지같은 소리야? 그걸루 뭐가 될 것 같애?"

"그렇다면 이곳 일이 처리되는 대루 한번 찾아가지. 남편에게 그때 내가 본 모든 것을 차근차근 얘기하고 물어보겠어. 정말로 그것이 내 거짓말인지 아닌지."

"쯧쯧, 못 보는 수십 년 사이에 결국 나쁜 것만 배웠군. 협박하는 거야?"

"내 기억을 내놓으라는 거요."

정말로 그때만 그녀가 솔직하게 모든 걸 털어놓고 사과했더라도 내가 그렇게 심한 짓을 저지르지는 않았으리라. 그런데도 그녀는 끝까지 버티려 들었다.

"갈수록 알 수 없는 말만 듣겠네. 그때도 이상한 소릴 늘어놓더니……."

"결국 내가 잘못 보았다는 거야? 아직도 내가 거짓말하고 있다는 뜻이야?"

"도대체 누가 그런 괴상한 말을 믿어주려 하겠어?"

"좋아. 그럼 네 남편에게 말해 보지. 그는 믿어줄 거야."

"쇠고랑 차기 십상일걸. 아니면 정신병원에 실려 가거나. 그는 그만 힘은 있는 사람이야."

그렇게 말하는 그녀는 완연히 닳고 닳은 도회의 중년 부인이었다. 길게 말하다가는 말꼬리만 잡힐 게 뻔했다.

"알겠어. 참고로 삼지."

나는 그렇게 말해두고 입을 다물었다. 내가 자폐 증상에 빠져 있던 시절에 나는 종종 침묵의 위력을 실감한 적이 있었다. 내 쪽은 할 말이 없거나 몰라서 말을 않는 것뿐인데 상대가 저절로 숙이며 들어와 모든 걸 털어놓곤 하던 게 그랬다.

과연 그 방법은 효과가 있었다. 얼마쯤 지났을까, 저만큼 고향 마을에 도착하기 전의 마지막 정류소가 보이는 곳에서 그녀가 한풀 꺾인 기색으로 물어왔다.

"도대체…… 원하는 게 뭐야?"

"내 기억을 돌려줘. 나도 내가 보고 들은 것을 믿고, 거기에 의지해 살게 해줘."

"어떻게?"

그때 마침 차가 멈추었다. 십 리 채 못 되는 고갯길만 넘으면 고향 마을이 되는 삼거리로, 처음부터 내가 내리려고 마음먹었던 곳이었다.

"여기서 내리지. 어둡기 전에 송하로 들어가고 싶지 않아. 함께 걸어가면서 얘기해."

나는 별다른 계획도 없이 그렇게 말하면서 옆도 보지 않고 자리에서 일어났다. 잠시 망설이는 것 같더니 그녀도 결국 따라 내렸다. 아무리 도회에서 닳았다 해도 태생이 시골인 탓이라 겁을 먹은 것인지 또는 자신만만한 내 태도에서 내 말이 빈말 같지 않게 느껴진 것인지 제법 들릴 만한 한숨과 함께였다.

유월 태양은 서산마루에 손톱만큼 걸려 있었다. 가뭄 때문인지 노을이 유난스레 붉었다. 나는 꼭 이십 년 전 열네 살의 나이로 그 길을 떠났던 일을 문득 떠올리고 야릇한 감회에 젖어 잠시 그녀가 내 곁에 있다는 것도 잊었다.

그녀가 가만히 입 다물고 따라만 왔더라면 그 아름다운 노을과 귀향의 독특한 감회는 그녀의 훌륭한 보호자가 되었으리라. 그런데 채 고갯길 중턱에도 오르기 전에 답답하다는 투로 필요 없이 입을 열어 그녀는 스스로를 구할 또 한 번의 기회를 쫓아버리고 말았다.

"그래 원하는 게 뭐야? 돈?"

그리고 내가 아직도 야릇한 감회에 젖어 대답을 않고 있자 그렇게 물어놓고 스스로 단정한 듯 덧붙였다.

"나 큰돈 없어. 알 만큼 알고 따라붙은 모양인데……. 영감이야 그럭저럭 돈푼 만지는 편이지만 내겐 노랭이지. 도대체 얼마나 원해?"

그제야 나는 그녀의 말을 알아들었다. 잠자다가 물벼락이라도 맞은 것 같은 느낌이었다. 그 바람에 내 감정은 거친 정도를 넘어 잔인한 복수심으로 발전했다.

"그런 건 필요 없어."

나는 차게 내뱉은 뒤 길가의 잔솔밭으로 그녀의 손목을 왁살스레 잡아끌며 소리쳤다.

"나도 네 간을 빼먹고 싶어!"

그 순간 그녀의 얼굴에는 놀라움과 부끄러움과 그러면서도 이미 짐작은 했노라는 듯한 비꼼의 표정이 착잡하게 얽혔다. 그러나 크게 반항하지 않았다.

"꼭 그때처럼 해."

사람의 눈에 띄지 않을 만한 곳에 이르자 나는 다시 그렇게 명령했다.

"내 나이 마흔다섯이야."

그녀가 사정하는 것도 아니고 빈정거리는 것도 아닌 투로 그렇게 말했다. 그러나 나는 이미 잔인한 복수의 쾌감에 빠져들고 있었다.

"시키는 대로 해."

"정말 꼭 그래야 되겠어?"

"잔소리 마."

나는 금방이라도 달려들어 목을 조를 것 같은 기세로 그렇게 소리쳤다. 그녀도 그런 내게서 무얼 느꼈는지 더는 입을 열지 않았다. 한동안 멀거니 나를 건너다보더니 천천히 옷을 벗기 시작했다.

생각보다 그녀의 몸매는 아름다웠다. 그러나 이십여 년 전의 기억에는 전혀 없는 낯선 여인의 몸이었다. 거기다가 출산으로 터진

배의 흉터나 주름이 잡히기 시작하는 목덜미께는 이상한 역겨움까지 일으켰다. 욕정과는 거의 무관한 나상(裸像)이었다.

"그때 그 문둥이는 어떻게 네 간을 뽑았지?"

나는 진심으로 그렇게 물었다. 그녀가 귀찮은 듯 두 눈을 감고 벗어 놓은 옷가지 위에 반듯이 드러누우며 말했다.

"능청 떨지 마."

그러자 비로소 잊고 있던 것이 생각나듯 그런 그녀의 자세가 뜻하는 바를 깨달음과 동시에 맹렬한 욕정이 일었다. 하지만 그것도 잠시였다. 곧 그녀의 모습 위에 어머니가 문둥이에게 간이 뽑히던 모습이 겹쳐지며 어린 날의 몸서리쳐지던 무력감이 떠올랐다. 그리고 그것은 스멀거리던 욕정을 일시에 씻어내는 대신 다시 잔인한 복수의 쾌감을 충동질했다.

"일어나. 너는 아직도 내 기억을 돌려줄 생각이 없어. 문둥이는 그렇게 간을 빼먹지 않아."

나는 그렇게 소리치며 그녀의 벗은 몸을 걷어찼다. 나의 돌변에 이번에는 정말로 겁먹은 눈길로 일어난 그녀가 몸을 웅크리고 앉았다. 나는 그런 그녀를 사정없이 후려쳐 저만큼 내쫓은 뒤 흐트러져 있는 옷가지를 갈가리 찢으면서 한층 무섭게 소리쳤다.

"그대로 마을로 달려가. 가서 네 어머니와 마을 사람들에게 말해. 그때 내가 본 것은 사실이라고. 문둥이가 네 간을 빼 갔다고. 거짓말을 한 것은 내가 아니라 너희들이었다고……."

나는 한동안 거의 제정신이 아닌 채 악을 썼다. 그녀는 퍼렇게 질린 얼굴로 한동안 나를 보다가 본능적인 공포에 쫓긴 듯 비틀비틀 작은 솔숲 그늘로 달아나버렸다. 나는 그녀의 옷가지들이 한 무더기의 헝겊 조각으로 변한 뒤에야 그곳을 떠나 사촌 형의 집으로 향했다. ― 당신들의 추측이 어떤 것이든 그녀가 무어라고 진술했든 이상이 그 사건의 전부다.

그사이 날은 완전히 저물어 있었다. 그러나 내 머릿속에서는 갖가지 추억들이 그 어느 때보다 맹렬한 불꽃으로 타오르고 있었다. 나는 그 불꽃에 의지해서 어둠과 이십 년의 세월이 가져온 옛 마을의 변모를 이겨내고 똑바로 사촌 형의 집에 이르렀다.

이미 초로에 접어든 사촌 형은 마침 사랑방에 있었다.

"니가 웬일고?"

한눈에 나를 알아본 사촌 형은 눈썹 하나 까딱 않고 차디찬 음성으로 물었다. 그 차가움은 질 좋은 기름처럼 이미 걷잡을 수 없는 불길로 내 머릿속에서 타오르고 있는 추억들을 더욱 뜨겁고 현란하게 만들었다.

"빼앗긴 기억들을 되찾으러 왔습니다."

"아닌 밤중에 홍두깨라더니, 그기 무신 말고?"

"우리 아부지가 어떻게 돌아가셨습니까?"

"이십 년 만에 찾아와 묻는다는 기 겨우 그것가? 어예 죽기는 어예 죽어. 삼촌이사 빨갱이 짓 하다가 산에서 총 맞아 죽었제."

이십 년 전과 조금도 다름없이 매몰차고 꼿꼿한 태도였다. 나는 서슴없이 그럴 때에 대비해 숨겨 간 칼을 방바닥에 꽂으며 소리쳤다.

"아닙니다."

"아이라이?"

방바닥에 꽂히는 시퍼런 칼을 본 사촌 형의 자세가 약간 허물어졌다.

"국군으로 나라를 위해 싸우다가 학이 되어 날아갔습니다."

"뭐시라?"

그러다가 그는 내 눈길에서 어떤 심상찮은 빛을 보았는지 가늘게 몸을 떨며 풀 죽은 목소리로 말을 바꾸었다.

"그거사 뭐…… 니가 똑 그렇게 생각하고 싶으믄 마음대로 하라믄."

"어머니는 어떻게 돌아가셨습니까?"

"참 불쌍한 양반이라. 스물일곱에 혼자되어 핏덩이 같은 니 하나 믿고 살다 뭐가 잘못된 모양이제. 혼자 낙태한다꼬 우예다가 하혈(下血)이 심해 서른셋에 세상 베리셨제……."

"아닙니다. 문둥이가 간을 빼먹어 돌아가셨습니다."

"오야. 마 그카는 편이 속 편할 끼다. 그래, 그 망할 문둥이가……."

"내가 아주 어렸을 때는 형수님하고 언제나 붙어 있었지요?"

"그랬을 끼다. 니는 암것(아무것도) 모른다꼬……."

"그때 산빨갱이를 잡으면 목을 뎅강뎅강 잘라 개울가 바위에 널어 말렸지요?"

"그랬을지도 모르제. 한참 눈들이 뒤집혀 있을 때는 그쪽도 여사(예사)로 죽창 끝에 사람 목을 꿰 다니기도 했으이."

"지서 앞 대추나무에 매달고 때려죽이기도 하고……."

"그거사 아이지만 산빨갱이를 붙들믄 경찰이나 국군이 개 패듯 한 거는 맞을 끼라."

그렇게 하나하나 포기했던 기억들을 되찾고 있는데 바깥이 수런거리더니 총을 멘 당신들이 들이닥쳤다. 집 안의 누군가가 몰래 사랑방을 훔쳐보고 지서에 신고한 듯했다. 그러나 맹세코 말하지만 방바닥에 꽂혀 있던 그 칼은 잃은 것을 찾기 위한 도구였지 당신들이 걱정하는 것처럼 살인을 위한 흉기는 아니었다.

생각하면 당신들은 턱없이 빨리 왔다. 적어도 당신들은 내가 사촌 형과의 일이라도 끝낼 때까지 기다려주어야 했다. 아니 내게 하루나 이틀쯤은 더 여유를 주어 선산발치에서 학으로 날아간 아버지의 깃털 하나쯤은 주울 수 있도록 해주거나 고향 강변의 바위틈에서 주먹만 하게 말라붙었을 아버지의 목을 찾아볼 수 있도록은 허락했어야 했다. 그런 뒤 나는 그 방위군 소위를 찾아 그의 늙어가는 남근에서 이십여 년 전 쇠파리에게 물린 자국을 확인하고 싶었고, 그 옛날 보리 이랑마다 딸기 덩굴마다 서캐처럼 숨어 있던 문둥이들이 간 곳도 알아보고 싶었다.

그리하여 나도 당신들처럼 자신이 본 것과 아는 것에 믿음과 사랑을 가지고 싶었다. 그 믿음과 사랑을 바탕으로 세계와 인생에 대한 믿음과 사랑을 키우고 싶었으며, 내 삶과 꿈도 새로이 가꾸어보고 싶었다. 그러나 당신들은 너무도 일찍 왔고, 찾아야 할 많은 것은 여전히 타오르는 추억으로만 남았다. 처절하게 또는 불안하게, 헛되이 타오르는.

(1983년)

이

황량한 역에서

가끔씩 이럴 때가 있다. 대개 그 전날은 누군가와 어울려 진탕 술을 마시고 엉망이 된 그러한 날로, 그래서 이불도 제대로 펴지 못하고 눕자마자 곯아떨어진 후, 새벽, 타는 듯한 목, 쓰린 위며 지끈거리는 머리 같은 것들로 마음이 한껏 비참해져 눈을 뜰 때인데 — 그때 나는 갑자기 주위가 맹렬한 속도로 변화하는 것을 보게 된다. 천장이 엄청나게 높아지는가 하면, 방문은 어느새 대합실의 출입구가 되고 잠자리는 그대로 길고 딱딱한 나무 벤치로 변해…… 주위는 온전히 작고 초라한 시골역의 풍경으로 바뀌고 만다.

그 돌연스럽고 또 약간은 엉뚱한 환각에 대해 나도 정확히는 원인을 알 길이 없다. 그저 막연히 짐작하는 바로는 지난 삶의 어떤 부분에 대한 내 기억의 턱없는 애착 때문이 아닌가 한다. 하지만 그런 날은 어디 짧은 여행이라도 떠나든가 하다못해 하숙집이라도 옮겨야 할 정도로 그것들이 남긴 인상은 강렬하다.

"아직도 역이구나. 나는 또 떠나지 않으면 안 되는구나……."

그런 새벽 어스름 속에 홀로 앉아 텅 빈속으로 담배 연기를 빨아들이면서 언제나 내가 마음속으로 중얼거리게 되는 말은 그랬다. 그리고 그때는 손가락 사이에서 피어오르는 푸르스름한 담배 연기마저 내게는 낯설어지고 만다.

여자는 내 앞에 몽롱하게 앉아 있다. 무엇인가 끝나버렸다는 공허 때문이에요. 무엇인가 끝나버렸다는……. 낮게 가라앉아 있지만 젖은 듯한 목소리가 쓸쓸하다. 그러나 그뿐, 마치 투명한 막 건너에서 얘기하고 있는 것처럼 그 목소리에 실린 의미는 전혀 와닿지 않고, 나는 자신도 의미 모를 미소를 지은 채 여자의 입술만을 바라보고 있다. 오늘은 핏기 없고 떨리기까지 하는구나. 가엾게도 그것은 예전에는 얼마나 붉고 뜨거운 것이었던가. 찻집은 오래된 서부영화 주제곡의 경쾌한 휘파람 소리와 사람들의 웅성거림, 그리고 함부로 뿜어 대는 담배 연기와 내 우울로 꽉 차 있다.

어린 시절 한때 나는 작은 역이 있는 소읍(小邑)에서 산 적이 있다. 분명히 말하면 그것은 대략 내가 한 살에서 열네 살까지를 보낸 M읍으로, 우리 집은 그 역에서 멀지 않은 거리에 있었다.

역사(驛舍)는 그 무렵만 해도 경부선을 지나는 사람이면 어디서나 쉽게 볼 수 있는 일본식 목조건물이었다. 마름모꼴 함석으로 이은 지붕, 늘상 허약하게만 느껴지던 회벽 사이의 나무 기둥과 창틀, 우중충한 시멘트 바닥 — 이러한 것들은 지금도 내가 이웃의 어느 집처럼 선명하게 떠올릴 수 있는 것들이다. 물론 그 밖에도 내가 그 역과 관련지어 기억할 수 있는 것은 많다. 쓰지 않아 벌겋게 녹슨 구식 펌프와 별로 손보지 않아도 가을이면 곧잘 코스모스로 환해지던 화단, 엉성한 나무 울타리 곁으로 줄지어 선 오륙 년생의 측백나무와 그 한 켠에 쌓여 있던 석탄 더미 등이 그것들인데, 모두가 당시로는 평범하기 짝이 없는 작은 역의 구성물들이었다.

내가 처음 그 역과 가까워지게 된 동기는 또래들과는 좀 색달랐다. 아직 죽음의 의미를 모르던 내게 영문 모를 아버지의 부재(不在)를 어머니는 멀리 여행을 떠난 것으로 설명하셨기 때문이었다. 따라서 내가 역 주변을 놀이터로 삼게 된 것은 얼굴조차 기억하지 못하면서 돌아오는 그를 식구들 중 누구보다 먼저 맞기 위해서였던 것 같다. 나중에, 그가 떠난 것은 매우 먼 길이며 그래서 영영 돌아오지 않으리란 걸 알게 된 후에도 내 놀이터는 변하지 않았다. 지금에 와서 보면 어느 정도 오늘날의 내 운명을 암시하는 듯도 생각되지만, 그때로 봐서는 아무런 이유도 없이 그 역 자체를 좋아하게 되었다.

그때의 역장은 몸집이 유별나게 자그마한 사람으로 어쩐 일인지 나의 그런 침입을 개의치 않았다. 아마도 그가 무던히 마음씨 좋은 사람이었거나, 아니면 나 자신 별로 말썽을 부리지 않는 조용한 아이였기 때문이었을 것이다.

아주 어렸을 때의 기억으로는 얼굴과 옷에 온통 석탄가루를 뒤집어쓰고 돌아와 어머니에게 몹시 꾸중을 들은 적이 있다. 그것으로 보아 그때의 나는 주로 석탄 더미 근처에서 놀았거나 또는 철길을 따라가며 기차에서 떨어진 석탄을 자루에 주워 담던 아주머니들과 함께 다녔음에 틀림이 없다. 그러나 그 시절의 기억은 하도 희미하여 내 나이 몇 살 때쯤 그것이 끝나버렸는지 알 수가 없다. 다만 다음으로 떠오르는 것은 굵은 각목으로 만들어진 개찰구와 한때 내 동경의 대상이었던 키 큰 개찰원의 모습뿐으로, 추측하건대 내가 그 주위를 맴돌기 시작할 무렵이 내 최초의 추억 마지막 부분에 해당할 것 같다.

처음 얼마간은 그 개찰원의 흰 장갑 낀 손에 쥐어진 반짝이는 개찰용 가위(훨씬 나중에 가서야 나는 그것이 펀치[穿孔機]라고 불린다는 것을 알았다.)가 매혹되기 쉬운 내 어린 영혼을 사로잡았다. 학교가 파하자마자 역으로 달려간 나는 거의 매(每) 발착 시각마다 개찰구에 붙어 서서 열망에 찬 눈빛으로 그 가위를 바라보며 그 개찰원과 친해질 것을 기대하였다. 그러나 그 개찰원은 무척이나 거만하고 신경질적임에 분명한 사람으로 그러한 나를 귀찮게 여기는 빛이 역력했다. 뿐만 아니라 때로 그는 그 당시만 해도 흔하던 무임승차자를 붙들 경우 무서운 고함소리와 함께 사정없이 따귀를 올려붙이고 발길질을 해댐으로써 무자비하다는 인상까지 곁들였다. 그리하여 그는 곧 어린 내게 쉽게 친할 수 없는 사람으로 단정되고, 따라서 나는 그와 친해져 내 손으로 승차권에 구멍을 뚫어본다는 간절한 소망을 포기하지 않을 수 없었다. 그 대신 나는 스스로를 그 개찰원으로 가정하고 승차권에 구멍을 뚫을 자리를 마음속에서 결정하는 것으로 조그만 위로를 삼았는데, 가끔씩 그것은 그 개찰원의 결정과 일치하여 현실적인 기쁨이 되기도 했다.

그 밖에도 내가 그 개찰구 주변을 일 년 가까이나 붙어 서 있게 된 이유 중의 하나는 그곳을 지나가는 사람들이 보여주는 표정의 공통성이었다. 자신의 관찰력에 스스로 감탄하며 낸 그 시절의 통계로는 — 사실은 지금도 여전히 그렇게 생각되지만 — 떠나는 사람들의 표정은 언제나 음울하고 돌아오는 이들은 항상 피로에 차 있다는 것이었다. 하지만 이따금씩은 예외가, 곧 돌아오는 자의 기쁨과 출발하는 자의 희망이 나를 섭섭하게 만드는 때가 있었다. 그러나 그보다는 더 자주 나는 내 통계의 확인에 만족할 수 있었다.

언젠가 그 지방에서는 보기 드문 화사한 차림에 고귀한 얼굴을 한 여인네가 기차에서 내려 그 개찰구를 나왔을 때, 나는 괜히 그 여자 앞을 가로질러 뛰어가선, 역 앞 조그만 구멍가게에 몸을 숨기고 혹시 그 여자가 우리 집으로 향하여 가지 않는가를 가슴 두근거리며 엿본 적이 있는데, 그때의 공연한 얼굴 붉힘이며 가슴 두근거림은 지금도 이상하다……

그 뒤 제법 자라 응당 다른 놀이에 열중해야 할 초등학교 상급반이 되어서도 나는 여전히 역 주변에 남아 있었다. 그것도 이번에는 한술 더 떠, 위험한 철길 주변에 나가 살듯이 함으로써 홀어머니를 속 썩이는 말썽꾸러기로서였다. 나는 그곳에서 한 사람 — 그 후의 내 삶 도처에서 무슨 불길한 별처럼 음산한 빛을 던지고 지금도 내 영혼 깊숙이 그의 그림자를 드리우고 있는 한 늙은이를 만났기 때문이다. 그전의 자그만 역장이나 석탄을 줍던 아주머니들이나 키 큰 개찰원이 사라져버린 기억의 빈자리에 당연하다는 것처럼 나타난 초로의 외팔이 검차원(檢車員)이 그랬다.

그는 방금 도착한 화물열차의 강철 바퀴를 작은 망치로 바쁘게 두드리며 지나갈 때조차도 그걸 신기하게 여기며 졸졸 따라다니는 나를 조금도 성가시게 여기지 않았다. 그게 먼저 호감을 일으키고 나아가서는 그에게 자신 있게 다가갈 수 있도록 해주었다. 그러다가 어느 한가한 여름 오후 나를 잡고 이것저것 말을 건 것을 시작으로 그는 외로움에 분명한 자신의 세계에 나를 기꺼이 받아들여 주었다. 그다음은 당시의 그 역의 어느 누구도 굳이 방해하려 들지 않던 우리들의 조그만 역사였다.

그와의 역사에서 무엇보다 먼저 말해야 할 것은 어린 나를 친구삼아 그가 수없이 들려준 이야기들일 것이다. 느긋이 다음 열차를 기다리는 철로가에서나 어떤 때 비라도 오는 날은 떼어 논 객차 안 같은 데서 들려준 그 이야기들의 대부분은 철로와 역을 따라 이어지는 그의 지난 삶에 대한 회상이었다.

깔린 지 20년이 넘는 그때까지도 낯설고 새롭기만 하던 경부선 연변의 어느 산골 소년이었던 그는 매일 그곳을 지나는 기관차의 위용과 승무원의 제복에 매혹되어 어느 날 기어이 '열차를 타고' 말았다. 그때부터 삼십여 년 전의 어느 날로, 한 번 그렇게 고향을 떠난 그는 다시는 고향에 돌아가지 못하고 역의 잡역부며 전철수(轉轍手), 화부(火夫)에서 기관사에 이르기까지 철로가 가진 거의 모든 직종을 전전하다가 결국에는 철도사고로 왼팔까지 상한 채 그날에 이르렀다고 한다.

그런 그에게 있어서 철로는 온 생애의 증인인 동시에 그 또한 이 땅 철로의 역사를 가장 생생히 말할 수 있는 증인이 되었다.

철로는 알고 있었다. 매캐한 석탄 연기와 강철의 소음 속에 허망히 흘러가 버린 그의 청춘을. 그 옛날 '북만(北滿)의 눈보라와 남항(南港)의 동백꽃을 벗 삼아' 구름처럼 떠돌던 시절의 그는 얼마나 훤칠한 용모와 유쾌하고 성실한 정신을 가진 젊은이였으며, 그 생활 또한 어떤 멋과 여유로 가득 찬 것이었던가를. 또한 선악을 불문하고 그를 찾아든 그 후의 여러 재난과 갖가지의 삶의 애환도 철로는 남김없이 알고 있었다. 사랑하던 첫 아내와 딸을 앗아간 불의의 사고가 어떤 것이었으며 상당한 나이가 들어 다시 맞은 젊은 아내는 얼마나 간교한 일인(日人) 매표계의 꼬임에 빠져 그를 버리고 달아났나를. 그 뒤 전처의 두 아들만 데리고 지내온 그의 장년기는 얼마나 쓸쓸한 것이었고 — 이제는 그들마저 장성하여 떠나간 저 낡은 관사의 거처방이 그 어떤 공허와 사양(斜陽)의 외로움에 가득 차 있나를.

그러나 그도 또한 알고 있었다. 이 땅의 모든 철로가 무슨 이유로 언제 부설되었으며, 그들은 몇 개의 터널과 위험한 커브를 가졌고, 몇 개의 역과 교량을 지나게 되었는가를. 그 수많은 생성과 소멸의 내력 역시 그가 자신의 일처럼 상세히 알고 있는 바였고, 그 위에서 일어난 온갖 희비의 사건 또한 그는 속속들이 기억하고 있었다.

그리하여 그런 그의 입을 통해 흘러나오는 얘기들은 그대로 변천하는 시대의 연대기(年代記)였다.

먼저 그는 아라사(我羅斯)와의 불가피한 회전(會戰)을 앞두고 그의 유년을 질주해 간 일본의 군용열차에서 머지않아 닥쳐올 동아시아의 맹렬한 진통과 폐허가 될 세계의 깊숙한 고뇌를 예감했다. 고종 임금의 국상을 당하여 상경하던 백립(白笠)의 늙은이들에게서는 몰락하는 우리들 왕조의 마지막 영광을 보았으며, 북상하는 나남 사단(羅南師團)의 군가 속에서 그 쓸쓸한 증언을 들었다. 거부의 꿈을 안고 만주로 떠나던 일본 청년의 밝은 표정에서 신흥 국민의 기개를 보았고, 역시 그 땅으로 떠나던 동포의 어두운 얼굴에서는 실향과 이산의 우수를 읽었다. 끊임없이 증가되는 관동군을 실어 나르며 빈사의 노(老)대국 중국을 동정했고, 때로는 쏘만 국경의 살벌한 풍문과 은밀히 남양으로 빼돌리는 병력으로 가득 찬 일제의 군용열차에서 휘황하던 그들 대동아(大東亞)의 꿈에 간 무참한 균열을 느꼈다. 학병으로 혼잡한 역두(驛頭)에 샌닌바리[千人針]

를 들고 다급하게 달려오는 일녀(日女), 징용이나 징병에 끌려가는 님을 위해 손수건에 삶은 계란을 싸 든 채 쿨쩍거리는 조선의 여인을 보면서는, 무모하게 확대된 전선과 더불어 그들 20세기 전반을 장식한 섬나라 민족을 성원하던 군신 '마르스'의 무정한 변심을 직감했으며 — '얍본스끼[日本人] 까리스끼[韓國人]'를 연발하는 소련군 병사의 충혈된 눈과 윤간당하는 어린 일본인 소녀의 애처로운 비명 속에서 역사의 짓궂은 작희와 흥망성쇠의 급속한 일회전을 보았고, 진주하는 미군의 위용과 풍요에서는 화려하게 등장한 이 세기의 새로운 총아를 확인했다. 그리고 6·25…….

따라서 그런 그에게 있어서 철로와 역은 온 생애를 일관한 근거 없는 애착의 대상인 동시에 항상 열려 있는 영혼의 창이기도 했다. 그는 그것을 통하여 외부의 넓은 세계와 내부의 조그마한 자아를 연결해 온 것 같았다. 이미 십여 년이 지나갔지만 삶의 지혜와 그것에 비유해 들려주던 잠언(箴言)에 가까운 충고는 내 기억에 뚜렷이 남아 있다.

하지만 사실을 말하자면, 그 모든 기억의 해석이나 그것을 표현하는 그의 말을 내가 모두 그때 그대로 전하고 있는지는 자신이 없다. 이 나라 초기 철도의 하급 노동자로 잔뼈가 굵어 그에게서 깊이 있는 역사 이해나 그걸 드러낼 세련된 말을 기대하기는 어려웠다. 조숙하긴 해도 나 또한 그때 기껏 열두엇의 어린애에 불과하였으며, 나의 이해란 것도 지극히 피상적이었을 수밖에 없었다. 오직 내가 그의 얘기를 재미있어했다면, 그것은 순전히 그의 젊은 날에 대한 추억 때문이었다. 정말이지 언제나 새로운 사물만 대하며 살아간다는 것은 열두엇의 소년에겐 얼마나 매력 있고 동경할 만한 일이었을까. 그 나머지의 의미로 충만된 내 기억은 그 뒤 오랜 세월에 걸친 의식 속의 부단한 심화와 세련으로 새롭게 재생된 것에 지나지 않을지도 모른다.

오히려 그 무렵의 그에 대한 기억으로 더 정직한 것은 그저 한 유쾌한 친구로서였다. 우리들은 레일에 귀를 대고 거기서 나는 미세한 진동 소리로 누가 더 정확히 다음 열차의 도착 시간을 예측할 수 있나 내기하였고, 때로 나는 그의 제자가 되어 작은 망치로 열차의 강철 바퀴를 두드린 후 그 짧고 딱딱한 소리로 어떻게 이상이 있나 없나 알 수 있는가를 배웠다. 그 두 가지 별난 기술은 모두 내가 상당한 나이가 되어서도 까닭모를 우월감까지 느끼며 남에게 자랑했던 것들이다. 만약 우리들의 사이를 우정으로 말할 수 있다면 후일에 내가 경험하게 된 그 어떤 것보다 더 순수하고 참된 것이리라.

그러나 나의 늙은 친구는 나보다 한 해가량 앞서 그 역을 떠났다.

"잘 있거라, 어린놈아. 살다 보면 어느 역에서든 만나게 되겠지."

그것은 여느 때처럼 그를 찾아갔을 때, 내가 하학할 때까지의 한나절을 데리러 온 큰아들과 함께 기다린 그가 갑자기 던진 작별 인사였다. 그리고 뜻밖의 이별에 망연해 있는 나를 두고 그 늙은 친구는 성큼성큼 개찰구를 빠져나갔다. 아직 기차가 도착하지도 않은 철로가에 이르러서도 그는 어떤 이유에선지 끝내 돌아보지 않았다. 큰아들이란 삼십 대의 남자만이 처음 나를 대할 때와 마찬가지의 기묘한 눈길로 흘긋 돌아보았을 뿐이었다…….

이 모든 추억은 꽤 선명하고 소상히 묘사되긴 하였지만 듣는 사람에겐 지리한 것이 되지나 않을는지 모르겠다. 하지만 얼핏 보아 대단한 의미도 없어 보이고 신기하거나 특출한 것도 없는 이 기억의 단편들이야말로 계속해 나갈 나머지 부분과 더불어 뒷날의 내 삶에 씻어내지 못할 상처와도 흡사한 흔적으로 남게 된다.

계속될 나머지 부분이란 병적인 조숙의 눈물에 얼룩진 것으로 그것은 내 늙은 친구가 떠난 지 한 달도 안 돼 결정적인 파국을 맞은 가계(家計)에서 비롯된 것이었다. 전란으로 남편과 재산을 한꺼번에 잃어버린 어머니는 어린 우리들과 함께 하나뿐인 외삼촌을 의지해 그곳 M읍으로 갔던 것인데, 그런 우리 생계를 도맡다시피 했던 그 외삼촌이 난데없이 국회의원에 입후보했다 떨어져 하루아침에 거지 신세로 나앉게 된 탓이었다.

그 무렵의 나는 주로 대합실의 나무 벤치 위에 막연히 앉아 시간을 보내었다. 아마도 내 어린 영혼이 미처 주체할 수 없는 커다란 슬픔 때문이었거나 아니면 그만큼 찬란한 공상에 잠겨서였을 것이다. 따라서 그런 내게는 이미 신기한 것이라고는 별로 없었다. 마찬가지로 그 대합실 주변에 대해서도 별다른 기억이 없다. 다만 그 장소와 결합된 것들 중에서, 그때의 내 슬픔이나 공상의 두터운 벽을 뚫고 의식에 아프게 와 닿은 것만이 때때로 애련한 슬픔 속에 떠오른다.

가출(家出)하는 누님을 몰래 전송해 주었던 저녁, 내가 삶의 우수를 본 것도 그 대합실에서였고, 질주하는 야간열차의 창에서 새어 나오는 푸르스름한 빛을 알지 못할 애상에 젖어 바라보며, 그 속의 창백한 얼굴들에서 원인 모를 연민을 느끼기 시작한 것도 그 대합실에서였다. 아아, 부슬비 오는 날 내 심금의 G현(絃)을 울린 것은 산굽이를 돌아가는 열차의 긴 기적 소리였지. 어느 곳으로든 떠나고 싶다는 열망과 그것을 실천하고자 하는 강한 결심으로 내 작은 주먹은 얼마나 자주 텅 빈 대합실의 나무 벤치를 내리쳤던가.

― 이윽고 나는 열네 살이 되었고, 오래잖아 나 자신이 한 여객으로 그 역을 떠났다.

제게도 이제야 겨우 승차권이 마련되었어요. 당신에겐 항시 그렇게도 수월했던 것이 제겐 왜 그리 어려웠는지 홀홀 털고 일어서도 좋을 것을, 하찮은 야망과 아집 때문에…… 자, 보세요. 이번에는 제 차례예요. 당신처럼 열차를 타는 겁니다. '손수건을 흔들어' 주시겠어요? 여자가 아름답게 웃는다. 한 서린 체념이나 슬픔 어린 독기는 남자의 얼굴을 꾸미지는 못하지만 여자에게는 더할 나위 없는 화장이다. 그리고 그 두 가지, 조화된 지금의 너는 그 어느 때보다 더욱 아름답다.

M읍을 떠난 이후 나는 여러 곳을 떠돌아다니며 살게 운명지어져 있었다. 먼저 나 스스로 이어가야 할 학업이 나를 내 집과 어머니로부터 떠나 여러 낯선 도시를 떠돌게 하였으며, 이윽고 그것이 한 습성이 되어 이미 그럴 필요가 없어진 때조차도 내게 새로운 출발을 강요하였다. 어떤 저항할 수 없는 힘이 나를 휘몰아 이 세상에서는 만날 수 없는 영원한 어머니와 사랑과 친구를 그리워하게 하였으며, 결국은 도달하지 못하게 되어 있는 아득한 고향에 대해 열렬한 향수를 일으키는 것 같았다.

그 수많은 출발 전야의 마음 설렘, 알지 못하는 곳에 대한 동경과 기대, 출발 아침의 번득이는 햇살, 정들었던 사람들에게 이별을 고하는 순간의 감미로운 슬픔, 괴로운지 즐거운지 구별 못 할 떠나야 할 곳에 대한 마지막 회상, 창변에서 멀어져가는 거리에 던지는 허심한 결별의 눈인사, 새롭게 도착할 곳에서 고생스럽고 힘들여 개척해 가야 할 것임에 분명한 생활의 그러나 자신 있고 낙관적인 상상…… 그리고 — 그런 출발의 길 위에 서면, 나는 항상 M읍의 조그만 역사(驛舍)와 함께 저만치서 표표히 자기의 길을 가고 있는 내 지난날의 늙은 친구를 떠올리게 되고, 그제야 점차 그 의미가 뚜렷해지는 그의 얘기들도 부추김의 목소리로 나를 격려하는 것이었다.

그러한 나에게 역은 언제나 최초의 환영객이었고 또한 변함없는 마지막 전송자였다. 처음에는 내가 가는 어느 도시에나 역이 있다는 사실만으로 나는 무슨 풀지 못할 상징이라도 발견한 기분이었다. 그러나 더욱 여러 곳을 떠돌게 되면서부터 나는 한 도시에서도 점차 많은 역을 발견하게 되었고, 이윽고는 그 도시 전체가 역으로만 이루어진 것임을 알았다.

먼저 내가 졸업한 학교치고 그 졸업식장에서 역을 느껴보지 않은 곳은 하나도 없었다. 엄숙하게 서 계시는 교장 선생님의 머리에는 늘상 어릴 적 그 작은 역에서 본 역장의 제모가 얹혀 있는 것이었고, 도열해 있는 선생님들조차도 그만한 수의 승무원으로 보이는 것이었다. 그들은 한결같이 말하는 듯했다.

"유쾌한 여행이 되기를 빕니다. 여기는 ○○역입니다."

그러면 내 주위에 있는 아이들의 표정에도 어느새 여객의 피로가 짙게 떠오르는 것이었다.

그 외에도 비록 머무는 순간의 길고 짧음은 있었지만 가정이 그러하였고 직장이 그러하였으며 사람이 머물게 되는 모든 곳이 그러하였다. 사람은 어느 곳에 가더라도 영원히 머물 수는 없으며, 필경은 떠나지 않으면 안 되기 때문이다. 그리고 그런 의미의 확대는 지구조차도 하나의 커다란 역으로 만들었다.

나는 지구의 역장을 보지는 못하였다. 또한 하나님의 신성한 머리 위에다 역장의 제모를 얹는 것도 감히 할 수 없는 일이다. 그러나 언제든 올려보기만 하면 마침내 우리가 가야 할 곳은 따로 있다는 것을 일깨워주는 저 푸른 하늘, 우리의 육신을 낳고 받아들이기는 하지만 형태를 보존하는 데는 늘 실패하고 마는 대지(大地), 얼핏 보아 변치 않을 것처럼 보이면서도 끊임없이 내려앉고 솟는 산맥들, 항시 새롭게 흐르는 강과 그 모임인 바다 — 이 모든 것들은 광활한 우주 속의 한 조그만 역을 이루는 구성물들임에 틀림이 없다. 그리하여 그들은 어디서 오는지도 모를 무수한 생명을 한 여객으로 받아들이고 또 때가 되면 어딘지 모를 역으로 묵묵히 전송하였다.

나는 이 역에서 필요로 하는 승차권을 본 적은 없다. 그러나 역시 상행과 하행은 있으며 상행(上行)인 죽음은 자신에게 고통을 지불하고, 하행(下行)인 출생은 그 어버이에게 쾌락을 지불해야 한다는 사실로 조잡한 대로 승차권을 상상할 수 있었다.

그리고 내가 그 모든 것을 알게 되었을 때 나는 비로소 늙은 친구의 작별 인사를 이해하게 되었다. 늙은 친구여, 그래서 우리들은 어디서든 역에서 다시 만나게 되는 것이었구려.

그런데 이 짙은 허탈감과 피로는 또 무슨 까닭인지 알 수가 없네요. 혹 당신이라는 역에 내린 후 너무 무리한 관광을 한 탓이나 아닌지 모르겠어요 —.

날선 비수처럼 빛나던 여자의 얼굴이 어느새 알 수 없는 우수로 흐려지고 돌연히 그녀를 감싸게 된 애처로움은 하마터면 나를 울릴 뻔하였다.

당신이 여기저기서 떼어낸 가설(假說)의 판자로 성의 없이 세워둔 관념의 사원들을 저는 남김없이 순례해야 했지요. 그곳의 여러 우상들에 대해서는 당신보다 더 경건히 무릎 꿇어야 했고, 그 박물관에서는 당신이 분별없이 모아 벌여둔 지식의 단편들을 감탄하며 관람하지 않으면 안 되었어요. 그러나 그사이에도 당신의 시선은 벌써 새로운 것을 향해 있고, 간신히 그걸 깨달은 내가 허전하여 돌아보면 당신의 몸과 마음은 언제나 낯선 곳을 헤매고 있었지요. 여전히 제 손은 텅 비어 있고, 당신의 영지에는 무릎 대일 땅조차 없는 거예요. 결국 나는 내려야 할 역이 아닌 곳에 잘못 내린 거죠. 그래서 — 늦은 대로 다시 출발해 보기로 마음먹었어요. 설령 당신의 사랑이 진실했다 하더라도 이런 제 결심은 당연히 용서하셔야 해요. 내가 이 역에 아무런 미련이나 애착이 없는 것도…….

내가 지상의 수많은 역 사이를 왕래하며 살아오는 동안에 나는 그만큼 많은 사람들을 만나게 되었다. 천민과 귀족, 어진 이와 어리석은 사람, 악한 자와 선한 자, 고매한 인격과 속물, 잘생긴 사람과 못난 사람, 혹은 이미 죽음과 어둠의 세계로 가버린 이들과 아직 태어나지 않은 이들도. 그리고 그 모든 사람들과 나는 사랑, 우정, 존경 또는 신뢰나 미움, 불신, 경멸 등의 그 어느 한 관계로 묶이지 않으면 안 되었다.

처음에는 나도 그들 또한 하나의 역으로 착각하였다. 이미 말한 대로 역의 의미를 턱없이 확대하는 버릇에다 우리들이 어떻게 만났건 결국은 서로에게서 떠나지 않으면 안 된다는 것이 그런 착각의 원인이었다.

그러나 차츰 사람들에 대해 여러 가지를 알게 되면서 나는 우선 그들과 역을 구분하는 기준을 마련할 수 있었다. 약간은 애매한 대로, 우리들이 어떤 역이든 우연하게 내리는 법은 매우 드물지만 사람들의 만남은 오히려 대부분 우연에 의해서라는 점이 바로 그 기준이었다. 거기다가 또한 사람은 하나의 역이 되기에는 너무 왜소하였으며 순간적이고 불완전하였다. 따라서 그들은 기껏 어떤 역의 구성원 또는 부속물이거나 땅 위의 무수한 역 사이를 왕래하는 여객에 지나지 않았고, 그들과 나와의 관계도 온전히 우리들의 기나긴 여행 중에 일어난 한 토막의 에피소드에 불과하였다.

그런데도 한때 내가 그것들을 무한히 중요하고 심각하게 받아들인 것은 전혀 무책임한 언어의 조작이나 감정의 무리한 비약 탓이었다. 그 괴상하고 앞뒤 없는 왜곡과 과장 ― 그것에 나는 그렇게도 자주 현혹되고 터무니없이 도취해 왔다.

당신들은 누구와 사랑에 빠져든 적이 있는가? 당신들은 틀림없이 그 고귀함이나 감미로움, 헤어질 때의 고통과 슬픔이며 그 후의 공허함 따위를 미화하고 과장하려 들 테지만 기실 그 진상은 뜻밖에도 단순하고 명백하다. 그것은 당신이 이 여행 중에 눈길을 끄는 한 소녀와 만났다는 것이며, 결국은 부정확하기 마련인 관찰에 이어 당신이 던진 호의 섞인 눈길에 그녀가 답했다는 것이며, 무료를 함께 달래자는 당신의 용기를 다한 요청에 그녀가 다소곳이 응했다는 것이며 ― 그리하여 약간은 야릇한 열에 들뜬 당신들이 깜빡깜빡 자기를 잊어가며 주고받은, 분명 달콤하고 섬세하나 또한 그리 대단할 건 없는 몇 개 유형의 행위와 가끔씩은 정색해도 좋을 대화의 집합에 지나지 않는다. 설혹 당신들에게 공통되는 추억과 꿈이 있었고, 그래서 많은 아름답고 고귀한 것들을 애기했으며, 혹은 그런 것들 자체를 행위로 주고받았다 할지라도 당신들 중 누군가는 도중에 내리지 않으면 안 되게 되어 있다. 우리의 대지에는 너무나 많은 역이 있고 대개의 경우 우리들 각자의 행선지는 다르기 때문이다. 따라서 종종 당신들은 만나기 전보다 훨씬 쓸쓸하고 허전한 마음으로 헤어져야 하며 불행히도 마땅한 새 상대를 구하지 못할 경우 그 나머지 여정은 피로하고 지리하여 못 견딜 것이 되어버린다.

물론 헤어질 무렵에는 서로가 오래도록 기억해 줄 것을 열렬히 희망하고 혹은 다시 만날 것을 굳게 약속하지만 그 또한 온전히 허망한 것이 되기 일쑤이다. 세상은 너무도 기억할 것이 많고, 한 번 헤어진 이들이 다시 만날 수 있기에는 너무 넓은 까닭이다.

어쩌다 운 좋게 둘의 행선지가 같은 경우에도 결과의 허망에는 큰 차이가 없다. 서로가 미지(未知)이던 시기, 열정의 한순간이 지나고 나면 마침내 당신들은 서로를 묶고 있는 그 무료하고 권태로운 관계에서 벗어나기를 간절히 소망하게 될 것을…….

당신들은 이제 나에게 우정을 말하려는가? 그러나 그것 역시도 우리들 삶의 한때를 현란하여 애매한 빛으로 채색하고 사라진 한 장의 의례적인 삽화(揷畵)일 뿐, 미문(美文)으로 장황하게 서술되거나 감격에 찬 목소리로 수다하게 떠들어 댈 만한 것은 못 된다. 열차에 올라 객석에 앉게 되거든 주위를 둘러보라. 누군가 그 시각 그 객차에 올랐다는 우연만으로 당신과 함께 앉게 되어 있는데, 그게 바로 당신이 열 올려 얘기하려던 우정의 시작이다.

우의(友誼)라는 이름 아래의 달갑잖은 복종과 양보, 영혼의 밑바닥부터 육체의 머리 꼭대기까지 다 알고 있다고 착각하지만 사실은 지극히 피상적인 이해, 다소 해로움이 있더라도 참아주어야 한다는 성가신 의무감, 항상 멀리 있어 정체 없는 것에 대한 논쟁과 건성으로 하는 수긍의 싱거운 미소, 크게 다를 바 없는 경험의 지리한 교환, 머리 기대는 것을 참아주는 대신에 팔을 상대의 어깨에 걸치는 계산, 그나마도 당신들의 동석이 길어짐에 따라 끝내는 흐지부지되고 말 그 모든 관계 ─ 그것이 한때 그렇게도 굉장한 축복으로 여겨졌던 우정의 진정한 내용이다.

그러므로 만약 당신들이 그런 사랑이나 우정의 결핍을 커다란 불행으로 여기고 각별히 그것을 고독이란 이름으로 과장하고 싶을 때, 비단과 보석으로 치장한 천한 육체에다 조야(粗野)한 정신밖에 지니지 못한 여인과의 무분별한 관계 속으로 떨어지고 싶거나, 거리에 넘쳐나는 천민들이며 가망 없는 속물들에게 '앞발이 아니라 두 손을 내밀고' 싶을 때에는 내 마음속에 있는 내 늙은 친구의 담담한 충고에 귀를 기울여보는 게 좋다.

"어린놈아, 우리는 때로 빈 객석에 홀로 앉아 여행하게 되는 수도 있단다. 그럴 때 동석자를 찾아 주위를 두리번거리거나 이리저리 자리를 옮기는 것은 천하지. 오히려 이제 너를 스쳐 가면 다시 보기 힘들 차창 밖의 풍경을 감상하거나 어떤 가치 있는 생각에 잠겨 홀로 앉아 가는 쪽이 훨씬 멋스러운 법이란다……."

그의 말이 옳다. 만약 우리가 감정의 과장에서 벗어나 그 본질 자체를 응시할 수 있다면 고독이란 죽음 그것과 마찬가지로 결코 슬픔이나 고통의 이유는 될 수 없는 것이기 때문이다.

일찍이 당신들의 몸과 마음을 그렇게 세차게 떨게 했던 미움이나 원한도 — 결국 우리들의 여행 중에 일어난 대단찮은 에피소드에 불과하다는 점에서는 이미 말한 우정이나 사랑과 다름이 없다. 즉 그것은 열차에 오르기 전 잘 닦아 신은 당신의 구두를 한 무뢰한이 밟고 지나간 것이며, 참지 못한 당신의 거친 항의가 그와의 언쟁을 낳게 한 것이며, 그 언쟁은 듣기 거북한 욕설로 번지고 혹은 실력 행사로 들어가 — 그래서 공안원의 제지로 끝났건, 이웃의 만류로 참았건, 또 당신들이 열없이 돌아섰건, 오징어포에 소주잔을 기울이며 화해를 했건 도대체 그 일련의 불쾌한 돌발사가 당신들의 여행에 무슨 큰 의미를 부여할 수 있단 말인가?

하여 만약 누군가가 당신에게 해악을 끼친 사람이 있다면, 맹렬한 증오로 그와 그가 끼친 해악을 기억하고, 또 그 정당한 보복을 가슴 깊이 맹세한 일이 있다면 당신은 다시 내 늙은 친구의 충고를 받아들이는 것이 좋다.

"어린놈아, 우리들 (삶의) 열차는 종종 너무 혼잡하여 본의 아니게 남의 발을 밟게 되는 수가 있단다. 만약 네가 진심으로 착하고 슬기로워지기를 원한다면 그런 것을 잘 이해하고 너야말로 남의 발을 밟지 않도록 주의해라. 불필요한 시비는 너 자신을 피로하게 하고, 이웃을 괴롭힐 뿐이란다."

그러하다. 한때 우리들의 기쁨이며 보람이었던 모든 것들, 그리하여 그처럼 쉽게 우리를 감격시키고 앞뒤 없는 우리들의 찬사와 경이를 찬탈해 간 그 모든 것들과 마찬가지로, 메울 수 없는 슬픔이나 끝 모를 경멸의 원인된 모든 것들, 또 그렇게도 세찬 불길로 우리의 몸과 마음을 사르던 분노와 원한도 본질에 있어서는 그러하다. 오, 그 모든 우발적이며 단순하고 순간적인 것들……

여자여 우리들도 그러하였다.

처음 만나던 때부터 저는 줄곧 이상한 예감으로 당신을 불안하게 여겨왔어요. 당신은 당신 속의 불균형 — 이를테면 대범히 지나쳐야 할 것에 대한 집요함. 철저해야 될 것에 대한 속단, 무디어야 할 곳에 대한 날카로움과 예민해야 할 곳에 대한 엉뚱한 둔감 같은 것들 때문에 마침내는 상처받고 죽게 되리라고.

벌써 십 년이 지났는데도 아직 기억이 생생하군요. 그러니까 나이를 알 수 없는 떠돌이 소년과 도회의 여고 1년생이 만나게 된 일. 강둑에 아카시아 꽃이 하얗게 피어 있을 무렵인데 그날 당신은 형편없이 초라한 모습으로 제 아버지를 찾아오셨지요. 누렇게 바랜 당신 아버지의 사진 한 장을 무슨 부적처럼 지닌 채.

원래대로라면 당신은 이미 그 몇 년 전에 도착하게 되어 있었지만, 무슨 숙명과도 흡사한 힘이 당신을 수많은 낯선 도시를 떠돌게 한 후 늦게서야 처음의 목적지인 우리 집으로 인도한 것이라고 후일 들었어요. 그러나 아버지는 불행하게 죽은 옛 친구의 아들을 눈물로 반겼고, 그날부터 당신은 우리 가족의 한 사람이 되었지요.

제가 당신을 처음 본 것은 바로 그 오후, 지리한 수업을 마치고 돌아와 제 방문을 열었을 때였어요. 아직 한낮인데도 당신은 정신없이 곯아떨어져 있었는데, 뜻밖의 침입자에 발끈해서 방문을 연 나는 이내 그 엉뚱한 예감에 빠져들게 된 거예요. 당신이 곧 죽을지도 모른다는…… 소년답지 않게 꺼칠한 피부에 움푹 꺼진 눈두덩이. 함부로 기른 머리칼에 거지나 다름없는 행색으로 누워 있는 당신의 가슴에 얹혀 있던 것은 기이하게도 허락 없이 내 책꽂이에서 빼낸 것임에 분명한 헤세의 시집이었어요. 물론 이렇게 되려고 그랬는지도 모르지만, 그런 당신과 그 시집의 당연한 부조화가 그때는 어찌도 그렇게 절실한 조화로 제 가슴에 닿아오던지.

그다음 제가 다시 그 엉뚱한 예감을 경험한 것은 그로부터 며칠 안 돼 당신이 우리들의 정원에서 제 화구로 그림을 그리고 있을 때였어요. 당신은 키 큰 히말라야시다와 몇 그루의 동백나무, 등홍색(橙紅色) 꽃이 피기 시작하는 석류와 활짝 핀 넝쿨장미로 싱싱하던 유월의 정원을 회색과 갈색만으로 망쳐 놓고 있었지요. 그때 당신은 이미 약장수를 따라다니며 배웠다는 몇 가지 초보적인 마술로 우리 남매와 친해져 있을 때인데도, 화면을 가득 채운 기괴한 색조에서 나는 다시 그 엉뚱한 예감에 젖게 된 거예요. 당신이 어떤 간판장이의 조수 노릇을 한 적이 있다든가, 그 간판장이는 실패한 화가로서 회색과 갈색을 특히 잘 썼다든가 하는 따위는 아직 듣지 못했을 때의 일이지만.

그 뒤 아버지의 배려 속에, 당신이 체계 없는 독서로 보낸 중고등학교 과정을 속성으로 밟고, 다시 다니는 둥 마는 둥 하다가 결국은 중도에서 그만둔 그 대학에 진학할 때까지의 몇 년간에도 저는 몇 번이고 그런 예감으로 괴로워하고 불안해했어요. 주로 당신의 잦은 가출 때였는데, 그러나 당신은 그때마다 일부러 그런 저를 부끄럽게 만들려는 듯이 건강하게 돌아왔어요. 정말 당신은 훌륭한 언어의 곡예사였고, '유리알 유희'의 명수였지요. 떠날 때 절대로 해결이 불가능해 보이던 당신의 이른바 '난제(難題)'는 어린 날의 제가 늘 경탄했듯이 훌륭한 해결을 가지고 돌아왔으며, 그리하여 쇼펜하우어만이 유일한 우주의 이해자라고 단정하던 당신이 결국 우주를 더 잘 이해한 것은 라이프니츠 쪽이었다고 엄숙하게 선언하는 거예요. 물론 그때 사용했던 언어나 논리는 나중 어디선가 본 것 같은 그런 것이었지만……

그러나 이제 와서 보니 기실 당신이 내게 보여준 것은 실제와는 전혀 다른 것임에 틀림없어요. 단조로운 일과 변함없는 생활 — 그 모든 것에서 벗어나고 싶을 때마다, 평범한 일상 속에 머물면서는 풀 수 없는 그 난제들이 떠올라준 것은 당신을 위해 참으로 다행한 일이었어요. 돌아온 후에는 언제나 성공적으로 아버지와 가족들의 이해를 얻어낼 수 있었던 것도.

아직도 당신은 많은 것을 혼동하고 있고, 그보다 더 많은 것에 편견과 독단을 지닌 채 지극히 불리한 방법으로만 세상을 살고 있지만 당신이야말로 결코 죽을 수 없는 사람이에요. 그래 당신이 막벌이 노동판을 전전하고, 채사선(採砂船)의 인부며 머슴살이 같은 천하고 힘든 직업에 몸을 담거나 몇 푼 안 되는 돈으로 남도(南道) 일대를 샅샅이 돌았다고 해서, 또 몇 주 내내 술만 마시고 살았고, 팔백 리 길을 이레 만에 걸어보았으며 눈 덮인 대관령을 맨발로 넘었다고 해서, 도대체 그런 피상적인 육체의 고통들이 당신의 삶에 무엇을 줄 수 있다는 거예요?

아버지는 제게 파리로 갈 것을 제의해 왔어요. 형식적인 유학이 끝나면 돌아와서 부유하고 성실한 남자와 결혼한다는 조건으로 저도 거기에 동의했어요. 당신에게 여지를 남기지 않은 것은 반드시 그분의 잘못만일 수는 없어요. '학문이나 예술에 기생(寄生)하지 않고, 사회의 정당한 성원으로서 그것과의 부끄럼 없는 대차 관계를 가지기 위해' 당신이 그때껏 빠져 있던 허망한 생활을 청산하고 법학 공부를 시작했을 때, 흐뭇해하시던 아버지를 기억하시죠? 겨우 스물다섯이었고, 당신 것이라고는 풀어진 실오리조차 갖지 못한 당신이 제게 청혼을 했을 때도 그분은 기꺼이 허락하셨지요.

일찍 죽은 옛 친구의 아들에게 느끼는 동정과 연민 이상의 어떤 따뜻한 관계가 당신과 그분 사이에는 분명 있었어요.

그런데 그 약혼식이 있고 채 일 년도 안 돼 어느 저녁 다시 훌쩍 집을 나갔지요. 궁성을 떠나는 싯다르타 왕자처럼 또는 전(前)

세기의 흔해 빠진 교양소설의 주인공처럼이나. 그리하여 우리가 애태우고 있는 동안도 당신은 난데없는 원양어선의 갑판원으로 낯선 바다를 떠다니고 있었던 거예요. 그리고…… 두 해가 지난 지금 당신은 여전히 씩씩하고 건강하게 돌아왔어요. 변하지 않는 다는 것처럼 당신에게 불리한 것도 없는데, 여전히 존재한다는 것과 산다는 것을 혼동하며 세상에 대한 독단과 편견도 어느 것 하나 잃지 않고 고스란히 보존한 채 — 담배는 변함없이 비틀어서 태우고, 항상 충혈된 눈에도 커피는 한꺼번에 석 잔씩 마시며…….

벌써 오래전부터 당신에게 묻고 싶던 게 있었어요. 말하자면 당신이 비록 우수한 기억력을 가졌고 경탄할 만큼 언어를 구사할 힘이 있으며, 남보다 몇 권의 책을 더 읽고 또한 무슨 큰 구도자처럼 수다한 인간들의 거리를 떠돌아다녔으며, 그래서 그만큼 다양한 삶을 경험했다고 해서, 그게 당신의 그 많은 독단과 편견에 대한 정당성의 근거가 될 수 있어요? 그것만으로 선량하고 부지런한 세상의 많은 사람들과 그들의 정직하고 생명에 대한 성의로 가득 찬 상식을 경멸하고 농락할 권리가 있어요? 항상 다수를 의심하는 악습, 의미 있는 것이면 무엇이든 뛰어넘으려 드는 무모, 거기다가 젊음과 재능의 명백한 낭비를 끊임없이 미화하며, 그래 당신의 그 거창한 오디세이아가 끝나면 무슨 유별난 삶이 당신을 기다리고 있다는 거예요?

하긴 아직 괴로워하실 필요는 없어요. 진실로 잘못된 것이 당신인지 제가 범속으로 타락한 것인지는 누구도 알 수 없는 일이니까.

그런데…… 아, 저는 지금 무슨 얘기를 하고 있는 거예요? 좀 더 일찍이 당신과의 이런 유희에서 빠져나올 수도 있었던 것을…… 끝나버린 것에 그토록 연연해서…… 예까지 끌어오구선…….

아아, 이 여자, 너는 언제 이렇게 훌륭히 자랐는가. 무엇이 네 싸늘한 이성(理性)의 눈을 뜨게 하고 나를 초월하게 하였는가.

나는 안다. 내 귀가 얼마나 오랫동안 나의 노래 부르기 위한 노래로 귀 막혀 있었으며, 내 사유(思惟) 또한 얼마나 오랫동안 나의 고뇌하기 위한 고뇌, 번민을 위한 번민에 집착하고 있었던가를. 십 년이 지나도 변하지 않은 것은 오직 바보에게만 가능할 뿐이며, 모두가 가치 있다고 여기는 것을 홀로 외면하는 것은 광기에 지나지 않는다는 것을.

그리하여…… 나도 좀 더 일찍 이 세상의 여러 단순하나 건전한 지식에 만족하고 거기에 충실해야 했다. 어느 누구도 그 상식으로 절여진 범인(凡人)들을 무시할 권리는 없으며, 또한 자신의 미덥잖은 생각을 그들에게 강요할 수는 더욱 없음을 이해해야 했다. 무엇보다도 먼저 내 늙은 친구와 만나게 된 것을 불행으로 여길 줄 알고, 그가 묘사한 낯선 도시의 풍경이나 그 방랑의 즐거움이 대부분 과장에 지나지 않았음도 진작 깨달았어야 했다. 용케도 그는 늙도록 살았지만 결국 그가 택한 삶의 방식은 실제에 있어서는 내게 지극히 불리할 뿐이라고 이웃이 깨우쳐줄 때 나는 그것에 겸손히 귀 기울여야 했다. 그 후 이번에는 운명이 부당히도 내게 그것을 강요했을 때 나는 거부하려고 노력하거나, 적어도 기왕에 해온 것처럼 그렇게 기꺼이 받아들이고 모든 출발을 기쁨으로 대해서도 안 되었으며 — 세상의 온갖 것을 다 알고 더구나 그것을 스스로 체험하기에는 우리들 삶의 기간이 너무 짧다는 것도 마땅히 알아차렸어야 했다. 현존하는 모든 것을 긍정하지 못하는 것, 사물의 외관에 만족하지 못하고 그 배후에까지 당돌한 의혹의 눈길을 던지는 것, 그것들이 얼마나 어리석고 무모한 노릇인가. 그리고 그것들은 장차 나를 얼마나 지치고 슬프게 할 것인가도 나는 미리 짐작했어야 했다. 하여 나는 어느 한 도시의 주민으로 눌러앉아 어떤 한 분야의 조그만 지식으로 나의 빵을 벌며 불평 없이 살아가게 되었어야 했다.

하지만 끝내 이렇게 되고 만 것, 이것이야말로 필요 이상의 사랑을 그 심장에 부여받은 자, 쏘아 댈 너무 많은 동경의 화살을 지닌 채 태어난 정신의 피할 수 없는 귀결이다. 어떤 신이 있다면, 지난날 내 내부에서 끊임없는 동경을 유발시키고 무분별한 행위를 충동질하고 온갖 격정 온갖 광기로 나를 내몬 것은 바로 그 신의 목소리였음에 틀림이 없다.

그리고 그런 내게 있어서는, 여자여, 존재한다는 것과 산다는 것이 왜 굳이 구별돼야 하는지 지금에조차도 오히려 이상하다. 어차피 우리들의 삶이 한 기다란 여행이며, 우리들은 이 거대한 역의 한 여객에 지나지 않는다면 그것들의 구별이 무슨 큰 의미를 가진다는 말인가.

예컨대 어떤 여객이 한 역에 내렸다 하자. 그가 값비싼 비단옷을 걸쳤건 허름한 무명옷을 입었건 또 화려한 레스토랑만을 골라 미식(美食)을 즐겼건 싸구려 식당에서 가락국수로 공복을 면했건, 그가 역에 내렸다는 사실 자체에 무슨 차이를 준단 말인가? 마찬가지로 그 뒤 그가 은성(殷盛)한 무도회에서 꽃과 여자에 싸여 여가를 즐겼건 딱딱한 대합실 벤치에 앉아 이나 빈대에 물어뜯기며 몇 권의 책으로 시간을 보냈건, 또는 음향이나 색채에 관한 특별한 재능으로 많은 사람들의 갈채를 사거나, 경청할 만한 시국 강연회로 공중(公衆)의 존경과 지지를 획득했건, 그것들이 그 역에 내렸다는 사실, 즉 우리들 존재 그 자체의 무엇 하나를 건들 수 있단 말인가? 결국 그러한 여러 삶의 형태는 우리들 존재의 단순한 외양이며, 허용된 만큼의 시간이란 그릇에 제 나름의 의미를 채워가는 방식에 지나지 않는 것을, 그리하여 네가 그토록 힘주어 말한 '산다는 것'도 실은 '존재한다는 것'의 사소한 변형일 뿐인 것을……

여기 당신이 제게 준 것 모두가 있어요. 한때는 제 것이기도 했지만 이젠 오직 당신만의 것이 된 당신의 언어예요. 이 편지, 이것들은 얼마나 자주 저의 기쁨이 되었던지. 당신이 돌연히 사라진 후 몇 날이고 마음 졸이며 지내다 보면 불쑥 날아들던 이 편지를 눈물로 적신 것도 여러 번이었지요. 그러나 이제는 한갓 부담일 뿐이에요. 제게 남아 애써 정리한 감정을 헝크는 것도 싫지만 그보다는 이것들 때문에 다시 울게 될까 봐 더욱 겁나요. 당신에겐 그 모든 지난 일이 하찮을는지 모르지만 제겐 소중하고 그리운 것이 될 수도 있으니까…….

나는 어디로 여행할 때 기차에 오르는 순간부터 내릴 때까지 줄곧 창밖을 내다보는 버릇이 있다. 때문에 종종 내 여행은 창밖의 다양한 변화로 인해 별로 길다고 할 것도 없는 것이 아주 길었던 것으로 착각될 때가 있다.

그러한 기억의 왜곡 내지 과장은 기차 여행 이외에도 나의 경험 속 도처에서 발견되는데 그것은 특히 추억이란 감상적인 이름으로 재생될 때 더욱 그러하다. 사실 추억이란 우리들 기억의 광맥에서 떼어낸 한 덩이의 자연석이어야 함에도 불구하고 제련과 가공을 거치는 동안에 엄청난 감상과 상상력이 끼어들어 실제와는 전혀 다른 모조품이 만들어지고 또 원래의 것과는 엉뚱한 빛을 우리에게 던진다.

나 자신 그리 숙련된 제련공도 세공사도 못 되지만 때로 그 당시에는 별로 소중하거나 아름답게 느끼지 못한 것들이 꽤 오랜 세월 후에는 몹시 아름답고 소중한 것들로 재생되는 것을 보고 당황하는 수가 있다. 그래, 너는 그렇게도 열심히 냉철한 이지(理智)로 살아가고자 원하면서, 그와 같은 기억의 과장이나 왜곡에서 자유로울 수는 없었던 것인지.

벌써 기차는 오래전부터 플랫폼에서 저를 기다리고 있어요. 전송 나온 사람들 틈에서 희끗희끗한 아버지의 머리칼이 보여요. 안

녕히 계세요. 진심으로 사랑했던 이, 가엾은 분…… 살다 보면 또 어느 역에선가 다시 만나게 될 테지만, 그때는 우리 서로 낯선 그 도시의 주민이 되는 거예요. 어쩌다 거리에서 마주쳐도 허심한 목 례로 지나쳐 갈 용기를 가져요.

여자가 침착하게 일어선다. 찻집 안이 갑작스러운 정적에 빠지 고, 멀어져 가는 여자의 발자국 소리만이 무슨 날카로운 금속성 처럼 텅 빈 내 머릿속을 교란한다. 언젠가 오리라던 날이 왔지만 떠나는 사랑의 뒷모습은 너무 아름답구나…….

그러나 여자여, 참으로 떠나야 할 것은 네가 아니었다. 생각하 면 나야말로 아무런 애착도 미련도 없이 너무 오래 이 황량한 역 을 배회하고 있었다. 네 조그만 번민과 고뇌로부터, 자기가 창출한 여러 가치를 이것저것 고르기만 하고 끝내 선택하지 않는 자에 대 한 이 대지의 불쾌한 기억으로부터 진작 떠났어야 하는 것은 오히 려 나였다. 지금 내 귀에는 새로운 출발을 재촉하는 기적 소리가 들린다. 일찍이 어린 나의 새벽잠을 깨우고 성장한 나를 끊임없이 떠돌게 한 저 기적 소리. 그리고 지금은 더 머물 곳도 없는 이 대지 로부터의 출발을 재촉하는 저 기적 소리. 기약하지 않았으되 날은 다 되었고, 나는 올 때처럼 무망하게 떠나지 않으면 안 되리라…….

그러면 이제야말로 안녕, 이 황량한 역이여.

(1980년)

86

과객過客

– 어떤 족형族兄의 전언傳言

그 사내가 찾아든 것은 오후 다섯 시쯤, 그러니까 제법 날이 저물 무렵이었다. 거실에서 방금 온 석간을 펴들고 있는데 초인종이 울렸다. 잠상인이나 낮털이 강도가 다닐 시간은 아니라 싶었던지 쪼르르 달려 나가 문을 연 딸아이가 큰 소리로 나를 찾았다.

읽던 신문을 손에 든 채 현관께로 나가는데 어느새 그 사내는 거실 입구로 들어서고 있었다.

남루를 겨우 면한 행색의 중년 사내로, 생판 낯선 얼굴이었다.

"이상조 선생님이십니까?"

사내가 꽤 큰 여행 가방을 손에 든 채 조금 멋쩍은 미소를 지으며 물었다. 이름까지 알고 온 것이라면 틀림없이 긴한 용건도 있을 것 같아 나는 먼저 가방을 놓고 응접 소파에 앉기를 권했다.

"맞게 찾아온 모양이군요. 저 김갑선이라는 사람입니다. 인사
드립니다."

"아, 네. 그런데 무슨 일로?"

"지나가던 길손입니다. 마침 날이 저물어 하룻밤 묵어갈까 하
고……."

아닌 밤중에 홍두깨라더니 일이 바로 그랬다. 나는 얼떨떨하면
서도 우선 궁금한 것부터 물었다.

"어떻게 절 알고 오셨는지……?"

"과객(過客)이 주인을 안대야 별것 있겠습니까? 여기저기서 주
워듣고 왔지요."

사내는 낯색 하나 변하지 않고 태연하게 말했다. 도무지 알 수
없는 일이었다. 나로 말하면, 텔레비전이나 라디오는 물론 그 흔한
잡지 모퉁이나 신문 조각에도 성명 석 자가 오르내려 본 적이 없
는 평범한 소시민이었기 때문이다. 거기다가 무슨 옛날얘기도 아
니고 과객이라니. 나는 문득 사내가 농담이라도 하는 게 아닌가
의심이 들었다.

"여기저기서라니……, 그러지 마시고 어떻게 알고 여길 오셨는
지 말해 주십시오."

"춘부장 되시는 분의 함자는 동(東) 자 훈(勳) 자 아니시던가
요? 형주 이씨 대제학(大提學) 파의 사파 증손이시고."

사내는 대답 대신 우리 집안을 들먹였다. 틀리지 않으니 우선
수긍하지 않을 수 없었다.

"이 선생께서는 안동에서 중학교까지 마치셨고 고등학교와 대학교는 이곳에서 하셨지요?"

"그것도 맞습니다만……."

그러면서도 이번에는 나는 그 사내가 내가 기억하지 못하는 학교 동창이 아닐까 생각해 보았다. 하지만 그러기에는 나보다 너무 나이가 많아 보였다.

"지금은 저 아래 양지(養志)중학교 서무과장으로 계시지요? 부인께서는 재작년에 계화(桂花)여중에서 교편을 놓으셨고……."

그렇다면 이 작자가 무슨 흥신소 직원이라도 된단 말인가? 그러나 내게 그런 사람이 찾아올 일도 없거니와 상대도 그런 일을 하기에는 걸맞은 인상이나 차림이 아니었다.

그때 아내가 부엌 쪽에서 얼굴만 내밀고 저녁 식사를 들러 오라고 소릴 치다가 사내를 보고 흠칫했다. 식사 준비에 바빠 그가 온 것을 알지 못한 모양이었다.

"어머, 손님이 계셨군요. 당신, 진작 말하지 않구선……."

그러나 그 사내가 대답을 대신했다.

"괜찮습니다. 손(님) 같지 않은 손이니까 염려 마십쇼."

"그러세요? 그럼, 여보 손님 모시고 오세요. 하지만 반찬은 나무라시면 안 돼요."

천성이 활달한 여자답게 아내는 상대의 신분도 확인 않고 대뜸 식탁으로 그 사내를 청했다. 그 사내를 소파에 앉히고 정중한 대화를 나눈 데에 책임이 없는 것은 아니었지만, 나는 그 같은 아내의 태도에 은근히 부아가 치밀었다. 그러나 이미 엎질러진 물이었다.

"아, 감사합니다. 시장이 반찬이라는 말도 있지 않습니까?"

그렇게 비위 좋게 말하며 먼저 소파에서 일어나는 사내를 나는 어떻게 막아볼 도리가 없었기 때문이다. 어쩔 수 없이 따라 들어가 식탁에 앉기는 했지만, 까닭 없이 끓어오르는 속 때문에 음식 맛이 단지 짠지조차 구별이 안 갔다. 그러나 사내는 아이들 곁에 자리를 잡고 수저를 집어 들며 다시 너스레를 떨었다.

"역시 범절이 있는 집안이십니다. 옛날에는 과객 상이라고 따로 있었는데. 거 왜 찬이 시원치 않으면 과객 상 같다는 말도 있지 않습니까? 그런데 이렇게 주인과 겸상을 하게 되니 그걸로 진수성찬에 맞먹겠습니다."

내용인즉 칭찬이었고, 따라서 주인으로서는 당연히 겸사의 말이 있어야겠지만 나는 도무지 그럴 기분이 아니었다. 이왕에 이렇게 되었으니 하는 꼴이나 보자. 안 되면 힘으로라도 끌어내지. ― 그게 그때까지의 솔직한 내 심정이었다. 그때 초등학교 3학년인 둘째 아들놈이 물었다.

"아빠, 과객이 뭐야?"

"글쎄 ― 공짜 민박? 무전여행쯤이나 될까?"

나는 약간의 악의를 보이며 대답했다. 초등학교 3학년짜리에게 그런 설명이 먹혀들 리 없었다.

"그딴 게 뭐 하는 건데?"

"음……. 말하자면 고급 거지같은 거지."

나는 아이의 순진한 물음에 보다 강도 높은 악의를 드러냈다. 그러나 그 사내는 별로 탓하는 기색도 없이, 마치 학생의 잘못을 시정해 주는 선생처럼 내게 말했다.

"선생께서는 아드님을 잘못 가르치고 계십니다. 과객과 선생의 비유와는 크게 달라요. 첫째로 과객과 거지 — 비록 고급이라는 관형어(冠形語)가 있기는 하지만 — 는 그 목적에서 다릅니다. 거지는 생계를 위해서 구걸하지만 과객은 그러지 않아요. 그다음 주인이 거지에게 베푸는 것은 동정 때문이지만 과객에게는 그렇지 않습니다. 그러나 무엇보다도 뚜렷한 차이는 신분이죠. 거지는 종보다도 못한 천민 중의 천민이지만, 과객은 대개 주인과 동등 이상의 신분…… 선비여야 합니다. 그 시대의 지식인이요, 영락한 감은 있지만 엘리트의 일종입니다."

그렇게 말한 사내는 다시 몇 숟갈 먹성 좋게 밥을 뜨고 국물을 마신 후에 계속했다.

"가깝기로는 공짜 민박이나 무전여행 쪽이 훨씬 가깝지요. 그러나 남의 덕에 팔자 좋게 산수 유람이나 다니자고 하는 것이 아닌 점에서 역시 그것들과 과객은 현저하게 구분이 되지요. 어렸을 때 받은 인상이나 기억은 대개 평생을 지속하는 법입니다. 쉽다고 함부로 설명하시면 선생의 아드님은 평생 과객에 대해 그릇된 이해를 하게 됩니다. 더구나 앞으로는 누가 그 그릇됨을 고쳐줄 것 같지도 않고……."

"그럼, 결국 과객이 뭐야?"

듣고 있던 둘째 아들놈이 아무래도 알 수 없다는 표정으로 다시 물었다.

"그건 말이다, 음……"

나는 자신도 모르게 우물거렸다. 좀 전의 악의 대신 느끼게 된 까닭 모를 당황 때문이었는데, 나중에 기억해 보니 그것은 그의 말에서 느낀 어떤 만만찮음, 특히 나를 서서히 압도해 오는 듯한 일종의 지적(知的) 분위기였던 것 같다. 그 사내가 나를 대신했다.

"자기가 사는 세상과 잘 맞지 않는 사람. 그래서 고향이나 가족들과 살지 못하고 이리저리 떠돌아다니는 사람."

"참 불쌍한 사람이네요."

"때로는 멋있을 수도 있지."

넉살이 좋은 건지 감각이 둔한 건지 사내가 그렇게 받았다. 그런데 그 얼마 전에야 식탁 모퉁이에 끼어 앉은 아내가 그에게 불쑥 물었다.

"그런 사람들 정말 요즈음도 있을까요?"

"바로 눈앞에 있지 않습니까?"

사내가 다시 넉살 좋게 대답했다. 그러나 아직도 사내와 나 사이의 관계를 전혀 눈치 채지 못한 아내는 그게 사내의 농담인 줄만 알고 재미난다는 듯한 표정으로 웃었다. 그게 또 한 번 내 심기를 건드렸으나, 기분은 어느새 곧바로 아내를 핀잔 줄 정도는 아니게 풀어져 있었다.

"기왕에 신세를 졌으니 반주까지 한잔 얻어 마실 순 없겠습니까?"

이윽고 나보다 배나 빨리 식사를 마친 사내는 다시 아내에게 그렇게 청했다. 내가 별로 말이 없는 데다 그가 술까지 청하니 아내는 그제야 의심이 드는 모양이었다. 그러나 아내는 말로 묻는 대신 내 대답을 기다리는 눈길로 가만히 나를 쳐다보았다. 이 사람 정말로 우리 집에 와서 술을 청할 만큼 당신과 친한 사람이에요, 하는 듯이.

"한잔 내오구려."

설령 그를 내보낸다 해도, 감정까지 상하게 하고 싶지 않다는 기분이 된 나는 그렇게 대답해 주었다. 그러자 아내가 내온 국산 양주를 그 사내는 석 잔이나 비우고서야 일어났다.

"불청객이 단란한 가족끼리의 식탁에 끼어들어서 죄송합니다. 그럼, 저는 거실에 나가 쉬고 있겠습니다."

그렇게 말하며 거실로 나가는 사내를 보고 아내가 문득 궁금한 듯 물었다.

"누구예요? 저분."

"김갑선이란 사람이야."

나는 처음 아무런 경계 없이 그를 식탁으로 끌어들인 아내에게 복수라도 하듯 능청스레 대답했다.

"아니, 어떻게 되는 사이냐구요?"

"당신도 듣지 않았소? 지나가던 길손이오. 과객이란 말이오. 나는 과객 치는 집 주인장이고."

"이 양반이……. 정말 누구예요?"

"과객이라니까. 실은 나도 조금 전에 처음 알았소."

"아까 두 분 다정하게 얘기하지 않았어요? 그러구두 오늘 첨 만났어요?"

"다정하게 얘기했는지 아닌지 어떻게 알았소? 나는 그가 아버님과 집안 얘기를 하길래 다만 듣고 있었을 뿐이오."

"저 사람이 아버님과 우리 집안을 알고 있단 말예요? 그럼, 누구 소개래요?"

"듣지 못했어. 묻고 있는데 당신이 불러들였으니까."

그러자 항의 담긴 눈길과 함께 아내가 이제 막 밥숟가락을 놓는 딸아이를 다그쳤다.

"빨리 거실로 나가 봐. 그 아저씨가 이상한 짓을 하면 곧 소릴 쳐야 돼."

아닌 게 아니라 듣고 보니 나도 근심이 되었다.

결국 내가 그에 대해 아는 것은 아무것도 없지 않은가. 만약 안방이라도 뒤져 값진 물건을 가져간다면. — 생각이 거기에 미치자 그렇잖아도 신통찮던 입맛이 갑자기 떨어졌다.

"내가 가보지."

나는 수저를 놓고 일어섰다. 그제야 아내가 질린 얼굴로 당부했다.

"빨리 보내세요. 누가 알아요? 좀도둑인지 사기꾼인지 강돈

지……."

"알았어."

나도 거의 아내에게 동조하는 기분이 되어 그렇게 대답했다. 그러나 나는 결국 그를 내보내지 못하고 말았다. 먼저 내게 원인 모를 안도감을 준 것은 소파에 앉아 신문을 읽고 있는 그의 그지없이 평온한 자세였다. 거기다가 머뭇머뭇 다가오는 나를 보며 미소와 함께 묻는 그의 물음은 거의 기습에 가까웠다.

"나올 때 보니 아직 식사를 반도 못 하셨던데…… 제가 불안해서 나오셨습니까?"

"아, 아닙니다. 그게 아니고……."

나는 황급히 부인했다. 그러나 사내는 우리 집에 들어온 이후 처음으로 진지한 얼굴이 되며 말했다.

"옛날의 사랑방이 사무실 또는 직장이란 이름으로 거리에 나앉게 되면서부터 가정은 그 어느 때보다 사적(私的)이고 폐쇄적인 곳이 됐습니다. 서구의 근대 형법(刑法)들이 한결같이 중요하게 보호하고 있는 '사생활의 평온'이란 바로 그 같은 가정을 중심으로 이루어진 것일 겁니다. 그 평온을 깨뜨린 점에서 선생께 몹시 미안하군요."

"괜찮습니다, 별말씀을."

나는 다시 부인했다. 그러고 나니 문득 그에게 억제할 수 없는 호기심이 일었다. 나는 거의 거리낌 없이 물었다.

"성함은 들었습니다만……, 전력(前歷)을 물어도 좋겠습니까?"

"과객이 무슨 대단한 전력이 있겠습니까? 그저 이 시대에서 소외된…… 아니, 영락한 선비에 지나지 않습니다."

"저희 집안 내력은 어떻게 아셨습니까?"

"보학(譜學)과 토호(土豪)들의 신상에 관한 것은 과객들이 필수적으로 갖추어야 할 지식이자 기본 장비가 되는 정보지요. 물론 옛날의 토호에 해당되는 층은 지금의 지방 재벌쯤 되겠지만, 그들은 자신의 기업체에 일자리를 내어주는 것으로 대신하고 사적(私的)인 과객은 받지 않습니다. 또 그들에게는 대개 사적으로 과객을 받아들일 만한 정신적인 유산이나 소양도 없고……. 따라서 저 같은 과객이 의지할 수 있는 계층은 선생 같은 분들이죠. 가문으로 전해 오는 정신적인 바탕과 일정한 수준의 지적(知的) 연마와, 그리고 한두 사람의 군식구를 먹여도 부담이 안 될 경제적인 여유를 가진……. 그런 분들에 대해서 정보를 얻기는 크게 어려운 일이 아닙니다."

듣기에 따라서는 으스스할 수도 있는 말이었지만 나는 왠지 신기하게만 느껴졌다. 그리하여 노골적으로 불만을 보이며 부엌문께에 서서 나를 건너보는 아내의 눈길을 무시한 채 다시 물었다.

"좀 전에 거지나 무전여행자와 과객을 구별하면서 떠도는 목적을 들었습니다만, 과객에 대해서는 말하시지 않았습니다. 정말 옛날의 과객에게 어떤 특수한, 그리고 공통된 목적이 있었을까요?"

"목적이라는 말이 가진 적극성이 약간 마음에 걸리긴 해도 그런 게 있었다고 봐야겠지요. 자신을 그 구조의 핵심 밖으로 밀어

낸 사회체제에 대한 소극적인 반항이거나 나름의 자기 성취 같은 것들 말입니다. 앞의 것은 김삿갓 같은 이에게서 한 전형(典型)을 보는데, 특히 조선 후기의 격심한 당쟁과 어떤 연관이 있지 않은가 생각됩니다. 뒤의 것은 그런 형태로밖에 자기의 재능을 실현할 길이 없는 가인(歌人), 묵객(墨客)들에게서 흔히 볼 수 있는데, 넓게 보면 김선달, 정만서, 방학중, 정수동 같은 해학가들도 포함됩니다. 하지만 그 어느 쪽도 완전히 다른 쪽의 특성에서 자유로울 수는 없습니다. 이를테면 김삿갓의 시에서도 예술적인 성취에 대한 동경을 볼 수 있는 것처럼, 이름 없이 떠돌다 간 가인의 노래에서도 기득권 세력이나 지배 계층에 대한 통렬한 풍자와 야유를 발견할 수 있는 것이지요."

옛날얘기에 곁다리로나 등장하는 것으로 알아온 과객에 대한 사내의 그 같은 해석이 약간 허황되다고 느끼면서도 나는 차츰 그의 얘기에 빨려 들었다.

"그렇다면 우리 시대에는 왜 그 같은 과객들이 없습니까?"

"숫자야 줄었겠지만 없기야 하겠습니까? 어떤 사회에도 그 같은 부류의 인간들은 있기 마련입니다."

"숫자가 준 것은?"

"자기 성취의 방편으로 과객을 택한 쪽입니다. 현대로 이행되면서 촉진된 사회 기능의 분화 덕분이죠. 성악(聲樂)이다, 미술이다, 연극이다 해서 크게 천대받지 않고도 그들이 몸 둘 곳이 생겼고, 보다 대중적으로는 가수다, 코미디언이다, 개그맨이다 해서 그런대로 참을 만한 대우를 받게 되었기 때문입니다. 조선의 중인(中人)이었던 역관(譯官)이나 의원이 오늘날 외교관이다, 의사다 해서 신분 상승을 이룩한 것과 비슷한 양상이죠."

"그럼, 남은 사람들은?"

"능력은 있으나 그 어떤 이유에선지 사회의 핵심부에서 소외된 부류가 대개 그렇습니다. 특히 지나간 유신 시절에 자주 눈에 띄었죠. 분명 지식층에 속하지만 취직할 의사도 크게 없고 직장이 잘 받아주려고도 않는 그런 사람들……. 하지만 그들을 알아줄 만한 사람이면 누구를 찾아가도 큰 굴욕감 없이 그날그날 필요한 것을 얻어 쓸 수는 있었죠. 이제는 다들 어디엔가 자리를 잡았겠지만, 그때는 일종의 과객임에 틀림없었습니다."

참으로 기묘한 해석이었다. 나는 다시 그의 전력이 궁금했으나 한번 알리기를 거부한 걸 기억해 내고, 화제를 돌렸다.

"과객들이 거지와 다른 것은 베푸는 주인이 단순한 동정 때문이 아니라는 점이라고 하셨는데, 그럼 무엇 때문에 그들이 과객들에게 베풀었다고 보십니까?"

"대개 세 가지로 봅니다. 첫째는 일종의 대리 보상(代理補償)이죠. 그 사회에서 부당한 대우를 받았다고 생각되는 과객에게 그 사회에서 혜택 받고 있는 계층인 토호나 부자들이 소박한 보상 의무를 느낀 것이겠죠. 그다음은 재능에 대한 보수입니다. 과객들이 만족시켜준 예술적 갈증, 그들이 쳐준 묵화나 들려준 적벽가 (赤壁歌) 한 마당의 대가로 숙식과 약간의 노자를 제공하기도 했죠. 셋째로는 실질적인 불리(不利)를 두려워해서였습니다. 그 무렵의 지역사회는 서로 고립되어 있어 오늘날처럼 교통이 빈번하지 않았습니다. 이때 과객들은 다른 지역의 정보 전달자 및 지역 간의 장벽을 뛰어넘는 여론 조성자들이었습니다. 그들이 전하는 평판은 바로 정보요, 여론의 원천이 되었죠. 그리하여 만약 그들에게 나쁜 평판을 얻는 경우 그 평판의 임자가 입어야 하는 불리(不利)는 상당했습니다. 다른 지역 양반들에게 우스갯거리나 비난거리가 되는 것은 물론 혼인길이 막히고 때로는 출세에 치명적인 장애가 되기도 했지요. 아무리 학문이 뛰어나고 지혜가 넘쳐도, 과객에게 인색하고 무례하다는 평판만 있으면 대접 받지 못한 세상도 있었으니까요. 나쁜 뜻으로이긴 하지만 자린고비가 당대의 정승보다 더 유명해지고 그의 일거일동이 천 리 밖의 사람들에게까지 웃음거리가 된 것도 모두 과객들에 의한 것이었습니다. 냉정히 말하면 이 세 번째 이유가 모든 토호들이 과객을 함부로 대접하지 못하게 된 가장 큰 이유가 되었을는지도 모릅니다. 마치 한때 미국 사회가 묵크래커스[醜聞暴露者]를 겁냈던 것이나 오늘날 우리 사회의 저명인사가 신문, 방송은 물론 이름 없는 잡지사의 기자에게까지도 공연히 주눅들어 하는 것처럼 말입니다."

공교롭게도 이야기가 거기에 이르렀을 때쯤 나도 돌연히 술 생각이 났다. 나는 자신도 모르게 아내를 불러 간단한 술상을 부탁했다. 그때껏 내 주위를 맴돌며 어서 빨리 그를 보내도록 말없이 압력을 계속 넣고 있던 아내는 그 때 아닌 주문에 금세 터질 듯한 얼굴로 거실을 나갔다.

　그 밤 나는 그 사내와 늦도록 시덥잖은 술을 마셨다. 그리고 깨끗한 이부자리와 방 한 칸을 그 사내에게 비워 준 뒤에야 아내가 안달을 부리고 있는 안방으로 돌아갔다. 아이 셋을 다 안방으로 불러들이고 문이란 문은 있는 대로 다 잠근 채 나를 기다리던 아내는 방 안에 들어서자마자 다그쳤다.

　"당신 미쳤수? 무얼 믿고 저런 사람을 함부로 집 안에 재워요?"

　하지만 나는 까닭 없이 흡족하고 평안한 기분으로 뒤이은 아내의 비난을 무시한 채 이부자리에 쓰러졌다.

　글쎄 무엇 때문이었을까? 무엇이 그 낯선 사내를 배짱 좋게 내 집안에 재우게 하였을까? 그는 나에 대해 뜻밖으로 많이 알고 있었지만, 알려고만 들면 그보다 더 많이 알 수 있는 이도 있을 것이다. 또 그에게서 풍기는 지적(知的) 분위기라고는 하지만 그것 역시도 사생활의 평온이 침해당하는 것을 참을 만큼은 아니었다. 과연 그에게는 꽤 깊은 예술적인 소양이 있었고, 나 또한 그것들을 어느 정도 즐기는 바이지만 — 마찬가지로 그것 역시 간밤의 내 기분을 설명하지는 못한다. 그렇다고 그가 그릇된 사회구조로부터 박해받는 사람도 아니고, 나 또한 무슨 대단한 혜택을 받는 계층이어서 그에게 어떤 대리 보상의 의무를 느낀 것도 아니었다. 거기다가 설령 그의 나쁜 평판이 나에 대한 나쁜 여론을 조성한다 해도 그것이 철저한 사인(私人)인 내게 어떤 실질적인 불리를 가져올 위험은 더욱 없었다.

그렇다면 무엇 때문이었을까. — 이튿날 날이 새고, 해장국까지 확실히 대접받은 그 사내가 전날과 똑같은 모습으로 내 집을 떠난 뒤에야 나는 문득 그런 의문에 빠져들었다.

답은 좀체 얻어지지 않았다. 그러다가 간신히 그 답에 비슷한 암시를 얻게 된 것은 그 사내가 떠나고도 닷새가 지난 뒤였다. 그것은 그날 그 사내가 집을 나가자마자 기를 펴는 듯한 아이들과 안도로 환해 오던 아내의 얼굴을 다시 떠올림으로써였다.

그 지극히 사적(私的)이고 폐쇄적인 삶의 방식에 대한 본능적인 반발이 나로 하여금 그토록 기꺼이 그 사내를 맞아들이게 한 것이나 아니었을까.

(1982년)

두 겹의 노래

삶은 쓸쓸하다. 또는 쓸쓸하지 않다. 아니, 쓸쓸하지 못할 것도 없다. 잔디밭에는 소녀들이 비둘기가 되어 내려앉아 있고, 허공에 뿌리박은 나무들은 잔인한 겨울의 예감으로 불안하게 일렁인다. 대지의 끝에서 불어오는 바람, 소녀들은 이제 잎새가 되어 공원의 돌담 너머로 흩어진다. 나무의 잔뿌리들이 늙은 탄금사(彈琴士)의 수염인 양 나부끼며 추억 같은 먼지를 핏기 없는 하늘에 뿌린다.

"날씨가 차군."

수의(壽衣)를 걸친 젖은 석고상같이 벤치에 기대섰던 사내가 그 곁에 허상(虛像)처럼 앉은 여인에게 축축한 목소리로 말한다. 너무 긴 사내의 오른편 다리는 세 번이나 접혀 벤치 모퉁이에 얹혀 있다. 삭아가는 뼈 색깔의 피부에 코를 입술까지 드리운 여인은, 그러나 사내 쪽이 아니라 담 너머의 우중충한 건물을 향해 대답한다.

"마음이 춥기 때문일 거예요."

"아니야."

사내는 여인의 메마른 목소리를 흩트려버리기나 하듯 단호하게 부인한다. 눈길은 어느새 여인이 보고 있는 건물에 가 있다.

"저기를 봐. 눈이 오고 있잖아?"

"하지만 그 꼭대기를 봐요, 햇빛이 눈부시지 않아요?"

여인은 약간 호소하는 말투다. 그러나 사내는 오히려 그 당돌함에 흠칫하며 한동안 말이 없다가 이내 머리를 끄덕인다.

"그렇군, 햇빛을 받아 온통 금빛이군."

"네, 정말 눈이에요. 건물 밑둥은 이미 거멓게 젖어오고 있군요."

사내가 선선히 말을 바꾸자 여인도 까닭 없이 풀이 죽으며 이번에는 자기의 말을 뒤집는다. '하지만 금빛으로 번쩍인다 해서 차가움의 반대라고는 할 수 없지. 내일 다시 떠올라야 할 피로가 우연히 건물 꼭대기에 얼룩진 것뿐이야.'라고 말해 주고 싶던 사내는 거기서 문득 할 말을 잊는다.

그사이 그들이 보고 있는 건물은 조용히 그날 몫의 침몰을 가라앉힌다. 도회의 그쪽은 매일 한 자씩 땅속으로 꺼져든다. 들리기에 사람들이 그 밑에서 너무 많은 것을 파내 땅 위에다 쌓았기 때문이라고 한다. 그 자리, 아득한 옛날에 석회(石灰)의 강물이 흘러가고, 다시 그 위를 열 길이나 되는 고사리가 무성하던 자리, 몇 천 년 전에는 늙은 소나무들이 비바람에 부대끼고, 승냥이며 고라니가 떼를 지어 노닐기도 했다. 그 어디엔가 백 년 전에 지쳐 죽은 당나귀도 묻혀 있어, 만 년쯤 지나면 사람들은 그 뼈를 유리그릇에 담아 늘어놓을 것이다.

"생각나세요?"

문득 그리움을 충동질하는 눈길로 여인이 그렇게 물어오지 않았더라면 사내는 자칫 그 당나귀 얘기를 꺼낼 뻔했다. 하지만 생각만으로는 아무도 남을 해치지 않는다. 사내도 시치미를 떼고 그녀의 물음에 대한 성의만 표시한다.

"무얼?"

"그때 말이에요. 우리가 처음 만날 무렵."

"생각나지."

"벌써 삼 년이나 됐어요. 그날 집집마다 창틀에 활짝 핀 제라늄 분(盆)들을 내놓고 있었지요."

그렇게 말하는 여인은 이미 허상이 아니었다. 똬리 틀듯 움츠러져 있던 목은 어느새 우아하게 길어지고 입술까지 흘러내렸던 코는 꼭 한 치 위로 올라붙는다. 바람만 불면 바스라져 날아가 버릴 것 같던 머리칼에도 윤기가 비치고 삭아가는 뼈 같은 빛을 띠고 있던 뺨에는 제법 혈색까지 아른거린다. 그러나 사내에게는 그같은 변화가 마음에 거슬린다.

"나는 집집마다 붉은 등을 내건 줄 알았는데. 아니면 지저분한 분홍 커튼 자락들이 창밖으로 휘날렸거나……."

지금은 그럴 때가 아니라는 걸 상기시키려고나 하듯 사내의 말투는 느닷없이 심술궂어진다. 그래도 여인은 열기가 더해진 목소리로 잇는다.

"당신은 이 벤치에 앉아 계셨지요. 저는 말없이 빗긴 노을을 쳐다보고 있는 그 모습에서 상처 받은 외로운 영혼을 느꼈어요."

"그랬던가."

"권태기에 접어든 중년 남자의 사치스러운 외로움에다 배은(背恩)과도 같은 상심과 외로움이었어요."

"그렇다면 비뚤어진 욕정의 냄새였을 테지. 그 무렵 내 속옷은 언제나 몽정(夢精)으로 축축했었지."

"이런 오늘을 예감케 하는 것은 아무 데도 없었는데……."

"어쩌면 너무 분명했기 때문에 예감조차 없었는지도 모르지."

그러다가 사내는 어느새 삭아가는 뼈 빛깔로 돌아간 여인의 얼굴에서 늘어가는 푸른 금을 보고 불현듯 안쓰러움을 느낀다. 그 같은 대꾸는 쓸데없는 감정의 과장에 지나지 않음도. 그 바람에 사내는 앞말과의 연관을 거의 생각하지도 않고 성급하게 덧붙인다.

"하지만 당신은 정말 아름다웠소. 전에 만난 적이 있다는 걸 미처 생각해 낼 수도 없었을 만큼. 그야말로 눈이 부실 지경이었지."

"시들기 직전의 처연함이 종종 꽃의 아름다움으로 착각되기도 하는 법이에요."

이번에는 여인의 앙갚음이 시작된다.

"그래도 재치 있고 발랄했어."

"늦도록 독신으로 남겨진 여자의 허세였겠죠."

"아니, 당신의 지성과 심미안은 분명 남달리 반짝이는 데가 있었소."

"남자도 아이도 없이 삼십 년쯤 두리번거리다 보면 여자라도 이 것저것 세상일을 알게 되는 수가 있죠."

그래 놓고서야 여인의 목소리가 품고 있던 칼날은 무디어진다. 입가에까지 그물처럼 덮여 있던 푸른 금들도 차츰 쓸쓸한 미소로 바뀐다. 그러나 사내는 이미 물에 젖은 석고상으로 돌아간 뒤였 다. 얘기하는 동안 무심코 쭉 펴는 바람에 오른편 다리는 반 넘게 땅 속에 파묻혀 있고, 수의 같은 외투 속의 허술한 입성들은 마침 불어온 한 줄기 바람에 해져 너덜거린다. 관자놀이 어름에는 어느 새 자줏빛 버섯도 하나 돋아 있다. 그걸 본 여인이 갑자기 절반으 로 줄어들며 말한다.

"죄송해요. 기분을 상하게 하고 싶지는 않았는데……."

"괜찮아, 나는 기분 상하지 않았소."

"아, 이런 만남으로 이끌어가고 싶지는 않았는데……."

그러더니 여인은 문득 앞뒤 없는 비탄에 젖어들며 묻는다.

"아무것도 달라진 건 없잖아요? 도대체 그때와 무엇이 달라졌 어요?"

"세월이 낭비되었소. 지나치게."

사내가 간신히 입술만 움직여 대답한다.

"그걸 낭비로만 여겨야 해요? 의미로 채웠다고 보면 안 되나요?"

"공허한 의미야."

"원래가 공허한 삶이에요."

"그래도 우리에게 함부로 공허해질 권리는 없어."

그러자 여자는 한동안 말이 없다. 그사이 하늘은 점점 검푸르게 내려앉고, 나지막한 공원의 담은 부패하는 시체 같은 고동색으로 누워 있다. 뜻밖의 새가 한 쌍 그 담을 뚫고 날아와 그들의 머리 위를 돌다 수직으로 솟아올라 검푸른 하늘을 찢고 사라진다. 무한 속으로.

"윤리가 무엇일까요?"

새를 쫓는 사내의 몽롱한 눈길이 제자리로 돌아오기를 기다려 여인이 다시 한숨처럼 묻는다.

"우리가 도덕적이 된다는 거요."

"자유로워지는 것이지. 우리가 우리들 자신으로 충일되는 것이지."

사내가 턱없이 으스대며 답한다. 자신 있게, 그러나 곧 우울하게 정정한다.

"묶이는 것이지, 우리를 비워 남으로 채우는 것이지."

"자유로운 우리를 채우면 안 되나요?"

"그걸로는 우리의 관(棺)밖에 채우지 못해."

"그게 우리에게 새로운 세계를 보여줘두요? 또는 낡고 억지스러운 세계를 부수는 것에 지나지 않는데두요?"

"대단하다고 해도 관을 비어져 나와 무덤을 꾸미는 정도겠지. 새로운 관을 땅속으로 끌어들이기 위한."

그러는 사내의 어깨 어름에서는 해져 너덜거리던 입성들이 바람도 없는데 조각조각 눈송이처럼 흘러내린다. 앙상한 빗장뼈가 드러나고, 아득한 옛날 여자에게 빼앗겨버렸다는 갈비뼈 자리에는 피멍 같은 그늘이 져 있다.

"우리를 비워 남으로 채우면 어떻게 되나요?"

그렇다면 할 수 없지만요, 하는 조건문(條件文)을 한숨으로 대신한 여인의 물음이다.

"오래, 편안하게 살겠지."

"그뿐인가요?"

"근엄하고 경건하게 늙을 수 있을 거야. 함부로 쓸쓸해할 권리도 있고, 세상을 향해 큰 목소리로 떠들어도 어느 정도는 참아주겠지. 하지만……."

그렇게 말하는 사내의 회색빛 이마에도 검푸른 금이 거미줄처럼 어지럽게 얽힌다. 이어 목소리는 여러 개의 동굴을 거쳐서 들려오는 상처받은 짐승의 신음인 양 낮고 처량해진다.

"하지만 또…… 지루하고 피곤할 거야. 삶은 삼십 초마다 한 번씩 벗어서 팽개치고 싶은 짐짝같이 느껴지겠지."

사내는 진심으로 음울하다. 듣고 있는 여인은 당연하게 또는 느

닷없이 절망적으로 슬퍼진다. 금세 부스러져 내릴 듯이 푸른 잔
금으로 뒤덮인 코 아래는 검고 깊은 그늘이 파이고, 열린 창문처
럼 휑한 안공(眼孔) 저쪽에는 구십억 개의 뇌세포가 슬픔으로 파
들거리는 게 보인다.

걷잡을 수 없이 자라나는 오른쪽 다리를 땅속 깊이 눌러 박으
며, 사내는 그런 여인에게서 눈길을 돌려 의미 없이 사방을 둘러
본다. 조금 전의 바람에 묻어온 듯한 빨간 소년들이 한 줌 짓궂은
눈길을 그들의 벤치에 뿌려 놓고 어디론가 날려가고, 잎새처럼 가
뭇없이 사라졌던 소녀들은 다시 하얀 비둘기가 되어 공원의 잔디
밭에 내려앉는다. 여러 해 전에 죽은 이들의 뼈가 얼음 공으로 작
은 공터를 굴러다닌다.

사내의 눈길이 다시 제자리로 돌아왔을 때 여인의 몸에서 우
러난 슬픔의 빛은 무슨 요염한 휘장처럼 그녀를 둘러싸고 있다.
그 엉뚱하게 선정적인 모습에 당황한 사내는 얼른 눈길을 맞은편
담벽으로 돌린다. 그런데 고동색으로 죽어 있던 담벽에서 갑자기
분홍빛 여인의 두 다리가 피어오른다. 이어 검붉고 거대한 수말이
그 곁에서 힘차게 달려 나오고, 오래잖아 서로 얽힌 둘은 페가수
스가 되어 천랑성(天狼星)을 향해 솟구친다. 그들을 축복하기라도
하듯 담벽 여기저기서 금빛 팬지꽃이 피어나 순식간에 우중충한
고동색을 묻어버린다.

보고 있는 사내의 아랫도리는 까닭 모르게 달아오른다. 백열(白
熱)된 귀두(龜頭)가 너덜거리는 바지 앞자락을 태우며 비어져 나

온다. 상사목은 아직 시뻘겋게 달아 있을 뿐이지만, 백열은 머지않아 그 부근 전체에 번질 듯하다. 사내는 자신의 그 같은 변화가 느닷없는 탓인지, 무안함을 감추거나 하려는 듯 벤치에서 몸을 떼며 입을 연다. 한껏 심각하지만 그 목소리에는 이미 칙칙한 고혹(蠱惑)이 깃들어 있다.

"그래도 우리는 노예고 또 주인이지."

여인은 아직도 푸르스름한 슬픔의 안개에 싸여 있긴 하지만 그 슬픔은 계산된 것인 듯하다. 마치 사내의 그 같은 변화를 기다리고 있었다는 듯이, 그 선정적인 슬픔의 휘장을 헤치고 나온다.

"맞아요. 선택당하지만 선택할 수도 있어요."

"삶을 채우는 것도 죽음을 꾸미는 것도 우리 스스로의 일이지."

"이 땅의 마지막 판관(判官)은 결국 우리 자신이죠."

그리고 여인은 몸을 일으킨다. 그녀를 일으킨 한 줄기 생기는 금세 도발적인 섬광이 되어 비어버린 것 같던 두 눈을 채운다. 그제야 사내는 그녀가 헤치고 나온 휘장이 하나의 그물이었을지 모른다는 의심에 어렴풋이 젖어 들지만, 별로 불쾌한 기색은 없다.

"가요. 우선 이곳을 떠나요."

"하긴 그래. 우리가 너무 황량한 곳에 와 있군."

"변해서는 안 돼요. 자유를 향해 가요."

"맞아. 자신의 선택을 책임질 용기만 잃지 않으면 돼."

"그게 끝내는 관을 채울 뿐일지라도 두렵지 않아요."

"관을 넘쳐흘러 우리의 무덤을 온통 장미꽃으로 뒤덮을 수도 있을 거야."

"어쩌면 개선비(凱旋碑)로 남을 수도 있을 거예요. 자기가 친 덫에 자신이 걸려 고통 받는 이들에겐……."

여인은 과장의 혐의를 받을 만큼 한층 고무적으로 속살거리며 앞장을 선다. 사내도 땅속 깊이 박혀 있던 다리를 서둘러 빼내며 흔연히 뒤를 따른다. 이 둘의 발밑에서 귀엽고 색정적인 사향노루 한 쌍이 불쑥 솟아올라 그들의 머리를 타 넘고 갑자기 짙어진 부근의 관목 숲으로 사라진다.

사내와 여인은 쓸쓸한 초겨울의 공원을 말없이 빠져나온다. 출입구 난간에 걸려 있던 제복과 제모가 그들이 일으킨 바람에 공손하게 나부낀다. 거리는 텅 비어 있고, 시커멓게 골조만 남은 건물들 사이를 들쥐 떼만 이리저리 몰려다닌다. 무너져 내리는 교회의 첨탑에 술 취한 시인이 빨래처럼 나부끼며 노래하고 있다. 아아, 신(神)은 어디 가고 우리만 남아 눈물짓고 있나. 우리는 어디 가고 신만 남아 눈물짓고 있나. 눈물은 어디 가고 우리만 남아 신을 짓고 있나…….

후미진 골목 모퉁이에 이르렀을 때 사내는 잠시 이게 아닌데, 하는 표정이 되어 걸음을 멈춘다. 그러나 후줄근한 노을 속에 떠다니는 여자의 장밋빛 젖가슴과 컴컴한 건물 그늘에서 두 눈만 번쩍이는 검은 수소 떼가 묘하게 그를 충동하고, 사내는 가볍게 개뿔 같은 사유(思惟)의 추격을 벗어난다.

"뭘 하시려는 거예요?"

몇 발 옮기지 않아 다시 걸음을 멈추고 길가의 불타다 남은 가로수 그루터기에 수의 같은 외투를 거는 사내에게 여인이, 그러나 크게 이상하게 여기는 기색 없이 묻는다. 사내는 대답 대신 쭈그리고 앉더니 매끈하게 거리를 덮고 있는 아스팔트를 손톱으로 후벼 파기 시작한다.

잠깐 동안에 완강하던 아스팔트는 갈기갈기 찢어지고, 사내는 오랜 상처에서 딱지를 떼 내듯 찢어진 아스팔트 껍질들을 하나씩 벗겨 나간다. 신기하게도 그 밑에서는 빠알간 흙이 돋아나는 새살처럼 드러난다.

"무얼 하시느냐니깐요?"

여인이 가만히 다가와 사내 곁에 나란히 쪼그리고 앉으며 되풀이해 묻는다. 그러나 전혀 모르겠다는 뜻이 아닌 것은 그사이 달라진 모습만으로도 알 만하다.

삭아가는 뼛빛이던 그녀의 뺨에는 수채의 실지렁이들처럼 가늘고 붉은 핏줄들이 아련히 일고 있다.

"당신과 성합(性合)을 나누었으면 해. 모든 걸 잊고, 질펀하고 흥건하게."

사내는 여전히 쇠꼬챙이 같은 손톱으로 아스팔트를 후비며 능청스레 대답한다. 지극히 근엄한 얘기를 할 때처럼 제법 이맛살까지 찌푸리며. 여인은 그런 사내의 뻔뻔스러움을 정직한 화냥기로 받아들인다.

"좋은 생각이에요. 지금 같은 때에 우리가 할 알맞은 일이죠.

그런데 여기서?"

"그래, 여기서. 나는 지금 대지의 뼈를 모으고 있어. 그걸로 돌담을 둘러쌓을 작정이지, 원래 성합은 남들이 보는 곳에서 하지 않기로 되어 있거든."

"지붕은 어떻게 하실 거예요?"

"그건 필요 없어. 하늘 위에 있는 것은 신뿐이니까. 하지만 이제 그도 어디론가 가버렸다고 아까 누가 노래하지 않았어?"

여인이 정말 그렇군요, 하는 듯 입을 다물자 사내도 말없이 흙만 후빈다. 공처럼 둥글고 여러 색깔을 한 자갈들이 흙 속에서 빠져나와 사내를 중심으로 가지런한 돌담을 이루기 시작한다. 개중에는 녹색의 원뿔도 있고, 감람색의 육모 기둥과 석류알 빛을 띤 육십사면체도 섞여 있다.

그런데 잠자코 그것들로 엉성한 담을 쌓고 있던 사내가 무얼 보았는지 문득 두 눈을 번쩍이며 일손을 멈춘다. 도회 저편의 지평선 끝에 떠 있던 한 조각 쪽빛 바다에 눈을 팔고 있던 여인이 호기심에 차 사내의 손안을 살핀다. 부스러지기 시작하는 은빛의 돌 조각이다.

"뭐예요?"

"이게 여기 있었군. 오래 찾았었는데."

"뭐길래요?"

"내 어깨뼈야. 수룡(獸龍)이 나를 삼킨 뒤 영영 찾지 못했지. 그게 여기에 묻혀 있었군."

"이제 그걸 찾아 무얼 하게요?"

"내 관을 위해 필요하지. 이게 없으면 나중에 염하는 사람들이 찾을 거야. 그들은 애초부터 내게 어깨뼈 한 조각이 모자랐다는 걸 모르거든."

"그러고 보니 당신 발아래 있는 그 푸른 돌, 어디서 많이 본 것이에요."

"흔해 빠진 쑥돌 조각이야."

"그렇잖아요. 어쩌면 제가 가지고 놀다 잃어버린 노리개일 거예요. 십만 년쯤 전에."

"그게 사실이라도 원래 당신에게 속했던 건 아니지. 찾았다고 신통할 건 없어."

사내는 방금 주운 돌조각을 어깨살을 비집고 집어넣으며 심드렁히 말한다.

"차라리 저쪽에 가 먼지나 씻지. 공원에서 흙먼지를 눈처럼 맞고 왔잖아?"

"저건 납과 타르가 녹아 흐르는 더러운 수채예요."

여인은 사내가 자기의 말을 잘라 막은 것을 깜박 잊은 채, 그가 눈길로 가리킨 길가의 수로(水路)가 더러운 것에만 눈살을 찌푸린다. 사내는 다시 엉성한 담 쌓기를 계속하면서 남의 일 말하듯 대꾸한다.

"어쨌든 먼지는 씻어질걸."

그 말에 아무런 뜻이 없다는 것은 움직임이 없는 사내의 입술보다도 이제는 거침없이 바지를 찢고 온몸을 드러낸 그의 한 발이나 되는 남근(男根)이 잘 말해 주고 있다. 그걸 본 탓인지, 여인도 정작 해야 할 일은 따로 있다는 듯이 한 꺼풀 한 꺼풀씩 허물 같은 옷을 몸에서 떼어 내기 시작한다.

여인이 옷을 다 벗었을 때쯤 사내의 돌담도 완성된다. 거멓게 그을은 골조만 남은 건물들이 끝없이 늘어선 포도 한 귀퉁이에 쌓은, 사방 한 길의 낮고 알락달락한 돌담은, 그러나 기괴하기보다는 아늑하고 선정적이다. 일을 마친 사내가 서둘러 옷을 빠져나가 이제는 알몸이 되어 누워 있는 여인을 덮고, 이내 그들의 거칠고 성급한 성합은 어우러진다.

이미 수백 수십만 년을 되풀이해 온 일이라 새삼스러울 것도 없지만 시작은 언제나 황홀하다. 누구든 떨어져 보고 싶은 저주의 불꽃, 또는 영원히 적셔지지 않을 목마름이다. 그 고통과도 흡사한 몸서리쳐지는 열락을 향해 둘의 괴롭고 긴 허망의 행진은 시작된다.

젖은 석고 같던 사내의 몸 여기저기서는 붉게 단 강철선 같은 힘줄이 팽팽하게 솟아나 얽히고, 푸르게 금 간 삭은 뼈의 빛깔이던 여인의 피부도 뜨겁게 살아나는 핏줄들로 분홍의 꽃잎처럼 피어오른다. 어둡게 내려앉은 하늘도 그들의 머리 위에만은 에메랄드 천장을 드리워주고 있다. 부패와 미망, 한탄과 의혹 같은 우리 삶의 여러 어둠을 간신히 헤쳐 나온 자줏빛 구관조 한 마리가 돌담 위에서 운다. 포도를 굴러다니던 맘모스의 턱뼈를 쪼개고 새빨

간 장미꽃 한 송이도 돋아난다.

"나는 이럴 때면 언제나 까마득히 잊고 있던 고향이 떠올라. 아주 오랜 옛 고향이……."

사내가 애써 가쁜 숨을 죽이며 여인의 귀에 속삭인다. 여인이 감았던 눈을 뜨며 가만히, 그리고 열에 아홉은 건성으로 대꾸한다.

"어디게요?"

그런 여인의 갈라진 젖무덤에는 붉고 탐욕스러운 혀가 널름거리고, 청회색 젖 그늘에는 노란 채송화도 몇 송이 반짝인다.

"바다, 저 원초(原初)의 쪽빛을 지나면 검푸른 안식이 있고, 그걸 또 지나서 가면 어둠과 침묵에 이르지. 그 어둠과 침묵 속에서 한 생명의 예감으로 잠들어 있던 때를 기억할 것 같애. 그곳을 벗어나 이번에는 한 외로운 단세포로 부유(浮遊)하던 때도. 그다음…… 나는 산호였고 바다 백합이었고, 앵무조개였고, 삼엽충이었지. 때로는 몸길이가 삼 미터나 되는 바다 전갈이 되어 억센 집게발로 그것들을 무자비하게 잡아먹기도 했어……."

"너무 까마득하군요."

여자가 다시 성의 없이 참견한다. 역시 가쁜 숨을 애써 누르며.

"그다음도 기억하지. 나는 암모나이트였고, 어룡(魚龍)이었고, 장경룡(長勁龍)이었고…… 그렇게 점차…… 그 쪽빛 원초(原初)에서 헤어 나왔지."

"아직도 멀어요."

"또 기억해. 내가 꼬리를 달고 그 아늑한 고향을 떠나 거친 뭍으로 처음 오르던 때를. 내 몸의 따뜻함을 지키기 위해 그렇게도 어렵게 싸워 온 땅 위에서의 기나긴 세월을……."

사내의 눈은 정말로 그리움에 차 이제 막 작은 불꽃들이 지피기 시작하는 여인의 눈 속을 바라본다. 마치 거기서 잃어버린 원초의 고향으로 돌아갈 길을 찾아내려고나 하는 듯이. 그런 사내의 간절한 눈길은 찬물 속에 스며든 햇빛처럼 똑바로 여인의 심장에 이른다. 오래잖아 자신을 사를 격렬한 불꽃의 예감에 떨면서도 여인은 까닭 모를 뭉클함을 느끼며 사내의 향수에 동조하고 만다.

"저는 아무래도 밀림밖에 떠오르지 않네요. 향긋한 열매와 보드라운 새순, 그리고 거침없던 나날의 삶만이……. 그래요. 그러다가 갑자기 바람이 불고 황사(黃沙)가 날아들기 시작했어요. 밀림은 자꾸만 황폐해지고, 숲과 숲 사이가 또는 나무와 나무 사이가 점점 멀어져 갔어요. 그것은 가지에서 가지로 이어진 안전한 우리의 길이 막혀버렸다는 뜻이죠. 그때부터 모든 길은 땅 위로만 나게 되고, 또한 길은 바로 우리에게 위험과 피로를 나타내는 말이 되고 말았지요. 처음 안전한 나무에서 내려와 땅에 발을 디뎠을 때는 얼마나 두렵던지……. 날카로운 발톱이나 이빨도 없고, 빨리 달리지도 하늘을 날지도 못하는 우리들은 별수 없이 무리의 힘에 의지해 새로운 숲 또는 새로운 나무로 옮아가지 않을 수 없었지요. 이미 껍질까지 벗겨 먹은 숲과 나무를 떠나……. 아, 그때 당신도 있었던지……."

"있었어. 처음 새 숲 또는 새 나무로 옮아갔을 때는 살아남은 기쁨만으로도 감격해 어쩔 줄 몰랐지. 그러나 오래잖아 옛날의 무성하던 그 밀림을 그리워하며 그쪽을 바라보고 울었지."

"하지만 그때에도 당신의 품에만 안겨 있으면 언제나 옛날의 밀림을 느낄 수 있었어요. 내일이면 또 버리고 옮아가야 할 메마른 나뭇가지 위에서도 어김없이 그 풍성하던 열매와 새순을 보았지요……."

"나도 보았어. 원초의 바다와 쪽빛과 그 아래 잠든 어둠을. 나는 단세포로 그곳을 부유하기도 하고, 한 생명의 예감으로 어둠과 침묵 속에 잠들기도 했지."

거기서 사내의 목소리는 완연히 헐떡임으로 변한다. 움직임도 점점 격렬해져 어깨 너머로 미친 바람이 일고, 백열(白熱)은 어느새 가슴 어름까지 번져 있다. 그의 몸은 이미 얼마 전의 젖은 석고가 아니라 하나하나 살아서 숨 쉬고 외치는 수많은 세포들의 뜨거운 집합(集合)이었다.

여인도 더는 가쁜 숨결을 감추려 들지 않는다. 신음과도 같은 헐떡임을 토해내는 그녀의 입 언저리에는 작고 현란한 무지개가 선다. 머지않아 그 무지개는 불꽃같은 구름으로 피어오르리라. 흥건히 솟은 땀으로 분홍의 점액질같이 보이는 여인의 팔은 참나무 등걸에 박힌 겨우살이의 혁질(革質) 줄기처럼 사내의 희게 달아오른 등줄기를 파고들고, 거대한 두족류(頭足類)의 발 같은 두 다리는 보이지 않는 흡반으로 감긴 것은 무엇이든 껍질만 남겨버리겠

다는 듯 뜨거운 구리 기둥 같은 사내의 아랫도리를 죄고 있다. 그
들의 발치에서는 쉬고 있던 화산이 갑작스레 연기를 뿜으며 용암
을 부글거린다.

"다시…… 보여. 원초의 쪽빛…… 아래 잠든 어둠. 나는…… 생
명의 예감이야. 단세포야."

사내가 몽환에 젖어 다시 웅얼거리고 여인도 신음 같은 소리로
그 웅얼거림을 받는다.

"보여요. 나도 그 무성하던 밀림…… 지금은…… 우기(雨期)예
요. 활엽수에 빗방울 듣는 소리가…… 요란하구요……."

"떠올랐어……. 나는 삼엽충이야……. 산호야……. 해면이야."

"우리는…… 속이 빈…… 고목 등걸에서…… 비를 피하고……
있어요. 다, 당신의 품은…… 아, 따뜻……하군요."

"나는 장경룡(長勁龍)이야. 돌고래야……. 다랑어야."

"전…… 당신에게, 꼬리를…… 들어준…… 원숭이…… 암컷이
에요."

그런 둘의 신음은 점차 괴상한 울부짖음같이 변한다.

"나는 후회해, 후회해, 내가 뭍으로 기어 나온 걸. 땅 위에서 살
고 싶어 한걸."

"저도…… 슬퍼요. 우, 우리가…… 나무에서…… 내려오게 된
게."

"언제나 강한 적들에게 쫓겨야 하고."

"주림과…… 추위에 시달려야 하고……."

“어쩔 수 없이 무리를 짓고.”

“어리석은…… 규칙들을 만들고…….”

“불과 도구로 허세를 부리고.”

“두 발로 서서…… 쓸데없는…… 생각에 잠겨들고…….”

“언어로 해로운 기억까지 저장하고…….”

“무, 문화란…… 허영에…… 젖어들고…….”

“스스로 만든 사슬에 묶여야 하고, 윤리와 도덕이란 이름으로 상처 입고.”

“사랑하면서도…… 헤어져야 하고…….”

“아, 그래 빌어먹을. 언제나 도둑처럼 만나고, 간부(姦婦)로 붙고, 빌어먹을, 배우처럼 헤어지고.”

한껏 높아졌던 그들의 울부짖음은 그쯤에서 잦아지고, 오래잖아 격렬하던 움직임도 멎는다. 둘은 한동안 태엽이 풀린 자동인형처럼 스스로가 흘린 땀과 정액 속에 꼼짝 않고 잠겨 있다. 그들이 흘린 정액과 땀은 어느새 그 돌담 안을 넘쳐 검은 내를 이루며 포도 위로 흘러내린다. 빈 콜라 깡통이 떠내려가고, 시든 꽃다발과 구겨진 연주회의 프로그램과 좀이 슨 책과 알이 깨진 안경과 씹은 껌이 싸인 은박지가 떠내려가고 ― 그들의 욕정과 피로와 슬픔도 떠내려간다. 고양되었던 용기와 반역도.

“날이 저물었군요.”

이윽고 몸을 일으킨 여인이 돌담 밖을 내다보며 가라앉은 음성으로 입을 연다. 발치의 화산에는 검은 연기만 솟고, 에메랄드의 하늘도 사라져버린 뒤다. 사내는 나무토막처럼 쓰러져 대답이 없다. 여인은 그런 사내를 버려두고 돌담 곁의 수채로 간다. 여인이 정성들여 구석구석 엉겨 붙은 사내의 정액을 씻어내는 동안 그녀를 덮고 있던 분홍의 열기는 피부 밑으로 가는 핏줄이 되어 스며들고, 마침내는 가는 그 핏줄마저 흔적 없이 사라진다.

다시 돌담 안으로 돌아온 여인은 처음의 삭아가는 뼈 같은 살결과, 입술까지 흘러내린 코, 그리고 열린 들창처럼 공허한 눈을 가진 허상(虛像)으로 돌아가 있다. 여인은 그 허상에다 얼마 전에 미련 없이 떼어 던졌던 허물들을 한 조각씩 주워 붙인 뒤 아직도 꼼짝 않고 누워 있는 사내에게 메마른 목소리로 묻는다.

"이대로 여기서 주무시고 오겠어요?"

그제야 사내는 멍한 눈길로 여인을 올려다본다. 그동안 한 일을 전혀 모르고 있었다는 듯 사내는 그녀의 변모에 어리둥절한 표정을 짓는다. 그러다가 아무래도 이해할 수 없다는 투로 여인에게 묻는다.

"우리는 자유를 향해 떠나지 않았소?"

"그래요. 그래서 여기 이렇게 와 있지 않아요?"

여인은 조그마한 양보의 기색도 없이 되묻는다.

"아니, 하나의 결론으로 선택하지 않았는가 말이오? 관을 채우고 무덤을 치장하게 되더라도."

"그건 어리석은 선택이에요. 우리의 삶 전체를 위협당하면서까지 택해야 할 그런 대단한 관념은 없어요."

"……."

"당신에겐 지켜야 할 이름과 지위와 — 또 가정이 있어요. 저도 지켜야 할 삶이 따로 있구요. 결국 우리는 주인은 아니에요. 노예 일 뿐이에요."

그러자 사내는 정말로 알 수 없다는 표정이 된다.

"그 생각은 방금 한 거요? 아니면 공원에서부터요?"

"그보다 훨씬 전 당신을 만나려고 집을 나서면서부터예요."

"그럼 당신이 아까 말한 자유란 기껏 지난 삼 년의 연장만을 뜻 했단 말이오?"

"그건 아니에요."

여인의 부정은 단호하면서도 어딘가 미안해하는 듯한 구석이 있다. 얼굴에는 다시 푸른 금들이 덮이기 시작한다.

"이게 마지막 만남이죠. 나는 그걸 꾸며 줄, 오래 기억할 만한 작별의 의식을 원했을 뿐이에요. 이제 우리 어디서 만나더라도 허 심한 목례로 지나쳐 갈 용기를 가져요."

사내는 여인의 그 같은 말이 뜻밖인 모양이다. 그러나 그게 대 수로운 일은 아닌 듯 그사이 젖은 석고로 돌아간 얼굴에는 별다 른 표정이 떠오르지 않는다. 조금이라도 충격을 받은 증거가 있다 면 몇 분간의 침묵 정도일까.

"알겠소. 그렇다면 나도 돌아가야지."

마침내 사내도 몸을 일으킨다. 그러나 몸을 씻는 대신 비 맞은 짐승처럼 부르르 떨어 말라붙기 시작하는 정액과 분비물을 털어낸 뒤 빠져나왔던 옷 속으로 기어든다. 오래잖아 사내도 처음처럼 해진 옷을 걸친 젖은 석고상으로 돌아간다. 다시 늘어난 오른쪽 다리는 몇 번이나 접힌 채 바짓가랑이 속에 감추어지고, 속옷이 삭아 날려간 가슴께에는 앙상한 빗장뼈가 드러난다. 달라진 것은 다만 언제부터인가 머리칼로 덮인 부분이 투명해져 그 속에 축소된 책 더미며 명함, 잉크병, 고무도장 따위가 뒤죽박죽으로 얽혀 있는 게 내비치는 것뿐이다.

"하지만 이게 마지막이라니 허전하군."

옷을 다 걸친 사내가 불타다 남은 가로수 그루터기에서 수의 같은 외투를 벗겨 내리며 혼잣말처럼 중얼거린다. 그리고 새삼스러운 애착으로 돌담에 의지해 굳어 있는 여인을 본다. 그 순간 금세라도 머리가 부스러져 흩어질 듯 깊고 잦게 파이는 이마의 푸른 금들이나, 머릿속 가득히 비치던 잡동사니 대신 여인의 밝게 핀 얼굴이 자리 잡는 것으로 보아 그의 말이 단순한 의무감에서 나온 의례적인 것이나 이별의 상투어 같지만은 않다. 왼쪽 어깨 위에는 작고 쓸쓸한 회색 구름 한 덩이도 떠 있다.

"저두요. 지난 삼 년 그렇게도 자주 당신과 영원히 함께가 되는 꿈을 꾸곤 했었는데……."

역시 혼잣말처럼 중얼거리는 여인의 정수리 위에는 남청색의 물망초 한 송이가 돋아난다. 그러나 그것도 잠시였다. 둘은 곧 똑같은 두려움으로 자신이 한 말을 후회한다. 사내가 먼저 자신의 터무니없는 감상을 철회하는 듯, 메말라버린 목소리로 덧붙인다.

"더 이상 당신을 안을 수 없다는 것 때문이 아니라…… 이제 다시는 여자를 사랑할 수 없게 되리라는 예감 때문일 거야."

"마찬가지예요. 저도 당신을 다시 만나지 못한다는 사실보다 제가 혼자 남게 되었다는 게 슬퍼요."

그러자 사내의 자세는 약간 느슨해진다.

"떠나야 할 때를 알고 떠나는 사람의 뒷모습은 얼마나 아름다운가……. 당신은 좋은 여자였어."

"당신두요."

"성녀(聖女)였고…… 요부였지."

"기사(騎士)이고 치한이었지요."

"축복이고…… 저주이기도 했지."

"기쁨인 동시에 괴로움이었지요."

"도취이고 환멸이었지."

"모든 노래는 두 겹이지요."

여인은 그렇게 말을 맺고는 기대섰던 돌담에서 떨어져 남자에게 다가간다.

"자, 이제 그만 나가요. 너무 늦었어요. 그 전에 마지막 입맞춤을 해주시지 않겠어요?"

어느새 두 눈은 가동 중인 컴퓨터의 신호용 램프처럼 파랗게 깜박이고, 목소리는 무거움을 털어버린 채다. 사내가 조립한 로봇처럼 직각으로 움직이며 말없이 여인의 요구에 따른다. 젖은 석고의 고동색 입술과 삭아가는 뼈 색깔의 입술이 부딪치며 둔탁한 소리를 낸다. 잠깐 그곳에서 분홍으로 으스름한 불기둥이 일지만 사내의 어깨에 걸려 있던 작고 쓸쓸한 회색 구름에게 자리를 내주고 만다. 떨어지는 사내의 입술은 왼쪽 모서리가 깨어져 나가고, 여인의 입술은 남자의 고동색이 묻어나 지저분하다.

"안녕. 다시 한 번, 우리 어디서 만나게 되더라도 허심한 목례로 지나쳐 갈 용기를 가져요."

여인이 그 말을 도마뱀의 꼬리처럼 남기고 먼저 돌담을 빠져나간다. 이어 사내도 수의 같은 외투 깃에 얼굴을 깊숙이 묻은 채 돌담을 나선다. 거리는 썩은 당나귀들과 밤이 불러낸 망령들로 붐비고 둘은 하나씩 그 물결 속으로 휩쓸려 사라진다.

강주(江州) 김씨 알지공 파(派)의 까마득한 후손으로 경상북도 안동의 어떤 수몰 지구에서 올라와 아슬아슬하게 서울 시민이 된, 1960년 2월 15일에 태어나 이제 스물하나로 입대를 넉 달 남기고 있으며, 학교는 고향 임천(臨川)초등학교와 임천중학교를 거쳐 서울의 변두리 광문(光門)상고를 일 년 반 다닌 것이 마지막이고, 그동안 받은 상으로는 초등학교 때의 개근상 세 번과 우등상 한 번에 중학교 때 받은 개근상 한 번이 있는 반면, 벌은 통금 위반으로 구류 한 번 산 일과 교통법규 위반으로 과료 오천 원을 문 것이 전부이며, 늑막염과 장티푸스를 한 번씩 앓은 적은 있지만 대체로 건강한 몸에 일 미터 칠십이 센티미터의 키와 육십팔 킬로그램의 몸무게를 가졌고, 흰 살결에 왼쪽 볼의 점 세 개가 제법 뚜렷한 눈코와 어울려 또래의 처녀 아이들에게 인물 가지고 서러움을 당하는 편은 아닌, 그래서 깔끔한 미용사 아가씨와 백화점의 계산대 아가씨를 각 한 번씩 애인으로 사귀어본 적이 있고, 지난 봄에는 어떤 골 빈 여대생과 연애가 되다 만 적도 있는, 고생한 데 비해 구김 없는 성격에 심성도 대강은 고와 윗사람들에게 싹싹하고 붙임성 있고 동료들 사이에도 잘 지내는 편이며, 그러나 이따금씩은 자신의 처지나 고르지 못한 세상에 불평을 늘어놓기도 하고 또 걸어오는 시비는 구태여 마다하지 않는, 비록 변두리의 별 세 개짜리 호텔이긴 하지만 월말이면 꼬박꼬박 나오는 봉급에 손님들의 팁과 몸 파는 아가씨들에게서 얻어먹는 구전까지 합치면 한 달 수입 삼십만 원은 되고, 그 가운데 매달 이십만 원은 어김없이 집으로 가져가 이제는 중늙은이가 되어 막일도 어려워진 아버지와 어떤 시장 모퉁이에서 좌판을 벌이고 있는 어머니를 감격시키는, 강서호텔 607호실 벨 보이 김시욱(金時旭) 군은 1982년 12월 26일 오후 여섯 시 반쯤 호출도 없는데 그 방문 앞을 서성거리다가 그들이 나오는 기척을 듣고 이렇게 중얼거렸다.

"잡것들. 대낮부터 요란스럽기는 지금이 어떤 때라고……."

(1983년)

심근경색

괘종시계가 천천히 여섯 시를 알렸다. 텅 빈 사무실의 정적을 깊고 음울한 것으로 만드는 둔탁한 음향이었다. 이어 머뭇거리던 어둠이 낡은 배를 스며드는 물처럼 사무실 구석구석을 적셔왔다. 마지막까지 남아 있던 늙은 계장마저 면구스러운 듯한 인사와 함께 돌아간 것은 벌써 삼십 분 전의 일이었다. 옆 사무실에도 인기척은 없었다.

그러나 그는 여전히 꼼짝 않고 있었다. 그 침묵과 정지의 자세가 어쩌나 견고했던지 이따금씩 피어오르는 손끝의 담배 연기마저도 무슨 파르스름한 실처럼 굳어 있는 것 같았다. 보이지는 않아도 오히려 살아 움직이는 것은 그의 염염(炎炎)한 사념, 특히 그 헝클어진 번우(煩憂)의 그림자 쪽이었다.

그렇게 다시 얼마나 지났을까. 갑자기 뒤쪽 출입문이 열리고 한 층 짙은 그 어둠 속에서 피어오르듯 불쑥 한 사람이 나타났다. 희끄무레한 긴 덧옷을 걸치고 무언가를 한 아름 안고 있는 사내였다. 그러나 그 사내의 접근은 너무도 느리고 조심스러운 것이어서 그 발짝 소리에 섞인, 요즈음엔 드문 구두 징과 시멘트 바닥이 어울려 내는 귀에 거슬리는 소리만 아니었더라면, 그는 아마도 그 사내의 출현을 전혀 깨닫지 못했을 것이다.

"누구요?"

"주문하신 것을 가지고 왔습니다."

보일 듯 말 듯 움직이는 입술 사이로 쉰 듯한 사내의 목소리가 흘러나왔다. 기이하게도 그 목소리는 길게 길게 메아리가 되어 몇 번이고 사무실 벽을 진동하는 것 같았다. 그는 원인 모를 섬뜩함으로 천천히 다가오는 사내를 응시하며 더듬거렸다.

"주문이라고 언제 무슨……."

그러다 그는 이내 입을 다물고 말았다. 어느새 그의 책상 위에 가져온 물건 꾸러미를 내려놓고 그를 마주 보는 사내의 불길하고 우중충한 모습 때문이었다. 얼굴은 일견 평범하였지만 두 눈은 이상하게도 공허와 적막을 담고 있었고, 길게 구부러진 콧날은 완강한 침울로 빛과 생명을 부인하고 있었다. 흔히 보는 바바리코트마저도 뻣뻣하게 굳은 것 같은 그 사내의 사지에 삭아가는 수의(壽衣)처럼 휘감겨 바람도 없는데 너풀거리고 있었다. 다만 한 가지, 그럼에도 불구하고 그를 극단의 공포로까지 몰고 가지 않는

것은 그 사내에게서 느껴지는 어떤 낯익음— 이를테면 낡은 사진
첩에서 빛바래고 변형된 자신의 옛 모습을 볼 때와 같은 일종의
친근감이었다.

"예, 선생님께서는 간밤 자정 무렵 저희 회사에 주문 전화를 내
셨습니다."

여전히 쉰 듯한, 그리고 길게 끄는 여운의 목소리였다. 그 목소
리에는 무언가 그의 알지 못한 불안과 당혹을 다시 자극하는 것이
있었지만 그보다도 문뜩 떠오르는 의혹이 강했다.

"이상하오. 나는 분명 어젯밤 열 시쯤 집으로 돌아갔고 자정이
되기 전에 잠자리에 들었소."

"물론 그렇게 기억하고 계실 겁니다. 하지만 선생님께서는 간
밤 몹시 취해 돌아오신 데다, 또 자리에 들기 전에 집에 있는 양
주를 반병이나 더 비우셨습니다. 선생님께서 잠드셨다고 주장하
시는 그 시각은 기실 선생님께서 술로 기억을 상실하기 시작한 시
각에 불과합니다."

"그래 좋소. 그랬다 합시다. 그런데 도대체 당신네 회사는 무슨
회사요?"

"'샘'과 '예호림' 합자회삽니다."

"'샘', '예호림'? 외국인 회사요?"

"그건 잘 모르겠습니다. 상호(商號)는 그렇지만 그분들을 직접
대한 적이 없어 국적은 알 수 없습니다. 저는 다만 이 도시에 있는
지사(支社)에 고용되었고 또 제가 하는 일이 보시는 바와 같이 보

잘것없는 일이 돼 놔서요."

"그럼 내가 주문한 건 무엇이오?"

"그것 역시도 저는 모릅니다. 여기 이렇게 가져오긴 했지만. 오직 제 임무는 배달뿐이니까요."

"그래도 여기저기 배달하다 보면 대략은 알게 될 게 아니오?"

"물론 약간이야 알지요. 하지만 선생님께는 큰 도움이 되지 못할 겁니다."

"아니 좋아요. 그 약간이라도 들어봅시다."

"제가 알고 있는 거라고는 정말 미미한 것뿐입니다. 즉 원래 이 상품은 이렇게 우아하게 포장될 수 있는 것이 아닌 추상적인 것이었다는 것, 이것을 이렇게 합성할 수 있게 한 것은 순전히 진보된 과학기술의 덕택이며, 또 이 상품은 누구에게나 하나씩은 반드시 필요하다는 것 정도지요."

그러나 그는 여전히 그 상품의 내용을 짐작할 수 없었다. 몇 번이고 책상 위에 가지런히 놓인 상품 꾸러미를 훑어보던 그는 문득 그중의 하나를 집으며 말했다.

"그럼 이걸 끌러 보면 되겠구려, 어디 하나만 끌러 봅시다."

"안 됩니다. 저희 회사의 규칙은 상품을 선택하기 전에는 포장을 끄르지 못한다는 것입니다. 워낙 한 번 끌러버리면 다시 수습할 수 없는 것이 돼 놔서요. 꼭 보시려면 먼저 하나를 고르시고 이 수령증에 서명을 해주십시오."

"도무지 이해할 수가 없군. 그럼 여기 있는 상품의 종류나 품질

만이라도 소개해 줄 수 없소?"

"죄송합니다. 그것 역시도 산업 기밀에 속해 자세히는 말씀 드릴 수 없습니다."

"그럼 대강은 말할 수 있겠군."

그러자 사내는 잠시 망설이는 듯하더니 조심스레 말했다.

"여기 있는 것은 대략 세 종류입니다. 방금 선생님이 집으신 것은 일반 소비자용이지요. 대부분의 사람들은 필경 그 종류의 하나를 사 가게 될 테지만 당장 급한 선생님께서 쓰시기엔 불편할 겁니다. 오래 기다려야 하니까요. 선생님 편에서 왼쪽에 있는 그 붉은 상자의 것은 지금이라도 바로 쓸 수 있습니다. 하지만 좀 질이 낮아 — 쓰시기에 불편이 많으실 겁니다. 그런데 역시 선생님께 합당한 것은 그 오른편 검은 상자에 든 것일 겁니다. 이 나라에서 최근 들어 부쩍 수요가 는 것인데 그런대로 품위 있고 또 사용도 간편한 셈이지요."

"그럼 당신네 제품은 이 셋뿐이오?"

"물론 더 있습니다. 실로 저희 회사의 상품은 다양한데, 그 특징이 있습니다. 수천, 아니 수만 종류가 넘지요. 예를 들면 지금 저희 본사(本社)의 비밀 금고 안에 깊이 보관돼 있는 황금 상자에 든 것은 여러 세기 걸려서야 겨우 한두 개 만들어 낼 수 있는 것입니다. 성자(聖者)나 영웅들을 위한 것이지요. 지금은 수요가 없어 생산이 중단되고 이따금 모조품만 나오고 있습니다만, 반대로 어떤 것은 현대의 대량생산 체제에 힘입어 하룻저녁에 수십만 개를 만들 수도 있지요. 그러나 그런 것들은 선생님과 별 관련이 없다고 판단됐기 때문에 가져올 필요가 없었습니다."

사내의 상당히 자상스러운 설명에도 불구하고 그는 여전히 기이한 느낌에서 벗어나지 못한 채 그 정체 모를 상품들을 살피고 있었다. 정성스럽고도 맵시 있는 포장이었지만 왠지 그 주위를 맴도는 것은 그 사내의 첫인상에서와 같은 어떤 섬뜩함이어서 쉽게 선택의 손을 내밀 수가 없었다. 머뭇거리는 그를 보며 여전히 음산한 여운이긴 하지만 어딘가 은근해진 목소리로 사내가 권유했다.

"좋은 상품들입니다. 늘 공급이 수요를 따르지 못하는 편이지요. 거기다 값도 싼 셈입니다. 비록 저희 회사가 이 상품의 생산을 독점하고 있지만 터무니없이 값을 올리지는 않아요. 그리고 성의 (誠意) ― 이 시대는 무엇이나 대량생산이라야 열을 올리지만 저희 회사는 선생님과 같은 개인 주문에도 결코 소홀히 대하지는 않습니다."

"정말 성실한 기업이군……."

그는 막연하게 대답했다.

"모르긴 해도 그것이 아마 오늘날의 저희 회사를 만들었을 겁니다. 듣기에는 남양 제도에서 북극의 빙산까지 그리고 아프리카의 밀림에서 중앙아시아의 오지에 이르기까지 저희 지사와 외판원(外販員)이 안 나가 있는 곳은 한 군데도 없다는 것입니다."

어울리지 않는 대로 다소의 긍지와 자부마저 엿보이는 사내의 어조였다. 하지만 퍼뜩 정신을 가다듬은 그는 다시 최초의 의문으로 돌아가 중얼거리듯 반문했다.

"그런데 — 아무래도 이상하오. 나는 도무지 그런 회사에 대해 들어본 적도 없을 뿐만 아니라 바로 그 회사에 무얼 주문한 기억은 더욱 없단 말이오. 그것도 술이 취해. 밤늦게, 또 전화 같은 것으로는."

"저희 회사에는 착오란 게 없어요. 거기다가 제가 회사로부터 받은 정보는 틀림없습니다. 제가 처음 텅 빈 이 사무실에 들어섰을 때 선생님께서는 과연 그들이 일러준 대로 어떤 난파선의 고집스러운 선장처럼 홀로 앉아 계셨습니다. 그만큼 저희 회사는 정확하죠. 분명 무언가 선생님 쪽에 착오가 있을 겁니다."

"아니야. 무언가 당신들은 내게 억지로 떠맡기려는 것 같아. 나는 절대로 알지도 못하는 회사에 내용도 모르는 물건을 주문한 적이 없소."

"그럼 설명을 드려야겠군요. 사정은 이렇습니다. 어젯밤 열 시쯤 취해 돌아오신 선생님은 다시 지난 생신날 맏따님의 약혼자가 가져온 '죠니워커'를 반나마 더 비우셨습니다. 그리고 거실로 돌아가신 때가 열한 시 사십 분경. 거기 소파에 한동안 앉아 계시던 선생님은 전화를 내셨지요. 저희들은 이 시(市)와 협조하여 여러 가지 설비를 해두었기 때문에 고객이 진정으로 원하기만 하면 전화는 바로 스물네 시간 대기 중인 저희 판매국과 쉽게 연결됩니다. 주문서에 의하면 선생님의 전화는 정확히 영 시 사 분 십이 초에 걸려왔습니다."

"그래서 무얼 주문했다는 건가?"

"이미 여러 번 말씀드린 것처럼 그건 저도 잘 모릅니다. 그저 저희 상품이지요. 하지만 이 상품은 선생님께서 그토록 취하셔도 잠잘 수 없게 한 그 일과 어떤 관련이 있을 것이란 추측은 할 수 있습니다."

그러자 그는 돌연 날카롭게 사내를 노려보며 거칠게 쏘아붙였다.

"거짓이야. 그 일은 이 따위 너절한 상품 나부랭이로 해결될 수 있는 것이 아니야. 당신들은 분명 사기꾼이야. 아니면 무언가를 협박하러 왔거나……"

사내는 태연했다.

"사실 고객 중에는 선생님과 같은 분들이 태반이죠. 일껏 주문하셔 놓고 배달을 가면 거부하는. 하지만 저희 회사는 그 점에는 관대하죠. 저희들은 순순히 물러납니다. 저희 사시(社是)는 친절, 친절이죠. 어차피 그들은 모두 결국 저희들의 고객이 되고 말거니까요."

"그것 참 좋은 사시군. 그럼 그 충실한 사원답게 이만 가보시오."

"그러나 이 두 가지는 환기시키고 떠나겠습니다. 즉 선생님의 주문은 이것이 세 번째라는 것과 이번에 배달을 결정한 저희 판매국의 검토는 매우 신중한 것이었다는 점 말입니다."

"뭐라고? 내가 언제 세 번씩이나 당신네 회사에 걸레 같은 상품을 주문했단 말이오?"

그러자 사내는 다소 비웃는 듯한 눈길로 그를 보더니 예의 그 수의(壽衣) 같은 코트 자락에서 낡은 장부 한 권을 꺼냈다.

"당연히 저희 배달원들은 이런 경우에 대비한 교육도 받았습니다. 이 장부는 바로 그 교육이 제게 준비시킨 증거 서류의 하나지요. 저희 회사의 오래된 자료철에서 빼온 고객 신상 카듭니다."

"그게 어쨌다는 거요?"

"바로 선생의 모든 것을 상세히 기록하고 있는 것이지요. 결국은 지난날의 주문이며 거기에 대한 저희 판매진의 결정까지도. 예를 들면 —."

그러면서 사내는 몇 장을 뒤적이더니 흘깃 그를 쳐다본 후 이죽거리듯 읽어 나갔다.

"1949년 그러니 선생이 — 지금부터는 존경을 표시하는 일체의 보조어, 접미사, 격조사를 생략합니다. — 한 지방 수재(秀才)로 이 도시의 명문(名門) 대학에서 법학을 수학하고 있던 땝니다. 그해 구월 팔일 오후 네 시의 기록은 이렇습니다. 학교 도서관에서 로마법을 펴놓고 있던 선생은 책상 아래로 옆자리 여학생의 손을 슬며시 잡습니다. 잡힌 그 손은 잠시 흠칫하며 빠져나가려다 이내 저항을 포기하고 선생에게 맡겨집니다. 그 손 임자의 기록은 따로 여기 있는데 — 미인이군요. 또 상당히 재원(才媛)이고, 전공은 불문학. 선생보다 한 학년 아래인 2학년이고 장차는 파리 유학을 다녀와 대학에 남는 것이 꿈. 당신들이 가까워진 것은 그해 봄 창경원에 밤벚꽃놀이 때였고, 극장과 음악회에 각 두 번, 교정 밖에서 도합 열한 번 만났습니다만 손을 잡은 것은 그날이 처음입니다. 그것도 돌발적으로……."

"정말 별난 기록도 있군."

그는 비양거리듯 중얼거렸다. 그러나 그 목소리와는 달리 지그시 감은 그의 눈언저리에는 야릇한 감회가 서려 있었다. 사내는 그런 그에 별로 개의함이 없이 계속해 읽어 나갔다.

"그해 시월 육일 저녁 여덟 시쯤 당신들은 혜화동의 한 찻집에 나란히 앉아 있습니다. 그녀는 『어린 왕자』를 원문으로 읽어주고 있고 선생은 취해 듣고 있습니다. 열 시쯤 그녀의 집 앞에서 헤어졌군요. 당신들이 처음 키스한 날."

거기서 다시 무표정을 회복한 그는 분명스레 사내의 말을 중단시켰다.

"도대체 그 케케묵은 일들이 어떻단 말이오? 그게 이 우중충한 물건과 무슨 상관이란 말이오?"

"곧 알게 될 겁니다. 선생의 주문 중 적어도 두 번은 그 케케묵은 일과 연관이 있으니까요."

"무슨 말이오? 어떻게……."

"그러니 그냥 들으세요. 그해 십이월 첫 일요일 오후 당신들은 수락산 기슭에 있습니다. 도회에서 자란 그녀에게 선생은 '고향의 가을'을 선사합니다. '고향의 가을'은 몇 가지 단풍과 익은 야생 열매로 엮은 일종의 화환에 선생이 붙인 멋스러운 이름이지요. 결국 당신들은 그날 서울로 돌아오지 못합니다. 낯선 농가에서의 하룻밤. 별은 빛나고 바람은 맑았습니다……. 다시 그해 겨울방학, 당신들이 함께한 동해변의 하루. 그날 갑작스러운 폭풍우와 눈보라는 당신들의 불행한 앞날을 암시한 것이나 아니었던지요. 그 속을 지친 나래로 떠돌다가 거센 파도에 휩쓸려 간 그 작은 물새들은 바로 그 후의 당신들이 아니었던지요……."

"시적(詩的)이군. 하지만 나는 몹시 피로하오. 좀 간단히 할 수는 없소?"

그는 정말로 지친 듯 말하였다.

"좋습니다. 그럼 몇 장 넘겨 1950년 팔월. 선생은 일등병으로 낙동강 전투에 투입돼 있습니다. 그때 저희 회사는 눈코 뜰 새 없이 바빴지요. 철야 작업으로 생산에 임했지만 수요를 충분히 채우지 못했고, 그나마 더러는 형편없는 조악품이 함부로 배달된 시기였습니다. 그때 있었던 착오는 저희 찬란한 사사(社史)의 한 커다란 오점이기도 합니다만……. 하여튼 다시 몇 장 넘겨 — 시월. 선생은 중대의 몇 안 되는 생존자의 한 사람으로 삼팔선을 돌파하고 있습니다. 계급은 하사. 벌써 그 여자의 소식은 사 개월째 두절돼 있고 — 십이월. 선생은 신의주에 주둔하고 있습니다. 계급은 일등중사. 장교가 되기를 권유받고 있으나 거절했군요."

"좀 더 간단히 할 수는 없소? 그 구질구질한 인사 기록은 도무지 내게 긴한 것이 못 되니 말이오."

"그럼 더 넘기지요. 1953년 삼월 선생은 금화(金花) 부근에서 입은 부상 덕분에 회복과 더불어 열흘간의 휴가를 나왔습니다. 서울에 도착하자마자 맨 먼저 그녀의 집으로 달려가지만 1·4 후퇴 때와 마찬가지로 몇 개의 포탄에 팬 웅덩이와 잿더미뿐입니다. 그 열흘의 거의 전부를 선생은 폐허가 된 서울 거리를 헤맵니다. 그녀를 찾으려는 거였지요. 그러나 귀대 전일에야 겨우 대구 어디선가 그녀를 보았다는 풍문을 들을 뿐입니다. 대구를 뒤지며 보낸 연말 휴가. 하지만 아직도 그녀를 만나지 못하고."

"그래, 나는 제대 후에야 그녀를 만났지."

"맞습니다. 1954년 구월이죠. 실업자로 서울 거리를 헤매던 선생은 정말 우연히도 그녀를 만납니다. 남대문 시장 입구에서 장바구니를 든 식모애와 고급 승용차에서 내리는 그녀를. 그녀는 이미 결혼했던 겁니다. 그것도 부역한 오빠와 아버지를 살리기 위해 사십이 넘은 특무 대장에게 후처로 간 것이지요. 하지만 선생이 체험한 전쟁의 비참은 그녀에 대한 선생의 애집(愛執)을 조금도 손상시키지 않았습니다. 사실 바로 그 전날 밤까지도 거리를 메운 밤의 여인들을 헤치고 걸으면서 그렇게라도 그녀가 살아 있기만을 선생은 얼마나 간절히 빌었던 것입니까? 선생은 무턱대고 그녀에게 돌아오라고 합니다. 함께 멀리 달아나자고. 너무 늦었지요. 그녀에게는 이미 그 남편으로부터 헤어날 길이 없는 몇 개의 사슬이 있었습니다. 돌 지난 아들이 있었고, 삼 년 가까운 부부로서의 결합이 그것이었습니다. 또 그런 전쟁의 혼란 속에서도 그녀가 남편으로 하여 누릴 수 있었던 풍요와 안락의 기억 또한 무시 못 할 것이었지요. 선생이 지루해하시니까 생략합니다만 이 서류의 후반은 그때 선생이 느낀 절망과 분노를 잘 묘사하고 있습니다. 거기다가 또 그 무렵은 그녀의 일 외에도 선생이 한껏 비참할 때였습니다. 전쟁으로 모든 것은 결딴나고 선생은 부랑자처럼 거리를 배회하고 계셨지요."

"그래서?"

"선생은 첫 번째 주문을 한 겁니다. 그 당시로는 다소 흔해 빠진 것이기는 하지만 휴전과 함께 한숨을 돌린 저희 회사의 판매진은 선생의 주문을 신중히 검토했습니다. 그때 선생은 겨우 스물일곱이었고 저희 상품의 가장 강력한 구매 동기(購買動機)가 되는 선생의 절망이란 것도 어딘가 충동적이고 못 미더운 데가 있었기 때문이었지요. 결국 토의의 결과는 선생의 주문을 무시한다는 것이었습니다. 온당한 판단이었지요……."

"음 ― 그것이었소? 이제 이 상품이 무엇인지를 짐작하겠소. 그런데 그 판단이 온당했다는 것은 무엇 때문이오?"

그는 전율보다는 어떤 곤혹을 느끼며 조용히 물었다. 사내는 여전히 삭막한 목소리로 대답했다.

"격정이란 항상 덧없는 것이니까요. 얼마간을 독주(毒酒)로 보낸 선생은 곧 모든 것을 회복합니다. 우연히 미군 부대에 취직한 선생은 곧 상당한 돈을 모았고 그 덕택으로 아름답고 현숙한 부인까지 얻습니다. 그리고…… 가끔씩은 옛날 그녀 일로 가슴 아파하셨지만, 대체로 선생은 단란한 가정과 여유 있는 생활을 즐기셨습니다. 때로 그 성급했던 주문을 자조(自嘲)하기까지 하며."

"당신네 회사는 정말 감탄할 만큼 정보 체제가 잘 발달돼 있군. 그럼 두 번째는 언제였소?"

사내는 조금도 성가신 기색 없이 몇 장을 더 넘기더니 여전히 성실하고 침착하게 말했다.

"여기 있습니다. 첫 번째 주문으로부터 꼭 구 년 후군요. 선생께서 군속으로 몸담고 있던 미군 부대가 본국으로 돌아간 지 일 년 만이었습니다. 선생은 그간 모아 두었던 돈으로 이것저것 사업을 벌였지만 모조리 실패였지요. 결국 선생은 마지막 남았던 집까지 날리고 변두리 단칸방으로 밀려나지 않으면 안 될 지경에 이르렀습니다. 위로 두 아이 외에 부인은 그때 임신 중이었고, 한 분 노모는 병들어 신음하고 있었지요."

"그런 때가 있었지……."

"그 어느 날입니다. 허기진 배로 일자리를 찾아 헤매다 우연히 만난 옛 친구의 소주 몇 잔에 취해 돌아온 선생은 돌연 저희 회사에 주문 편지를 내셨습니다. 그것도 다른 가족들의 것까지 함께."

"그랬던가."

"다시 말하지만 저희 회사엔 착오란 게 없어요. 선생은 분명 단체 주문을 한 겁니다. 그러나 저희들의 우수한 정보망은 벌써 선생에 관해 여러 가지를 포착하고 있었습니다. 즉 오래잖아 선생은 장교로 남았다 혁명에 가담해 고위 관료로 진출하게 된 옛 전우(戰友) 하나를 만날 것이며, 그 친구는 선생에게 비록 촉탁이긴 하지만 정부 부처의 상당한 자리를 마련해 주리라는 것, 그리고 선생의 당면한 곤궁은 처족(妻族)의 배려로 넘기게 되리라는 것 등을 말입니다. 거기다가 또 선생의 주문은 자신의 것을 제외하면 하자(瑕疵)투성이였습니다. 선생은 표현대리(表見代理)에 불과했던 겁니다. 다시 저희 판매진의 결정은 선생의 주문을 배수(拜受)할 수 없다는 것이었습니다."

그는 쓸쓸하게 웃었다. 그런 그의 주름지는 눈가에는 숨길 수 없는 고뇌의 그늘이 짙게 드리워 있었다.

"그래도 — 그때 당신들은 내 주문에 응하는 게 옳았소."

"아니지요. 비록 늦게 그리고 임시직으로 출발했지만, 관리로서의 선생은 곧 남다른 행운을 누리셨습니다. 더구나 선생이 마지막으로 적(籍)을 두었던 그 대학은 명문이었고, 그 선배, 동창회 연줄은 언제나 선생을 그 부서의 소위 노른자위에 앉게 해주었습니다. 결국 — 저희 판매진의 결정은 현명했던 겁니다."

이때쯤 날은 완전히 저물었다. 실내는 아주 어두워 그들의 존재는 이따금 그가 세차게 빨아 대는 담뱃불로 겨우 감지될 정도였다.

사내가 나타나기 훨씬 이전부터 그는 거의 기계적으로 잇대어 담배를 태워오고 있었다. 꺼뜨려서는 안 되는 무슨 신성한 불처럼. 한참의 침묵 후에 그는 다시 가라앉은 목소리로 물었다.

"그러면 이번에는 어째서 내 주문을 받아들였소? 무엇 때문에 당신들은 이런 용단을 내릴 수 있었소?"

"정말로 몰라서 물으십니까?"

"물론 그런 건 아니지만…… 왠지 당신을 통해서 다시 한 번 듣고 확인하고 싶소."

이번에는 사내도 약간 성가심을 느끼는 모양이었지만 역시 노련한 배달원이었다. 사내는 새로운 서류철 하나를 꺼내더니 참을성 있게 물었다.

"어디부텁니까? 어느 부분이 궁금하신가요?"

"처음부터…… 속속들이 다 —."

그러자 사내는 어둠 속임에도 불구하고 방금 꺼낸 서류철을 넘겼다. 빠각거리는 소리로 보아 그 서류철은 비교적 질 좋은 종이로 최근 만들어진 것인 모양이었다. 사내는 여전히 쉰 듯하고 길게 끄는 여운을 가진 목소리로 읽어 나갔다. 어둠 속에서도 막힘없이 읽어 나가는 사내가 왠지 그에게는 이상스럽거나 놀랍지 않았다.

"발단은 오 년 전의 어느 날에 있습니다. 그때껏 청백한 관리였던 선생은 그날 밤 업자들과의 달갑잖은 술자리에서 우연히 그녀를 만납니다. 선생께서 최초의 주문을 내게 한 그 여자, 오래 잊고 있었던 선생의 옛 상처…… 청운동의 어느 비밀 요정이었는데, 이미 사십을 넘었지만 선생은 한눈에 그녀를 알아볼 수 있었습니다. 그곳의 소위 '얼굴마담'이었지요……."

"……"

"그녀의 남편은 그 당당하던 위세도 소용이 없이 그녀가 채 삼십대도 벗어나기 전에 세상을 떠나고 어린 자식들과 홀로 풍상을 겪던 그녀는 그곳으로까지 흘러왔던 것입니다. 연민, 연민이지요. 운명 앞에서 인간은 얼마나 나약한 존재입니까? 누가 그 농염한 사십대의 요정 마담에게서 이십 년 전의 이지적인 불문학도(佛文學徒)를 찾을 수 있겠습니까? 쓸쓸한 이야깁니다……."

다시 세게 담배를 빨아들이며 그가 쓰게 웃었다.

"정말 당신들은 모르는 게 없군."

"사업이니까요. 하여튼 — 그날 그녀를 대하게 된 선생의 눈에는 남모르게 눈물이 고였다고 이 기록은 전하고 있습니다. 그처럼 격렬했던 분노와 원한도 세월의 비바람 앞에서는 무력했던 게지요. 선생이 그 밤 그녀에게서 본 것은 오직 인생의 우수와 허무였습니다. 물론 그것들은 이 세상 어디에나 당신들이 머무는 곳에는 어김없이 찾아들며, 때로 그것들은 당신들을 너무 일찍 저희들의 고객이 되도록 설득하는 폐단이 있기도 합니다만, 그 밤 선생에게서처럼 그렇게 명백히 인식되는 일은 드물지요. 그리하여 그것들은 선생을 그 한밤 그녀와 통음(痛飮)으로 지새게 합니다……."

그는 거기서 괴로운 표정으로 다시 담배를 빨았다. 사내는 계속했다.

"그런데 나쁜 것은 그다음 그런 선생의 감상이 돌연 그녀에 대한 분별없는 애정으로 재생된 것입니다. 어쩌면 그것은 이십 대의 비련(悲戀)에 대한 추억과 사십 대의 욕정이 야합한 것이라 볼 수도 있지만요……. 어쨌든 당신들은 밀회를 거듭하고 그날로부터 선생이 애써 쌓아올린 관리로서의 기반은 침식되기 시작합니다.

선생은 그녀와의 비용이 많이 드는 밀회를 위해 그때껏 외면해 오던 관료의 고질적인 병폐 — 부정부패 — 와 손잡게 됩니다. 처음에는 사소한 것에서 출발했지만 원래 그런 것은 발전하기 마련이지요. 선생의 수회(收賄) 액수는 점차 커져갔고 횟수도 잦아졌습니다. 그때는 마침 이 나라가 해외로 한창 발돋움하던 무렵이라 선생의 직위는 많은 업자들의 매수 대상이기도 했지요. 특히 자기의 요정을 갖고 싶어 하는 그녀의 희망을 들어주기 위해 선생이 ××물산과 한 거래는 엄청난 것이었습니다……."

"그들도 그걸 알고 있을까?"

불쑥 그가 물었다.

"물론 경찰이나 검찰은 아직도 모릅니다. 하지만 선생에 대한 내사(內査)가 시작된 이상은 그들도 조만간에 알게 될 것입니다."

"그럴까? — 그럴 테지……."

"그러나 일은 거기서 끝나지 않았습니다. 사실 선생이 회복한 것은 실패했던 옛사랑이 아니라 끊어졌던 그녀와의 악연(惡緣)이었습니다. 선생이 차지한 것은 겨우 아무래도 죽을 수 없었던 그녀의 천한 몸과 추억 속에서 터무니없이 미화된 영혼의 희미한 그림자에 불과했던 겁니다. 일본군 하사관 출신의 망나니 특무 대장에게 아버지와 오빠의 생명을 구걸하며 몸을 맡길 때 선생의 그녀는 이미 죽었던 겁니다……. 이 년 전이지요. 무엇 때문인가 선생이 얼마간 그녀를 찾지 못한 사이에 그녀는 요정을 처분해 어디론가 자취를 감춰버렸습니다. 선생은 흥신소에 의뢰해 그녀의 행방을 찾아냈습니다만 오히려 찾지 않느니만 못 했지요. 선생보다 십 년이나 젊은 남자와 어울린 그녀는 시내 복판에다 버젓이 요정을 내고 있었습니다. 더구나 그 남자는 선생에게는 치명적이 될 권력기관의 사람 — 그녀에게 들었음에 분명한 선생의 약점으로 분노하여 달려간 선생을 간단히 몰아내고 말았습니다. 선생은 차라리 허탈에 빠집니다. 그리고 그 허탈은 선생을 무절제하고 맹목적인 탐락(貪樂)으로 몰아갑니다. 선생은 전보다 더 서슴없이 부정을 저지르고 그 대가로 앞뒤 없이 술과 여자 속에 흥청댑니다. 지천명(知天命)에 이른 나이도 부인과 자녀들의 애소(哀訴)도 소용이 없었습니다. 그러나 그런 생활이 언제까지고 계속될 수는 없는 일이지요. 선생에게도 더 이상 손을 벌릴 수 없는 고객이 늘어가고 서정쇄신의 바람은 새로운 수입원(收入源)을 봉쇄해 버렸습니다. 메울 길 없는 빚이 몇 배씩 불어나고 악랄한 옛 고객들은 한 푼도 주지 않으면서 점차 선생 위에 군림하기 시작했습니다. 그리하여 언제부터인가 선생의 지위 부근에서는 끊임없이 잡음이 있었지요. 이런저런 이유로 번번이 중단되기는 했지만 내사(內査)도 몇 번인가 시작되었습니다. 그런데 — 한계를 느낀 선생은 선생대로 얼마 전부터 단판 승부를 노리고 있었습니다. 한 번의 큰 부정으로 선생의 전 재산보다 더 많은 부채를 해결하고 직위에서 물러날 작정이었지요. 그리고 그런 선생의 성급한 결정이야말로 이번 주문의 직접적인 원인이 되는 것입니다."

"그때 이미 모든 것은 끝나 있었어. 사실 나는 단념했던 거요."

그는 우울하게 말했다.

"아니지요. 지금 와서 따져봐야 별수 없는 일이지만 그때까지도 수습은 가능했습니다. 이번 일은 확실히 무모했습니다……. 선생은 전부터 돈을 받고 하는 수입이 있다는 걸 어렴풋이 알고는 있습니다. 현대 산업의 역기능 — 공해(公害)의 수입이지요. 그러나 선생이 알고 있는 것은 그것이 막연히 유해하리라는 정도일 뿐 이제 밝혀진 것처럼 태워도 안 되고, 땅에 묻을 수도, 물에 버릴 수도 공중에 날릴 수도 없는 그런 지독한 것인 줄은 모르고 있습니다."

"그건 사실이야."

"그러나 선생이 설령 그것을 미리 알았다 하더라도 거절할 수 있는 처지도 못 됐지요. 선생의 부정을 냄새 맡고 그걸 속속들이 알아낸 유령 수입업자의 일단이 선생을 위협해 온 것입니다. 결국 선생은 기대에 비해 형편없는 금액으로 그들 요구에 응하지 않을 수 없었지요……."

"그런데 그들은 왜 그것을 찾아가지 않았을까? 무엇인가를 재생해 쓸 수 있다고 했는데."

"핑계에 불과하죠. 처음부터 그들은 알고 있었던 겁니다. 원래 그 물건은 재처리가 불가능하다는걸. 그들이 노리는 건 저쪽에 쥐어주는 몇 푼의 달러 — 자기들 국내 처리 비용의 삼 분의 일도 안 되는 톤당 십 달러 내외 — 그 자체였습니다. 이제 이 나라는 그들이 받은 몇 배를 들여 그 산업 쓰레기를 처분해야 할 겁니다."

"그들 중 몇몇은 찾아간 걸로 아는데?"

"그들에게는 그럴 이유가 있으니까요."

"무슨 이유?"

"두 가집니다. 하나는 폐유 속에 다른 물건을 집어넣어 들였기 때문인데 대체로 부피 적고 상할 염려 없는 귀금속류였지요. 그리고 다른 한 이유는 당국이 알기 전에 처리하는 것이 가장 손쉽고 비용이 적게 든다는 것으로, 최근 잦은 담수어의 원인 모를 떼죽음이나 연안의 돌연한 오염 중에 일부는 그들 솜씨지요."

"수사는 누구의 제보에 의한 것이었소?"

"수출한 나라의 양심적인 의원들이었습니다. 그들이 국회에서 떠들고 그것이 신문에 보도되자 이 나라에도 알려진 거지요. 물론 수입품의 이유 없는 방치나 조잡한 용기(容器)에서 흘러나온 그 물건의 악취가 벌써부터 당국의 후각을 자극하고는 있었지만."

"그래, 그들은 지금 어떻게 되었소?"

"누구 말입니까? 그 수입업자들? 그들은 대부분 벌써 오래전에 어디론가 자취를 감췄습니다."

"내가 알기로는 그들 중 상당히 큰 업체도 있었는데?"

"그들이 바로 재빨리 빼내 처리해 버린 축입니다. 재처리해서 유익하게 사용했다고 우길 테지만, 글쎄요……. 그리고 그 나머지는 기껏 전세 건물에 임대 전화와 체불된 임금이 전부인 유령 회사에 지나지 않았습니다. 그나마도 대부분은 사건이 터지기 훨씬 전에 빼낼 수 있는 대로 빼내 멀리 사라져버렸지요."

"그들이 이왕에 사라져버렸다면 오히려 내겐 잘된 일 아니오? 직무상의 착오란 있을 수 있는 거니까. 기껏해야 면직밖에 더 되겠소?"

"안일한 판단입니다. 그들이 가 봐야 어디겠습니까? 늦든 이르든 그들 중 일부는 잡힐 것이고, 또 그 사람은 몇 푼이라도 선생에게 뇌물을 준 사람들입니다. 그리고 일반적인 상상과는 달리 그들은 이제 선생의 부정(不正)에 매달릴 겁니다. 이런 경우 급한 것은 선생 쪽이고 그래서 선생은 동원할 수 있는 모든 영향력으로 이 일을 무마해 주리라는 이상한 미신이 그들에게 있으니까요."

"어리석은 사람들……."

"그러나 일은 너무도 엄중히 확대되어 이제는 그 누구도 그 일을 무마할 수 없게 되어 있습니다. 아마 선생은 형사소추(刑事訴追)를 면하지 못할 겁니다."

"이미 오래전부터 각오는 하고 있었소. 하지만 대단한 건 아닐 거요. 한두 번 소란스러운 재판만 거치면 기소유예나 집행유예로 나오게 되겠지. 못되어도 병보석 정도는. 적어도 나는 십 년이 넘는 세월을 누구 못지않게 충실한 공무원으로 이 나라에 봉사해 왔으니까."

"혹 그렇게 되는지도 모르지요. 그러나 그것으로 모든 것이 해결되는 건 아닙니다."

"그럼 무엇이 더 있단 말이오?"

"몰수와 부채만으로도 선생은 파산입니다. 그리고 새로운 일을

찾기에는 선생은 너무 늙었고 의지해야 할 아드님은 이제 겨우 고
등학생이지요. 거기다가."

"거기다가 —."

"지금 약혼 중인 맏따님은 아마도 파혼당할 겁니다. 원래가 선
생에게는 좀 과분한 혼처였죠. 이제 결정적인 구실이 생겨준 셈입
니다. 그리고 뒤를 이을 추문(醜聞), 추문……."

"……."

"머지않아 선생의 부정이 표면적으로 드러나면 기자들은 그 이
면을 추적하겠지요. 무절제한 사생활이 드러나고 어지러운 여성
편력이 지상에 공개될 겁니다. 없는 것도 만들어낼 판에, 각 주간
지들은 선생의 추문을 도색(桃色)으로 처리해 몇 번이고 우려먹을
겁니다. 감수성이 가장 예민한 나이에 있는 아드님이 진실로 염려
됩니다……."

"그렇겠지……."

여기서 그는 망연히 거리의 불빛으로 훤한 창틀을 바라보았다.
사내는 잠시 그런 그를 무감각하게 살펴보더니 이내 빈정거림과
득의가 묘하게 혼합된 억양으로 말했다.

"이제 저희 판매부의 결정이 온당했다는 걸 믿으실 줄 압니다.
자 선택을 하시지요."

그러나 그는 상품을 거들떠보지도 않고 막연하게 대꾸했다.

"아무거나……."

"그래도 —."

"글쎄 상관없소. 수령증이나 이리 내시오. 서명을 해드릴 테니."

그러자 사내는 못 이긴 체 종이 한 장을 내밀었다. 그는 되는대로 서명했다.

"그럼 저희가 권하고 싶던 걸로 남겨두고 가겠습니다. 부디 만족하시길 빕니다."

사내는 정중하게 고개를 숙였다. 그러고는 천천히 돌아서더니 출구 쪽으로 미끄러지듯 걸어 나갔다. 그런 사내의 뒷모습을 보며 그는 비로소 그 사내가 누구인지를 깨달았다. 그 음산한 모습에도 불구하고 어떤 낯익음이 느껴지던 이유도. 그러자 갑자기 거대한 공포가 그를 엄습했다. 그는 그 사내를 불러 세우고 싶었다. 그의 상품을 되돌리고 싶었다. 그러나 미처 그가 무어라고 말하기도 전에 그 사내는 짙은 어둠 속으로 꺼지듯 사라져버렸다.

그 후 거기서 무슨 일이 있었는지는 아무도 알 길이 없다. 그러나 이튿날 아침 부지런한 청소부에 의해 의자에 앉은 채 숨져 있는 그가 발견된 것으로 보아, 그 밤 거기서 일어난 것은 오랜 억압자로부터 벗어나려는 그의 영혼과 애써 그것을 잡아두려고 하는 육체 간의 피투성이 싸움이나 아니었던지.

연락을 받고 달려온 의사가 짧은 검시(檢屍) 끝에 그의 사인(死因)란에 적어 넣은 글은 이런 것이었다.

"심근경색(心筋梗塞)……."

(1979년)

장려壯麗했느니,
우리 그 낙일落日

길게는 환단고기(桓檀古記) 만 년으로부터 짧게는 삼국유사(三
國遺事) 반(半)만 년에 이르기까지 이 겨레가 지나온 영욕의 구비
가 얼마일까만, 오늘의 이 행복을 위해 넘어야 했던 첫 번째 고비
는 아무래도 우리 마지막 왕조가 끝날 때를 전후해 있었다는 편
이 옳다. 그때 우리 왕가(王家)는 아시아의 여러 전제왕조들처럼
역사의 어둠 속으로 지고 있는 해[日]였으나 그 낙일(落日)은 장려
하였다. 애잔하면서도 눈부신 그 잔영 속에 옛 우리가 지고 새로
운 우리가 태어나며, 그 새로운 태어남이 바로 이 오늘의 행복을
향한 출발이 되기 때문이다.

　그런데 요즈음 들어 우리 왕가와 마지막 임금님에 대해 별 희
한한 소문이 다 떠돌고 있다 한다. 한마디로, 왜곡과 와전과 낭설

들이 우리 자랑스러운 왕조의 그 장려했던 낙일을 먹칠해 진상을 날이 갈수록 희미하게 만들고 있다. 아는 이에게는 자신의 이력보다 더 뚜렷한 일인데도, 우리의 영광스러운 과거를 치욕 속에 묻으려는 못된 세력이 점점 커지고 있음에 틀림없다.

그 못된 세력이란 우리 중에 섞여 살고 생김도 차림도 비슷하나, 피는 우리와 조금씩 달리하는 되[胡]튀기, 양(洋)튀기, 한자(韓子=일본혼혈아들에게 일본인들이 붙인 호칭)들을 이른다. 앞으로도 종종 얘기되겠지만, 그것들은 어쩌다 제 핏줄에 튀긴 이족(異族)의 피가 무슨 요사라도 부리는지 좋을 때는 우리 중의 하나로 가만히 있다가도 정작 긴요한 대목에 오면 갑자기 한겨레 아닌 딴겨레가 되고 만다. 그리하여 무엇이든 우리의 자랑이 될 만하면 깎고 부끄러움을 보태며, 이로움은 피하고 해로움을 끌어들여 제가 사는 땅보다는 어느 적에 튀겼는지도 모를 지 애비, 할비의 피를 따라가 버린다.

그것들의 입이란 게 가죽이 모자라 찢어진 거나 다름없으니, 그것들의 말도 다 말이라고 이러니저러니 길게 끌 것 없다. 한마디로 우리 옛 왕가는 우리의 다함없는 존숭(尊崇)과 애도 속에 스러졌으며, 그 존숭과 애도는 다시 우리가 다 함께 끌어안아야 할 그 무엇으로 바뀌어 자칫 우리를 불행하게 만들었을지도 모르는 역사의 고비를 거뜬히 넘기게 했다. 그리고 — 우리의 참된 얼이 기억하는 한 그 경위는 대강 이랬다.

민주니 공산이니 하는 멀리 바다 건너 터럭 누르고 눈알 푸른 것들이 지어낸 생각 다발을 놓고 그게 옳으니 그르니 하며 동서로 두 조각이 나서 다투다가 끝내는 저희끼리 치고받으며 피탈까지 본 일본이, 근년 들어서는 턱없이 우리 흉내를 내다가 일이 꼬여 곤욕을 치르던 끝에 우리에게 몇 십억 불 빌어가 간신히 발등의 불을 끈 한심한 그 섬나라가, 한때 강성하여 겁 없이 우리를 넘본 적이 있었다. 우리가 아직 지난 행복의 잔영(殘影) —— 은자(隱者)의 명상과 새벽의 고요에서 깨어나지 못하고 있을 때, 약삭빠르게 바다 건너 사람들의 재주 몇 가지를 배워 제도를 고치고 물산을 일으킨 덕분이었다.

하기야 그 무렵 턱없이 우리를 넘보기로 치면 그게 어디 일본뿐이겠는가, 먼저 코쟁이라면 이놈 저놈에게 한 번씩 터져보지 않은 데가 없을 만큼 붙었다 하면 깨져, 코피가 나도 여러 번 나고 갈빗대가 나가도 열 대는 더 나갔음직한 청국(淸國)이 그랬다. 염통 쓸개에 허벅지살까지 떼어주고 간(肝)만 남은 까닭인지 그래도 오기 하나만은 살아남아, 우리에게는 한사코 미꾸라지 먹고 용트림하는 것 같은 종주권(宗主權)을 내세우며 걸핏하면 퍼렇게 명든 눈을 부릅뜨고 썩돌 같은 주먹을 을러메던 그 꼴이 자못 불량스러웠다.

노국(露國) 또한 분수없이 날뛴 꼴로는 그 청국에 못지않았다. 손톱 밑에 가시 박힌 줄은 알아도 염통에 쉬 스는 줄을 모른다고 발등에 떨어진 불같은 제 나라 혁명은 제쳐놓고 얼지 않는 항구 같은 데만 눈이 뒤집혀 이 땅을 넘보며 껄떡대던 꼴이 자칫 뜨물에 애 생길 뻔도 했다.

말이야 바른 말이지, 한때 얼토당토않게 거문도까지 점령하고 나선 걸로 보아 영국도 이 땅에 바이 생각이 없었던 것 같지는 않고, 신미·병인 두 해의 작태로 보아 미국이나 불란서도 아니 땐 굴뚝에 연기 났다고 발뺌하지는 못할 것이다. 구왕실이 명함을 모아 두지 않아서 그렇지, 찾아보면 이 땅 보고 껄떡거린 것들 가운데 독일이나 네덜란드, 오스트리아의 명함은 왜 없겠는가. 어쩌면 남의 나라 넘보기가 그 시절 서양에 만연했던 괴질이었는데, 일본이 쓸데없이 깝죽대며 그쪽과 오가다가 그 못된 병부터 먼저 옮았는지도 모를 일이었다.

어쨌든 처음 한동안은 일본의 그 같은 넘봄이 턱없는 짓 같지만도 않았다. 남의 뭣은 부지깽이로라도 쑤셔본다는 기분으로 공연히 이 땅을 기웃거려 이 땅의 식민지화가 피할 수 없는 운명인 것처럼 만들어 놓고, 슬그머니 손을 뗀 양귀(洋鬼)들이 먼저 일본에게 길을 열어주었다. 이미 일 벌여 둔 곳이 많은 그들에 비해 이 땅밖에는 달리 비벼 댈 곳이 없는 일본이 눈에 쌍심지를 켜고 사생결단으로 나서자 이런저런 구실로 손을 뗀 것인데, 그중에서도 특히 한몫 단단히 한 것은 영국과 미국이었다. 삼십 년도 안 돼 제 목을 겨룰 칼끝인 줄도 모르고 노국의 남진(南進)을 막아준다는 말에 영국은 못 이긴 채 인도로 돌아가 버렸고, 미국은 태프트란 물렁한 외교관을 보내 이 땅을 필리핀과 어물쩍 바꿔버렸기 때문이다.

하지만 무엇보다도 일본을 기고만장하게 만들어준 것은 역시 오기와 허풍으로 큰소리 한번 질렀다가 진흙땅에 메다 꽂힌 격이 된 청국과 노국이었다. 제 몸 하나 추스르지 못하는 주제에 이 땅에까지 걸레 같은 군대를 보내 일본에게 반도 출병(出兵)의 구실을 주고, 종당에는 제 등골까지 파먹히게 되는 청국의 꼴은 쌍말로 국 쏟고 뭣 데고, 사발 깨고 동네 개싸움 시키고, 잠자리에서는 남편에게 따귀 맞은 칠칠치 못한 계집과 크게 다르지 않았다. 시베리아쯤 몇 개 사단을 깔아놓고 기다리면 될 걸 구태여 대함대를 지구의 반이나 돌게 한 뒤 저희에게는 낯설디 낯선 바다에 몰아넣어 몽땅 수중고혼이 되게 하고, 나폴레옹과 히틀러에게도 한 적이 없는 항복 같은 강화의 치욕까지 맛본 노국 또한 그 꼴이 청국보다 크게 나을 건 없었다. 그리하여 그 두 번의 싸움으로 눈앞에 뵈는 게 없을 정도로 간덩이가 부풀어 오른 일본이 요즘에는 좀 시들해진 감이 있는 그 식민지 놀음에 뒤늦게 열을 올리게 되었다.

갑진(甲辰)년에 고문정치(顧問政治)를 시작하고 을사(乙巳)년에 억지 춘향이 격으로 보호국을 만들었다가 다시 경술(庚戌)년에 그 욕된 합방극(合邦劇)을 연출했다. ― 요즘 퍼지고 있는 못된 소문이 말하는 그 소문의 다음 경과는 대개 그러하다. 하지만 거기에는 정말 놀랍고도 기막힌 우리 왕조의 최후가 감추어져 있다. 슬프면서도 장려(壯麗)한 지난 시대의 낙일(落日)인 동시에 오늘날의 이 행복을 위한 출발이 되는 엄청난 일이.

그 출발을 되돌아보는 일은, 오, 언제나 눈시울 뜨거운 감격이
다. 우뚝한 푸른 산 같고 거침없이 흐르는 물 같은 말솜씨인들 그
날을 이야기함에 떨리고 막힘이 없을 것이며, 사람을 놀라게 하
고 귀신을 감동시키는 글인들 그 감격을 담아 처음과 끝이 가지
런할 수가 있으랴.

그 가운데서도 특히 감격적인 것은 우리들의 마지막 임금님 ―
그분과 그 자손들의 거룩한 피로 자칫 그릇되어 흘러갔을 뻔한 역
사의 물길을 바로잡으신 고종(高宗) 폐하의 죽음이다. 생각하면 지
난날 이 땅과 우리를 다스린 이들 가운데 그분처럼 욕되게 꾸며지
고 거짓으로 뒤틀린 전설 속으로 사라져가신 이도 드물다. 어려서
는 아버지의 야심을 펴기 위한 도구였으며, 자라서는 드센 아내와
고집 센 아버지의 틈바구니에서 시달렸고, 끝내는 그 아내를 죽인
일본인의 꼭두각시로 날을 보내다가 어느 날 비루먹은 말처럼 시
름시름 죽어갔다는 터무니없는 얘기가 일부에서는 아직도 그분의
참모습을 그린 것으로 믿기어지는 것은 얼마나 가슴 아픈 일인가.

그분의 욕됨은 거기서도 끝나지 않는다. 그 아들에 척(拓)이라
는 이가 있어 다시 순종(純宗)이란 이름으로 아버지의 뒤를 잇다
가 한일합방이 되자 걷어 채이듯 옥좌에서 밀려나 일본의 한 번
왕(藩王)으로 굴러 떨어졌다는 말이 있다. 또 딴 아들에 은(垠)이
란 이가 있어, 하늘을 함께 이지 못할 원수 집안의 여자를 아내로

맞고 일본의 육군 소장까지 지냈으며, 끝내는 노새처럼 후손도 없이 불모지에서 죽었다는 더 고약한 소문도 있다. 모두 한심하고도 속상하는 낭설들이다.

좀 나은 것이 강(堈)이란 왕자지만 그분도 우리를 위로하기에는 넉넉하지 못하다. '독립한 조선의 한 서민이 될지언정 일본의 황족(皇族)되기를 원치 않노라'던 대동단(大同團) 사건 무렵의 기백에 비해 그 뒤의 생애는 애매한 점이 많다. 만일 그분이 정말로 그랬다면 그 뒤로는 수없는 탈출과 자결이 기도되었어야 할 것이지만 누군가에 의해 고의로 인멸된 것 같지 않은데도 그 생애는 너무도 흐지부지 끝나버린다.

한마디로 말해 요즘 떠도는 그 못된 소문에는 우리의 마지막 임금님과 그 왕자들의 모습이 자칫 한심한 기분이 들 정도로 어리석고 못나게만 왜곡되어 있다. 누가 어떤 속셈으로 지어내 퍼뜨렸는지는 알 수 없으되, 적어도 우리와 우리를 다스리던 이들을 이간시켜 이득을 볼 자들의 소행이라는 것만은 금방 짐작이 갈 것이다. 한 왕조의 무너짐이 어찌 그리 허망할 수 있겠으며, 하늘이 우리를 다스리도록 고른 성스러운 핏줄의 마지막 줄기가 또한 어찌 그리 한심하게 끝맺을 리 있겠는가.

과연 그러하니, 항간의 뜬소문과는 달리 우리 옛 왕조의 마침은 이러했다. 어떤 문명국가도 외부로부터 침입해 온 적에 의해서만 멸망당하는 법은 없다. 언제나 안에 있는 적에 의해 안에서부터 먼저 망한 뒤 다시 바깥의 적에 의해 완전히 무너지게 되는데,

우리의 경우도 예외는 아니었다. 이미 푸른 하늘 밝은 해 아래 그 이름이 드러난 을사년(乙巳年)의 다섯 도적을 비롯해, 비록 이름은 무사히 가리어졌지만 더 많은 도적들이 먼저 안으로부터 우리를 망하게 한 뒤에야 다시 바다 건너의 도적이 들어왔기 때문이다.

높은 갓 쓰고 긴 수염 드리웠던 상고주의자(尙古主義者)들, 오직 한족(漢族)의 문화만이 세계를 지배할 수 있고 그들의 땅이 바로 세계의 중심이라 믿어 의심치 않은 모화사상가(慕華思想家)들, 그들이 이름이 알려지지 않은 내부의 도적들이다. 주관과 객관을 구분하지 못하던 그 앞뒤 없는 국수주의자들, 어쩌면 스스로를 너무 믿은 게 아니라 지나치게 믿지 못해 생겨났을 쇄국주의자들, 그들도 종종 그 이름이 빠지는 내부의 도적들이다.

새롭다는 것과 가치 있다는 것을 혼동한 그 경박한 개화사상가들, 외족인 친구가 동족인 적보다 틀림없이 나으리라고 믿은 그 얼치기 혁명가들, 그들 또한 손가락질 받지 않은 내부의 도적들이다.

까닭 모를 무력감에 빠져 한번 싸워보기도 전에 마음으로부터 손을 들어버리고 만 패배주의자들, 또는 제국주의에 최소한의 이해조차 없던 개국론자들, 그들도 역사의 어둠 속에 이름을 숨긴 내부의 도적들이다.

이쪽저쪽 다 비난하며 중용이니 조화니 하고 떠들기는 했어도 기실 그들이 노린 것은 일신의 영달뿐이던 기회주의자들, 그들도 마땅히 기억되었어야 할 내부의 도적들이고, 티끌 자욱한 세상을 등지겠네 어쩌네 하면서 점잖게 돌아서도 마음속은 다만 혼란과 불안뿐이던 그 은둔주의자들, 그들도 마찬가지로 이름이 드러나지 않은 내부의 도적들이다.

쓸쓸하여라, 일일이 들자니 끝이 없다. 어떤 번들거리는 허울을 썼건, 무슨 어마어마한 명분을 앞세웠건 남보다 나라보다 나를 위한 마음이 컸던 모든 자들은 하나같이 세월에 가리어진 내부의 도적들이다. 그리고 그 모든 도적들에 이어 뻔뻔해져 오히려 정직해 뵈는 을사년의 다섯 도적이 나타나 먼저 안으로부터 이 나라를 허물어 놓았다.

하지만 우리의 마지막 임금님은 역시 하늘이 그를 골라 우리와 이 땅을 그 손에 부치신 이의 후예다우셨다. 지켜야 할 것과 버릴 것을 아셨으며, 비록 비극적일지라도 왕자의 책무와 존엄은 잊지 않으셨다.

오욕스러운 을사년의 그날, 무장한 일본군들의 흉흉한 시위 아래 그 우두머리 이등박문과 장곡천호도(長谷川好道)가 대신들을 위협해 얻어낸 조약서를 들고 어전으로 갔을 때였다. 우리 임금님께서는 단호하게 조인을 거부하셨다. 넓은 근정전을 가득 메운 것은 번쩍이는 총검을 든 이등(伊藤)과 장곡(長谷)의 졸개들이요, 늘어선 것은 이미 혼마저 팔아먹은 을사년의 다섯 도적들뿐이라 그 같은 항거는 거의 목숨을 내건 것이나 진배없었다.

그때껏 이 나라에는 사람이 하나도 없는 줄 알고 신이 나 일을 꾸며오던 이등과 장곡은 잠시 아연했다. 몇십 년을 함께 살아온 왕비 명성황후를 죽여도 별 반감이 없기에 무엄하게도 우리 폐하를 갈 데 없는 무골충(無骨蟲)쯤으로 여겨온 그들이었다. 뜻밖으로 다된 죽에 코 빠질세라 안달이 나서 어떤 대신에게도 한 적이 없는 위협과 회유를 되풀이했다.

그래서 될 일이 아니었다. 이등은 갖은 달콤한 조건을 다 내걸고 장곡은 무엄하게도 군도(軍刀)자루에 손까지 댔지만 우리 임금님께서는 작은 흔들림도 없으셨다. 그대로 돌로 깎은 왕자(王者)의 상(像)이었다.

그러기를 대여섯 시간, 어느새 밤이 되니 이등은 드디어 미리 꾸며둔 다른 방법을 쓰기로 작정했다. 장곡에게 슬쩍 눈짓을 하자 장곡은 곧 졸개들을 시켜 근정전 안에 있는 모든 대신들과 내시들을 멀리 궁 밖으로 몰아내게 한 뒤 태자 척(拓)을 끌어냈다. 나중에 순종이란 꼭두각시 황제가 되어 합방 때까지 일본인들이 시키는 대로 따르다가 끝내는 독살당하고 말았다는 소문이 나돌게 된 이였다.

태자가 우리 임금님 앞에 끌려 나오자 장곡은 무엄하게도 평소 뽐내며 차고 다니던 군도를 뽑아 들고 소리쳤다.

"폐하, 폐하께서 기어이 이 문서에 조인을 않으시면 저희들은 여기 이 태자의 목을 천황폐하께 올려서라도 맡은 바 소임을 다하지 못한 죄를 씻어야겠습니다. 그래도 좋으시겠습니까?"

한번 얼러보는 말이 아니라 정말로 금세 칼을 휘두를 기세였다. 하지만 우리 폐하께서는 이미 마음을 정하신 뒤였다. 한동안 사랑하는 아들을 그윽히 내려다보다가 담담하게 이르셨다.

"먼저 가거라. 살아 왜왕(倭王)에게 무릎을 꿇게 되는 욕을 입느니보다는 조선의 태자로 떳떳하게 죽는 게 나으리라. 구천(九泉)에 가서 열성(列聖)을 뵈옵거든 아뢰거라. 못난 형(熙: 高宗의 諱)도 곧 뒤따라가서 오백 년 왕업을 그르친 죄를 빌리라고."

그리고 눈길을 돌려 등불에 일렁이는 근정전 단청을 가만히 바라보셨다. 부자간의 영결(永訣)치고는 너무도 조용했다. 우리의 태자도 그런 부왕(父王)의 아들로 조금도 모자람이 없었다. 낯빛 하나 변하지 않고 태연한 목소리로 작별을 고했다.

"옛말에 죄가 삼천 가지라도 부모 앞에서 먼저 죽는 불효보다 더 큰 죄가 없다 하였으나, 이제 아바마마의 허락하심으로 먼저 죽는 죄 씻음을 받게 되니 소자 죽어도 남는 한이 없겠습니다. 부디 다음 세상에는 망국의 태자로 태어나는 일이 없기를 빌며 불초 척은 먼저 갑니다. 옥체를 보중하시어 광명한 날을 다시 만나시길 빌 따름입니다."

그리고 엎드려 두 번 절한 뒤 장곡(長谷)의 칼 앞에서 길게 목을 늘였다. 병약한 몸이라고는 하나 스물의 청년이라 맨주먹으로라도 저항하다 죽는 걸 생각해 볼 수도 있지만, 만승의 태자로서는 할 바가 아니다. 자칫 천박한 발악으로 오인받느니보다는 이미 기운 대세를 거역하지 않고 고요히 목을 내미는 쪽이 훨씬 의연하고 기품이 있었다.

그 같은 우리 임금님 부자의 태도에 이등(伊藤)도 잠시 섬뜩한 느낌이 든 모양이었다. 한동안 놀란 눈으로 둘을 번갈아 바라볼 뿐이었다. 그러나 그 물건이 워낙 악물(惡物)이었다. 장차 일본으로 하여금 동양 삼국을 피로 물들이고, 마침내는 저희도 태평양을 저희 백성의 썩은 시체로 뒤덮으며 망할 준비를 하기 위해 내려온 살성(殺星)이라, 인두겁을 써도 모질고 독하기가 한이 없었다. 장곡(長谷)을 향해 한 번 눈을 깜박하자 장곡의 모진 기합 소리와 함께 태자의 목은 근정전 마룻바닥에 굴렀다.

우리 임금님은 옥좌에 앉으신 채로 지그시 눈을 감으셨다. 얼핏 보아서는 이등의 그 방법이 효과를 낸 것도 같았다. 그러나 아니었다. 잠시 후에 눈을 뜨신 우리 폐하께서는 한층 낮고 가라앉은 음성으로 이등에게 말했다.

"하늘에 죄를 얻지 않았으면 시체는 흩는 법이 아니니라."

그러고는 그만이었다. 마치 아무 일이 없었던 양 말없이 허공을 응시하고 계실 뿐이었다.

그만하면 그 같은 방법으로는 뜻을 이루기 어렵다는 걸 깨달을 법도 하건만 이등과 장곡은 거기서 멈추지 않았다. 아래로 세 분 왕자를 차례로 끌어내어 우리 폐하를 위협하며 목숨을 앗기 시작했다. 살아남아 너절하고 욕된 자취를 우리 기억에 남긴 것으로 조작된 이들이었다. 피를 본 그 악물들의 흉성(凶性)이 발작한 것인지, 아니면 그 기회에 우리 왕가의 대를 끊어버리기로 미리 작정했는지, 조금도 망설임이 없었다.

우리 임금님은 잔혹한 고문과도 같은 그 시간을 끝내 옥좌 위에 앉으신 채 버티셨다. 눈앞에서 죽어가는 자식들의 모습에 실성한 늙은이의 추태를 보이지 않은 것만도 왕자(王者)의 기품이 아니면 될 수가 있는 일이 아니었다. 그대로 장곡의 칼 아래 뛰어들어 함께 죽고 싶었지만 그마저도 뒷날을 위해 참고 또 참으셨다.

하지만 우리 임금님도 결국은 피와 살로 된 인간이셨다. 마지막으로 순빈(淳嬪) 엄씨에게서 난 은(垠)까지 끌려와 죽자 지그시 감은 두 눈으로 한 줄기 굵은 눈물이 흘러내렸다. 평소에 배운 대로 왕자다운 품위를 지키려고 애쓰기는 해도 아홉 살의 나이 탓인지 하얗게 질린 얼굴로 가늘게 몸을 떠는 막내 왕자의 애처로운 모습 때문이었으리라.

그 눈물을 본 이등이 악귀처럼 이죽거리며 물었다.

"위로 둘이나 죽어도 눈 한 번 깜박하시지 않던 폐하께서 어찌 셋째 왕자는 눈물로 보내시오?"

"척이나 강 등은 자기 갈 길을 알고 갔으나, 그 어린 것은 다만 시절을 잘못 타고난 죄로 아무것도 모르고 베임을 당했으니 어찌 가엾지 않겠느냐?"

임금님은 대꾸라기보다는 나무라심으로 그렇게 말을 받으셨다.

"그렇다면 차라리 여기에 어새(御璽)를 놓으실 일이지, 어찌 채신없이 용안을 눈물로 적시고만 계시오?"

이등이 들고 있던 조약서를 흔들어 보이며 다시 빈정대듯 물었다. 그때 우리 임금님은 벽력같이 꾸짖으셨다.

"이놈, 네 말이 간교한 가운데 이로(理路)마저 뒤뚫렸구나. 아비와 자식의 정은 사사로운 것이요, 나라가 있고 없음은 이 나라 억조창생의 생사가 걸린 공변된 일이니라. 아무리 무도한 섬오랑캐라 하나 그래도 한 나라의 상신(相臣)이 되어 그만한 의(義)도 모른단 말이냐? 네가 그릇 적으면서도 수단까지 혹독하니 뒷날 반드시 제명에 죽지 못하리라."

그런 우리 폐하의 눈에서는 한 줄기 번개가 쏟아지는 듯했다. 이등 그 물건이 능히 발끈할 만한 말이었으나 워낙 그분의 위엄이 무거우니 저도 질리는지 그 말에는 대꾸하지 않았다. 대신 눈초리가 사나워지는 장곡을 말리듯 새로운 지시를 내렸다.

"사령관은 어서 시체를 치우고 이왕(李王)을 조선 사람들의 눈에 띄지 않는 곳에 깊이 감추도록."

"그럼 이 기회에 저 늙은이도 함께 베어버리지 않으실 겁니까?"

직함이 좋아 조선 주둔군 사령군이지 사람 백정이나 다름없는 장곡이 못마땅한 눈길로 이등에게 물었다. 이등은 한층 엄하게 그런 장곡의 사나움을 억눌렀다.

"그렇다. 아직도 쓸모가 있을지 모르니 살려두는 게 좋을 것이다."

"조인(調印)은 어떻게 해결하시렵니까?"

"그건 이미 준비가 돼 있다. 하야시(林董: 당시의 駐韓公使) 군이 이 년간이나 공들인 작품이지."

그리고 다시 이등은 악귀와도 같은 웃음을 흘렸다. 평소부터 그 방면으로 밝은 이등의 못된 꾀를 우러러오던 장곡이라, 이등의 그 같은 웃음을 보자 더는 되묻지 않았다. 무언지는 모르지만 이미 모든 준비가 되었다고 믿어 시키는 대로 따랐다. 왕자들의 시체는 주한 일본군 사령부로 싣고 가 적당히 묻고 우리 폐하도 그 안에 있는 지하호에 가둬버린 일이 그랬다.

물론 이 일을 처음 듣는 이에게는 이 모든 사실들이 놀랍다 못해 의심스럽기까지 할 것이다. 또 처음부터 끝까지 저희 족속끼리만 해치운 일이니 증인도 구할 길이 없다. 하지만 그렇다고 전혀 증거가 없는 것은 아니다. 경복궁 근정전의 마룻바닥을 자세히 살피면 그때 우리 왕자들이 흘린 핏자국이 몇 군데 남아 있고, 또 거기 진열돼 있는 고종 임금님의 구식 승용차 뒷자석에도 왕자들의 시체를 옮기다 묻은 핏자국이 있다. 뿐인가, 당시 주한 일본군 사령부 부근을 파면 어딘가 크고 작은 몇 구의 백골들이 나올 것이다. 그 뒤 얼마 안 돼 벌어진 해괴한 조인극(調印劇)도 한 간접 증거로 쓰일 수 있으리라.

을사보호조약의 조인식은 그날 밤이 제법 깊어진 뒤에야 바로 그 근정전에서 거행되었다. 그런데 놀라웁게도 경복궁 휘황한 촛불 아래에는 우리 임금님과 원통한 넋이 되어 흩어진 세 분 왕자들이 모두 나와 서 있었다. 여우같은 주한 공사(公使) 하야시가 바로 그 같은 날에 대비해 지난 이 년간 이 땅을 뒤지다시피 하여 찾아내고 훈련시킨 대역(代役)들이었다. 그들의 모습이 어찌나 우리 왕가의 사람들과 흡사하고, 궁중을 드나들며 왕족들의 특징을

꼼꼼히 살핀 하야시의 훈련과 분장이 얼마나 교묘했던지, 가까이서 모시던 대신들조차 그들이 가짜라는 걸 알아볼 수 없을 정도였다. 거기다가 깊은 밤에 촛불 아래서 조인식을 거행하니 일은 더욱 감쪽같았다. 간혹 우리 폐하나 왕자들의 행동거지가 전에 없이 천박하고 어색한 걸 느낀 사람이 있었지만, 그들은 또 장소의 험악하고 살벌한 분위기에 억눌려 그 의심을 키워갈 수 없었다.

그리하여 을사년의 다섯 도적이 포함된 아홉 대신들은 물론 궁 안의 내관들조차도 그 기막힌 바꿔치기를 알아보지 못하는 사이에 대역을 맡은 일제의 꼭두각시들은 세계 역사에도 예가 드문 엉터리 조인극을 연출해 갔다. 우리 임금님과 왕자들에 대한 갖가지 고약한 후문은 바로 그 대역들의 기막힌 솜씨였다.

그 후문들 가운데 가장 민망스러운 일로는 우리 임금님이 벌벌 떨며 이등박문에게 어새를 바쳤다는 것이 있다. 왕자 하나가 퍼렇게 질린 얼굴로 이제는 우리 모두가 살게 되었느냐고 하야시에게 물었다는 것도 한심스럽고, 누구는 까무러쳤다는 것도 욕되기는 마찬가지다. 그리고 이미 앞서 말한 바 있는 순종 영친왕(英親王)· 의친왕(義親王)의 후문들, 그중에서도 의친왕 대역이 보여준 호기는 좀 별나지만 아마도 그것은 대역의 과잉 연기였거나 무슨 올가미였을지도 모른다. 뒷날 일이지만 그 바람에 우리 대동단(大同團)이 뿌리째 뽑히지 않았던가.

어쨌든 이걸로, 한 왕조가 망했는데 왕족 가운데 단 한 사람의 독립투사가 없었다는 그 희귀한 예에 우리가 든 까닭은 밝혀진 셈이다. 그 틈을 타 어떤 양(洋)튀기가 한때 미국에서 한국의 왕자 행세를 한 적도 있다지만, 어떤 의미로 우리의 왕자들은 일본과의 첫 싸움에서 산화한 투사들이라고 할 수도 있으리라.

을사조약이 진행될 무렵 지으신 것으로 보이는 우리 폐하의 단장시(斷腸詩)도 눈물겹다. 비분을 삼키며 어두운 지하 감옥에서 뒷날을 기약하던 그분께서 멀지 않은 망국의 한과 슬픔을 노래하신 그 시는 감시하던 일본인 하급관리조차 울릴 정도였다. 그러나 장지연(張志淵)의 사설은 널리 알려져도, 우리 폐하의 애절한 단장시를 아는 이는 드물고, 위로 민영환(閔泳煥)·조병세(趙秉世)·송병찬(宋秉瓚) 같은 사대부들로부터 아래로 전봉학(全奉學)·윤두병(尹斗炳) 같은 사졸(士卒)에 이르기까지 그날에 자결한 이들의 이름은 낱낱이 기록되어 있어도, 섬오랑캐의 강압에 굴하지 않고 의연히 죽음을 맞은 우리 왕자들의 그 기막힌 일은 알려진 게 거의 없다.

하지만 우리가 진정으로 감동받을 일은 그 불행한 날에만 있지는 않다. 그 뒤 그분께서 겪으신 십여 년의 세월은 짐작하기에도 끔찍한 인고의 세월인 동시에 그 하루하루가 우리 모두를 감격시키기에 충분한 날들이었다.

한바탕의 바꿔치기는 그럭저럭 우리에게 들키지 않고 넘길 수 있었지만 그로부터 오래잖아 일본인들은 우리 임금님을 다시 옥좌로 모셔가지 않을 수 없었다. 왕자들이야 평소에도 대신들이나 백성들에게 그리 알려진 얼굴이 아니어서 오래된 내관만 바꾸면 계속 버텨 나갈 수 있었다. 그러나 임금님에 이르면 아무리 모습이 닮고 분장과 흉내가 교묘해도 가짜로는 오래 버텨 나가기가 어려웠다.

당초에 저희끼리 생각한 대로 내친김에 바로 합방까지 몰고 갔더라면 그런 어려움은 겪지 않아도 되었을 것이다. 왕가의 대신들만 손아귀에 넣으면 되리라는 계산에서였는데 — 그게 그만 뜻 같지가 못했다. 한 번 굴욕적인 보호조약의 소문이 퍼지기 무섭게 온 나라 구석구석에서 벌 떼처럼 의병이 일었기 때문이었다. 그들의 무력이야 대단치 않다고 해도 깡그리 무시하고 합방으로 밀고 가기에는 아무래도 무리였다. 거기서 적어도 몇 년은 더 우리 왕가를 존속시킬 필요가 생기자 일본인들은 다시 우리 폐하를 옥좌 위로 끌어올리지 않을 수 없었다.

생각하기에 따라서는 그렇게 다시 나온 우리 임금님께서 그 뒤 십여 년간이나 지들이 시키는 대로 따라주신 데 대해서는 의혹이 생길 수도 있다. 어떤 이유에서건 눈앞에서 세 아들을 차례로 죽인 원수들과 어떻게 그 오랜 기간을 함께할 수 있단 말인가. 가까이 있는 이들에게만이라도 그 끔찍한 일의 진상을 밝히고 자결이라도 하는 게 옳지 않은가. 그렇게만 돼도 언젠가는 그 진상이 궁 밖으로 새어 나올 것이고, 마침내는 거국적인 항쟁의 원동력으로 변할 수도 있지 않겠는가. — 대개 그런 종류의 의혹이 되겠지만 너무도 얕고 속된 바람이다. 쉽게 말해 우리 폐하의 처신이 다만 구차한 목숨을 위해서라는 추측에서 비롯된 의혹이며, 한 왕조를 닫는 일을 장사치 난전 거두듯 하라는 바람이다.

우리 임금님께서 죽음보다 더한 그 수모와 분한(憤恨)의 세월
을 참고 견디신 데는 보다 깊고 거룩한 뜻이 있었으니, 그 한 뚜
렷한 증거가 을사년으로부터 이태 뒤에 난 해아밀사(海牙密使) 사
건이다.

그해 화란(和蘭)의 수도 해아(海牙)에서 열린 회의는 말이 좋아
'만국평화회의'지, 내막으로는 일본과 한통속이나 다름없는 것들
이 모인 '힘세고 못된 놈들 저희끼리 안 싸우고 힘없는 놈 잡아 갈
라 먹기 회의'였다. 그런 아수라 먹자판에 도마 위의 고기 신세 같
은 우리의 외로운 목소리가 제대로 닿을 리 없건만, 그래도 우리
임금님은 그들이 내건 그럴듯한 공의(公儀)에 한 가닥 기대를 품었
던 듯하다. 이준(李儁)·이상설(李相卨)·이위종(李瑋鍾) 세 사람을
뽑아 친서와 함께 우리의 외로운 처지를 전하게 하니 이른바 해아
밀사(海牙密使)였다.

그들 셋은 해아까지는 무사히 갔다. 하지만 그것으로 그뿐이었
다. 간교한 일본 대표 소림(小林)의 방해 공작과 거기에 넘어간 화
란 정부 및 회장 넬리도프의 멍청한 판단으로 회의장에는 들어가
보지조차 못했고, 개별로 만난 만국의 대표들도 한결같이 냉담한
반응이었다. 이미 말했듯, 아시아, 아프리카의 약소국들을 맛있는
먹이 정도로 생각하는 데는 일본과 다름없는 것들인 데다, 그 모
임이 또한 식민지 먹자판에 어떤 질서를 주자는 것이었으므로, 이
미 일본의 입에 반이나 들어간 폭인 우리나라를 놓고 공연히 이러
쿵저러쿵 간섭했다가 독 오른 일본에게 따귀 맞을 게 겁난 듯했다.

원래가 남의 힘을 빌어 어떻게 해보겠다는 발상 자체에 좀 문제가 있고, 일도 결국 이준 열사만을 이역(異域)의 외롭고 분한 넋으로 만드는 걸로 끝나고 말았지만 적어도 한 가지는 분명하다. 우리 임금님께서 결코 도적들의 위세에 질려 나라와 백성들을 잊고 있지는 않으셨다. 정미(丁未)년의 그 물샐 틈 없는 감시와 삼엄한 경비를 뚫고, 한 사람도 아닌 세 사람이나 국권회복의 밀사로 수만 리 타국에 보낼 수 있었다는 것만으로도 저들 일본인들은 간담이 서늘했을 것이다.

저들이 우리의 세찬 저항을 각오하면서까지 우리 임금님을 억지로 퇴위시킨 것도 그 사건에서 받은 충격 때문이었음에 틀림없었다. 그들은 본래의 예정을 바꾸어 양위(讓位)란 이름 아래 가짜 황태자로 하여금 우리 폐하의 자리를 대신케 했다. 그리고 갑자기 서둘 듯 식민지 놀음의 마지막 코스로 돌입해 갔다.

그 첫째는 우리 임금님을 퇴위시킨 그 달로 꼭두각시 새 황제와 '한일신협약(韓日新協約)'이란 조약을 다시 맺은 일이었다. 우리에게는 '정미 7조약(丁未七條約)'이란 이름으로 더 잘 알려진 합방의 전야제였다. 그다음은 거창한 황제 즉위식과 황태자 책봉식으로 이어졌다. 가짜 태자를 제위에 올린 것도 부족해 가짜 왕자까지 태자로 봉한 것인데, 저희 딴에는 그렇게라도 멀쩡한 임금님을 잃은 우리를 무마한다고 꾸며낸 각본 같았다.

다음은 명목적이나마 남아 있던 군대의 해산, 일본인 차관(次官) 임명, 재판소 설치 — '정미 7조약'에 있는 대로, 이 나라 사법·행정 양권(兩權)의 주된 기둥들을 뽑아버리는 작업이다.

퇴위한 우리 임금님을 창덕궁에 가둔 것은 그해 십일월이었다. 생각 같아서는 어떻게든 시해(弑害)하고 싶었겠지만, 나라 안의 사정이 뜻 같지 못해 취한 차선책이었을 것이다. 그 무렵 이 땅은 우리 폐하의 억지스러운 양위와 정미 7조약에 항거하는 의병들로 시끄러웠기 때문이다. 그 위에 퇴위한 임금님까지 시해했다가는 정말 어떤 큰일이 터질지 모르는 일이었다. 하기야 남몰래 독살하고 을사조약 때 구해 둔 가짜로 대역을 시키는 방법이 아주 없지는 않았으나, 앞서 말했듯 그것은 너무도 탄로 날 위험이 컸다.

그 뒤 십 년, 우리 마지막 임금님의 행적은 오직 저들 일본인들의 정책적인 배려에 의해서만 우리 앞에 드러났다. 정책적인 배려란 시해의 의심을 면하기 위한 저들의 정기적인 이태왕(李太王) 동정(動靜) 발표를 말한다.

거기에 따르면 우리 임금님은 전형적인 망국의 못난 군주였다. 다시는 야심에 찬 계획을 세우는 일도 없고, 왕자다운 위엄으로 일본인들의 잔학에 저항했다는 소문도 들리지 않았다. 모든 것을 체념하고 회한과 오욕 속에 구차한 목숨을 이어가는 것이 전부인 양 보였다.

하지만 오늘날에 널리 믿기어지고 있는 소문처럼 그분의 삶이 그대로 어이없이 끝나버린 것은 결코 아니었다. 비록 몸은 퇴락한 고궁에 갇혀 있어도 우리와 이 나라를 위해 일찍이 품었던 깊고 거룩한 뜻은 조금도 변함이 없으셨다. 필요한 것은 다만 그 뜻을 펼 기회뿐이었다.

그러다가 — 드디어 그날이 왔다. 언제 들어도 눈시울 뜨거워지는 감격의 그날, 천 년이 지나도 우리에게는 오히려 새로워질 그날이.

끝내는 가짜 태자로 세웠던 황제마저 폐하고 만 일본이 합방이란 그럴듯한 이름 아래 이 땅을 삼킨 지 구 년째가 되던 해였다. 그 기미년 정월 어느 날 우리 마지막 임금님은 마침내 오랜 감금에서 벗어나셨다. 섶에 눕고 쓸개를 맛보는 심경으로 때를 기다리시다가 저들 일본인들이 잠시 방심한 틈을 타 갇혀 있던 창덕궁에서 몸을 빼내신 일이 그랬다.

일본인들의 방심은 그 무렵 이상하리만치 평온한 이 땅의 공기 때문이었다. 명성왕후 시해 때부터 을사보호조약, 정미 7조약을 거치는 동안 그토록 일본을 성가시게 하던 의병들도 그 무렵엔 잠잠했고, 서울과 지방 도시에도 배일(排日)의 기운은 그리 높지 않았다. 그들이 신경을 곤두세우고 철저하게 대비한 까닭도 있지만, 그보다는 합방이란 사건이 너무나도 엄청나 도무지 실감이 나지 않은 우리가 잠시 머뭇거리며 살피고 있었던 덕분일 것이다.

우리 마지막 임금님의 그 같은 탈출은 그분에게는 십여 년을 참고 기다려 거두신 보람이었고, 우리에게는 마비와도 같은 머뭇거림과 살핌에서 벗어나 빼앗긴 땅을 되찾게 되는 계기였다. 몸을 빼치신 길로 은둔한 지사(志士)의 집을 찾으신 그분은 당신에게도 마지막이고 우리에게도 마지막인 교지(敎旨)를 팔도에 내리셨다.

강포한 일본의 눈길을 피해 몰래 전해졌지만, 신통하리만치 이 땅 구석구석까지 전해진 그 교지는 우리의 대표를 서울의 주산(主山) 북악(北岳) 기슭에 불러 모으는 내용이었다. 그 신분에 따라서는 선비[士] 대표, 농민[農] 대표, 공인[工] 대표, 상인[商] 대표에 화공(畵工), 악사(樂士)며 광대 백정도 머릿수에 따라 대표를 보내도록 했다. 그 믿는 바에 따라서는 유림(儒林) 대표, 불가(佛家) 대표, 도교(道敎) 대표에 동학(動學)·서학(西學)을 빠뜨리지 않았고, 그 밖에도 무리가 있으면 가리지 않고 대표를 보내도록 했다. 대표는 이 만 명에 하나씩 보내도록 하니, 그 수가 꼭 천 명이었다.

하늘이 우리를 저버리시지 않으셨는지 이 겨레의 본성이 원래는 그러했는지, 그 일만은 이천만이 하나같이 비밀을 지켰다. 정한 날이 되자 흰옷 입고 갓 쓴 이들이 줄을 이어 북악 기슭을 찾아드는데, 귀신같다는 일본 고등계 형사며 눈썰미 매섭기로 이름난 헌병은 물론 어리친 일본 강아지 한 마리 짖어 대는 법이 없었다. 정오가 되어 마지막 도승지 격인 그 지사가 모인 대표를 헤아려보니 그 수가 꼭 천(千)이었다.

모두 다 모였다는 보고를 받으시자 우리 마지막 임금님께서는 모두에게 잘 보이는 높은 바위 위로 오르셨다. 머리에는 면류관을 쓰고 몸에는 곤룡포에 옥대를 둘렀으며 손에는 한 자루의 보도(寶刀)가 들려 있었다. 그날에 대비해 창덕궁에서 몸을 빼칠 때 미리 준비해 온 차림이었다.

그분께서 먼저 지목한 것은 한쪽 바위 그늘에 모여 있는 선비

대표들이었다.

"너희 넓은 갓 쓰고 수염 길게 드리운 자들에게 말하노라. 우리 태조(太祖)께서 너희에게 의탁해 아조(我朝)를 일으키신 이래 비유컨대 너희는 이 나라의 머리였다. 이 나라의 모든 제도와 형률이 너희로부터 나왔으며, 오백 년의 문물과 예악 또한 너희로부터 비롯되지 않음이 없었다.

너희는 그 앎과 슬기로 인해 다른 부류는 겪지 않을 고초를 겪기도 했으나 마찬가지로 다른 부류가 누리지 못할 번성도 누렸다. 스스로 수고롭게 일하지 않으면서도 더 많이 먹고 씀으로 다른 부류에게 진 빚도 많았으되, 눈이 어둡도록 읽고 머리가 세도록 생각해 베풂도 많았으며, 밝지 못한 길을 앞장서 더듬어가는 어려움은 있었으되, 보다 나은 세상을 연다는 자긍(自矜)도 컸으리라.

그러나 이제 너희의 날은 짐의 날과 더불어 다했다. 많이 누린 자는 많이 내놓아야 하고, 많이 빚진 자는 많이 갚아야 하며, 편안했던 자는 더 수고로워야 하고, 자긍했던 자는 부끄러워야 한다. 너희 궁리는 백성을 편안하게 하지도 못했고 나라를 넉넉하게 하지도 못했다. 너희 앎은 가버린 날들에 치우쳤고, 너희 슬기는 살과 뼈를 잊었으며, 그리하여 너희가 연 새 세상도 언제나 낡은 세상의 되풀이에 지나지 않았다.

이 나라를 망하게 한 것은 시절도 아니요, 바다 건너 오랑캐도 아니며, 목인(睦仁)이나 이등박문의 무리는 더욱 아니다. 바로 너희 굳음이며 낡음이며 치우침이며 작음이며 가벼움이며 얕음이라 할 수 있으되, 어찌하랴, 먼저 짐과 조종(祖宗)의 죄가 아울러 하늘을 가리니 너희 허물을 탓할 겨를이 없다.

다만 바라노니, 너희 선비여, 앞으로는 어떤 가르침에 너희 행함을 의지하고 너희 앎을 걸든, 오늘로 밝아올 새날에는 지난 허물을 거듭하지 말라. 옳더라도 굳어지지 말며, 좋더라도 치우치지 말고 맞더라도 낡아지지 말라. 새로움에 가볍지 말고 이로움에 얕아지지 말며 힘 앞에 작아지지 말라."

그리고 이어 농민 대표를 향했다.

"그을린 얼굴에 거친 손발을 가진 자들아, 너희는 베옷에 나물죽으로 견뎌왔으나 비유컨대 아조의 배와 가슴이었다. 너희가 힘써 앎을 얻고 몸가짐을 닦으면 선비를 낳았고, 수고롭게 갈고 뿌리면 이 나라 물산(物産)의 바탕을 이루었다.

그러하되, 돌이켜보면 열성(列聖)의 제도는 두루 갖추지 못하고 그 보살핌도 모자라, 너희는 항시 힘쓴 만큼 얻지 못했고, 수고로운 만큼 누리지도 못했다. 너희 겉은 천하의 큰바탕[大本]으로 추킴을 받아도 기실은 큰 앗김[被奪]이었을 뿐이었고, 너희 속은 제선 곳에 편히 머물고 넉넉함을 앎[安分知足]으로 꾸며져도 또한 기실은 억눌림과 시달림에 지나지 않았다.

돌아보고 살필수록 부끄럽고 두려우나 그보다 더한 것이 이제 다시 너희를 모질고 독한 바다 건너 도적의 손에 붙이는 일이라. 자식을 버린 어버이가 이보다 더 부끄러울 것이며 빌 곳 없는 죄인이 이보다 더 두려우랴. 다만 훨씬 크고 무거운 게 앞날임에 기대

지난 허물 비는 일을 잠깐 미룰 뿐이다.

이르노니, 너희 천하의 큰 바탕이여, 오늘로 밝아오는 새날에는 그 앗김과 시달림과 억눌림을 거듭 겪지 말라, 너희 참음이 힘 있고 못된 자들의 업신여김을 길러서는 안 되며, 너희 내놓음이 저들의 앗음을 도와서는 안 되고 너희 굽힘이 저들의 억누름을 불러서도 안 되리라. 외적에게 맞설 때도 겨레를 대할 때도 아울러 지녀야 할 너희 마음가짐이어야 할진저……."

그런 다음 눈길을 돌린 곳은 장사치와 장인바치의 대표들이 모여선 비탈이었다.

"짐이 오래전부터 이날을 꾀할 제 마주하기 가장 두려웠던 이들이 바로 너희 상천(常賤)의 부류였다. 너희는 비바람 불고 눈길 미끄러운 장삿길과 오뉴월의 달아오른 풀무가와 동지섣달 얼어붙은 강해(江海)를 마다 않고 이 나라의 손발이 되어 일했으나, 열성의 덕이 미침은 한결같이 가볍고 엷었다. 즈믄[千] 밤을 새워 우리 살이의 가멸음과 편의로움을 궁리해도 그 열매는 너희 것이 아니었고, 손발이 부르트도록 몸이 수고로워도 그 거둠을 누리는 자는 따로 있었다. 재주가 있어도 학문을 닦을 길이 없었고, 요행히 학문을 닦아도 세상이 써주지 않았다. 더러는 그 슬픈 바람[願]을 자식에게 걸었으나, 서얼(庶孼)과 한가지로 타고난 굴레가 무거워 쉽게 벗을 길이 없었다.

이제 뉘우침 속에 가만히 돌이켜보매, 열성과 짐의 날이 다한 것은 하늘이 우리를 저버렸음이 아니라 우리가 하늘을 저버린 탓이라. 이 땅과 이 백성을 맡긴 하늘의 큰 뜻을 어겼으니, 그 가운데 가장 큰 어김은 너희를 바로 쓰지 못했음이라.

너희가 배 타고 장사하는 일을 선비가 행실을 닦는 일과 나란히 추어주었더라면, 저 미리견(美利堅)·아불리가(阿佛利加)의 넓고 기름진 땅이 어찌 양인(洋人)들의 오로지함이 되었을 것이며, 자연의 법칙을 찾고 물(物)의 이치를 살펴 그 힘을 비는 일을 선비가 글을 읽음과 함께 높이 여겼으면, 어찌 철선(鐵船)과 화포(火砲)가 저들만의 것이었으랴.

그 어둡고 막한 허물을 들추자면 한이 없으되, 그래도 한 가지 위자(慰藉)가 되는 일은 밝아 올 새날이 너희의 날임일지라. 부디 스스로를 업신여기지 말고 너희 길을 가, 새날의 주인 됨에 모자람이 없게 하라. 지난 외로움과 고달픔을 다시 겪지 않을 길도 그같은 너희 길에 정진함이요, 이 땅을 삼키려는 외족들로부터 너희를 지켜가는 길도 또한 그뿐이리라."

우리 임금께서도 그렇게 말씀을 맺으시자 사민(四民)이 잠시 숙연하였다. 지난날을 돌이켜보면 원통함이나 후회로움이 어찌 없으리오마는 무너져 내리는 왕조의 장엄한 낙일(落日)이 주는 비감에 일시 마음속의 원혐과 회한을 잊어버린 것이었다. 거기다가 그같은 우리 임금님의 말씀에는 무언가 단순한 자괴(自愧)의 뜻 외에 사죄와 격려를 아울러 보여주는 어떤 비장한 최후를 예감케 하는 데가 있어 한층 듣는 이를 감동시켰다.

잠시 당신의 신민들을 굽어보시는 우리 임금님의 용안(龍顏)에도 그들 못지않게 비감이 어렸다. 그러나 당신께서 그들을 불러 모으신 까닭이 어찌 그런 감회를 펴심에만 있겠는가. 오래잖아 다시 왕자의 당당함을 회복하시더니 남은 무리를 향했다. 이번에는 그 믿는 바에 따라 대표로 뽑혀 온 이들이었다.

"큰 성인[大聖: 공자]과 버금 성인[亞聖: 맹자]의 높은 가르침도 끝내는 이 나라를 지켜주지 못했고, 석씨(釋氏)의 삼천불(三千佛)이며 노군(老君: 태상 노군. 노자)·진인(眞人: 남화진인. 장자)의 법력(法力)과 도력(道力)도 이 겨레를 감싸기에는 넉넉하지 못했다. 서학(西學)이 비록 힘이 있다 하나 그 총애는 우리를 핍박하는 양이(洋夷)들이 오로지 하고 있으니 가히 믿을 바 못 되고, 동학이 그들에게 항거코자 일어났으나 이미 오래전에 꺾인 바다.

또 근자에 서양에는 이 같은 신불(神佛)의 가르침에 대신하여 무슨 주의니, 사상이니 하는 것이 일어나 사람의 마음을 끌고 있다고 한다. 워낙 그 갈래가 여럿이고 우기는 바가 각색이라 옳고 그름을 졸연히 분별하기 어려우나 그 또한 사람의 머리에서 나온 것일진대 살피기도 어려울 만큼 대단할 거야 무에 있겠느냐? 곰곰이 헤아리면 너희가 지금까지 믿고 따라온 옛 가르침들도 그 본뜻에서는 그릇됨보다 옳음이 많았듯이, 저들의 주의니 사상이니 하는 것도 생각건대 다만 보다 잘 살기 위한 사람의 궁리가 아닌가 한다.

그러므로 너희 모두에게 한가지로 이르노니, 옛 가르침에 굳고 얽매이지 말 것처럼 새 가르침을 받아들임에도 지나치거나 홀리지 말라. 서로 마음을 열고 뜻을 합쳐 좋은 것은 취하고 나쁜 것은 버리되, 먼저 이 나라와 겨레의 복된 삶부터 꾀하라. 다른 나라 다른 겨레를 생각함은 먼저 너희를 구한 뒤에도 늦지 않으리라.

이제 멀지 않아 홍수처럼 밀려들 무슨 주의니 사상을 대함도 또한 같다. 이 땅을 가르거나 겨레를 이간시키는 것은 그 이름이 아무리 아름답고 그 말이 아무리 그럴듯해도 오히려 배척할 일이요, 이 땅을 살찌게 하고 겨레를 뭉치게 하는 것이면 그 이름이 소박하고 말이 서툴러도 마땅히 따르라."

그 뒤에도 우리 임금님께서 다시 옥보(玉步)를 옮기시어 일일이 손을 잡듯 나머지 여러 부류의 대표를 찾으셨다. 한편으로는 숨김없이 지난 잘못을 비시고, 다른 한편으로는 앞날의 경계할 바를 일러주시기 거의 한 시각이었다.

그 말씀 어떤 것인들 버리고 취할 게 따로 있을까마는 전해야 할 말씀은 길고 주어진 시간은 짧아 한가지로 모두 옮기지 못함이 한이다. 하지만 그래도 굳이 그 모두를 듣고 싶은 이가 있을까 일러두거니와, 길이 전혀 없는 것은 아니다. 요즘은 매우 찾기 어렵지만 그때 자기가 속한 부류를 대표하여 그 자리에 나갔던 할아버지들이 아직은 몇 분 살아 계시고, 이미 고인이 되셨을지라도 똑똑한 자손을 둔 분은 구전(口傳)이나마 우리 임금님의 고명(顧命)을 전하셨다.

근세사의 한 비극적 종막이며, 우리 행복한 오늘을 위해서는 엄숙한 서곡이 되는 우리 마지막 임금님의 비장한 최후는 모든 백성들을 무리별로 마주하신 지 오래잖아 있었다. 정치와 사회로부터 소외되었던 이조 여인들의 유일한 예외일 수 있는 기생들의 대표를 보신 걸 끝으로 우리 임금님은 원래의 바위로 돌아오셨다. 그리고 이제는 모두를 향하여 크게 일렀다. 삼천리 구석구석까지 스미는 옥음(玉音)이었다.

"충성과 신애(信愛)로 아조(我朝) 오백 년을 떠받쳐온 신민들이여, 그리고 본시 한 핏줄에서 갈라져 나온 겨레여, 다시 말하노니, 짐과 열성(列聖) 조종(祖宗)의 날은 다했다. 지난날 하늘은 이 땅을 흐르는 여러 핏줄 가운데서 짐의 핏줄을 택해 이 나라를 맡기셨으나 불행히도 짐의 대에 이르러 남의 손에 앗기우고 말았다.

아득히 돌아보면, 이 땅의 어떤 일도 짐과 열성의 이름으로 이루어지지 않은 바 없으니, 이 나라를 망친 것 또한 짐의 핏줄이 되리라. 허나 아름다운 이름은 핏줄을 거슬러 그 조상에 미치어도, 부끄러움과 욕됨은 핏줄기를 거슬러 오르는 법이 아니다. 나라가 망한 것도 짐의 대(代)요, 모든 허물 또한 이 한 몸에 있으니, 너희 원망이 핏줄을 거슬러 열성의 거룩한 넋에 미치지 않게 하라.

오늘날에는 미리견(美利堅)이나 태서(泰西)의 몇몇 나라들처럼 백성이 그 스스로 다스리는 제도가 생겼으나 우리 태조께서 이 나라를 여실 때는 만방을 둘러봐도 다스리는 이는 다만 군주뿐이었다. 설령 군주 한 사람이 나라를 좌우하는 제도가 그릇되었다 한들, 어찌 그 허물을 우리 태조대왕께만 돌릴 수 있겠느냐?

또 저쪽에서는 군주를 두면서도 백성이 편안하고 나라가 부강해지는 제도가 궁리되기도 했으나 마찬가지로 열성의 시절 이 나라에는 너희가 견뎌온 그 제도밖에 알려진 게 없었다. 그 제도나마 거칠고 그릇되이 편 일을 말한다면 모르되, 그밖에 알지 못해 그 제도를 취하신 일이야 어찌 열성의 허물이 될 것이랴.

거기다가 나는 들었다. 서양의 발달된 제도란 것도 군주가 스스로 깨달아 베푼 것은 하나도 없다고. 모두가 그 신민들이 궁리하고 내세우고 싸워 마침내 이룩한 것일 뿐이니, 그렇게 못 한 너희 허물은 또 어쩌겠느냐? 너희 가운데도 그릇된 다스림에 소리 높여 항거한 이가 있고, 때로는 무리 지어 난리를 꾸미기도 했으나 한결같이 그 과녁은 사람이었지 제도는 아니었다. 어떤 민란(民亂) 어떤 역모(逆謀)에 군주를 없애고 공화(共和)를 열자고 내세운 일이 있으며, 세 정승 여섯 판서를 없애고 의회를 두자고 주장한 적이 있느냐? 다만 너희가 바란 것은 크면 임금을 바꾸는 것이요, 작으면 탐학하는 목민관(牧民官)을 벌하라는 정도였다.

그러므로 신민들이여, 겨레여, 이제 짐은 한 고명(顧命)으로 그대들에게 바라노라. 부질없이 지난 그릇됨을 따짐에 날을 허비하기보다는 망한 나라를 새로 일으키는 데 날을 바치거라. 몰라 저질러진 지난 허물을 원망하기보다는 알면서 행한 죄악에 분한(憤恨)을 품으라. 죽기로 싸워 저들 간악한 섬오랑캐에게 나라 빼앗긴 부끄러움을 씻으라.

이 자리를 끝으로 짐도 더는 그대들의 임금도 주인도 아니다. 태조께서 하늘로부터 받은 다스림의 권한을 너희 모두에게 돌리니 일후 이 나라는 짐의 것이 아니고 그대들의 것이다. 이천만이

각기 명군(名君)이 되고 현주(賢主)가 되어 일찍이 없었던 복된 나라를 이루거라. 짐은 다만 이 자리를 빌려 나라를 조종(祖宗)으로부터 물려받은 그대로 그들에게 돌려주지 못한 허물을 스스로 벌하고자 할 따름이다."

그날 이 땅에서 우리 임금님의 그 같은 말씀을 듣지 못한 것은 아마도 일본인들과 그 앞잡이들뿐이었을 것이다. 일본인들은 이 땅과 우리를 조금이라도 더 쥐어짤 궁리와 만주를 삼킬 궁리로 겨를이 없고, 앞잡이들은 그런 일본인들이 던져주는 더러운 벼슬과 재물로 한 몸 살찌울 궁리에 바빴기 때문이다. 하지만 그들도 뒤이어 이 하늘을 뒤덮는 흰 빛줄기는 보았으리라. 우리 임금께서 뽑으신 보도(寶刀)에서 뿜어 나오는 빛줄기였다.

"이 보도는 태조대왕께서 지리산 기슭을 치달으시며 왜구를 베실 때 쓰시던 성물(聖物)이다. 내 이를 물려받고도 오히려 그 왜구의 후예에게 나라를 잃었으니 남은 일은 다만 이 칼로 스스로를 베어 벌함뿐이다.

내 주검을 염(殮)할 때는 얼굴을 가죽으로 싸매고, 관곽(棺槨)과 봉분(封墳)은 서민의 예로 하라. 죽어 구천에선들 무슨 낯으로 열성을 뵈오랴. 무덤인들 뒷사람의 손가락질을 어떻게 감당하랴."

그 비장한 외침과 함께 우리 마지막 임금님께서는 날선 보도(寶刀)를 안은 채 서 계시던 바위에서 뛰어내리셨다. 그리고 왕자들의 참혹한 죽음을 눈앞에서 보시면서도, 그 뒤 욕스러운 저들의 꼭두각시 노릇과 다시 고난에 찬 십 년을 보내시면서도, 끝내 자진(自盡)하지 않으셨던 까닭을 그제야 뚜렷이 보여주셨다. 사사로운 정분이나 분한(憤恨)으로 자결하신 것이 아니라 나라 잃은 죄를 물어 공의(公義)로 스스로를 처단하셨으니 듣는 윗사람조차 그저 망극할 뿐이다.

그런데 참으로 놀라운 일은 바로 그 순간에 일어났다. 우리 마지막 임금님의 옥체가 땅으로 굴러 떨어지면서 안고 있던 보도에 베인 가슴이 열리는 순간 뇌성과 함께 한 마리 희고 거대한 용이 하늘로 치솟았다. 그리고 흰 구름처럼 까마득히 치솟더니 곧 이천만 마리의 작은 용이 되어 비처럼 삼천리 구석구석까지 쏟아졌다.

얼핏 보아서는 마구잡이로 떨어지는 것 같았지만 그게 아니었다. 우선 그 북악 기슭에 떨어진 것은 꼭 천 마리였다. 삼 대 열아홉 명과 머슴에 침모(針母)까지 합쳐 가솔(家率)이 스물일곱 명인 인사동 김부잣집에는 꼭 스물일곱 마리가 떨어졌고 경상도 두메산골 홀로 사는 산지기 집에는 한 마리만 떨어졌다. 환웅과 웅녀의 자손이면 누구에게든 한 마리씩 떨어진 셈이었다.

이어 그 작은 용들은 익히 아는 길을 가듯 각기 한 사람씩을 찾아 그 가슴 속에 자리 잡았다. 낮잠 자는 늙은이나 우는 아이에게는 크게 벌린 입을 통해 들어가고, 짐승을 겨냥하고 있는 포수에게는 크게 뜬 외눈을 통해 들어갔다. 대낮 정사(情事)를 엿듣고 있던 여관집 머슴놈에게는 귓구멍을 통해 들어갔으며 그 시각 측간을 타고 앉은 아낙에게는 샅을 통해 들어갔다.

늙고 젊고를 가리지 않았고 남자 여자도 가리지 않았다. 친일

파며, 저들의 앞잡이, 보조원, 정보원도 가리지 않아 — 어쨌든 이 겨레면 모두 작은 용 한 마리씩을 가슴에 품게 되었다. 그래도 빠진 자가 있다면 그는 틀림없이 그 할미 가운데 하나가 임진왜란 때 겁탈을 당해 이 땅에 떨어진 왜병의 씨일 것이다.

그 밖에 또 하나 덧붙일 얘기가 있다면 신통하게도 모든 친일파들이 그날로 이 땅에서 자취를 감춘 일이다. 우리 임금님의 마지막 염원이 하늘에 닿았는지 우리 모두 가슴에 한 마리씩 품게 된 그 작은 용의 조화인지는 아직 밝혀지지 않았지만 그래야 당연하다는 생각은 모두가 같을 줄 믿는다.

역사는 가정(假定)을 허락하지 않는다. 그럼에도 우리 역사에 그같이 장려한 옛 왕조(王朝)의 낙일(落日)이 없었다고 가정한다면, 그 뒤 우리가 겪어야 할 불행은 상상만으로도 끔찍하다.

만약 우리 마지막 임금님께서 자신을 베어가며 새로운 충성의 구심점을 마련해 주시지 않았더라면 우리는 갑작스러운 권위의 부재로 큰 혼란에 빠져들었을 것이다. 흐지부지 사라져버린 옛 권위에 대한 실망은 전통 속에서 어떤 원칙과 방향을 찾으려는 우리의 노력을 가로막았을 것이고 맹목적일 만큼 어떤 새로운 것에서 그것들을 찾게 만들었을 것이다. 백 사람이 백 가지 주장을 내세우고, 천 사람이 천 가지 길을 걷게 되었을 것이다. 그러나 충성의 구심점이 없고 확립된 권위가 없으니, 시비는 커지고 다툼은 격화될 것이며, 분열과 반목은 이 겨레의 보편적인 고질이 되고 말았을 것이다.

그래서는 일본과의 효율적인 수복전쟁(收復戰爭)도 가능했을 리가 없다. 친일도 하나의 새로운 주의일 수 있으니, 나름의 논리만 마련하면 버젓이 활개 칠 수 있었을 것이고, 기회주의도 하나의 세련된 행동철학으로 각광을 받게 되었을 것이다. 요행 반일 또는 구국의 세력이 모여도 머릿수가 열 명이면 파벌은 열한 개요, 모든 대일(對日) 전쟁은 열에 아홉이 변절이나 밀고로 모의에서 끝나고 말았을 것이다.

일본을 상대로 한 수복전쟁이 그 모양이 되면 이 나라의 회복은 싫어도 남의 힘에 의존하지 않을 수 없다. 이익도 크지만 투자와 위험도 큰 장사가 전쟁이다. 어떤 나라가 본전 밑지는 장사를 하려 들겠는가. 그렇게 되면 이 나라는 새로운…… 아아, 그만하자. 비록 가정이라 할지라도 공연히 우울할 필요가 어디 있는가.

어쨌든 우리 마지막 임금님은 그렇게 돌아가셨고 우리 옛 왕조의 해는 그렇게 졌다. 그 뒤 그해 3월 1일에 바로 시작했으나 일 년도 안 돼 실패로 끝난 제1차 수복전쟁(또는 기미평화전쟁)이며, 이듬해 다시 시작해 북으로 중강진(中江鎭)부터 남으로 제주도까지 한 치 한치 빼앗듯 우리 땅을 되찾은 제2차 수복전쟁(또는 25년 전쟁), 그리고 수복 뒤의 몇 가지 재미있는 사건이 있지만, 그건 또 다른 이야기가 되겠다. 여기서의 이야기는 처음부터 행복한 이 오늘의 출발에만 한정되었고, 이제 그 이야기는 끝났다.

(1984년)

우리들의
일그러진 영웅

벌써 삼십 년이 다 돼 가지만, 그해 봄에서 가을까지의 외롭고 힘들었던 싸움을 돌이켜보면 언제나 그때처럼 막막하고 암담해진다. 어쩌면 그런 싸움이야말로 우리 살이가 흔히 빠지게 되는 어떤 상태이고, 그래서 실은 아직도 내가 거기서 벗어나지 못했기 때문에 받게 되는 느낌인지도 모르겠다.

　자유당 정권이 아직은 마지막 기승을 부리고 있던 그해 3월 중순, 나는 그때껏 자랑스레 다니던 서울의 명문 국민학교를 떠나 한 작은 읍의 별로 볼 것 없는 국민학교로 전학을 가게 되었다. 공무원이었다가 바람을 맞아 거기까지 날려간 아버지를 따라 가족 모두가 이사를 가게 된 까닭이었는데, 그때 나는 우리 나이로 열두 살에 갓 올라간 5학년이었다.

그 전학 첫날 어머님의 손에 이끌려 들어서게 된 Y국민학교는 여러 가지로 실망스럽기 그지없었다. 붉은 벽돌로 지은 웅장한 3층 본관을 중심으로 줄줄이 늘어섰던 서울의 새 교사(校舍)만 보아온 내게는, 낡은 일본식 시멘트 건물 한 채와 검은 타르를 칠한 판자 가교사 몇 채로 이루어진 그 학교가 어찌나 초라해 보이는지 갑자기 영락한 소공자의 비애 같은 턱없는 감상에 젖어들기까지 했다. 크다는 것과 좋다는 것은 무관함에도 불구하고, 한 학년이 열다섯 학급이나 되는 학교에서 공부해 온 탓인지 한 학년이 겨우 여섯 학급밖에 안 된다는 것도 그 학교를 까닭 없이 얕보게 했고, 남녀가 섞인 반에서만 공부해 온 눈에는 남학생반 여학생반이 엄격하게 나누어져 있는 것도 촌스럽게만 보였다.

거기다가 그런 내 첫인상을 더욱 굳혀준 것은 교무실이었다. 내가 그때껏 다녔던 학교의 교무실은 서울에서도 손꼽는 학교답게 넓고 번들거렸고 거기 있는 선생님들도 한결같이 깔끔하고 활기에 찬 이들이었다. 그런데 겨우 교실 하나 넓이의 교무실에는 시골 아저씨들처럼 후줄그레한 선생님이 맥없이 앉아 굴뚝같이 담배연기만 뿜어대고 있는 것이었다. 나를 데리고 교무실로 들어서는 어머니를 알아보고 다가오는 담임선생님도 내 기대와는 너무도 멀었다. 아름답고 상냥한 여선생님까지는 못 돼도 부드럽고 자상한 멋쟁이 선생님쯤은 될 줄 알았는데, 막걸리 방울이 튀어 하얗게 말라붙은 양복 윗도리 소매부터가 아니었다. 머릿기름은커녕 빗질도 하지 않은 부수수한 머리에 그날 아침 세수를 했는지가 정말로 의심스러운 얼굴로 어머님의 말씀을 듣는 둥 마는 둥 하고 있는 그가 담임선생님이 된다는 게 솔직히 그렇게 실망스러울 수가 없었다. 그 뒤 일 년에 걸친 악연이 그때 벌써 어떤 예감으로 와닿았는지 모를 일이었다.

그 악연은 잠시 뒤 나를 반 아이들에게 소개할 때부터 모습을 드러냈다.

"새로 전학 온 한병태다. 앞으로 잘 지내도록."

담임선생님은 그 한마디로 소개를 끝낸 뒤 나를 뒤쪽 빈자리에 앉게 하고 바로 수업에 들어갔다. 새로 전학 온 아이에 대해 호들갑스럽게 느껴질 정도로 자랑 섞인 소개를 늘어놓던 서울 선생님들의 자상함을 상기하자 나는 야속한 느낌을 억누를 길이 없었다. 대단한 추켜세움까지는 아니더라도, 최소한 내가 가진 자랑거리는 반 아이들에게 일러주어, 그게 새로 시작하는 그들과의 관계에 도움이 되기를 나는 바랐다.

그때 내게는 나름으로 내세울 만한 게 몇 있었다. 첫째는 공부, 1등은 그리 자주 못했지만, 그래도 나는 그 별난 서울의 일류 학교에서도 반에서 다섯 손가락 안에는 들었다. 선생님뿐만 아니라 아이들과의 관계에서도 내 이익을 지켜주는 데 적지 않은 몫을 하던 내 은근한 자랑거리였다. 또 나는 그림에도 남다른 솜씨가 있었다. 역시 전국의 어린이 미술대회를 휩쓸었다 할 정도는 아니었어도, 서울시 규모의 대회에서 몇 번이나 특선을 따낼 만했다. 내 성적과 아울러 그 점도 어머니는 몇 번이나 강조하는 듯했는데, 담임선생님은 그 모두를 깨끗이 무시해 버린 것이었다. 내 아버지의 직업도 경우에 따라서는 내게 힘이 될 만했다. 바람을 맞아도 호되게 맞아 서울에서 거기까지 날려가기는 했어도, 내 아버지는 그 작은 읍으로 봐서는 몇 손가락 안에 들 만큼 직급 높은 공무원이었다.

야속스럽기는 아이들도 담임선생님과 마찬가지였다. 서울에서는 새로운 전입생이 들어오면 아이들은 쉬는 시간이 되기 바쁘게 그를 빙 둘러싸고 이것저것 묻게 마련이었다. 공부를 잘하는가, 힘은 센가, 집은 잘 사는가, 따위로 말하자면 나중 그 아이와 맺게 될 관계의 기초가 될 자료 수집인 셈이었다. 그런데 그 새로운 급우들은 새로운 담임선생님과 마찬가지로 그런 쪽으로는 별로 관심이 없었다. 쉬는 시간에는 저만치서 힐끗힐끗 훔쳐보기만 하다가 점심시간이 되어서야 몇 명이 몰려와서 묻는다는 게 고작 전차를 타봤는가, 남대문을 보았는가 따위였고, 부러워하거나 감탄하는 것도 기껏 나만이 가진 고급 학용품 따위였다.

하지만 삼십 년이 가까워 오는 오늘까지도 그 전학 첫날을 생생하게 기억하도록 만든 것은 아무래도 엄석대와의 만남이 될 것이다.

"모두 저리 비켜!"

아이들이 나를 둘러싸고 앞서 말한 그런 실없는 것들이나 묻고 있는데, 문득 그들 등 뒤에서 그런 소리가 나지막이 들려왔다. 잘 모르는 나에게는 담임선생님이 돌아온 것이나 아닐까 생각이 들 만큼 어른스러운 변성기의 목소리였다. 아이들이 움찔하며 물러서는데 나까지 놀라 돌아보니 가운뎃줄 맨 뒤쪽에 한 아이가 버티고 앉아 우리 쪽을 지그시 바라보고 있었다.

아직 같은 반이 된 지 한 시간밖에 안 됐지만 그 아이만은 나도 알아볼 수 있었다. 담임선생님과 처음 교실로 들어왔을 때 차렷, 경례를 소리친 것으로 보아 급장인 듯한 아이였다. 그러나 내가 그를 엇비슷한 60명 가운데서 금방 구분해 낼 수 있었던 것은 그가 급장이어서라기보다는 다른 아이들보다 머리통 하나는 더 있어 뵐 만큼 큰 앉은키와 쏘는 듯한 눈빛 때문이었다.

"한병태랬지? 이리 와 봐."

그가 좀 전과 똑같은, 나지막하지만 힘 실린 목소리로 말했다. 손끝 하나 까딱하지 않았으나 나는 하마터면 일어날 뻔했다. 그만큼 그의 눈빛은 이상한 힘으로 나를 끌었다.

하지만 나는 서울에서 닳은 아이다운 영악함으로 마음을 다잡아 먹었다. 이게 첫 싸움이다. ― 문득 그런 생각이 들며 버티는 데까지 버텨볼 작정이었다. 처음부터 호락호락해 보여서는 앞으로 지내기 어려워진다는 나름의 계산도 있었지만, 다른 아이들의 까닭 모를, 거의 절대적인 복종을 보자 야릇한 오기가 난 탓이기도 했다.

"왜 그래?"

내가 아랫도리에 힘을 주며 깐깐하게 묻자 그가 피식 웃었다.

"물어볼 게 있어."

"물어볼 게 있다면 네가 이리로 와."

"뭐?"

일순 그의 눈꼬리가 치켜 올라가는 것 같더니 이내 별소리 다 듣는다는 듯 다시 피식 웃었다. 그런 다음 더는 입을 열지 않고 나를 가만히 보았는데, 그 눈길이 너무도 쏘는 듯해 맞받기가 몹시 어려웠다. 하지만 이미 내친김이었다. 이것도 싸움이다 싶어 안간힘을 다해 버티고 있는데 그 아이 곁에 앉아 있던 키 큰 아이 둘이 일어나 내게로 왔다.

"일어나, 임마!"

둘 다 금세 덤벼들기라도 할 듯 성난 기색이었다. 아무리 가늠해 봐도 힘으로는 어느 쪽도 당해내기 어려울 것 같은 녀석들이었다. 나는 얼결에 벌떡 일어났다. 그중 하나가 왁살스레 그런 내 옷깃을 잡으며 소리쳤다.

"임마, 엄석대가 오라고 하잖아? 급장이."

내가 엄석대란 이름을 들은 건 그때가 처음이었다. 그 이름은 듣는 순간 그대로 내 기억에 새겨졌는데 아마도 그것은 그 이름을 말하는 아이의 말투가 유별났기 때문이었을지도 모르겠다. 무언가 대단히 높고 귀한 사람의 이름을 부르고 있다는, 그래서 당연히 존경과 복종을 바쳐야 한다는 그런 느낌을 주는 어조였다.

그게 다시 나를 까닭 모르게 움츠러들게 했지만 그래도 물러설 수는 없었다. 백여 개의 눈초리가 나를 지켜보고 있는 까닭이었다.

"너희들은 뭐야?"

"나는 체육부장이고 쟨 미화부장이다."

"그런데 너희가 왜……."

"엄석대가, 급장이 와보라고 하잖아?"

내가 그에게 가서 대령해야 되는 유일한 이유가 그가 엄석대이고 급장이기 때문이란 걸 두 번이나 되풀이 듣게 되자 비로소 나는 심상찮은 느낌이 들었다.

그때껏 서울에서 내가 겪었던 급장들은 하나같이 힘과는 거리가 멀었다. 집안이 넉넉하거나 운동을 잘해 거기서 얻은 인기로 급장이 되는 수도 있었으나 대개는 성적순으로 급장, 부급장이 결정되었고, 그 역할도 급장이란 직책이 가지는 명예를 빼면 우리와 선생님 사이의 심부름꾼에 가까웠다. 드물게 힘까지 센 아이가 있어도 그걸로 아이들을 억누르거나 부리려고 드는 법은 거의 없었다. 다음 선거가 있을 뿐만 아니라, 아이들도 그런 걸 참아주지 않는 까닭이었다. 그런데 나는 그날 전혀 새로운 성질의 급장을 만나게 된 듯했다.

"급장이 부르면 다야? 급장이 부르면 언제든 달려가서 대령해야 하느냐구?"

그래도 나는 서울내기다운 강단으로 마지막 저항을 해보았다.

그때 알 수 없는 일이 벌어졌다. 그런 말이 떨어지자마자 구경하고 있던 아이들은 갑자기 큰 소리로 웃어댔다. 내가 무슨 바보 같은 소리를 했다는 듯, 그때껏 나를 을러대던 두 녀석과 엄석대까지를 포함한 쉰 몇 명 모두의 홍소였다. 나는 어리둥절했다. 겨우 정신을 가다듬어 내가 한 말 어디가 그들을 그토록 웃게 만들었는지를 생각해 보고 있는데 미화부장이라는 녀석이 웃음을 참으며 물었다.

"그럼, 급장이 부르는데 안 가? 어디 학교야? 어디서 왔어? 너희 반에는 급장이 없었어?"

그런데 그 무슨 어이없는 의식의 굴절이었을까. 나는 문득 무엇인가 큰 잘못을 하고 있다는 느낌, 특히 담임선생님이 부르시는데 뻗대고 있었던 것과 흡사한 착각이 일었다.

어쩌면 그때까지도 멈춰지지 않고 있던 아이들의 왁자한 웃음에 압도된, 굴종에의 미필적인 고의 섞인 착각이었는지도 모르겠다.

내가 머뭇머뭇 그에게 다가가자 엄석대는 그동안의 웃음을 사람 좋아 뵈는 미소로 바꾸며 물었다.

"나한테 잠깐 오기가 그렇게도 힘들어?"

목소리도 전과 달리 정이 뚝뚝 묻어나는 듯했다. 나는 그 너그러움에 하마터면 감격해 펄쩍 뛰며 머리를 저을 뻔했다. 의식 밑바닥으로 가라앉기는 했어도 아직은 나를 강하게 지배하고 있는 어떤 거부감이 겨우 그런 채신머리없는 짓거리를 막아주었다.

엄석대는 확실히 놀라운 아이였다. 그는 잠깐 동안에 내가 그에게 억지로 끌려갔다는 느낌을 깨끗이 씻어주었을 뿐만 아니라 내가 담임선생님에게 품었던 야속함까지도 풀어주었다.

"서울 무슨 국민학교랬지? 얼마나 커? 물론 우리 학교와는 댈 수 없을 만큼 좋겠지?"

먼저 그렇게 물어주어 3학년은 20반도 넘고 육십 년 가까운 전통이 있으며 그해 입시에서는 경기중학교만도 90명이나 들어간 서울의 학교를 자랑할 수 있게 해주었고,

"공부는 어땠어? 거기서 몇 등이나 했지? 다른 건 뭘 잘해?"

그렇게 물어줌으로써 내가 4학년 때 국어과목에서 우등상을 탄 것이며(그때 이미 그 학교는 과목별로 우등상을 주었다.), 또한 그 전해 가을 경복궁에서 열린 어린이 미술대회에서 입선한 걸 자연스럽게 자랑할 수 있도록 해주었다.

그것만도 아니었다. 마치 내 마음속을 읽었거나 한 듯 석대는 내 아버지의 직업과 우리 집안의 살림살이도 물어주었다. 그 덕분에 나는 또한 특별히 내세운다는 느낌을 아이들에게 주지 않고도 군청에서 군수 다음가는 자리에 있는 내 아버지와, 라디오가 있고 시계는 기둥시계까지 셋이나 되는 우리집의 넉넉함을 아이들 앞에 드러낼 수 있었다.

"좋오아 ─ 그럼……"

이런저런 얘기를 다 듣고 난 엄석대는 어른처럼 팔짱을 끼고 무언가를 생각하는 눈치더니 제 줄 앞의 앞자리를 가리키며 말했다.

"너는 저기 앉도록 해. 저게 네 자리야."

그 갑작스러운 지시에 나는 약간 정신이 들었다.

"선생님이 저기 앉으라고 하셨는데……"

문득 되살아나는 서울에서의 기억으로 그렇게 대꾸했지만, 얼마 전의 투지가 되살아나지 않았다. 엄석대는 내 말은 못 들은 척

넘어갔다.

"어이, 김영수, 여기 이 한병태와 자리 바꿔."

석대가 그 자리에 앉았던 아이에게 그렇게 말하자 그 아이는 두말없이 책가방을 챙겼다. 그 아이의 철저한 복종이 다시 묘한 힘으로 나를 몰아, 잠시 머뭇거린 것으로 저항에 갈음하고 나도 자리를 옮겼다.

하지만 참으로 알 수 없는 일은 그날만도 두 번이나 더 있었다.

한 번은 바로 그 점심시간 때였다. 석대와 나의 대화가 끝난 뒤에 석대가 도시락을 책상 위로 올려놓자 아이들도 모두 도시락을 펼치기 시작했는데 그중에 대여섯 명이 무언가를 들고 석대에게로 갔다. 그 애들이 석대의 책상 위에 내려놓은 걸 보니 찐 고구마와 달걀, 볶은 땅콩, 사과 같은 것들이었다. 뒤이어 맨 앞줄의 아이 하나가 사기 컵에 물을 떠다 공손히 놓는 것까지 모두가 소풍 가서 담임선생님께 하듯 했다. 그런데도 석대는 고맙다는 말 한마디 없이 그것들을 받았다. 기껏해야 달걀을 가져온 아이에게 빙긋 웃어준 게 전부였다.

또 한 번은 다섯째 쉬는 시간에 내 옆 분단의 두 아이가 무슨 일인가로 싸워 한 아이가 코피가 난 때였다. 구경하던 아이들은 모든 걸 제쳐놓고 먼저 석대부터 찾았다. 마치 서울 아이들이 무슨 큰일을 만났을 때 먼저 선생님부터 찾는 것과 비슷했고, 얼마 뒤 불려온 석대가 한 일도 선생님과 크게 다르지 않았다. 코피가 난 아이는 구급함에서 꺼낸 솜으로 코를 막은 다음 고개를 뒤로 젖

208

혀 기대 있게 했고, 코피를 나게 한 아이는 몇 대 쥐어박은 뒤 교단 위에 팔을 들고 꿇어앉아 있게 했다. 두 아이 모두 신통하리만치 고분고분 석대의 말을 따랐는데, 더 이상한 건 여섯째 시간 수업을 들어온 담임선생님이었다. 석대의 보고를 가만히 듣고 있다가 흑판 지우개를 터는 막대기로 벌을 서고 있는 아이의 손바닥을 몇 차례 호되게 때려줌으로써 내게는 월권이라고만 생각되는 석대의 처리를 그 어떤 말보다 확실하고 강력하게 추인해 버렸다.

그날 내가 다시 그 새로운 환경과 질서에 대해 다시 곰곰이 생각하기 시작한 것은 수업이 끝나고 집으로 돌아온 뒤였다. 학교에서는 내가 갑자기 던져지게 된 그 환경의 지나친 생소함에서 온 어떤 정신적인 마비와, 또한 갑자기 나를 억눌러오는 그 질서의 강력함이 주는 위압감이, 내 머릿속을 온통 짙은 안개와 같은 것으로 채워 몽롱하게 만들어버린 탓에 아무것도 생각할 수가 없었다.

그때 우리 나이로 열두 살은 아직도 아이의 단순함에 지배되기 쉬운 나이지만, 그리고 아직은 생생한 낮의 기억들이 은근히 의식의 굴절과 마비를 강요하고 있었지만 나는 아무래도 그 새로운 환경과 질서에 그대로 편입될 수는 없다는 기분이 들었다. 그러기에는 그때껏 내가 길들어온 원리 — 어른들 식으로 말하면 합리와 자유 — 에 너무도 그것들이 어긋나기 때문이었다. 직접으로는 제대로 겪어보지 못했으나, 그 새로운 질서와 환경들을 수락한 뒤의 내가 견디어야 할 불합리와 폭력은 이미 막연한 예감을 넘어, 어김없이 이루어지게 되어 있는 어떤 끔찍한 예정처럼 보였다.

하지만 싸운다는 것도 실은 막막하기 그지없었다. 먼저 어디서부터 시작해야 할지가 그랬고, 누구와 싸워야 할지가 그랬고, 무엇을 놓고 싸워야 할지가 그랬다. 뚜렷한 것은 다만 무엇인가 잘못되어 있다는 것뿐 — 다시 한 번 어른들 식으로 표현한다면, 불합리와 폭력에 기초한 어떤 거대한 불의가 존재한다는 확신뿐 — 거기에 대한 구체적인 이해와 대응은 그때의 내게는 아직 무리였다. 솔직히 털어놓으면, 마흔이 다 된 지금에조차도 그런 일에는 온전한 자신을 갖지 못하고 있다.

형이 없는 내가 아버지에게 엄석대를 이야기하게 된 것은 아마도 그런 막막함 때문이었을 것이다. 나는 먼저 그날 내가 겪고 본 엄석대의 짓거리를 얘기한 뒤 앞으로 내가 어떻게 해야 할 것인가를 아버지에게 물으려 했다. 하지만 아버지의 반응은 뜻밖이었다. 겨우 엄석대가 그날 한 일들을 모두 얘기한 내가 막 충고를 바라는 물음을 던지려는데 아버지가 불쑥 감탄 섞어 말했다.

"거 참 대단한 아이로구나. 엄석대라고 그랬지? 벌써 그만하다면 나중에 인물이 돼도 큰 인물이 되겠다."

도무지 불의의 존재 자체를 인정하지 않는 것 같은 소리였다. 후끈 단 나는 합리적으로 선거되고 우리의 자유를 제한한 적이 없던 서울의 급장제도를 얘기했던 것 같다. 그러나 아버지에게는 그 합리와 자유에 대한 내 애착이 나약의 표지로만 이해되는 것 같았다.

"약해 빠진 놈. 너는 왜 언제나 걔를 뺀 나머지 아이들 가운데만 있으려고 해? 어째서 너 자신은 급장이 될 수 없다고 믿어? 만

210

약 네가 급장이 되었다고 생각해 봐. 그보다 멋진 급장 노릇이 어디 있겠어?"

그러고는 반 아이들이 빠져 있는 불행한 상태나 그런 상태를 만들어낸 제도 또는 그 제도의 그릇된 운용에 화낼 것 없이 엄석대가 차지하고 있는 급장 자리를 노려보도록 권하는 것이었다.

가엾으신 어른. 이제니까 나는 당신을 이해할 듯도 하다. 그때 당신은 중앙부서의 노른자위 자리에서 시골 군청의 총무과장으로 떨려나 굴욕과 무력감을 짓씹고 계실 때였다. 장관의 초도순시에 달려나가 마중하지 않고 자기 일만 보고 있었다고 직속 국장의 과잉충성에 찍혀 그리된 만큼 힘에 대한 갈증은 그 어느 때보다 크셨을 것이다. 어렸을 적에는 내가 똑똑한 것과 밖에 나가 다른 아이를 때리고 돌아오는 것을 일쑤 혼동하던 어머니를 늘상 호되게 나무라곤 하시던 그런 합리적인 분이셨는데.

하지만 그 같은 내막을 알 길 없던 그때의 나는 그저 아버지의 그런 돌변이 어리둥절할 뿐이었다. 학교의 선생님 다음으로 내 의사결정에 영향을 줄 수 있는 이가 그렇게 나와 더욱 혼란이 가중됐을 것이다. 나는 내가 싸우는 데 필요한 방책을 듣기는커녕 그 싸움이 필요한가 아닌가를 판단하는 불의의 존재 자체마저 헷갈리게 되어버린 셈이었다.

그럼에도 불구하고 나는 그런 아버지의 충고를 제법 귀담아 들었던 듯싶다. 다음 날 나는 등교하자마자 그 가능성을 살펴보기 시작했는데, 그러나 그 충고는 현실적으로 아무런 쓸모가 없었다.

우선 급장 선거는 한 학기에 한 번 하는 서울과 달리 거기서는 그 이듬해 봄에야 있을 거라는 얘기였고, 또 그때는 반이 어떻게 갈릴지 알 수 없어 준비를 한댔자 5학년이나 되어 갑자기 흘러들어 온 내가 그 선거에서 이길 가능성은 거의 없었다. 설령 이길 수 있다 해도 그동안을 다른 아이들과 같이 굴욕에 시달릴 일이 꿈같았으며 — 거기다가 엄석대도 내가 느긋이 다음 해를 준비하도록 기다려주지 않았다.

비록 내 굴복으로 끝나기는 했으나 전입 첫날의 그 작은 충돌은 엄석대에게 꽤 강한 인상과 더불어 어떤 경계심을 일으켰음에 틀림없었다. 그는 첫날의 승리가 못 미더웠던지 다음 날 한 번 더 그걸 확인하려 들었다. 역시 점심시간의 일이었다. 내가 바쁘게 도시락 뚜껑을 여는데 앞줄에 앉은 아이가 나를 돌아보며 말했다.

"오늘은 네가 물당번이야. 엄석대가 먹을 물 떠다주고 와서 밥 먹어."

"뭐야?"

나는 자신도 모르게 목소리를 높였다. 그 애는 찔끔하여 석대 쪽을 보더니 빈정거리듯 내 말을 받았다.

"너, 귀먹었어? 급장이 목메지 않도록 물 한 컵 갖다주란 말이야. 오늘은 네가 당번이니깐."

"그 당번 누가 정했어? 어째서 우리가 급장에게 물을 떠다 바쳐야 하느냔 말이야? 급장이 뭐 선생님이야? 급장은 손도 발도 없어?"

나는 더욱 격해 소리치듯 그렇게 따졌다. 그도 그럴 것이 서울에서라면 그따위 심부름은 참을 수 없는 모욕에 속했다. 욕설을 퍼붓지 않는 것만도 내 딴에는 많이 참은 셈이었다. 그런 내 서슬에 그 아이가 다시 주춤할 때였다. 문득 등 뒤에서 귀에 익은 엄석대의 목소리가 나를 위압하듯 들려왔다.

"어이, 한병태. 잔소리 말고 물 한 컵 떠 와."

"싫어. 난 못해!"

나는 그 또한 매몰차게 거절했다. 이미 약이 오를 대로 오른 내 눈에는 엄석대조차 보이지 않았다. 그러자 엄석대는 거칠게 도시락 뚜껑을 닫고는 험한 얼굴로 내게 다가왔다.

"요 새끼, 요거 쬐끄만 게 안 되겠어."

석대는 눈을 부라리며 그렇게 얼러대더니 주먹까지 을러메며 소리쳤다.

"어서 일어나! 가서 물 떠오지 못해?"

그는 힘으로라도 나를 굴복시키려고 마음을 굳힌 듯했다. 금세라도 큰 주먹을 내지를 것 같은 그 무서운 기세에 그제서야 덜컥 겁이 난 나는 얼른 몸을 일으켰다. 그러나 아무래도 그 심부름만은 할 수 없어 잠깐 멈칫거리고 있는데 문득 좋은 생각이 떠올랐다.

"좋아. 그럼 먼저 담임선생님께 물어보고 떠주지. 급장이면 한 반 아이라도 물을 떠다 바쳐야 하는지 말이야."

나는 그렇게 말하고 성큼성큼 걸었다. 그가 담임선생님에게 잘 보이려고 애쓰는 눈치를 알아차리고 걸어본 승부였다. 내 스스로도 놀랄 만한 효과가 있었다.

"서!"

내가 몇 발자국 떼놓기도 전에 석대가 빽 소리를 질렀다. 그리고 이어 으르렁거리듯 덧붙였다.

"알았어, 그만둬. 너 같은 새끼 물 안 먹어도 돼."

얼핏 보면 나의 한바탕 멋진 승리였다. 하지만 실은 그것이야말로 그 뒤 반년이나 이어갈 내 외롭고 고달픈 싸움의 시작이었다.

사실 그전 일 년을 거의 아무에게도 저항 받지 않고 그 반을 지배해 온 석대에게는 그런 내가 얄밉고도 분했을 것이다. 그날의 내 행동은 단순한 저항을 넘어 중대한 도전으로 보이기조차 했을 것이다. 더군다나 그는 마음만 먹으면 얼마든지 나를 혼내줄 힘도 이쪽저쪽으로 넉넉했다. 급장으로서 담임선생님으로부터 위임받은 합법적인 권한과 전 학년을 통틀어 가장 센 주먹이 그랬다.

그러나 그는 성급하게 주먹을 휘두르기는커녕 직접적으로는 적의조차 드러내지 않았다. 숙제검사나 청소검사같이 담임선생님으로부터 물려받은 권한을 행사할 때도 그걸 내세워 나를 불리하게 만드는 법은 없었다. 지금 와서 돌이켜봐도 으스스할 만큼 아이답지 않은 침착성과 치밀함이었다.

내게 대한 박해와 불리는 항상 그에게서 멀찌감치 떨어진 곳에서 왔다. 대수롭지 않은 일로 싸움을 거는 것도 석대와는 전혀 가까워 뵈지 않는 아이였고, 반 아이들이 떼 지어 나를 골리거나 놀려대는 것도 언제나 석대가 없을 때였다. 아이들이 까닭 없이 적의를 보이며 놀이에 나를 끼워주지 않는 것도, 저희끼리 모여 무언가를 재미있게 떠들다가 내가 다가가면 굳은 얼굴로 입을 다물어 버리는 것도 마찬가지였다. 틀림없이 그 원인은 석대에게 있는 것 같은데도 그는 그 근처 어디에도 눈에 띄지 않았다.

어른들에게는 별것 아니게 보일 테지만 아이들에게는 중요하기 짝이 없는 정보, 이를테면 어떤 공터에 약장수가 자리 잡았고, 어디에서 서커스단이 천막을 쳤으며, 공설운동장에서는 언제 소싸움이 벌어지고, 강변에서는 언제 문화원의 공짜 영화가 상영되는가 따위의 소식에서 나는 언제나 따돌려졌는데, 그것도 겉으로는 석대와 무관했다.

오히려 석대 자신이 내게 다가오는 것은 대개 한 구원자나 해결사로서일 때가 많았다. 맞싸우기에는 아무래도 자신이 서지 않는 아이로부터 시비가 걸려 진땀을 빼고 있을 때 나타나 말려주는 것도 석대였고, 외톨이로 돌다가 겨우 아이들과의 놀이에 끼어들 수 있게 되는 것도 석대가 거기 있어 가능했다.

그러나 석대의 침착함이나 치밀성 못지않은 게 그런 면에 대한 내 예민한 감각이었다. 나는 진작부터 아이들의 박해와 석대의 구원 사이를 연결하고 있는 보이지 않는 끈을 직감으로 느끼고 있었으며, 결국은 그것이 나를 그의 질서 안으로 편입시키기 위한 음흉한 술책임도 차갑게 뚫어보고 있었다. 따라서 그가 베푸는 구원이나 해결도 언제나 고마움으로 나를 감격시키기보다는 야릇한 치욕감으로 떨게 했다. 그때마다 내 마음속에는 한층 더 치열하게 적의가 타올랐으며 ─ 그리하여 그것은 그 뒤의 길고 힘든 싸움을 내가 견뎌낼 수 있게 해준 힘이 되었다.

싸움인 이상 열두 살의 아이가 먼저 생각할 수 있는 승리는 말할 것도 없이 물리적인 힘에 의한 것이었다. 하지만 석대와의 싸움에서 그쪽은 애초부터 가망이 없었다. 석대의 키는 나보다 머리통 하나는 더 컸고 힘도 그만큼은 더 세었다. 듣기로 호적이 잘못되어 우리와 같은 학년에 다닐 뿐 석대의 나이는 우리보다 적어도 두셋은 많다는 것이었다. 거기다가 싸움의 기술도 타고났다 싶을 만큼 남달랐다. 그는 벌써 4학년 때 중학생과 싸워 이긴 적이 있을 만큼 날래고 대담했다.

따라서 내가 처음 시도한 것은 모두가 그의 편이 되어 있는 반 아이들을 그로부터 떼어내는 일이었다. 특히 뒷줄에 앉은 그와 비슷한 몸집의 아이들 서넛은, 그들만 떼내 힘을 합쳐도 석대를 어떻게 해볼 수 있으리란 계산에서 내가 가장 공을 들인 축이었다. 그러나 그쪽도 내 뜻대로는 되지 않았다. 어머니의 꾸중을 들어가며 무리하게 타낸 용돈으로 아이들의 일시적인 환심은 살 수 있었지만 그들을 석대로부터 떼어내는 일은 번번이 실패였다. 어느 정도 내게 호감을 보이다가도 석대에게 적대적인 부추김만 하면 아이들은 어김없이 긴장으로 굳어졌고, 다음 날부터는 나를 피하기 일쑤였다. 그들은 석대에게 어떤 본능적인 공포 같은 걸 품고 있는 듯했다.

그러나 이제 와서 생각해 보면, 그 실패는 석대의 남다른 통솔력 못지않게 나의 잘못도 큰 원인이 된 듯싶다. 아무리 아이들의 정신 속이라고 해도, 어른들의 정의와 자유에 대한 열망에 상응하는 부분은 있었을 것이다. 그런데 나는 내 개인적인 감정과 조급으로 그들을 대의로 깨우치거나 설득하는 대신 눈앞의 이익으로 매수하려고 들었을 뿐이었다. 거기다가 기껏 더할 게 있다면 어른들의 선동에 해당되는 저급하면서도 교활한 정치기술 정도였을까.

하지만 석대와의 싸움에서 가장 결정적인 패배는 내가 은근히 믿었던 공부 쪽에서 왔다. 그와의 싸움을 시작하면서부터 나는 먼저 성적으로 그를 납작하게 만들어놓으리라고 별러왔다. 때마침 4월 중순의 일제고사가 한 달 전부터 예고되고 있어서 그 기회까지 마련되어 있는 셈이었다.

내가 그쪽에서만은 자신을 가졌던 데는 그만한 까닭이 있었다. 서울의 국민학교와 그 학교의 격차로 보아 거기서의 일등은 쉬울 것으로 보인 데다 내 눈에도 아무래도 석대가 공부하는 아이로는 비치지 않았기 때문이었다. 지금도 나는 상대편이 정신의 사람인가 육체의 사람인가를 한눈으로 가늠하려 드는 버릇이 있고 또 대개의 경우는 그 가늠이 맞아떨어지는데 어쩌면 그 버릇은 그때부터 시작된 것이나 아닌지 모르겠다.

나는 은근히 날짜까지 손꼽아가며 일제고사를 기다렸으나 결과는 참으로 뜻밖이었다. 놀랍게도 석대는 평균 98.5로 우리 반에서는 물론 전 학년에서 1등이었다. 나는 평균 92.5, 우리 반에서는 겨우 2등을 차지했지만 전 학년으로는 10등 바깥이었다. 주먹의 차이만큼은 안 돼도 그쪽 역시 상대가 안 되는 싸움이 되어버린 셈이었다. 그 뚜렷한 결과 앞에서는 이상해도 어쩔 수 없고 분해도 어쩔 수 없었다.

그런데도 나는 거의 스스로도 알 수 없는 어둡고도 수상쩍은 열정에 휩싸여 그 가망 없는 싸움에 매달렸다. 주먹에서도 편가르기에서도 공부에서도 가망이 없어진 내가 그다음으로 눈독을 들인 것은 석대의 약점 ─ 특히 아이들을 상대로 하고 있으리라고 확신되는 못된 짓거리였다. 어른들의 싸움에서 이래저래 수단이 다했을 때 하는 그 비열한 추문 폭로 작전의 원형을 나는 일찍도 터득한 셈이었다.

내가 석대의 나쁜 짓을 캐 모으려 한 것은 그것으로 먼저 담임선생님과 그를 떼어놓기 위함이었다. 나는 그의 힘 중에서 싸움솜씨에 못지않게 많은 부분이 담임선생님의 신임에서 왔다는 걸 알고 있었다. 청소검사, 숙제검사에 심지어는 처벌권까지 석대에게 위임하는 담임선생님의 그 눈먼 신임이 그의 폭력에 합법성을 부여해 그를 그토록 강력하게 우리 위에 군림하게 했다. 그렇게까지 조리 있는 설명은 못하겠지만 어쨌든 그런 면에서는 나도 제법 눈이 밝았던 것 같다.

하지만 그쪽도 곧 쉽지는 않았다. 교실을 꽉 찍어 누르는 듯한 분위기나 아이들의 어둡고 짓눌린 듯한 표정으로 보아서는 틀림없이 파보기만 하면 그의 죄상들이 쏟아져 나올 것 같은데도 도

무지 마땅한 게 걸리지 않았다. 그는 분명히 아이들을 때리고 괴롭혔지만 대개는 담임선생의 추인을 끌어낼 수 있는 꼬투리를 가지고 있었고, 또 대가 없이 아이들의 것을 먹고 썼지만 그 형식은 언제나 아이들의 자발적인 증여였다.

오히려 석대를 관찰하면서 더 자주 확인하게 되는 것은 담임선생님이 그를 신임하지 않을 수 없는 까닭들이었다. 그에게 맡겨진 우리 반의 교내생활은 다른 어느 반보다 모범적이었다. 그의 주먹은 주변 선생님들이나 6학년 선도들의 형식적인 단속보다 훨씬 효율적으로 우리 반 아이들의 학교 안 군것질이나 그 밖의 자질구레한 교칙 위반을 막았다. 그에게 맡겨진 청소검사는 우리 교실을 그 어떤 교실보다 깨끗하게 하였으며, 우리의 화단을 드러나게 환하게 했다. 또 그에게 맡겨진 실습감독은 우리의 실습지에 가장 많은 수확을 안겨주었으며, 그의 강제 할당으로 우리 반의 비품은 그 어느 반보다 넉넉했고, 특히 교실 벽은 값진 액자들로 넘쳐날 판이었다. 그가 이끌고 나가는 운동팀은 모든 반 대항 경기에서 우리 반에 우승을 안겨주었고, '돈내기(작업할당제)'란 어른들의 작업 방식을 흉내 낸 그의 작업 지휘는 담임선생님들이 직접 나서서 아이들을 부리는 반보다 훨씬 더 빨리, 그리고 번듯하게 우리 반에 맡겨진 일을 끝내 주게 했다. 별로 대단한 건 아니지만, 그가 주먹으로 전 학년을 휘어잡아 적어도 우리 반 아이가 다른 반 아이에 얻어맞는 일은 없게 된 것도 담임선생님으로서는 그리 불쾌하지 않았을 것이다.

그럼에도 불구하고 나는 모반의 열정과도 비슷한, 가망이 없을 수록 더 치열해지는 비뚤어진 집착으로 그 힘든 싸움을 계속해 나갔다. 눈과 귀를 온통 석대에게만 모아 그의 잘못을 캐내는 일이었다.

지금도 잘 알 수 없는 것은 그런 내게 대한 석대의 반응이었다. 그때는 그럭저럭 전학 간 지 석 달에 가까웠고, 그동안 이런저런 내 바둥거림도 아이들을 통해 그의 귀에 들어갔을 법하건만 그는 조금도 처음과 달라지지 않았다. 그때껏 버티고 있는 나를 미워하는 기색을 보이기는커녕 초조해하는 눈치조차 없었다. 실로 두어 살의 나이 차이만으로는 설명이 안 되는, 비상하다고밖에 할수 없는 참을성이었다. 앞서 말한 그 모반의 열정 같은 것이 아니었다면 나는 아마도 그쯤에서 그에게 무릎을 꿇고 말았을 것이다.

하지만 기다리고 기다린 보람이 있어 끝내는 내게도 때가 왔다. 학교 둑길에 아카시아꽃이 하얗게 피었던 걸로 미루어 그해 6월 초순의 어느 날이었다. 윤병조란 세탁소집 아이가 신기한 물건을 학교로 가지고 와 교실에서 아이들에게 자랑을 했다. 우리가 '둥글라이터'라고 부르던 원통형의 금도금된 고급 라이터였다. 그 라이터가 이 손 저 손으로 옮아 다니며 작은 소동을 일으키고 있는데, 어디선가 잠시 나갔다 돌아온 석대가 그걸 보고 다가가 불쑥 손을 내밀었다.

"어디 봐."

그때껏 낄낄거리기도 하고 감탄의 소리를 내기도 하며 시끌벅

적하던 아이들이 이내 조용해지며 라이터가 석대의 손바닥에 놓였다. 한참을 들여다보던 석대가 표정 없이 병조에게 물었다.

"누구 꺼냐?"

"울 아부지 꺼."

병조가 문득 기어들어 가는 목소리로 그렇게 대답했다. 석대도 약간 소리를 낮춰 물었다.

"얻었어?"

"아니, 그냥 가져왔어."

"네가 가져온 걸 누가 알아?"

"내 동생밖에 몰라."

그러자 석대는 희미한 웃음을 머금으며 새삼 그 라이터를 이모 저모 뜯어보았다.

"야, 이거 좋은데."

이윽고 석대가 그 라이터를 켠 채 가만히 병조를 바라보며 그렇게 말했다.

진작부터 유심히 그쪽을 바라보고 있던 나는 그 말에 갑자기 긴장이 되었다. 그동안 살펴본 바로는 석대가 방금 한 말은 보통 사람들이 쓸 때와 뜻이 달랐다. 석대는 아이들이 가진 것 중에 탐나는 물건이 있으면 "야, 거 좋은데."로 달라는 말을 대신했다. 아이들은 대개 그 말 한마디에 손에 든 것을 석대에게 넘겼으나, 그래도 버티는 아이가 있으면 다음번 석대의 말은 "것, 좀 빌려줘."였다. 그 바른 뜻은 "내놔, 임마."쯤 될까. 그리 되면 누구든 그걸 내놓지 않고는 못 배꼈다. 그것이 석대가 언제나 아이들로부터 '뺏는' 게 아니라 '얻을' 뿐인 일의 진상이었다. 그렇지만 묵시적 강요나 비진의 (非眞意) 의사표시의 개념을 알 길이 없는 나는 그것을 아무런 흠 없는 증여로만 알아왔는데, 그날은 그런 최소한 형식도 갖출 수 있을 것 같지 않았다. 예상대로 병조는 아무래도 그것만은 안 되겠다는 듯 울상을 지으면서도 강경하게 말했다.

"이리 줘. 울 아버지 돌아오시기 전에 제자리에 갖다 놔야 돼."

"너희 아버지 어디 가셨는데?"

병조의 내민 손을 본척만척 석대가 다시 은근하게 물었다.

"서울. 낼이면 돌아오셔."

"그래애……."

석대가 그렇게 말꼬리를 끌며 다시 한 번 라이터를 쳐다보다가 갑자기 무슨 생각이 났는지 힐끗 내 쪽을 돌아보았다. 그가 결정적인 약점을 보여주기를 기대하며 유심히 그쪽을 살펴보고 있던 나는 그의 갑작스러운 눈길에 찔끔했다. 그 눈길 어딘가 성가시다는 듯하기도 하고 화난 듯하기도 한 빛이 숨겨져 있어 더욱 그랬는지도 모를 일이었다. 하지만 그건 그야말로 일순이었다. 석대는 곧 아무렇지 않은 표정으로 라이터를 병조에게 돌려주며 말했다.

"그럼 안 되겠구나. 좀 빌렸으면 했는데……."

나는 석대가 너무도 쉽게 그 라이터를 포기하는 데 적이 실망했다. 그걸 만지작거리며 들여다보던 그 끈끈한 눈길은 분명 예사 아닌 그의 탐심을 내비치고 있었는데, 간단히 절제하고 돌아설 줄 아는 그가 새삼 두렵기까지 했다.

그렇지만 결국 그에게도 한계가 있었다. 그날 수업을 끝내고 집으로 돌아가는 길이었다. 병조가 아침과는 달리 걱정 가득한 얼굴로 어깨를 축 늘어뜨린 채 와자하게 교문을 나서는 아이들로부터 몇 발자국 떨어져 걷고 있는 게 보였다. 그걸 보자 나는 대뜸 짚이는 게 있었다.

마침 사는 동네가 비슷해서 그와 함께 걸어도 괜찮을 듯 했지만 나는 굳이 제법 거리를 두고 그를 뒤따랐다. 어디선가 숨어서 보고 있는 것만 같은 석대의 눈을 의식해서였다. 그러다가 아이들이 이 길 저 길 흩어져 제 동네로 가버리고 병조만 터덜터덜 걷고 있는 걸 보고서야 나는 걸음을 빨리했다.

"어이, 윤병조."

금세 그 곁에 바짝 따라붙은 내가 그렇게 이름을 부르자 무언가 골똘한 생각에 잠겨 느릿느릿 걷고 있던 병조가 화들짝 놀라 돌아보았다.

"너 석대에게 라이터 뺏겼지?"

나는 틈을 주지 않고 대뜸 그렇게 물었다. 병조가 재빨리 주위를 돌아본 뒤 풀 죽은 소리로 말했다.

"뺏기지는 않았지만…… 빌려줬어."

"그게 바로 뺏긴 거 아냐? 더구나 너희 아버지가 낼 돌아오신다며?"

"동생보고 아무 말 못 하게 하지 뭐."

"그럼 넌 아버지의 라이터를 훔쳐 석대에게 바치겠단 말이니? 너희 아버지가 그 귀한 걸 잃어버리고 가만있을까?"

그러자 병조의 얼굴이 한층 어둡게 일그러졌다.

"실은 나도 그게 걱정이야. 그 라이터는 일본 계신 삼촌이 아버지께 선물로 보내주신 거거든."

이윽고 병조는 그렇게 털어놓았으나 아이답지 않은 한숨을 푹 내쉬며 덧붙였다.

"그렇지만 어떻게 해? 석대가 달라는데."

"빌려준 거라며? 빌려줬음 돌려받으면 되잖아?"

나는 병조의 그 어이없는 체념이 밉살스러워 그렇게 빈정거려 보았다. 그러나 녀석은 제 걱정에 빠져 내가 빈정거리고 있다는 것조차 느끼지 못하고 곧이곧대로 내 말을 받았다.

"안 돌려줄 거야."

"그래? 그럼 그게 어디 빌려준 거야? 뺏긴 거지."

"……."

"그러지 말고…… 차라리 선생님께 이르지 그래? 아버지한테 혼나는 것보담은 낫잖아?"

"그건 안 돼!"

병조의 목소리가 갑자기 높아졌다. 고개까지 세차게 흔드는 게 여간 강경하지 않았다. 그곳 아이들의 심리 중에서 아무래도 내가 잘 알 수 없는 부분에 나는 다시 부딪치게 된 것이었다.

"석대가 그렇게 무서워?"

나는 이번에야말로 그걸 확실히 알아낼 기회라 생각하고 슬쩍 녀석의 자존심부터 건드려보았다. 소용없는 일이었다. 눈은 갑작스러운 굴욕감으로 새파란 불길까지 이는 듯했지만, 대답은 단호하기 그지없었다.

"넌 몰라. 모르면 가만있어."

그렇지만 소득이 전혀 없었던 것은 아니었다. 나는 그 말을 끝으로 조개처럼 입을 다물고 걷기만 하는 그를 뒤따라가며 부추겨, 적어도 그가 라이터를 석대에게 준 것이 아니라 빼앗긴 것이라는 부분만은 명백히 하게 했다. 실은 그거야말로 석대의 증거 있는 비행을 찾고 있는 내게는 더할 나위 없는 호재였다.

다음 날 아침 나는 학교에 가기 바쁘게 교무실로 담임선생님을 찾아갔다. 그리고 별로 비겁한 짓을 하고 있다는 느낌 없이 윤병조의 일을 일러바침과 아울러 그동안 내가 보고 들은 그 비슷한 사례들을 모조리 얘기했다. 서울서 온 아이의 똑똑함을 여지없이 보여준 셈이었지만 담임선생님의 반응은 뜻밖이었다.

"무슨 소리야? 너 분명히 알고 하는 말이야?"

그렇게 묻는 담임선생님의 표정에서 내가 먼저 읽을 수 있었던 것은 귀찮음이었다. 나는 그게 안타까워 그때까지는 짐작일 뿐인 석대의 다른 잘못까지 늘어놓기 시작했다. 그러나 담임선생은 귀담아들으려고도 않고 짜증난 목소리로 나를 쫓아냈다.

"알았어. 돌아가. 내 이따가 알아보지."

나는 그런 담임선생님의 반응이 못 미덥긴 했지만, 어쨌든 조사해 보겠다는 말에 한 가닥 기대를 가지고 수업 시작을 기다렸다. 그런데 조회 시간이 얼마 안 남은 자습 시간의 일이었다. 급사 아이가 뒷문께로 와 석대를 손짓해 부르더니 무언가를 작은 소리로 알려주었다. 한 이태 전에 그 학교를 졸업하고 급사로 눌러앉은 아이였는데, 그를 보자 나는 갑자기 불안해졌다. 내가 담임선생님께 석대의 잘못들을 일러바칠 때 그가 멀지 않은 등사기 앞에서 무언가를 등사하고 있던 게 떠올랐기 때문이었다.

아니나 다를까, 제자리로 돌아온 석대는 잠깐 무언가를 생각하다가 주머니에서 라이터를 꺼내 들고 윤병조 앞으로 갔다.

"니네 아버지 오늘 돌아오신댔지? 자, 이거 아버지께 돌려드려."

그렇게 말하며 라이터를 병조에게 돌려준 석대는 이어 한층 소리를 높여 덧붙였다.

"혹시 네가 잘못해 불이라도 낼까 봐 잠시 맡아뒀지. 애들은 그런 거 가지고 노는 게 아니야."

반 아이들이 다 들을 수 있을 만큼 큰 소리였다. 처음 어리둥절해 하던 병조의 얼굴이 이내 활짝 펴졌다.

담임선생이 여느 때보다 굳은 얼굴로 교실을 들어선 것은 그로부터 채 오 분도 안 돼서였다.

"엄석대."

담임선생은 교탁에 올라서기 바쁘게 엄석대를 불렀다. 그리고 태연한 얼굴로 대답과 함께 일어난 그에게 손을 내밀며 말했다.

"라이터 이리 가져와."

"네?"

"윤병조 아버님 것 말이야."

그러자 엄석대는 안색 하나 변함없이 대꾸했다.

"벌써 윤병조에게 돌려줬습니다. 혹시 불장난이라도 할까 봐 맡아두었다가."

"뭐라구?"

담임선생님이 힐끗 나를 쏘아보더니 그래도 확인한답시고 다시 윤병조를 불렀다.

"엄석대 말이 맞아? 라이터 어딨어?"

"넷, 여기 있습니다."

윤병조가 얼른 그렇게 대답했다. 나는 그 말에 그저 아득했다. 어디서부터 어떻게 돌변한 그 상황을 설명해야 될지 몰라 멍청해 있는데 담임선생이 내 이름을 부르는 소리가 들렸다.

"어떻게 된 거야?"

담임선생은 이미 묻고 있다기보다는 나무라는 투였다.

"아침에 돌려줬습니다. 조금 전에……."

나는 펄쩍 뛰듯 일어나 그렇게 소리쳤다. 선생님이 나를 믿지 않고 있다고 생각하자 자신도 모르게 목소리가 떨렸다.

"시끄러. 아무것도 아닌 걸 가지고……."

담임선생이 그렇게 내 말을 끊었다. 그 바람에 나는 급사 아이가 와서 석대에게 알려줬다는 중요한 말을 덧붙일 수 없었다. 하기는 급사 아이가 석대에게 꼭 그 말을 일러주었다는 증거도 없었지만.

그때 담임선생이 다시 나를 버려두고 반 아이 모두를 향해 물었다.

"엄석대가 너희들을 괴롭힌다는데 정말이야? 너희들 중 그런 일 당한 적 없어?"

말이 난 김이니 짚고 넘어가자는 투였다. 아이들의 얼굴이 일순 묘하게 굳었다. 그걸 본 담임선생은 이번에는 제법 신경 써주는 척 목소리를 부드럽게 해 물었다.

"여기서는 무슨 말을 해도 괜찮다. 엄석대를 겁낼 건 없어. 말해 봐, 어디. 무얼 빼앗기거나 잘못 없이 얻어맞은 사람, 누구든 좋아."

하지만 손을 들거나 일어나는 아이는커녕 그럴까 망설이는 아이도 보이지 않았다. 이상한 안도 같은 걸 엿보이며 한동안 그런 아이들을 살펴보던 담임선생이 한 번 더 물었다.

"아무도 없어? 들리기에는 적잖은 모양이던데."

"없습니다!"

석대 곁에 있는 아이들 몇을 중심으로 반 아이들의 절반가량이 얼른 그렇게 소리쳤다. 담임선생이 한층 더 밝아진 얼굴로 다짐받 듯 물음을 되풀이했다.

"정말이야? 정말로 그런 일 없어?"

"예에, 없습니다아."

이번에는 나와 석대를 뺀 아이들 전체가 목청껏 소리쳤다.

"알았어, 그럼 조회 시작한다."

담임선생은 처음부터 그런 결과를 짐작했다는 듯이나 그렇게 일을 매듭짓고 출석부를 폈다. 나를 여럿 앞에 불러내 꾸중하지 않는 게 오히려 다행이다 싶을 만큼 석대와 아이들 쪽만을 믿어버리는 것이었다.

뒤이어 수업이 시작되었지만 그 어이없는 역전에 망연해져 있는 내 귀에 담임선생의 말소리가 들어올 리 없었다. 다만 전에 없이 의기양양해서 담임선생의 질문마다 도맡아 대답하고 있는 석대의 목소리만이 이상한 웅웅거림으로 머릿속을 울려왔다. 그러다가 겨우 담임선생의 말소리를 알아듣게 된 것은 첫 시간 수업이 끝난 뒤였다.

"한병태, 잠깐 교무실로 와."

담임선생은 애써 평온한 표정을 지으며 그렇게 말하고 나갔으나 뒷모습은 어딘가 성나 있는 듯했다. 나는 기계적으로 자리에서 일어나 그 뒤를 따랐다.

"새끼, 알고 보니 순 고자질쟁이로구나."

누군가의 적의에 찬 말이 후비듯 내 고막을 파고들었다.

"남의 잘못을 윗사람에게 몰래 일러바치는 것은 좋지 못한 짓이다. 거기다가 너는 거짓말까지 했어."

담임선생은 화를 삭이느라 거푸 담배를 빨아들이고 있다가 내가 들어가자 그렇게 나무랐다. 그리고 내가 하도 기가 막혀 얼른 대꾸하지 못하는 걸 스스로의 잘못을 승인하는 것으로 알았는지 한마디 덧붙였다.

"네가 서울에서 오고 공부도 잘한다기에 기대했는데 솔직히 실망했다. 나는 이 년째 이 반 담임을 맡아왔지만 아직 그런 일은 없었어. 순진한 아이들이 너를 닮을까 겁난다."

그렇잖아도 교실을 나올 때 들은 적의에 찬 빈정거림으로 은근히 악에 받쳐 있던 나는 담임선생의 그 같은 단정적인 말에 하마터면 고함이라도 지를 뻔했다. 하지만 갑작스러운 위기의식이 오히려 그런 앞뒤 없는 흥분에서 나를 건져냈다. 어떻게든 이 일을 바로잡지 못하면 이제는 정말로 끝장이다. ― 그런 절박감에 사로잡혀 나는 거의 필사적으로 정신을 가다듬었다.

"내가 선생님께 말씀드린 걸 급사가 석대에게 알려주었습니다. 석대는 그 말을 듣고…… 바로 선생님께서 들어오기 직전에……."

내가 겨우 교실에서 못 했던 그 말을 생각해 내고 그렇게 더듬거렸다.

"그럼 아이들은 어찌된 거야? 60명 모두가 입을 모아 그런 일은 없다고 했잖아?"

선생이 그래도 아직, 하는 투로 그렇게 나를 몰아세웠다. 하지만 이미 말한 대로 나도 필사적이었다.

"아이들이 엄석대를 겁내 그렇습니다."

"나도 그럴지 모른다고 생각해서 두 번 세 번 물어보았어."

"그렇지만 엄석대가 보고 있는 데서……."

"그럼 아이들이 나보다 엄석대를 더 겁낸단 말이지?"

그때 내 머릿속이 번쩍하듯 한 가지 좋은 생각이 떠올랐다.

"엄석대가 없는 곳에서 하나씩 불러 물어보시거나 자기 이름을 밝히지 말고 적어 내게 해보십시오. 그러면 틀림없이 엄석대가 한 나쁜 일들이 쏟아져 나올 것입니다."

내가 확신에 차게 된 것은 서울에 있을 때 선생님들이 종종 그 방법을 써서 도저히 해결될 수 없는 문제들까지 해결하는 걸 보았기 때문이었다. 이를테면 언제 어디서 잃어버렸는지도 모르는 물건까지 그 방법으로 찾아내곤 했다.

"이제는 60명 모두를 밀고자로 만들라는 뜻이군."

담임선생이 어이없어하는 눈길로 곁의 선생을 돌아보고 한숨 쉬듯 말했다. 곁의 선생도 나를 흘겨보며 맞장구를 쳤다.

"서울 선생들이 애들 상대로 못 할 짓을 자주 했나 보군요. 그 참……."

나는 내가 생각해 낸 방법이 그렇게도 풀이될 수 있다는 게 도무지 이해할 수 없었다. 그저 모두가 석대만을 편들고 있으며, 그래서 내 말은 무엇이든 나쁘게만 받아들이고 있다는 게 속상하고 분하기 그지없었다. 갑자기 숨이 콱 막히고 걷잡을 수 없이 눈물이 쏟아졌다.

전혀 기대한 적은 없지만 그 눈물이 의외의 효과를 냈다. 내가 갑자기 숨을 헉헉거리며 줄줄이 눈물만 쏟아내고 있자 담임선생이 약간 놀란 듯한 기색으로 나를 올려다보았다. 그러다가 한참 뒤 책상 모서리에 담배를 비벼 끄며 조용히 말했다.

"좋아, 한병태. 네 말대로 다시 한 번 해보지. 돌아가 있어."

드디어 어느 정도는 그도 문제의 심각성을 인식한 것 같은 표정이었다.

그래도 얕보이기는 싫어 내가 눈물 자국을 깨끗이 씻고 교실로 돌아가니 분위기가 이상했다. 아이들이 쿵쾅거리고 뛰어다닐 쉬는 시간인데도 교실 안은 연구수업이라도 받고 있는 듯 조용했다. 그게 이상해 아이들이 눈길을 모으고 있는 교탁 쪽을 보니 거기 엄석대가 나와 서 있었다. 조금 전까지 무슨 얘기를 했는지 내가 들어서자 아이들을 보며 주먹만 높이 흔들어 보였다. 너희들 알았지. ― 꼭 그렇게 말하고 있는 것 같았다.

다음 시간 담임선생은 아예 수업을 포기한 듯 시험지 크기의 백지만 한 뭉치 달랑 들고 교실로 들어왔다. 그리고 엄석대가 차렷, 경례의 구령을 마치기 바쁘게 그를 불러 말했다.

"급장은 교무실로 가 봐. 거기 내 책상 위에 그리다 온 학급 저축실적 도표를 마저 그리도록. 다른 것은 다 해두었으니까 실적 크기를 보여주는 막대만 붉은색으로 그려 세우면 돼."

엄석대가 나간 뒤 아이들에게 말하는 태도도 그전 시간과는 사뭇 달랐다.

"이번 시간에 여러분과 처리할 것은 엄석대 문제인데…… 지난 시간에는 선생님이 묻는 방법에 잘못이 있었다. 이제 다시 묻는다. 여러분과 엄석대 사이에 아무런 문제가 없나? 단, 이번에는 팔을 들고 일어나거나 큰 소리로 말할 필요는 없다. 이름도 적지 말고 여기 이 시험지에 여러분이 당한 일만 쓰면 된다. 선생님이 알기로는 여러분 중에 엄석대에게 죄 없이 얻어맞은 사람도 많고 학용품이나 돈을 뺏긴 사람도 많다. 아무리 작더라도 그런 일이 있으면 모두 여기에 써라. 이것은 무슨 고자질이나 뒤돌아서 흉을 보는 것과는 다르다. 학급을 위해서 그리고 여러분을 위해서 하는 일인 만큼 어느 누구의 눈치도 볼 것 없고 의논하거나 간섭받아서도 안 된다. 모든 일은 이 선생님이 책임지고 여러분을 지켜주겠다."

그러고는 스스로 백지를 아이들에게 한 장 한 장 나누어주었다.

나는 그동안 그에게 품었던 야속함이나 원망이 눈 녹듯 스러짐을 느꼈다. 그리고 이번에야, 하는 기분으로 내가 아는 엄석대의 잘못을 나눠 받은 종이에 모두 썼다.

그런데 여전히 알 수 없는 것은 아이들이었다. 한참을 쓰다가 문득 주위를 둘러보니 열심히 쓰고 있는 것은 오직 나뿐이었다. 다른 아이들은 모두 서로서로를 흘금거릴 뿐 연필조차 잡고 있지 않았다.

오래잖아 담임선생도 그 눈치를 알아차린 듯했다. 무언가를 잠시 생각하더니 아이들을 얽고 있는 마지막 굴레를 풀어주었다. 그들 틈에 섞여 있는 눈에 보이지 않는 석대 편의 감시자들을 무력하게 만든 것이었는데 — 내가 보기에도 옳은 듯했다.

"아마도 내가 또 잘못한 것 같다. 내가 알고 싶은 것은 엄석대 개인의 잘못이 아니다. 나는 우리 반 모두가 안고 있는 문제를 알고 싶을 뿐이다. 따라서 하필 엄석대가 아니라도 좋다. 급우의 잘못을 알고도 숨겨주는 사람은 잘못한 그 사람보다 더 나쁠 수도 있다."

선생님이 다시 그렇게 말하자 이번에는 여기저기서 연필을 잡는 아이들이 생겨났다. 그걸 보고 나도 적이 마음이 놓였다. 이제는 그동안 감춰져 왔던 석대의 나쁜 짓들이 모두 드러날 것이다. — 나는 그렇게 믿으며, 그때껏 망설이던 짐작까지도 분명한 것인 양해서 석대의 죄상으로 백지의 나머지를 채워나갔다.

이윽고 수업 시간이 끝난 걸 알리는 종이 울리자 담임선생은 아이들에게 나눠주었던 백지들을 도로 거두어 말없이 교실을 나갔다. 아무런 선입견이 없음을 보여주려는 듯 어느 누구에게도 눈길 한 번 주는 법이 없었다.

나는 은근히 기대하면서 그 결과가 나오기를 기다렸다. 내가 교무실로 불려간 사이 석대가 아이들을 상대로 어떤 짓을 했는지 몰라도 이번만은 그의 모든 죄상이 어김없이 백일하에 드러날 줄 나는 굳게 믿었다.

우리들의 그 무기명 고발장을 다 읽고 오느라 그랬는지, 다음 시간 선생님은 한 십 분쯤 늦게 교실로 들어왔다. 그러나 내 기대와는 달리 그는 자신이 읽은 것에 대해서는 한마디 내비치지도 않고 바로 수업에 들어갔다.

다음 시간도, 그다음 시간도 마찬가지였다. 선생님은 마치 아무 일도 없었던 것처럼 수업만 해나갈 뿐이었다. 수업 중 이따금 나와 눈길이 마주칠 때도 있었으나 그때조차도 특별한 조짐은 아무엇도 느껴지지 않았다. 그러다가 종례까지 끝난 뒤에야 비로소 담임선생은 나를 불렀다.

그때 나는 이미 까닭 모를 불안에 두어 시간이나 시달린 뒤였다. 처음 아이들로부터 자신이 없는 동안 교실에서 일어난 일을 들을 때만 해도 석대의 얼굴은 드러나게 어두웠다. 셋째, 넷째 시간만 해도 여전히 풀이 죽어 있었는데 — 점심시간이 지나자 갑자기 달라졌다. 전처럼 오만하고 자신에 찬 태도로 되돌아가 이따금씩 내게 가엾다는 듯한 눈길을 보내는 것이었다. 내가 까닭 모를 불안에 시달리기 시작한 것은 바로 그 때문이었다.

"우선 이걸 봐라."

내가 쭈뼛거리며 교무실로 들어서자 담임선생은 먼저 그 무기명 고발장 뭉치부터 내게 내밀었다. 나는 떨리는 손으로 그걸 받아 하나씩 들춰보았다. 담임선생의 거듭된 당부에도 불구하고 절반은 백지였는데, 놀라운 것은 무언가가 쓰인 그 나머지 절반의 내용이었다.

정확히 헤어 서른두 장 중에 열다섯 장이 나의 이런저런 잘못들을 들추고 있었다. 등하굣길에서의 군것질, 만화가게 출입 같은 것에서 교문 아닌 뒤쪽 철조망으로 학교를 빠져나간 것이며 남의 오이밭에서 대나무 지주를 걷어찬 것, 강가 다리 밑에 묶어둔 짐수레 말 엉덩이에서 말총을 잡아뽑은 것 따위의 그 시절에 저지를 법한 자질구레한 비행들이 내 기억 속보다 더 가지런하게 거기 나열되어 있는 것이었다. 담임선생이 서울의 선생보다 추레하고 멍청하다고 한 말을 몇 배나 튀겨 적어 놓았는가 하면, 이웃집에 사는 윤희라는 6학년 여자 아이와 몇 번 논 걸 내가 그 여자 아이와 '삐꾸쳤다'는 상스러운 말로 일러바치고 있기도 했다.

내 다음으로 많은 것은 약간 저능 기미가 있는 김영기란 아이의, 악성(惡性)에 따른 못된 짓이라기보다는 머리가 나빠 저지른 실수 대여섯 개였다. 그다음이 고아원생인 이희도란 아이의 나쁜 짓 서넛에 또 누구 두어 명 하는 식이었는데, 기막힌 것은 엄석대였다. 그의 비행이 적힌 시험지는 단 한 장, 내가 쓴 것뿐이었다.

읽기를 마친 나는 억울하거나 분하기보다는 깊이 모를 허탈에 빠져들었다. 아니, 무언가 단단하고 높은 벽이 코앞을 콱 막아선 듯해 그저 아득하고 막막했다. 담임선생의 조용조용한 목소리가 멀리 하늘 위에서 뿌려지는 것처럼 그런 내 귓전을 맴돌았다.

"짐작은…… 간다. 모든 게…… 맘에 차지 않겠지. 서울에서 겪은 것과는…… 많이 다를 거야. 특히 엄석대가 급장으로서 하는 일은 어떻게 보면 못돼 먹고 — 거칠기도 하겠지. 하지만 그게 바로…… 이곳의 방식이다. 자치회가 있고, 모든 게 토론과 투표에 의해 결정되고 — 급장은 다만 심부름꾼인 그런 학교도 있다는 건 나도 안다. 아니, 서울 아이들같이 모두가 똑똑하면…… 오히려 학급은 그렇게 운영되는 게 마땅하겠지. 그러나 거기서 좋았다고…… 그게 어디든 그대로 되는 건 아니다. 이곳은 이곳의 방식이 있고…… 너는 먼저 거기 적응할 필요가 있어. 서울에서의 방식이 무조건 옳고 이곳은 무조건 틀리다는 식의 생각은 버려야 해. 굳이 그게 옳다고 고집하고 싶다면…… 너의 태도라도 바꿔. 네 편이 되어주지 않는다고 반 아이들 모두와 싸우려 하거나…… 외톨이로 빙빙 겉돌아서는 안 돼. 봤지? 오늘…… 60명 중 네 편은 단 하나도 없었어. 네가 꼭 석대를 급장 자리에서 쫓아내고…… 우리 반을 서울에서 네가 있던 반처럼 만들고 싶었다면…… 먼저 그 아이들을 네 편으로 만들었어야지. 석대가 이미 그 아이들을 휘어잡고 있어서 어찌해 볼 수가 없었다고 말할지도 모르겠지만…… 그래도 너는 내게 달려오기 전에 아이들부터 먼저 네 편으로 돌려놨어야 했어. 그게 안 되니까 내게 왔다고 할지 모르지만…….

그리고…… 아이들이 어리석으니까 선생인 내가 고쳐 놓아야 한다고 생각할지 모르지만 그건 틀렸어. 설령 네가 옳더라도…… 나는 반 아이들 모두의 지지를 받고 있는 석대를 지지할 수밖에 없다. 네가 반드시 그러리라 믿고 있을 것처럼…… 아이들의 그 지지란 것이 실상은 석대의 위협이나 속임수에 넘어간 거짓된 것일지라도…… 마찬가지야. 나는 어쨌든……. 아이들을 그렇게 만든 석대의 힘을…… 존중하지 않을 수 없어. 지금껏 흐트러짐 없이 잘 돼 나가던 우리 반을…… 막연한 기대만으로는 흩어버릴 수 없기 때문이지. 거기다가…… 어쨌거나 석대는 전 학년에서 가장 공부 잘하고…… 통솔력 있는…… 모범적인 급장이다. 무턱대고 비뚤어진 눈으로만 보지 말고…… 그의 장점도…… 인정할 줄 알아야 한다. 그리고…… 무엇보다도 그 아이들 속으로 들어가…… 그들과 함께 새로…… 시작해 보아라. 석대와 경쟁하고 싶다면…… 정당하게 경쟁해라. 알겠니……."

담임선생의 말은 곧 끝날 것 같으면서도 한참이나 이어졌다. 만약 그가 소리 높여 꾸짖었더라면 아마도 나는 어떻게든 맞서 달리 나를 주장하려 들었을 것이다. 아니, 성난 얼굴이었거나 조금이라도 나를 미워하는 기색이 있었더라도 기억에서처럼 그렇게 조용히 듣고 앉아 있지만은 않았을 것이다. 그러나 자신의 감정을 억누르고 나를 이해하려 애쓰는 듯한 그 목소리와 진정으로 나를 염려하는 듯한 그의 눈길은 내게서 그런 기력마저 빼앗아 가버렸다. 나는 넋 나간 사람처럼 한참을 더 그 무정하고 성의 없는 담임선생의 이상한 논리 앞에 앉았다가 이윽고 쥐어짜다 만 빨래 같은 몸과 마음이 되어 거기서 풀려났다.

만약 싸움이란 게 공격 정신이나 적극적인 방어 개념으로만 되어 있다면 석대와의 싸움은 그날로 끝이었다. 그러나 불복종이나 비타협도 싸움의 한 형태로 볼 수 있으면 내 외롭고 고단한 싸움은 그 뒤로도 두어 달은 더 이어진다. 어른들 식으로 표현한다면, 어리석은 다수 혹은 비겁한 다수에 의해 짓밟힌 내 진실이 무슨 모진 한처럼 나를 버텨나가게 해준 것이었다.

이미 내 수단이 다하고 궁리가 막힌 게 다 드러난 셈이건만 신중한 석대는 그날 이후로도 직접으로는 나와의 싸움에 나서지 않았다. 그러나 그 공격은 전보다 몇 갑절이나 더 집요하고 엄중했고, 따라서 내게는 그때부터 전보다 몇 갑절이나 더 괴롭고 고단한 학교생활이 시작되었다.

가장 괴로웠던 것은 그날 저녁을 시작으로 시도 때도 없이 걸려오는 주먹싸움이었다. 그 무렵 어떤 학급이든 공부의 석차처럼 주먹싸움의 등수가 매겨져 있게 마련이었고, 내 체격과 강단이 차지할 수 있는 원래의 싸움 등수는 대략 열서너 번째가 되었다. 그런데 갑작스레 그 등수가 무시되고, 그때껏 내가 이긴 걸 인정하고 있던 아이들이 공공연히 시비를 걸어오기 시작했다. 말할 것도 없이 나는 그런 도전에 힘을 다해 맞섰다. 그러나 나의 싸움 등수는 하루하루 뒤로 밀려나기 시작했다. 힘으로든 강단으로든 분명히 이겨낼 수 있는 상대인데도 막상 싸움이 붙으면 결과는 나의 참패로 끝났다. 전 같으면 울거나 달아남으로써 진 것을 자인할 녀석들이 무엇을 믿는지 끝까지 버텨냈고 떼 지어 둘러서서 일방적으로 그 녀석만 응원하는 아이들은 은근히 내 기를 죽여 놓았다. 그러다가 흙바닥에서 엉겨 붙게 되면 나는 어느새 알지 못할 손길의 도움에 밀려 밑에 깔려버리기 일쑤였다. 라이터 사건이 있고 한 달도 채 되기 전에 나는 반에서 아주 제쳐놓은 조무래기 몇을 빼고는 우리 끼리의 싸움에서 꼴찌나 다름없게 밀려나고 말았다…….

그다음으로 괴로운 것은 친구 놀이동무 문제였다. 벌써 전학 온 지 한 학기가 지났건만 나는 그때껏 단 한 사람의 동무도 만들 수 없었다. 라이터 사건이 있기 전만 해도 내가 애써 다가가면 마지못해 놀아주는 아이들이 있었고 우리 집까지 따라와 준 것도 그럭저럭 대여섯은 되었다. 그러나 그 사건 뒤로는 학교에서뿐만 아니라 동네에서조차 나와 어울리려는 반 아이들이 없었다. 그전의 따돌림과는 견줄 수도 없을 만큼 철저한 따돌림이었다.

오늘날처럼 설비 잘된 어린이 놀이터도 없고 혼자서도 견뎌낼 수 있는 TV나 전자오락은커녕 마땅한 읽을거리나 장난감마저 흔치 않던 그 시절 동무가 없다는 것은 하나의 큰 형벌이었다. 그 무렵 학교에서의 점심시간이나 수업 전과 방과 후의 놀이시간을 떠올리면 지금에조차 가슴이 서늘해진다. 그 어떤 놀이에도 끼지 못한 나는 교실 창가나 운동장 구석 그늘진 곳에 붙어 서서 아이들이 패를 갈라 뛰노는 걸 물끄러미 바라보는 게 고작이었다. 겨우 갓난아기 머리통만 한 고무공으로 하는 그 축구가 어찌 그렇게도 재미나 보였던지 찜뿌(방망이 없이 하는 소프트볼 같은 놀이)나 8자 깽깽이(땅에 S자를 그려 놓고 아래 위로 편을 가른 뒤 좁은 출구를 나와서는 외발로 걸어 다녀야 하는 놀이. 상대를 만나 외발싸움에 지면 죽은 것으로 처리해 한편이 모두 죽으면 경기에 지는 것이 됨)를 하며 이빨이 쏟아질 듯 웃어대던 그 아이들은 또 얼마나 즐겁고 행복해 보였던지.

집으로 돌아와 동네에서 놀아도 사정은 크게 나아지지 않았다. 그때는 다른 나라 사람들만큼이나 멀어 보이던 딴 반 아이들에 끼어 괄시를 받거나 상급생을 따라다니며 졸병질을 하는 게 내가 동네에서 기껏 할 수 있는 선택의 범위였다. 더 있다면 어두컴컴한 만화가게 골방에 처박히는 것과 네 살이나 터울지는 아우와의 싸움질로 어머니의 허파를 뒤집는 일 정도였을까.

한 번은 이런 일도 있었다. 옆 반에 새로 석대보다 더 크고 힘센 아이가 전학 와서 석대와 방과 후 학교 솔밭에서 겨뤄보기로 한 바람에 우리 반 전체가 돌돌 뭉쳐 성원을 가게 되었을 때였다. 반이라는 동료집단에 함께 소속된 까닭인지, 나도 석대 편이 되어 아이들을 따라나섰다. 아이들도 그날만은 그런 나를 못 본 체해, 나는 별일 없이 그들과 하나가 될 수 있었고, 싸움이 석대의 승리로 끝이 나고도 한동안 그런 분위기는 이어졌다. 개선한 영웅을 맞아들이듯 석대를 둘러싼 아이들 중에 하나가 힘든 싸움으로 땀에 젖고 흙투성이가 된 석대를 위해 가까운 냇가로 먹 감으러 갈 것을 제안하고, 아이들도 일제히 찬성해 나도 슬그머니 끼어들었다. 그런데 냇가에 이르러서야 나를 발견한 석대가 가볍게 눈살을 찌푸리자 분위기는 일변했다.

"어이, 한병태 넌 왜 왔어?"

눈치 빠른 녀석 하나가 그렇게 쏘아붙인 걸 시작으로 아이들이 나를 몰아대기 시작했다.

"정말, 저게 언제 끼어들었지?"

"임마, 누가 널 보고 응원해 달랬어?"

나는 갑자기 콧등이 시큰하며 눈물이 핑 돌았다. 뚜렷하지는 않지만 나는 그때 이미 소외된 자의 서러움 또는 그 쓰디쓴 외로움을 맛보고 있었던 것이나 아니었던지.

하지만 주먹싸움의 등수가 터무니없이 뒤로 밀리거나 아이들로부터 소외되는 것에 못잖게 괴로운 것은 합법적이고도 공공연한 박해였다. 앞서 내비친 적이 있듯, 어른들의 세계에서와 마찬가지로 아이들의 세계에서도 지켜야 할 규범들은 있게 마련이고, 또

한 어른들이 그 누구도 그런 걸 모두 다 지키며 살아가지 못하듯 아이들 역시 그 모든 걸 다 지켜내기는 어렵다. 털어 먼지 안 나는 사람 없다는 말처럼, 엄격히 보면 아이들도 어른들의 범법이나 부도덕에 견줄 만한 자질구레한 비행들을 수없이 저지르며 하루하루를 보내고 있다. 학칙, 교장선생님의 훈시, 주훈(週訓), 담임선생님의 말씀과 자치회의 결정 같은 걸 지키지 않거나 부모님과 웃어른의 당부, 일반 윤리 및 사회가 통념으로 어린이에게 요구하는 행동 양식을 어기는 것인데, 나는 바로 그러한 규범들의 가장 엄격한 적용을 받았다.

조금만 손톱이 길어도, 며칠만 이발이 늦어져도 나는 어김없이 위생 불량자의 명단에 올랐고, 옷솔기가 터지거나 단추 하나만 떨어져도 복장 위반자로 크건 작건 벌을 받아야 했다. 재수 없게 주번 선생님에게만 걸리지 않으면 되는 등하굣길의 군것질도 내게는 모두가 범죄를 구성했으며, 동네 만화가게의 골방에 숨어서 읽은 만화도 담임선생님의 귀에 들어가 어김없이 꾸중을 듣게 되었다. 요컨대 딴 아이들이 다 하는, 그리고 어쩌다 재수 없이 걸려도 가벼운 꾸중으로 끝날 뿐인, 그런 자질구레한 잘못들도 내가 하면 엄청난 비행으로 여럿 앞에 까발려져 성토 당하고, 자치회의 기록에 올려지고, 담임선생의 매질이 되거나 변소 청소 같은 벌로 끝을 보았다. 언제나 고발자는 따로 있었지만 그 뒤에 있는 것은 틀림없이 석대였다.

성의 없고 무정한 담임선생의 위임으로 대개의 경우 그 같은 규칙 위반의 감찰권과 처벌권을 아울러 가지고 있는 석대는 아이들의 고발이 있을 때마다 겉으로는 공정하게 그 권한을 행사했다. 예를 들면, 입에 혀같이 노는 자기 졸병들도 나하고 같이 걸리면 여럿 앞에서는 일단 똑같은 벌을 주었다. 그러나 그와 상대만이 알게 되어 있는 집행에서는 나와 달랐고, 그게 나를 더욱 이 갈리게 했다. 다 같이 벌로 변소 청소를 하게 되어도 그쪽은 대강 쓸기만 하면 합격판정을 내려 집으로 보냈지만, 나는 물로 바닥의 때까지 깨끗이 씻어내야 겨우 집으로 돌아갈 수 있게 되는 때가 바로 그랬다.

어디까지나 짐작이기는 하지만, 석대는 그 밖에도 자신이 가진 합법적인 권한을 악용해 적극적으로 나를 불리하게 만들기도 했다. 다른 아이들에게는 그 전날 가만히 알려주어 나만 갑자기 당하는 꼴이 되는 위생검사나, 학교 오는 길에 말수레를 따라 걷다가 쇠고리에 걸려 옷이 찢긴 때와 같은 날만 골라 느닷없이 복장검사를 하는 따위가 그 예였다. 그 바람에 나는 마침내 우리 반에서뿐만 아니라 학년 전체에 다 알려질 만큼 말썽 많은 불량스러운 아이가 되어버렸다.

학교생활이 그 모양이 되고 나니 공분들 제대로 될 리가 없었다. 어떻게든 그 학교에서는 일등을 차지하리라던 전학 초기의 내 장한 결심과는 달리, 내 성적은 차츰차츰 떨어져 한 학기가 끝났을 때는 겨우 중간을 웃돌 뿐이었다.

물론 그렇다고 내가 가만히 앉아 당하고 있었던 것만은 아니었다. 나름대로는 있는 힘과 꾀를 다 짜내 그런 상태를 개선해 보려고 애썼다. 그 가운데 하나가 부모님을 동원하는 것이었다. 담임선생에 대한 기대를 온전히 거둔 뒤 나는 먼저 아버지에게 내가 빠져 있는 외롭고 힘든 싸움을 털어놓고 도움을 구했다. 그러나 무력감으로 전 같지 않게 비뚤어져 있던 아버지는 무정하고 성의 없는 담임선생과 크게 다르지 않았다.

"못난 자식. 누구 일을 누구더러 해달라는 거야? 힘이 모자라면 돌맹이도 있고 막대기도 있잖아? 그보다 공부부터 그 녀석을 이겨 놓고 봐, 그래도 아이들이 널 안 따르나⋯⋯."

내가 감정을 앞세워 상황을 잘 설명하지 못한 것도 있고, 아버지가 내 일을 아이들 세계에 흔히 있는 사소한 다툼쯤으로 쉽게 여긴 탓도 있겠지만, 나는 아버지의 그 같은 역정에 더 어떻게 말해 볼 기력을 잃고 말았다.

그래도 나를 이해하려고 애쓰며 안달하고 부지런을 떤 것은 어머니였다. 곁에서 듣고 있다가 아버지를 매섭게 몰아붙인 어머니는 이어 내게 여러 가지를 가만가만 묻더니 다음 날 새벽같이 학교로 달려갔다. 나는 그런 어머니에게 다시 은근한 기대를 걸어보았지만 결국은 부질없는 짓이었다.

"너는 애가 왜 그리 좀스럽고 샘이 많으니? 그리고 공부는 또 그게 뭐야? 도대체 너 왜 그래? 거기다가 엄마한테 거짓말까지 하고⋯⋯. 오늘 네 담임선생님 만나 두 시간이나 얘기했다. 엄석댄가 하는 애도 만나봤지. 순하면서도 아이답지 않고 속이 트인 애더구

나. 공부도 전교에서 일등이고……."

내가 학교에서 돌아가자마자 어머니는 나를 기다렸다는 듯이
나 그렇게 나무라기 시작했다. 그리고 이어 한 반 시간을 좋게 담
임선생과 비슷한 잔소리를 늘어놓았으나 내 귀에는 그 이상 한마
디도 들어오지 않았다. 그때 나를 사로잡고 있던 것은 절망을 넘
어 허탈감에 가까운 감정이었다. 그런데도 내가 그 뒤로도 한참이
나 더 그 막막한 싸움을 버텨낸 걸 돌이켜보면 지금에 와서조차
스스로가 대견스럽게 느껴질 때가 있다.

하지만 이윽고는 그 싸움도 끝날 날이 왔다. 그렇게 한 학기를
채우자 나는 차츰 지쳐가기 시작했다. 처음의 그 맹렬하던 투지
는 간 곳 없어지고, 무슨 모진 한처럼 나를 지탱시켜주던 미움도
차차 무디어져 갔다. 그리하여 새 학기가 시작되면서 나는 은근
히 석대에게 내 굴복을 표시하기에 마땅한 기회를 기다리게까지
되었지만 참으로 괴로운 일은 그런 기회조차 쉬이 나타나지 않는
다는 것이었다.

그도 그럴 것이 나는 그때껏 힘들여 싸웠으나, 한 번도 석대와 직
접으로 맞부딪쳐 본 적은 없었다. 언제나 나를 괴롭힌 것은 그 아
닌 다른 아이 또는 그 동아리였고, 아니면 이런저런 자질구레한
규칙이거나 급장이란 직책이 지닌 합법적인 권한이었다. 개별적
으로 석대는 내게 말을 걸기는커녕 오래 얼굴을 마주보는 일조
차 없었다.

그 바람에 나는 이미 저항의 의사를 모두 버리고서도 괴롭게

반을 겉돌고 있는데 드디어 때가 왔다. 다음 날 장학관의 순시가 있어 대청소가 벌어진 날이었다. 그날 우리는 오전 수업만 마친 뒤 교실은 말할 것도 없고 화단이며 운동장에 실습지까지 나누어 각자가 청소해야 할 몫을 받았다.

워낙 쓸고 닦고 다듬어야 할 곳이 많다 보니 나눠진 몫도 많아, 내게 돌아온 것은 화단 쪽으로 난 창틀 두 개였다. 창살 사이로 가로세로 한 자 남짓한 유리창이 여덟 장 박힌 미닫이 창이라 창틀 둘을 합치면 작은 유리로는 서른두 장을 닦아야 하는 셈이었다. 평소로 봐서는 많은 편이었지만 교실과 복도의 마룻바닥은 마른걸레로 닦고 양초까지 먹일 정도의 대청소라 결코 부당하다고 할 수는 없는 할당이었다.

그런데 문제는 담임선생에게서부터 비롯됐다. 다른 반 담임들은 모두 팔을 걷어붙이고 나서 청소를 지휘하고 감독했건만 우리 담임은 겨우 일만 자신이 나서서 몫몫이 나누어주었을 뿐, 검사는 여느 때처럼 석대에게 맡기고 일찌감치 없어져 버린 까닭이었다.

석대에게 맞서고 있을 때 같았으면 담임선생의 그런 무책임한 위임부터가 비위에 거슬렸겠지만 그날 나는 오히려 그걸 다행으로 여겼다. 그럴 때 일을 잘하는 것도 석대의 눈에 드는 길이라는 걸 나는 잘 알고 있었다. 실은 그 얼마 전까지만 해도 석대의 검사를 받아야 하는 게 까닭 없이 고까워 그가 검사를 해주는 청소는 아무렇게나 해치우곤 하던 나였다.

그날 나는 정말로 공을 들여 내가 맡은 창문을 닦았다. 먼저 물걸레로 유리창이며 창틀에 더께 앉은 먼지와 때를 씻어내고, 이어 마른 수건으로 깨끗이 물기를 닦았다. 그리고 신문지, 하얀 습자지의 순으로 입김을 호호 불어가며 잔 먼지들을 없애나갔다.

공을 들인 만큼 시간도 많이 걸려 내가 두 개의 창틀 유리를 말끔히 했을 때는 반 아이들 태반이 자기 몫의 청소를 끝낸 뒤였다. 석대는 그 아이들과 어울려 마당에서 공놀이를 하고 있었다. 석대 편이 몇 명을 접어주지만 그래도 언제나 석대 편이 우세한 그런 축구시합이었다.

내가 청소검사를 맡으러 왔다고 하자 석대는 마침 몰고 있던 공을 자기편에게로 차주고 선선히 앞장을 섰다. 담임선생의 성실한 대리인다운 태도였다. 그가 눈으로 내가 닦은 창틀을 훑어보는 동안 나는 가슴을 두근거리며 결과를 기다렸다. 스스로 보기에도 내가 닦은 유리창틀은 곁의 창틀과는 비교도 안 될 만큼 말갛고 깨끗했다. 나는 만약 기분이 좋아진 그가 부드럽게 대해 주면 내 쪽에서도 적당히 그의 호감을 살 수 있는 맞장구를 쳐 내가 생각을 바꾼 걸 넌지시 알릴 참이었다. 그런데 결과는 뜻밖이었다.

"안 되겠는데. 여기 얼룩이 그대로 있어. 다시 닦아."

한동안 유리창틀을 살펴본 석대가 그렇게 말하고는 다시 운동장으로 뛰어나갔다. 나는 피가 한꺼번에 얼굴로 확 치솟는 듯한 느낌으로 무언가를 항의하려 했으나 석대는 어느새 저만치 달려가고 있었다.

나는 간신히 속을 누르고 먼저 두 개의 창틀부터 다시 한 번 살펴보았다. 정말로 왼쪽 창틀 유리 몇 장에 물이 흐른 듯한 자국이 어렴풋이 비쳤다. 나는 맞대놓고 항의하지 않은 걸 다행으로 여기며 정성들여 그 얼룩을 지웠다. 그러다 보니 그 밖에도 다른 얼룩이나 점 같은 것들도 눈에 띄어 제법 시간이 흐른 뒤에야 다시 석대에게 검사를 맡으러 갈 수가 있었다.

그때는 이미 교실뿐만 아니라 실습지 정리를 맡은 아이들까지 모두 일을 끝낸 뒤여서 시합판이 한창 열기를 뿜고 있는 중이었다. 선수들도 제법 발 빠른 아이들로 골라 열한 명 대 열세 명으로 고정되어 있었고, 공은 어디서 났는지 가죽으로 된 진짜 축구공이었다. 나는 한창 불이 붙은 시합판을 깨기 싫어 한참을 기다리다가 석대가 한 골을 넣은 걸 보고서야 다가가 검사 맡으러 왔음을 알렸다.

이번에도 석대는 조금도 지체 없이 놀이에서 빠져나왔다. 그러나 결과는 마찬가지였다.

"여기 아직 파리똥이 그대로 있잖아? 이 구석 먼지하고 다시 닦아."

이번에는 나도 참지 못하고 가느다랗게 항의했다. 곁의 창틀과 견주어보라는 말이었는데, 석대는 내가 가리키는 창틀을 돌아보지도 않고 냉담하게 내 말을 잘랐다.

"걔는 걔고, 너는 너야, 어쨌든 이 창틀 청소는 합격시켜줄 수 없어."

마치 나는 반드시 엄격한 검사를 받아야 하는 별종이라는 투의 말이었다. 그렇게 나오면 하는 수 없었다. 나는 다시 창틀에 올라가 서른두 장 유리창 구석구석을 살피며 이번에는 칭찬은커녕 불합격을 면하기 위해 정성을 다 쏟았다.

　세 번째도 석대는 무언가 트집을 잡아 또 딱지를 놓았다. 나는 마음에도 없는 미소까지 지으며 그의 호감을 사려고 애써 보았지만 소용없는 일이었다. 그는 불합격의 뜻만 밝히고는 초가을이라고는 해도 아직은 따가운 햇살 아래서 그때껏 뛰고 뒹군 아이들을 데리고 가까운 냇가로 나가버렸다.

　나는 네 번째로 창틀에 올라가 다시 유리창에 달라붙었다. 그러나 온몸에서 맥이 싹 빠져 손가락 하나 까딱하고 싶지 않았다. 넋 나간 사람처럼 멀거니 뒷문 솔숲 사이로 사라지는 석대와 아이들을 바라보다가 슬그머니 창틀에 주저앉았다. 이미 합격, 불합격은 내 노력에 달린 것이 아니라 석대의 마음에 달려 있다는 걸 안 이상 헛수고를 하고 싶지 않아서였다.

　어느덧 해는 서편으로 뉘엿해지고 교정에는 인적이 드물어졌다. 아이들은 하나도 보이지 않고 띄엄띄엄 퇴근하는 선생님들의 발자국 소리만 유난히 크게 들릴 뿐이었다. 나는 그사이 몇 번인가 모든 걸 팽개치고 집으로 달려가버리고 싶은 충동을 느꼈다. 이미 모든 저항을 포기한 뒤이긴 해도 그냥 참아 넘기기에는 너무 심한 횡포였다. 그러나 다음 날 석대의 말만 듣고 여럿 앞에서 나를 불러내 매질할 담임선생님과 또 그걸 고소하게 바라볼 석대의 얼굴을 떠올리자 그런 충동은 이내 잦아들었다. 대신 좀 비굴하기는 하지만 아이답지 않게 고급한 책략을 생각해 내면서 오히려 석대가 더 늦게 오기를 바라게 되었다. 내가 괴로워하는 걸 보고 싶다면 보여주마. 네가 돌아오면 눈물이라도 흘리며 괴로워해 주마. 그렇게라도 네 앙심을 풀 수 있다면. ― 그게 내가 생각해 낸 책략이었다.

석대와 아이들이 다시 뒷문께에 나타난 것은 교정 서쪽의 아름드리 히말라야시다 그늘이 운동장을 온전히 가로지른 뒤였다. 그런데 그게 어찌된 일이었을까, 먹을 감았는지 젖은 머리칼들을 반짝이며 와자하게 운동장으로 들어서는 그들을 보자, 별로 애쓸 것도 없이 내 눈에서 갑자기 눈물이 쏟아졌다. 얼마 전의 책략 따위는 까맣게 잊은, 마음 깊은 곳에서 우러나는 진짜 눈물이었다.

얼핏 들으면 느닷없고 이상하게 느껴질지 모르지만, 이제 와서 냉정히 따져보면 그때의 그 눈물을 전혀 설명할 수 없는 것은 아니다. 저항을 포기한 영혼, 미움을 잃어버린 정신에게서 괴로움이 짜낼 수 있는 것은 슬픔의 정조(情調)뿐이다. 나는 그때 아마도 스스로의 무력함이 슬퍼서 울었고, 그 외로움이 슬퍼서 울었을 것이다.

"어이, 한병태."

그 갑작스러운 눈물은 걷잡을 수 없는 흐느낌으로 변해 내가 창틀을 붙들고 울고 있을 때 가까운 곳에서 그런 소리가 들렸다. 눈물을 씻고 그쪽을 보니 아이들을 저만치 떼어놓고 석대 혼자 창틀 아래로 와서 나를 올려다보고 있었다. 전에 없이 너그럽고 ― 신비스러워 뵈기까지 하는 얼굴이었다.

"이제 돌아가도 좋아. 유리창 청소 합격."

샘솟는 내 눈물로 이내 뿌옇게 흐려진 그 얼굴 쪽에서 다시 그런 부드러운 목소리가 들렸다. 짐작컨대 그는 내 눈물의 본질을 꿰뚫어보았음에 틀림이 없다. 거기서 이제는 결코 뒤집힐 리 없는 자신의 승리를 확인하고 나를 그 외롭고 고단한 싸움에서 풀어준 셈이었다. 그러나 내게는 그 너그러움이 오직 감격스러울 뿐이었다. 이튿날 나는 그 감격을 아끼던 일제 샤프펜슬로 그에게 나타냈다…….

너무도 허망하게 끝난 싸움이고 또한 그만큼 어이없이 시작된 굴종이었지만, 그 굴종의 열매는 달았다. 오래고 끈질긴 반항 끝에 이루어진 굴종의 열매라 특히 더 달았는지도 모를 일이었다. 내가 그의 질서 안으로 편입된 게 확인되면서 석대의 은혜는 폭포처럼 쏟아졌다.

석대가 먼저 내게 베푼 것은 주먹싸움의 서열을 바로잡아준 것이었다. 그의 그늘에서 부당하게 내 순위를 가로채 간 녀석들 가운데 몇몇은 호된 값을 치르고 내게 그 순위를 내놓아야 했다. 석대는 그새 나를 얕볼 대로 얕보게 된 아이들이 제 힘도 헤아려보지 않고 내게 함부로 이 새끼 저 새끼 하는 걸 보면 느닷없이 녀석을 윽박질렀다.

"야, 너 정말 병태한테 이겨? 싸워서 이길 자신 있느냐구?"

그러고는 다시 내게 넌지시 권하듯 말했다.

"병태, 너 다시 한 번 안 싸워 볼래? 저런 병신 같은 새끼한테 영영 죽어지낼 작정이야?"

그러면 거기 힘을 얻은 나는 그가 마련해 준 공정한 링에서 싸움을 벌였고, 그동안 맺힌 앙심은 내 주먹을 한층 맵게 해주어 번번이 통쾌한 승리를 내게 안겨주었다. 그 기세에 겁먹은 아이들은 싸워보지도 않고 손을 들었으며 ― 그 바람에 나는 몇 번 싸우지도 않고 원래의 내 주먹 서열보다는 오히려 두세 등급 높은 열두 번째로 올라설 수 있었다.

동무들과 놀이도 되찾았다. 내가 석대에게서 사면받은 게 알려지자 아이들도 더 나를 피하려 들지 않았다. 오히려 석대가 나를 남달리 생각하는 걸 눈치 채고 놀이 같은 데서 서로 자기편을 만들려고 애를 썼다. 한 학기의 외로움과 쓰라림을 한꺼번에 씻어줄 만한 반전이었다.

나를 우리 학급에서뿐만 아니라 학교 전체에서도 유명한 말썽꾼으로 만들었던 크고 작은 규칙 위반의 문제도 더는 나를 괴롭히지 않았다. 아무것도 아닌 잘못까지도 시시콜콜히 물고 늘어지던 고발자들은 자취를 감추고 나는 차츰 모범생으로 변해 갔다. 우리가 지켜야 할 규범들이 갑자기 줄어든 것도 아니고 내 자신이 변한 것도 없건만, 담임선생도 돌아온 탕아를 맞는 아버지처럼 그런 나를 따뜻이 반겨주었다.

그렇게 되자 공부도 차츰 제자리로 돌아왔다. 2학기가 절반도 가기 전에 나는 10등 안으로 들어섰고, 겨울방학 전의 일제고사에서는 마침내 2등을 되찾았다. 그리고 성적을 되찾은 것을 끝으로 제법 심각했던 아버지와 어머니의 걱정도 없어졌다. 나는 다시 그분들의 자랑스럽고 똑똑한 맏아들로 돌아갔다.

따지고 보면 그 모든 것은 기실 석대가 내게서 빼앗아갔던 것들이었다. 냉정히 말하자면 나는 내 것을 되찾은 것뿐이고, 한껏 석대를 보아 준댔자 꼭 필요하지도 않는 곳에 약간의 이자를 보태 준 것에 지나지 않았다. 그러나 한 번 굴절을 겪은 내 의식에는 모든 것이 하나같이 석대의 크나큰 은총으로만 느껴졌다.

거기에 비해 석대가 대가로 요구하는 것은 생각 밖으로 적었다. 다른 아이들에게는 그렇지 않았던 듯도 싶지만, 그는 내게서 무엇을 빼앗기는커녕 달라는 법조차 없었다. 내가 맘이 내켜 맛난 것이나 귀한 학용품을 갖다줘도 그는 받으려 하지 않았고, 어쩌다 받게 되면 반드시 그 몇 배로 돌려주었다. 그래서 오히려 더 잦은 것은 내가 그에게서 무엇을 얻어 쓴 것 같은 기억이었다. 그것들이 하나같이 다른 아이들에게서 빼앗거나 억지로 거둬들인 것이어서 께름칙하기는 했어도.

또 석대는 내게 무슨 의무를 지우거나 무엇을 강제하지 않았다. 때로 아이들은 무언가 석대가 지운 부당한 의무와 강제를 이행하느라 고통스러워하는 듯했지만, 나는 한 번도 그런 적이 없었다. 그 바람에 그 소극적인 특전 — 의무와 강제의 면제 — 은 본래의 뜻 이상으로 나를 자주 감격시켰다.

그가 내게 바라는 것은 오직 내가 그의 질서에 순응하는 것, 그리하여 그가 구축해 둔 왕국을 허물려 들지 않는 것뿐이었다. 실은 그거야말로 굴종이며, 그의 질서와 왕국이 정의롭지 못하다는 전제와 결합되면 그 굴종은 곧 내가 치른 대가 중에서 가장 값비싼 대가가 될 수도 있었지만 이미 자유와 합리의 기억을 포기한 내게는 조금도 그렇게 느껴지지 않았다.

하기야 나중에 — 그러니까 내가 그의 질서에 온전히 길들여지고 그의 왕국에 비판 없이 안주하게 되었을 때 — 그가 베푼 은총의 대가로 내가 지불해야 했던 게 한 가지 더 있기는 했다. 그것은 바로 나의 그림 솜씨였다. 나는 미술 실기 시간만 되면 다른 아이들이 한 장을 그리는 동안 두 장을 그려야 했다. 그림 솜씨가 시원찮은 석대를 위해서였는데, 그 바람에 교실 뒷벽 '우리들의 솜씨' 난에는 종종 내 그림 두 장이 석대의 이름과 내 이름을 달고 나란히 붙어 있곤 했다. 그러나 그것도 석대가 원해서 그랬는지, 내가 자청해서 그랬는지조차 뚜렷하게 기억나지 않을 만큼 강요받은 흔적은 보이지 않는다. 짐작으로는 그의 왕국에 안주한 한 신민으로서 자발적으로 바치는 조세나 부역에 가까운 것인 성싶다.

저 화려한 역사책의 갈피에서와는 달리 우리 반의 혁명은 갑작스럽고 약간은 엉뚱한 방향에서 왔다. 그 이듬해 담임선생이 갈린 지 채 한 달도 안 돼 그렇게도 굳건해 보였던 석대의 왕국은 겨우 한나절로 산산조각이 나고 그 철권의 지배자는 한낱 범죄자로 전락해 우리들의 세계에서 사라져간 일이 그랬다.

그렇지만 내게는 그 혁명의 발단이나 경과를 얘기하기 전에 먼저 고백해 둘 일이 하나 있다. 그것은 바로 석대의 왕국을 뿌리째 뒤흔든 계기가 된 그의 엄청난 비밀을 내가 진작부터 알고 있었다는 점이었다.

아마도 그해 12월 초순의 일이었던 걸로 기억된다. 일제고사를 친 날이었는데, 시험을 공정하게 보인다는 뜻에서 이례적으로 자리를 막 뒤섞는 바람에 내 곁에는 박원하라는 공부 잘하는 아이가 앉게 되었다. 여러 과목 중에서도 특히 산수가 뛰어난 아이로 석대와 가깝기로도 열 손가락 안에 들었다. 언제나 산수가 모자라 걱정인 내게는 그 아이가 내 곁에 앉은 게 왠지 든든하게 느껴졌다.

그런데 두 시간째 산수 시험 시간이 되어 나는 우연히 박원하가 이상한 짓을 하는 걸 보게 되었다. 응용문제 하나가 막힌 내가 꼭 컨닝을 하겠다는 뜻에서라기보다 그 애는 답을 썼나 안 썼나가 궁금해 힐끗 훔쳐보니, 이미 답안지를 다 채운 그 애가 자신의 이름을 지우개로 지우고 있었다. 나는 문득 수상쩍은 느낌이 들었다. 답이야 지웠다 새로 쓰는 수도 있지만 자기 이름을 잘못 써서 지우는 수는 없기 때문이었다.

그 바람에 나는 시간이 얼마 안 남았다는 것도 잊고 박원하가 하는 짓을 유심히 살폈다. 그 애는 힐끔힐끔 시험 감독을 나온 딴 반 담임을 훔쳐보며 방금 말끔히 지운 곳에 얼른 이름을 써넣었는데 놀랍게도 그 이름은 엄석대의 것이었다. 이름을 다 써넣고야 여유를 찾은 그 애가 사방을 슬그머니 돌아보다 나와 눈이 마주치자 찔끔했다. 그러나 그 눈꼬리에 곧 웃음기가 비치는 게 나를 경계하거나 두려워하는 것 같지는 않았다.

"너 아까 뭘 했니?"

쉬는 시간이 되자마자 나는 박원하에게 가만히 물어보았다. 원하는 비실비실 웃으며 대답했다.

"이번에는 ─ 산수가 내 차례였어."

"산수가 네 차례라니? 그럼 다른 과목도 누가 그러는 거야?"

나는 놀랍고도 어이없어 다시 그렇게 물었다. 박원하가 잠깐 사방을 둘러보더니 소리를 낮춰 말했다.

"몰랐어? 지난 시간 국어 시험은 아마도 황영수가 했을걸."

"뭐야? 그럼 너희들은……."

"엄석대의 점수를 받는 거지, 뭐. 너는 미술을 대신 그려주니까 눈치 봐서 두 장을 그려내면 되지만 시험은 그게 안 되잖아? 석대하고 점수를 바꾸는 수밖에……."

그제서야 나는 엄석대가 그토록 놀라운 평균 점수를 얻어내는 비결을 알아차렸다. 내가 별 생각 없이 그려준 그림도 사실은 석대의 전 과목 수(秀)를 돕고 있었다는 것도.

"전 과목 모든 시험마다 그래?"

나는 놀란 가슴을 진정시키며 다시 물었다. 박원하는 공범자끼리의 은근한 말투로 내가 묻는 대로 숨김없이 대답해 주었다.

"전 과목 모두는 아니야. 대개 두 과목쯤은 제 스스로 공부해

오지. 이번에는 자연과 사회만 진짜 엄석대의 실력이야. 그러나 시험마다 그 과목도 바꾸고 대신 이름을 써낼 아이도 바꿔."

"그럼, 그 두 과목을 뺀 나머지 시험에서 엄석대가 받는 점수는 어때?"

"한 80점 안팎일 거야."

"그렇다면 이번 산수 시험의 경우 너는 15점 이상 손해 보잖아?"

"할 수 없지, 뭐. 다른 애들도 다 그러니까. 거기다가 석대는 차례를 공정하게 돌리기 때문에 손해는 모두 비슷해. 따라서 석대만 빼면 우리끼리의 성적순은 실력대로야. 너같이 재수 좋은 애가 우리 앞에 끼어들지 않는다면 말이야."

원하가 우리라고 하는 것은 석대가 특별히 우대하는 예닐곱을 가리키는 말이었다. 공부로는 반에서 가장 윗길인 동아리로, 끼어든 지 얼마 되지는 않지만 나도 그중의 하나였다.

"그런데…… 아직 석대가 그걸 네게 말해 주지 않았어? 이상한데……."

그 엄청난 비밀이 준 충격으로 멍해 있는 나를 보다가 원하가 갑자기 걱정스런 얼굴이 되어 물었다. 그러다가 이내 스스로를 안심시키듯 덧붙였다.

"뭐, 이제야 말해 줘도 괜찮겠지. 너도 석대의 그림을 대신 그려 주고 있으니까. 그건 미술 실기 시험 대신 쳐주는 셈이잖아. 거기다가 곧 석대와 시험지를 바꿔야 할지도 모르고……."

하지만 그때 이미 나는 갑작스럽고도 세찬 유혹에 휘말려 제

정신이 아니었다.

그 유혹이란 방금 알아낸 이 엄청난 비밀로, 어느 누구도 용서할 리 없는 무서운 비행의 이 움직일 수 없는 증거로, 이미 끝난 석대와의 싸움을 뒤집어보자는 것이었다. 담임선생이 아무리 무정하고 성의 없다 해도 석대의 그 같은 비행까지는 묵인하지 않을 것 같았다. 그리하여 석대를 잡기만 한다면 그것은 지금껏 그를 두둔해 온 담임선생에게 멋진 앙갚음이 될 뿐만 아니라, 나를 믿지 않고 윽박지르기만 한 아버지, 어머니에게도 멋진 앙갚음이 될 것이었다. 억눌려 참고는 있어도 실은 괴로워하고 있음에 틀림없는 아이들에게 나는 새로운 영웅으로 떠오를 것이고, 쓰라림으로 포기해야 했던 자유와 합리의 지배가 되살아날 것에 대해서도 나는 분명 가슴 두근거렸다.

그러나 다시 수업 시작을 알리는 종소리가 나고 시험 감독으로 들어온 담임선생의 얼굴을 보게 되면서부터 들떠 있던 내 마음은 조금씩 가라앉기 시작했다. 이미 있는 것은 모두가 심드렁하고 새로움과 변화는 오직 귀찮고 성가실 뿐이라는 듯한 그의 표정에서 라이터 사건 때의 내 참담한 실패가 떠오른 까닭이었다. 움직일 수 없는 증거를 코앞에 들이대지 않는 한 그의 둔감과 무관심의 벽을 허물 수 있는 일은 아무것도 없을 성싶었다.

거기서 나는 다시 아이들을 돌아보았다. 움직일 수 없는 증거가 돼 줄 수 있는 것은 그들이었으나, 그들이 갑자기 내 편이 되어 그때껏 묵인하고 협조해 오던 석대의 그 같은 비행을 담임선생에게 밝혀주리라는 보장 또한 그리 많아 보이지는 않았다. 거기다가, 어떤 의미에서는 그들도 석대의 공범자들이 아닌가, 석대와 힘을 합쳐 담임선생의 공정한 채점을 방해해 오지 않았는가, 하는 생각이 들자 나는 더욱 자신이 없어졌다. 그때 분명히 석대에게 라이터를 빼앗겨 놓고도 담임선생이 묻자 빌려주었을 뿐이라며 시치미를 떼던 병조의 얼굴이 머릿속에 생생히 떠오르고, 모처럼 석대를 마음놓고 고발할 기회를 주었건만 오히려 내 자신의 자질구레한 잘못들만 가득 적혀 있던 시험지들이 섬뜩하게 눈앞에 되살아났다.

그때는 이미 두 달 가까이나 맛들인 굴종의 단 열매나 영악스런 타산도 나를 말렸다. 사실 이런저런 어른들 식의 정신적인 허영을 빼면 석대의 질서 아래 있다고 해서 내게 불리할 것은 아무것도 없었다. 이미 말했듯, 나의 끈질기고 오랜 저항은 오히려 훈장이 되어 내게 여러 가지 특전으로 되돌아온 까닭이었다. 어떤 면에서 나는 어린이 자치회와 다수결의 지배를 받던 서울에서보다 더 많은 자유를 누렸고 반 아이들에 대한 영향력에 있어서도 서울에서의 내 위치였던 분단장 급보다 크면 컸지 작지는 않았다. 성적에 있어서도. ─ 석대가 그런 식으로 계속 다른 아이들의 발목을 잡아주는 게 내게 유리할 수도 있었다. 일등을 넘보지 않는 한 이등은 그리 힘들이지 않고도 내 차지가 될 것이기 때문이었다.

그러나 내가 담임선생에게 달려가는 걸 결정적으로 막은 것은 다름 아닌 석대 그 자신이었다. 두 가지 상반된 유혹에 시달리면서도 그날 시험이 다 끝날 때까지 마음을 정하지 못한 내가 복잡한 머릿속으로 종회를 기다리고 있을 때 석대가 불쑥 내 책상 앞으로 다가와 말했다.

"야, 한병태, 오늘 일제고사도 끝났고 하니까 우리 어디 놀러 가는 거 어때?"

그가 내 마음속을 들여다보았을 리는 없었지만 제풀에 놀란 내가 펄쩍 일어나며 물었다.

"추운데 어딜?"

"미포쯤이 어때? 거기 춥지 않게 놀 수 있는 곳을 알아."

미포는 학교에서 오 리쯤 떨어진 솔숲 끝의 냇가였다. 어른들의 눈으로는 폭격에 반쯤 부서진 일제 때의 공장 건물 몇 채가 있을 뿐인 황량한 곳이었으나 아이들에게는 바로 그 부서진 공장이 좋은 놀이터가 되었다.

"그래, 좋아."

"우리 모두 가자."

나보다 곁에서 듣고 있던 아이들이 더 신이 나 그렇게 떠들며 나섰다. 나도 그걸 마다할 마땅한 구실이 없었다. 수상쩍게 보이지 않기 위해서도 찬동하지 않을 수 없었는데, 그걸로 종회 뒤에 따로이 담임선생을 만날 길은 절로 막혀버렸다.

떨떠름하게 따라나서긴 했어도, 그 오후는 오래오래 기억에 뚜렷할 만큼 별나고도 재미있었다. 석대는 한꺼번에 거의 모두가 따라나서는 반 아이들 중에서 여남은 명만 추렸다. 얼핏 보기에는 마구잡이로 추리는 것 같았으나 나름으로는 어떤 기준을 두었음에 분명했다.

"너희들 돈 가진 거 있지?"

미포에 도착해 양지 바른 어떤 부서진 공장 건물에 자리 잡자마자 석대가 아이들을 돌아보며 물었다. 그중의 대여섯이 주머니를 털어 그 당시 우리들에게는 꽤 많은 돈인 370환을 모아 바쳤다. 석대는 그중에서 둘을 지목해 그 돈으로 과자와 사이다를 사 오게 하고 다시 아이들을 돌아보며 물었다.

"너희들은 나무를 주워 와. 햇볕이 따뜻하지만 곧 쌀쌀해질 거야. 고구마와 땅콩도 구워야 하구."

그때 이미 제법 석대의 질서에 길들어 있던 나는 내 자신도 당연히 그 나머지에 포함된 줄 알았다. 그래서 그들과 함께 나무를 주워 모으러 가려는데 석대가 나를 불러 세웠다.

"한병태, 너는 여기 남아. 거들어줄 게 있어."

나는 거기서 다시 한 번 까닭 없이 찔끔했지만 그게 순전히 호의에서 나온 것임은 이내 알 만했다. 석대는 돌 몇 개를 옮겨 불 피울 자리를 만든 걸로 제 일을 끝내고 줄곧 나와 얘기만 했다. 나를 이런저런 심부름에서 빼내 준 것 이상의 뜻이 있는 것 같았다. 이를테면 나도 석대 밑이기는 하지만 그 애들과 같은 졸병은 아니라든가 하는.

이윽고 여기저기로 흩어져 갔던 아이들이 돌아오자 지붕이 반쯤 날아간 그 부서진 공장은 세상에서 가장 즐거운 놀이터가 되었다. 겨울 아이들에게 잘 핀 모닥불보다 더 재미있고 신나는 놀잇감이 있을까. 거기다가 그 불에 구워 먹을 땅콩과 고구마가 수북이 쌓여 있고, 또 그게 익을 때까지 입을 다시고도 남을 과자와 사이다가 있었다.

우리는 거기서 해질 때까지 먹고 마시고 웃고 떠들었다. 말 타기도 하고 술래잡기도 하고 노래자랑도 했다. 그리고 배꼽을 움켜잡게 만든 '케세라' 악단의 연주. — 한 녀석은 바지를 내리고 여물지도 않은 고추를 꺼내 그 살가죽을 잡아당겨 한 뼘이나 되게 한 뒤, 그걸 현으로 삼고 검지를 활로 삼아 바이올린을 켜는 시늉을 했다. 한 녀석은 두 손을 묘하게 움켜잡아 만든 손나팔로 제법 진짜 나팔 비슷한 소리를 냈고, 다른 한 녀석은 불룩한 배를 드러내 북 대신 철썩거리고 쳤다. 그 곁에서 몸을 비꼬며 가수 흉내를 내는 녀석에다 물구나무서기와 공중제비를 번갈아 하며 주위를 돌던 녀석.

그런데 한 가지 특기할 일은, 그 오후 갑자기 전보다 갑절이나 내게 은근해진 석대의 태도였다. 그는 나를 다른 아이들과는 사뭇 격을 달리해 대접했고, 그곳에서의 놀이도 거의 나를 위한 잔치처럼 진행시켰다. 아니, 그 이상 그날만은 숫제 나를 자신과 동격으로 올려놓았다는 편이 옳겠다. 지나친 비약이 될지 모르지만, 어쩌면 그 무서운 아이는 내게서 어떤 좋지 못한 낌새를 느끼고 '권력의 미각'으로 나를 구워삶으려 한 것이나 아니었는지 모르겠다.

여하튼 나는 석대가 맛보인 그 특이한 단맛에 흠뻑 취했다. 실제로 그날 어둑해서 집으로 돌아가는 내 머릿속에는 그의 엄청난 비밀을 담임선생에게 일러바쳐 무얼 어째 보겠다는 생각 따위는 깨끗이 씻겨지고 없었다. 나는 그의 질서와 왕국이 영원히 지속되기를 믿었고 바랐으며 그 안에서 획득된 나의 남다른 누림도 그러하기를 또한 믿었고 바랐다. 그런데 그로부터 채 넉 달도 되기 전에 그 믿음과 바람은 모두 허망하게 무너져버리고 몰락한 석대는 우리들의 세계에서 사라지게 되고 마는 것이었다.

혁명이라고 부르기에는 너무 갑작스럽고 또 약간은 엉뚱하기도 한 그 기묘한 혁명의 발단과 경과는 이러했다.

6학년으로 올라가면서 우리는 본격적인 중학 입시 준비에 들어가고 담임선생도 거기에 맞춰 바뀌었다.

새로 우리 반을 맡게 된 선생님은 사범학교를 나온 지 몇 해 안 된 젊은 분이었다. 아직 경험은 많지 않지만 그 유능함과 성실함이 인정되어 특별히 입시반 담임으로 발탁되었다는 소문도 있었다.

여럿 가운데서 뽑혀 오신 분인 만큼 새 담임선생은 첫날부터 남다른 데가 느껴졌다. 작은 일도 지나쳐보거나 흘려듣는 일이 없는 만큼이나 느낌도 예민해 첫 종회 시간에 이미 그분은 우리를 은근히 몰아세웠다.

"이 반은 왜 이리 활기가 없어? 어릿어릿하며 눈치나 슬슬 보구……."

그런 그의 남다른 관찰력은 반을 맡은 지 사흘 만에 벌써 문제의 핵심에 다가들고 있었다. 그날 6학년 들어 새로운 급장 선거가 있었는데, 석대가 61표 중 59표로 당선되자 담임선생은 벌컥 화를 냈다.

"이 따위 선거가 어디 있어? 무효표 하나와 당선자 본인의 표를 빼면 전원 일치잖아? 선거 다시 해."

그리고 재빨리 실수를 알아차린 석대가 손을 쓴다고 써 다음 선거에서 51표로 떨어뜨려도 마찬가지였다.

"이건 뭐야? 엄석대를 빼면 나머지 후보자 아홉은 전부 한 표씩이잖아? 도대체 경쟁자가 없는 선거가 무슨 소용 있어?"

그렇게 화를 내며 엄석대와 우리를 번갈아 쏘아보는 것이었다. 그분도 명백한 선거 결과는 어쩔 수가 없어 엄석대를 급장으로 인정하기는 했지만 어쩌면 그 기묘한 혁명은 이미 거기서부터 시작됐다고 할 수도 있었다.

"이 못난 것들. 그저 겁만 많아 가지고……."

"눈알 똑바로 두어! 사내자식들이 흘금흘금 눈치는 무슨……!"

다음 날부터 담임선생님은 틈틈이 우리를 그렇게 몰아세우는 한편, 좀 어렵다 싶은 문제만 나오면 석대를 불러내 풀게 했다. 석대도 어떤 위기감을 느낀 듯했다. 제 딴에는 기를 쓰고 대비하는 것 같았지만 담임선생님을 만족시키기에는 많이 모자라 보였다. 첫 평가 시험이 있었던 다음 날 석대에게 준 핀잔이 그 한 예였다.

"엄석대, 너는 어째 시험은 잘 치면서 수업시간 중에는 그게 뭐야? 영 알 수 없는 놈이잖아."

하지만 그분도 석대가 하고 있는 엄청난 속임수에까지는 생각이 미치지 않았던 듯했다. 언제나 의혹의 눈을 번쩍이면서도, 석대가 이미 확보하고 있는 권위나 우리 학급을 움직이는 기존 질서는 인색하게나마 인정을 해주었다.

그럼에도 불구하고 담임선생의 그 같은 태도는 아이들에게 적지 않은 영향을 미쳤다. 담임선생님이 석대의 편이 아니라는 것, 전번 담임선생처럼 석대를 턱없이 믿기는커녕 오히려 무언가를 의심하고 있다는 것이 점점 명백해지자, 그 전해 내가 그렇게 움직여 보려고 해도 꿈쩍 않던 아이들이 절로 꿈틀대기 시작했다. 감히 정면으로 도전하지는 못해도 조그마한 반항들이 심심찮게 일었고, 무슨 일이 일어나도 석대보다는 담임선생님을 먼저 찾는 아이들이 하나둘 늘어갔다.

거듭거듭 말하지만 석대는 참으로 무서운 아이였다. 우리보다 나이가 많다 해도 기껏 열네댓의 소년에 지나지 않았건만, 그는 참아야 할 때와 물러나야 하는 곳을 아는 듯했다. 그쪽으로는 본능적으로 발달된 감각을 지닌 아이 같았다. 그전 같으면 주먹부터 내지르고 볼 일은 가벼운 눈흘김으로 대신하고, 눈흘김으로 대할 일은 너그러운 미소로 대신하며 어렵게 버텨나갔다. 눈치 빠른 아이들이 '공납'을 게을리해도 응징을 자제했고, "야, 그거 좋은데."와 "그거 좀 빌려줘."란 말은 아예 쓰지도 않았다.

내 생각에, 그때 석대는 시험지 바꿔치기의 위험도 충분히 알고 있었으리라고 본다. 그러나 그것만은 그만둘 수가 없었을 것이다. 이미 호랑이 등에 올라탄 격이 되어 끝 가는 데까지 달려보는 수밖에 없었다. 공부 쪽을 포기하는 것도 생각할 수 없는 길은 아니지만, 그러기에는 '전교 1등 엄석대'로서의 이 년에 가까운 세월의 부담이 너무 컸다……

그리하여 마침내 일이 터진 것은 3월 말의 첫 일제고사 성적이 발표되던 날이었다. 그날 새파랗게 날선 얼굴로 아침 조례를 들어온 담임선생님은 대뜸 우리들의 성적부터 불러준 뒤에 차갑게 말했다.

"엄석대는 평균 98점으로 전 학년에서 1등을 했고 나머지는 모두가 전 학년 10등 밖이다. 나는 오늘 이 수수께끼를 풀어야겠다."

그러고는 갑자기 매서운 목소리로 엄석대를 불러냈다.

"교단 모서리를 짚고 엎드려뻗쳐."

엄석대가 애써 태연한 표정을 지으며 교탁 앞으로 나가자 담임선생님은 아무런 앞뒤 설명 없이 그렇게 명령했다. 그리고 엄석대가 엎드리자 출석부와 함께 들고 온 굵은 매로 그의 엉덩이를 모질게 내려쳤다.

갑자기 찬물을 끼얹은 듯 조용해진 교실 안은 매질 소리와 신음을 참는 석대의 거친 숨소리로 가득했다. 나로서는 처음 보는 모진 매질이었다. 제법 어린애 팔목만 하던 매는 금세 끝이 갈라지고 조각조각 떨어져 나갔다. 그러나 그런 모진 매질보다 더욱 내게 충격적인 것은 석대가 매를 맞고 있다는 사실 그 자체였다.

석대도 매를 맞는다. 저토록 비참하고 무력하게. ― 그것은 나뿐만 아니라 우리 반 아이들 모두에게 충격이었을 것이다. 그리고 그때 담임선생님이 노린 것도 바로 그런 충격이었음에 틀림없다. 그사이 담임선생님의 손에 들린 매는 반 토막으로 줄어 있었으나 매질은 멈춰지지 않았다. 아픔을 못 이겨 몸을 비틀면서도 어지간히 견디던 석대도 마침내는 교실 바닥에 엎어지며 괴로운 신음을 뱉어냈다.

담임선생님은 그때를 기다리고 있었던 듯했다. 쓰러진 석대를 버려두고 교탁으로 가더니 석대의 시험지를 찾아 다시 엎드려뻗쳐를 하고 있는 석대 곁으로 갔다.

"엄석대, 여기를 잘 봐. 여기 이름 쓴 데 지우개 자국이 보이지?"

그제서야 나는 담임선생님이 드디어 석대의 비밀을 눈치 챘음을 알았다. 그러자 문득 석대를 향한 동정이나 근심보다는 일의 결말이 더 궁금해지기 시작했다. 석대가 그전 라이터 사건 때처럼 자신의 잘못을 부인하고 아이들도 그때처럼 입을 모아 그를 뒷받침해 준다면 어떻게 될까 하는 것이었다.

"잘못……했습니다."

한참 뒤에 들리는 석대의 대답은 실망스럽게도 그랬다. 아무래도 그는 열네댓 살의 소년에 지나지 않았고, 또 굴복하기 쉬운 육체를 지닌 인간이었다. 어쩌면 담임선생님의 그 모진 매질은 다른 번거로운 절차 없이 그에게서 바로 그 말을 끌어내기 위함이었는지도 모를 일이었다.

석대의 그 같은 말이 들리자 아이들 사이에는 다시 한 차례 눈에 보이지 않는 동요가 일었다. 석대도 항복을 한다. ― 있을 것 같지 않던 그런 일이 눈앞에서 벌어진 데서 온 충격 때문이었을 것이다. 나도 그랬다. 그 말을 듣는 순간 나도 모르게 몸을 움찔했을 정도였다.

그 담임선생님이 받은 유능하다는 평판은 두뇌가 조직적이고 치밀하다는 뜻이나 아니었는지 모르겠다. 바라던 굴복을 받아내자 담임선생은 석대에게 거의 생각할 틈을 주지 않고 다음 단계로 들어갔다.

"좋아, 그럼 교탁 위로 올라가 꿇어앉고 손들어."

담임선생님은 금세라도 모진 매질을 다시 시작할 듯 석대에게로 다가가며 그렇게 명령했다. 뒷일로 미뤄보면 그때 아마도 석대는 기습과도 같은 매질에 잠시 얼이 빠졌던 듯싶다. 채찍에 몰린 맹수처럼 어기적거리며 교탁 위로 올라가 두 손을 들고 꿇어앉았다.

그런 석대를 보며 나는 또 한 번 이상한 경험을 했다. 그전의 석대는 키나 몸집이 담임선생님과 비슷하게 보였고, 따로 떼어놓고 생각하면 오히려 석대 쪽이 더 큰 것처럼 느껴지기까지 했다. 그런데 그날 교탁 위에 꿇어앉은 석대는 갑자기 자그마해져 있었다. 어제까지의 크고 건장했던 우리 반 급장은 간곳없고, 우리 또래의 평범한 소년 하나가 볼품없는 벌을 받고 있을 뿐이었다. 거기 비해 담임선생님은 키와 몸집이 갑자기 갑절은 늘어난 듯했다. 그리하여 무슨 전능한 거인처럼 우리를 내려다보고 서 있는 것 같았다. 이 또한 짐작에 지나지 않지만, 그 같은 느낌은 다른 아이들에게도 마찬가지였을 것이고, 어쩌면 담임선생님은 처음부터 그걸 노렸는지도 모를 일이었다.

"박원하, 황영수, 이치규, 김문세……."

이어 담임선생님은 다시 여섯 명의 아이들을 불러냈다. 모두 번갈아가며 석대의 대리 시험을 쳐준 우리 반의 우등생들이었다. 낯이 하얗게 질린 그 애들이 쭈뼛거리며 교탁 앞으로 나서자 담임선생님이 약간 풀어진 목소리로 말했다.

"나는 너희들이 지난 한 달의 각종 시험에서 번갈아가며 자신의 이름을 지우고 딴 이름을 써서 낸 걸 알고 있다. 어쩔래? 맞고 입을 열래? 좋게 물을 때 바로 댈래? 그게 누구야? 누구와 시험점수를 바꾼 거야?"

그런데 담임선생님의 그 같은 물음이 채 끝나기도 전이었다. 그때껏 초점을 잃고 반쯤 감겨져 있던 석대의 눈이 번쩍 치켜떠지며 갑자기 무서운 빛을 뿜었다. 들고 있는 팔의 무게로 처져 있던 그의 어깨도 어느새 꿋꿋하게 세워져 있었다. 그걸 본 아이들이 움찔했다. 그러나 대세는 이미 기울어진 뒤였다. 아이들은 이미 석대가 약한 걸 보았고 따라서 서슴없이 강한 담임선생님을 택했다.

"엄석댑니다."

아이들이 입을 모아 그렇게 대답하자 석대는 괴로운 듯 눈을 질끈 감았다. 분명히 석대의 입은 굳게 다물어져 있었지만 나는 몸속 깊은 곳에서 우러나는 그의 신음소리를 들은 듯했다.

"좋아, 그럼 어째서 그런 짓을 하게 됐는지 황영수부터 말해 봐."

담임선생님은 한층 목소리를 부드럽게 해서 달래듯 말했다. 매를 축 늘어뜨리고 말하는 폼이, 너희들은 바로 대답하기만 하면 용서해 줄 수도 있다고 하는 것 같았다. 거기 희망을 건 아이들이 석대의 존재는 거의 무시한 채 제각기 이유를 댔다. 때릴까 겁이 나서, 아무것도 아닌 걸 위반으로 걸어 벌주기 때문에, 놀이에서 따돌림 받기 싫어, 따위로 대개 나도 겪은 이유들이었다.

"그래, 그동안 기분들이 어땠어?"

담임선생님이 다시 그렇게 물었다. 이번에도 아이들은 숨김없이 속을 털어놓았다. 잘못했습니다, 죄스러웠습니다가 절반, 선생님께 들킬까 봐 겁났습니다가 절반이었다. 그런데 참으로 알 수 없는 것은 담임선생님이었다. 마지막 아이의 말이 끝나는 순간 그의 표정이 험하게 일그러졌다.

"그래애?"

담임선생님은 비꼬듯 내뱉으며 그들 여섯을 차갑게 쏘아보다가 갑자기 우리 모두가 흠칫할 만큼 목소리를 높였다.

"모두 교단을 짚고 엎드려뻗쳐!"

그러고는 한 사람 앞에 열 대씩 매질해 나가기 시작했다. 맞는 동안에 두어 번씩은 몸이 교실 바닥으로 내려앉을 만큼 모진 매질이었다. 매질이 끝나자 교실 안은 한동안 그들의 훌쩍거림으로 시끄러웠다.

"모두 일어나!"

이윽고 훌쩍거림이 잦아들자 담임선생님은 그들 여섯을 일으켜 세우고 간신히 성을 가라앉힌 목소리로 말했다.

"나는 되도록 너희들에게 손을 안 대려고 했다. 석대의 강압에 못 이겨 시험지를 바꿔준 것 자체는 용서할 수도 있었다. 그러나 그동안 너희들의 느낌이 어떠했는가를 듣게 되자 그냥 참을 수가 없었다. 너희들은 당연한 너희 몫을 빼앗기고도 분한 줄 몰랐고, 불의한 힘 앞에 굴복하고도 부끄러운 줄 몰랐다. 그것도 한 학급의 우등생인 녀석들이……. 만약 너희들이 계속해 그런 정신으로 살아간다면 앞으로 맛보게 될 아픔은 오늘 내게 맞은 것과는 견줄 수 없을 만큼 클 것이다. 그런 너희들이 어른이 되어 만들 세상은 상상만으로도 끔찍하다……. 모두 교단 위에 손 들고 꿇어앉아 다시 한 번 스스로를 반성하도록."

아마도 그때 담임선생님은 우리에게 지나치게 어려운 걸 가르치려고 들었던 것이나 아닌지 모르겠다. 우리 중 누구도 그 자리에서는 그 말의 참뜻을 알아듣지 못했고, 더러는 심십 년이 지난 지금에조차 그 말을 다 이해한 것 같지는 않다.

담임선생님이 드디어 자리에 앉아 있는 우리 모두에게로 돌아선 것은 그 여섯이 눈물로 범벅진 얼굴이 되어 교단 위에 나란히 꿇어앉은 다음이었다.

"지금껏 선생님이 알아낸 것은 석대와 저 아이들이 시험지를 바꾸어 공정한 채점을 방해한 것뿐이다. 하지만 그것만으로는 아직 넉넉하지 못하다. 우리 반을 새롭게 만들어나가기 위해서는 먼저 그릇된 지난날부터 정리해야 한다. 내 짐작으로는 그 밖에도 석대가 한 나쁜 짓들이 많이 있을 것이다. 이제 1번부터 차례로 자신이 알고 있는 석대의 잘못이나 석대에게 당한 괴로운 일들을 있는 대로 모두 얘기해 주기 바란다.”

이번에도 시작은 부드러운 목소리였다. 그러나 다시 눈을 흡뜨고 쏘아보는 석대의 눈길에 흠칫해진 아이들이 머뭇거리자 그 목소리에는 이내 날이 섰다.

“5학년 때 담임선생님께 작년에 있었던 일을 얘기 들었다. 그분의 말씀으로는 그때 아무도 석대의 잘못을 써 내주지 않아 이 학급에 아무런 문제가 없는 줄 알고 계속해 석대를 믿게 되었다고 하셨다. 오늘 나도 마찬가지다. 너희들이 석대의 딴 잘못들을 알려주지 않는다면 이제 시험지 바꾼 일의 벌은 끝났으니 나머지는 지금까지 지내온 대로 다시 석대에게 맡길 수밖에 없다. 그래도 좋겠나? 1번, 우선 너부터 말해 봐.”

그 말은 금세 효과를 냈다. 실은 아이들도 내가 늘 얕봤던 것처럼 맹탕은 아니었다. 다만 서로 힘을 합칠 줄 몰랐을 뿐, 마음속에서 불태우던 분노와 굴욕감은 한참 석대와 맞서고 있을 때의 나와 크게 다르지 않음에 분명했다. 변혁에 대한 열렬한 기대도. 그리하여 이제 문턱까지 이른 변혁이 다시 뒷걸음치려 하자 용기를 짜내 거기 매달렸다.

“석대는 제 연필깎기를 빌려가 돌려주지 않았습니다. 단속 주간이 아닌데도 쇠다마(구슬)를 뺏어가고…….”

1번 아이가 그렇게 입을 열자 2번, 3번도 아는 대로 털어놓기 시작했다. 봇물처럼 쏟아지기 시작한 석대의 비행은 끝없이 이어졌다. 여자 애들의 치마를 들추게 시켰다든가, 비누를 바른 손으로 수음을 하게 했다는 따위 성적인 것도 있었으며, 장삿집 애들은 매주 얼마씩 돈을 바치게 하고 농사짓는 집 아이들에게는 과일이나 곡식을, 대장간 아이에게는 엿으로 바꿀 철물을 가져오게 하는 따위의 경제적인 수탈도 있었다. 돈 100환을 받고 분단장을 시켜준 일이며, 환경 정리를 한다고 비품 구입비를 거두어 일부를 빼돌린 게 밝혀지고, 그 전해 한 학기 자신이 직접 나서지 않고도 나를 괴롭힌 과정도 대강은 드러났다.

　그런데 한 가지 묘한 것은 그런 것을 고발하는 아이들의 태도였다. 처음에는 마지못해 선생님만 쳐다보고 머뭇머뭇 밝히다가 한 번호 한 번호 뒤로 물릴수록 차츰 목소리가 커지면서 눈을 번쩍이며 쏘아보는 석대를 향해 말하기 시작했다. 그리고 나중에는 '임마', '새끼' 같은, 전에는 감히 입 끝에 올려보지도 못한 엄청난 욕들을 섞어 선생님에게 고발한다기보다는 석대에게 바로 퍼대는 것이었다.

　이윽고 39번 내 차례가 왔다.

　"저는 잘 모릅니다."

　내가 선생님을 쳐다보고 그렇게 말하자 일순 교실 안이 조용해졌다. 그러나 그것도 잠시, 담임선생님보다 먼저 아이들이 와 하고 내게 덤벼들었다.

　"너 정말 몰라?"

"저 새끼, 순 석대 꼬붕이……."

"넌 임마, 쓸개도 없어?"

아이들은 담임선생님만 없으면 그대로 내게 덮칠 듯한 기세로 퍼부어댔다. 나는 그들이 뿜어대는 살기와도 같은 흉맹한 기운에 섬뜩했으나 그대로 버텼다.

"정말로 모릅니다. 전학 온 지 얼마 안 돼서……."

내가 그들 쪽은 보지도 않고 선생님만 바라보며 그렇게 되뇌자 아이들은 한층 험한 기세로 나를 몰아세웠다. 그때 알 수 없는 눈길로 나를 가만히 살피던 선생님이 그런 아이들을 진정시켰다.

"알겠어. 다음, 40번."

내가 석대의 비행에 대해 잘 모른다고 한 것은 진심과 오기가 반반 섞인 말이었다. 내가 마지막 서너 달을 석대와 유난히 가깝게 지낸 것은 사실이었지만 그때도 그는 어찌된 셈인지 자신의 치부만은 애써 감추었다. 첫 한 학기 그에게서 받은 피해도 모두 간접적인 것이어서 내게는 증거가 없었으며 또 그 대강은 이미 딴 아이들의 입으로 들추어진 뒤였다. 거기다가 5학년 한 해 학급에서의 내 위치 자체가 구석구석 숨겨진 석대의 비행을 알아내기에는 묘하게 불리했다. 그 한 해의 절반은 내가 석대의 유일한 적대자였기 때문에, 그리고 다른 절반은 내가 그의 한 팔처럼 되었기 때문에 속을 터놓고 지낼 친구들을 얻을 수가 없었고, 그래서 어디엔가 불의가 존재한다는 막연한 느낌뿐, 교실 구석에서 은밀하게 벌어지는 일들을 다른 아이들보다 더 많이 더 잘 알 수는 더욱 없었다.

오기는 그날 내 앞까지의 아이들이 석대를 고발하는 태도 때문에 생긴 것이었다. 석대의 나쁜 짓을 까발리고 들춰내는 데 가장 열성적이고 공격적인 아이들은 대개 두 부류였다. 하나는 간절히 석대의 총애를 받기 원했으나 이런저런 까닭으로 끝내는 실패한 부류였고, 다른 하나는 그날 아침까지도 석대 곁에 붙어 그 숱한 나쁜 짓에 그의 손발 노릇을 하던 부류였다.

한 인간이 회개하는 데 꼭 긴 세월이 필요한 것은 아니며, 백정도 칼을 버리면 부처가 될 수 있다고도 하지만, 나는 아무래도 느닷없는 그들의 분노와 정의감이 미덥지 않았다. 나는 지금도 갑작스러운 개종자나 극적인 전향 인사는 믿지 못하고 있다. 특히 그들이 남 앞에 나서서 설쳐 대면 설쳐 댈수록. 내가 굳이 석대를 고발하려 들면 꺼리가 전혀 없는 것은 아니었지만, 그날 끝내 입을 다문 것은 아마도 그런 아이들에 대한 반발로 오기가 생긴 때문이었다. 내 눈에는 그 애들이 석대가 쓰러진 걸 보고서야 덤벼들어 등을 밟아대는 교활하고도 비열한 변절자로밖에 비쳐지지 않았다.

마지막 61번 아이가 고발을 끝냈을 때는 어느새 첫째 시간 수업이 끝났음을 알리는 종이 울리고 있었다. 그러나 담임선생님은 그 종소리를 무시하고 우리에게 말했다.

"좋다. 너희들이 용기를 되찾은 걸 선생님은 다행으로 생각한다. 이제 앞으로의 일은 너희 손에 맡겨도 될 것 같아 마음 든든하다. 그렇지만 너희들도 값은 치러야 한다. 첫째로는 너희들의 지난 비겁의 값이고, 둘째로는 앞으로의 삶에 주는 교훈의 값이다. 한 번 잃은 것은 결코 찾기가 쉽지 않다. 이 기회에 너희들이 그걸 배워두지 않으면, 앞으로 또 이런 일이 벌어져도 너희들은 나 같은 선생님만 기다리고 있게 될 것이다. 괴롭고 힘들더라도 스스로 일어나 되찾지 못하고 언제나 남이 찾아주기만을 기다리게 된다."

그렇게 말을 맺은 담임선생님은 청소 도구함 쪽으로 가서 참나무로 된 걸렛대를 하나 빼내 들었다. 그리고 다시 교단 앞에 서더니 나직이 명령했다.

"1번부터 한 사람씩 차례로 나와."

그날 우리 모두에게 돌아온 매는 한 사람 앞에 다섯 대씩이었다. 앞의 아이들을 때릴 때와 다름없이 모진 매질이어서 교실은 또 한 번 울음바다를 이루었다.

"자, 이제 선생님이 너희들을 위해 해줄 수 있는 일은 다 끝났다. 모두 제자리로 돌아가라. 엄석대도. 그리고 이제부터는 너희들끼리 의논해서 다른 그 어떤 반보다 훌륭한 반을 만들어 봐. 너희들은 이미 회의 진행 방법도 배웠고 의사를 결정짓는 과정과 투표에 대해서도 알 것이다. 지금부터 나는 그냥 곁에 앉아 지켜보기만 하겠다."

매질을 끝낸 선생님은 갑자기 지친다는 표정으로 그렇게 말하고 교실 한구석에 있는 교사용 의자에 가 앉았다. 손수건을 꺼내 이마에 흐르는 땀을 닦는 것만 보아도 우리가 당한 매질이 얼마나 호된 것이었는가를 잘 알 수 있었다.

그곳 아이들은 학급자치회의 운영 방식을 전혀 모르거나 까맣게 잊어버린 걸로 알았는데 막상 기회가 주어지니 그렇지도 않았다. 분위기가 약간 어색하고 행동들이 서툴기는 해도 그런대로 서울 아이들 흉내는 낼 줄 알았다. 쭈뼛거리며 말을 더듬는 것도 잠시, 아이들은 이내 자신을 회복해 동의하고 재청하고 찬성하고 투표했다. 그래서 결정된 게 먼저 임시 의장단을 구성하고 그들의 선거 관리 아래 자치회 의장단이자 학급의 임원직을 새로 뽑는다는 것이었다.

해명이 좀 늦은 듯한 감이 있지만, 어떻게 보면 아무래도 혁명적이 못 되는 석대의 몰락을 내가 군이 혁명이라고 표현한 것은 실로 그 때문이었다. 비록 구체제에 해당되는 석대의 질서를 무너뜨린 힘과 의지는 담임선생님에게 빚졌어도, 새로운 제도와 질서를 건설한 것은 틀림없이 우리들 자신의 힘과 의지였다. 거기다가 되도록이면 그날의 일을 우리들의 자발적인 의지와 스스로의 역량에 의해 쟁취된 것으로 기억되게 하려고 애쓰신 담임선생님의 심지 깊은 배려를 존중하여, 나는 이런저런 구차한 수식어를 더해 가면서까지도 군이 혁명이란 말을 써왔다.

임시 의장은 부급장이던 김문세가 거수 표결로 뽑혔고, 김문세의 재청에 의해 검표 및 기록을 맡을 임시 의장단이 번거로운 선거 없이 무더기로 선출되었다. 다섯 번이나 선거하는 대신 일정한 숫자로 끝나는 번호를 가진 아이들에게 그 일을 맡기자는 임시 의

장단의 의견을 아이들이 받아들여 번호의 끝자리 숫자가 5인 다섯 명을 역시 거수 표결로 한꺼번에 결정한 결과였다.

뒤이어 두 시간에 걸친 선거가 실시되었다. 전에는 급장, 부급장, 총무만 선거로 뽑혔으나 이번에는 자치회의 부장들과 학급의 분단장까지 선거로 뽑게 되었다. 그 뒤 한동안 우리 반을 혼란스럽게 했던 선거 만능 풍조의 시작이었다.

그런데 급장 선거의 개표가 거의 끝나갈 무렵이었다. 추천 제도 없이 바로 하게 된 선거라 반 아이 절반쯤의 이름이 흑판 위에 도토리 키재기를 하고 있는데, 갑자기 거세게 교실 뒷문이 열리는 소리가 들렸다. 모두 흑판 위에서 불어가는 正자에 정신이 팔려 있다가 놀라 돌아보니 엄석대가 그 문을 나가다 말고 우리를 무섭게 흘겨보며 소리쳤다.

"잘해 봐, 이 새끼들아."

그리고 잽싸게 복도로 뛰어나가 교사 밖으로 달아나버렸다. 우리들이 하는 양을 살피느라 잠깐 엄석대를 잊고 있던 담임선생님이 급하게 그의 이름을 부르며 뒤쫓아 나갔으나 끝내 붙잡지 못했다.

그 갑작스러운 일에 아이들은 잠깐 흠칫했지만 개표는 다시 계속돼 곧 결과가 나왔다. 김문세가 16표, 박원하가 13표, 황영수가 11표, 그리고 5표, 4표, 3표 하나씩에 한 표짜리가 대여섯 나오더니 무효표 둘로 반 전체 61표가 찼다.

석대의 표는 단 하나도 없었다. 아마도 석대는 그런 굴욕적인 개표 결과가 확정되는 걸 참고 기다리지 못해 뛰쳐나갔을 것이다. 그러나 뛰쳐나간 것은 그 굴욕의 순간으로부터만은 아니었다. 그 뒤 그는 영영 학교와 우리들에게로는 돌아오지 않았다.

그런데 부끄럽지만, 여기서 한 가지 밝혀두고 싶은 것은 그 무효표 두 표의 내역이다. 한 표는 틀림없이 석대 자신의 것이었고 다른 한 표는 바로 내 것이었다. 그러나 그걸 곧 여러 혁명에서 보이는 반동과 동질로 볼 수 없는 것이, 나는 이미 무너져내린 석대의 질서에 연연해하거나 그 힘에 향수를 품고 그런 것은 아니었다. 그때는 이미 담임선생님이 은연중에 불 지핀 그 혁명의 열기가 내게도 서서히 번져와 나도 새로 건설될 우리 반에 다른 아이들 못지않은 기대를 가지게 되었다.

하지만 막상 그 우리 반을 이끌 지도자를 선택해야 될 순간이 되자 나는 갑자기 난감해졌다. 공부에서건 싸움에서건 또 다른 재능에서건 남보다 나은 아이치고 석대가 받을 비난에서 자유로울 수 있는 아이는 아무도 없었다. 오히려 대리 시험으로 석대가 그전 담임선생님의 믿음과 총애를 훔치는 걸 돕거나 석대의 보이지 않는 손발이 되어 그의 불의한 질서가 가차 없이 우리 반을 위압하게 만들어준 것은 바로 그들이었다. 내가 혼자서 그렇게 힘겹게 석대에게 저항하고 있을 때 가장 나를 괴롭게 한 것도 그들이었고, 갑작스러운 반전으로 내가 석대의 가장 가까운 측근이 되었을 때 가장 많이 부러워하거나 시기한 것도 그들이었다.

그렇다고 6학년이면서도 아직 구구단도 제대로 외지 못하는 돌대가리나 싸움도 하기 전에 눈물부터 보여 앞줄의 꼬맹이들에게까지 업신여김을 당하는 허풍선이를 급장으로 세울 수도 없었다. 그 아침까지도 석대가 보장해 주는 특전에 만족해 있던 나 자신을 내세울 수는 더욱 없고 그래서 정직하게 던진 표가 무효를 가장한 기권표였다. 변혁을 선뜻 낙관하지 못하는 내 불행한 허무주의는 어쩌면 그때부터 싹튼 것이나 아닌지 모르겠다.

하지만 내 기분이야 어찌됐건 그날의 선거는 모두가 순조롭게 진행되었고 우리는 분단장까지 분단원의 투표로 뽑을 만큼 철저하게 우리 손으로 우리의 대표를 뽑았다. 우리를 규율하는 질서도 많은 부분이 새롭게 개편되었다. 서울에서의 기억이 무색할 만큼 모든 것은 토의와 표결에 붙여졌고, 그 결과 학교와 담임선생님으로부터 오는 것 이외에는 어떠한 강제도 철폐되었다. 석대가 물러난 지 얼마 안 돼 4·19가 있었지만, 그러나 그게 어린 우리에게 어떤 영향을 미쳤다고는 감히 말하지 못하겠다.

물론 혁명에 따르는 혼란과 소모는 우리에게도 있었다. 아니, 그저 단순히 있었다는 것 이상으로, 우리는 그 뒤 몇 개월에 걸쳐 처음과 끝을 온전히 우리의 힘만으로는 달성하지 못한 그 혁명의 값을 안팎으로 호되게 물어야 했다.

교실 안에서 우리에게 가장 많은 혼란과 소모를 강요한 것은 의식의 파행이었다. 선생님의 격려와 근거 없는 승리감에 취한 우리 중의 일부는 지나치게 앞으로 내달았고, 아직도 석대의 질서가 주던 중압에서 깨어나지 못한 아이들은 또 너무 뒤처져 미적거렸다.

임원직으로 뽑힌 아이들도 마찬가지였다. 어른들의 식으로 표현하면, 한쪽은 너무나 민주의 대의에 충실해 우왕좌왕했고, 또 한쪽은 석대 식의 권위주의를 청산하지 못한 채 은근히 작은 석대를 꿈꾸었다. 거기다가 새로 생긴 건의함은 올바른 국민 탄핵 제도의 기능을 하기보다는 밀고와 모함으로 일주일에 하나씩은 임원들을 갈아치웠다.

학교 밖에서 우리를 괴롭힌 것은 대담하고 잔혹하기 이를 데 없는 석대의 보복이었다. 석대가 떠난 뒤로 한 달 가까이 우리 교실은 매일같이 어딘가 한 모퉁이는 자리가 비었다. 석대가 길목을 막고 있는 동네의 아이들이 결석하기 때문이었는데, 그때 그 아이들이 입게 되는 피해는 하루 결석 정도로 그치지 않았다. 어딘가 후미진 곳으로 끌려가 한나절 배신의 대가를 치렀고, 그렇게까지는 안 돼도 가방이 예리한 칼로 찢기거나 책과 도시락이 든 채 수채 구덩이에 던져졌다.

나중에는 석대를 몰아낸 걸 아이들이 공공연히 후회할 만큼 그 보복은 끈질기고 집요했다.

그렇지만 시간이 흐르면서 안팎의 도전들은 차츰 해결되어갔다.

먼저 해결된 것은 석대 쪽이었는데, 그 해결을 유도한 담임선생님의 방식은 좀 특이했다. 우리에게는 거의 불가항력적이었건만 어찌된 셈인지 담임선생님은 석대 때문에 결석한 아이들을 그 어느 때보다 호된 매질과 꾸지람으로 다루었다.

"다섯 놈이 하나한테 하루 종일 끌려다녀? 병신 같은 자식들."

"너희들은 두 손 묶어 놓고 있었어? 멍청한 놈들."

그렇게 소리치며 마구잡이 매질을 해댈 때는 마치 사람이 갑자기 변한 것처럼 보였다. 우리는 영문을 몰랐으나 그 효과는 오래잖아 나타났다. 우리 중에서 좀 별나고 당찬 소전거리 아이들 다섯이 마침내 석대와 맞붙은 것이었다. 석대는 전에 없이 표독을 떨었지만 상대편 아이들도 이판사판으로 덤비자 결국은 혼자서 다섯을 당해 내지 못하고 꽁무니를 뺐다. 선생님은 그 아이들에게 그 당시 한창 인기 있던 케네디 대통령의 『용기 있는 사람들』이란 책 한 권씩을 나눠주며 우리 모두가 부러워할 만큼 여럿 앞에서 그들을 추켜세웠다. 그러자 다음 날 미창(米倉) 쪽에서도 똑같은 일이 벌어지고 그 뒤 석대는 두 번 다시 아이들 앞에 나타나지 않았다.

거기 비해 우리 내부에서 일어나는 혼란을 대하는 담임선생님의 태도는 또 앞서와 전혀 달랐다. 잘못된 이해나 엇갈리는 의식 때문에 아무리 교실 안이 시끄럽고 학급의 일이 갈팡질팡해도 담임선생님은 철저하게 모르는 척했다. 토요일 오후 자치회가 끝없는 입씨름으로 서너 시간씩 계속돼도, 급장 부급장이 건의함을 통해 밀고된 대단치 않은 잘못으로 한 달에 한 번씩 갈리는 소동이 나도 언제나 가만히 지켜보고 있을 뿐 충고 한마디 하는 법이 없었다.

그 바람에 우리 학급이 정상으로 돌아가는 데는 거의 한 학기가 다 소비된 뒤였다. 여름방학이 지나자 벌써 서너 달 앞으로 닥친 중학입시가 말깨나 할 만한 아이들의 주의를 온통 그리로 끌어들인 까닭도 있지만, 그보다는 경험의 교훈이 자정 능력을 길러준 덕분이 아닌가 한다. 서로 다투고 따지고 부대끼고 시달리는 그 대여섯 달 동안에 우리는 차츰 스스로가 스스로를 규율한다는 게 어떤 것인가를 배우게 된 듯하다. 하지만 그때껏 그런 우리를 지켜보기만 했던 담임선생님의 깊은 뜻을 이해하는 데는 아직도 훨씬 더 많은 세월이 지나야 했다.

학급생활이 정상으로 돌아감과 아울러 굴절되었던 내 의식도 차츰 원래대로 회복되어갔다. 다시 어른들 식으로 표현하면, 새로운 급장 선거에서 기권표를 던질 때만 해도 머뭇거리던 내 시민 의식은 오래잖아 자신과 희망을 가지게 되고 자유와 합리에 대한 예전의 믿음도 이윽고는 되살아났다. 가끔씩 — 이를테면 내가 듣기에는 더할 나위 없는 의견 같은데도 공연히 떠드는 게 좋아 씨알도 먹히지 않는 따지기로 회의만 끝없이 늘여놓는 아이들을 볼 때나, 다 같이 힘을 합쳐야 할 작업에 요리조리 빠져나가 우리 반이 딴 반에 뒤지게 만드는 아이들을 보게 될 때와 같은 때 — 석대의 질서가 가졌던 편의와 효용성을 떠올린 적이 있었지만 그것도 금지돼 있기에 더 커지는 유혹 같은 것에 지나지 않았다.

석대는 미창 쪽 아이들과의 싸움이 있고 난 뒤 우리들뿐만 아니라 그 작은 읍에서도 사라져버렸다. 얼마 후 들리는 소문으로는 서울에 있는 어머니를 찾아갔다고 했다. 상이군인으로 돌아온 남편이 일찍 죽자 어린 석대를 할머니 할아버지에게 떼어놓고 개가해 버렸다던 그의 어머니였다.

그 뒤 내 삶도 숨 가빴다. 학교와 부모의 성화 속에 남은 학기를 어떻게 보냈는지조차 모르게 입시공부에 허덕이며 보낸 덕으로 나는 겨우 괜찮은 중학에 들어갈 수 있었고, 그때를 시작으로 경쟁과 시험 속에 십 년이 흘러갔다. 따라서 한동안은 제법 생생했던 석대의 기억은 차차 희미해지고, 힘들게 힘들게 일류 고등학교와 일류 대학을 거쳐 사회에 나왔을 때는 짧은 악몽 속에서나 퍼뜩 나타났다 사라지는 의미 없는 환영에 지나지 않게 되어 있었다. 하지만 내가 석대를 잊게 된 것은 반드시 내 삶이 숨 가쁘고 힘겨웠기 때문만은 아니었다. 그보다는 그동안의 내 환경에 그 시절을 상기시킬 요소가 거의 없었다. 일류와 일류, 모범생과 모범생의 집단을 거쳐 자라가는 동안 나는 두 번 다시 그 같은 억눌림 또는 가치 박탈의 체험을 안 해도 좋았기 때문이었다. 재능과 노력, 특히 정신적인 능력과 학문에 대한 천착의 깊이로 모든 서열이 정해지고 자율과 합리에 지배되는 곳들만을 지나와, 그때까지도 석대는 여전히 부정(否定)의 이미지에 묻혀 있을 수밖에 없었다.

그러다가 — 석대가 다시 내 의식 표면으로 떠오르기 시작한 것은 군대를 거쳐 사회에 나온 내가 한 십 년 가까이 생활의 진창에 짓이겨진 뒤였다. 처음 일류 학교 출신답게 대기업에 들어갔던 나는 이태 만에 모래 위에 세운 궁궐같이만 느껴지는 그곳을 떠나 고급 세일즈로 재출발했다. 근무하기에 자유롭지도 않고 경영이 합리적이지도 않으며 성장 과정조차 정의롭지 못한 집단 속에서 젊음과 재능을 낭비하고 싶지 않아서였다. 나는 머지않아 닥쳐올 세일즈맨의 시대를 꿈꾸며 삼 년 가까이 이 나라의 대기업들이 만든 갖가지 허위와 과대 선전에 찬 상품들을 열심히 팔았다. 약품과 보험과 자동차의 상품 카탈로그를 한 가방 넣어 뛰어다니는 사이에 이 나라의 70년대 후반과 내 청춘의 끄트머리가 함께 지나갔다. 그리하여 결국 이 나라의 세일즈맨은 그 자체가 한 고객에 지나지 않거나, 기껏해야 내구연한이 이 년을 넘지 않는 대기업의 일회용 소모품에 지나지 않음을 깨달았을 때는 벌써 삼십대도 중반으로 접어든 협수룩한 가장이 되어 있었다.

나는 그제서야 놀라 주위를 돌아보았다. 모래 위의 궁궐같이만 느껴지던 대기업은 점점 번창하기만 했고, 거기 남아 있던 옛 동료들은 계장으로 과장으로 올라가 반짝반짝 윤기가 돌았다. 어떤 동창은 부동산에 손을 대 벌써 건물 임대료만으로 골프장을 드나들고 있었고, 오퍼상인가 뭔가 하는 구멍가게를 열었던 친구는 용도도 가늠 안 가는 어떤 상품으로 떼돈을 움켜 거들먹거렸다. 군인이 된 줄 알았던 동창이 난데없이 중앙부처의 괜찮은 직급에 앉아 있었으며, 재수마저 실패해 자비유학으로 낙착을 보았던 녀석은 어물쩍 미국박사가 되어 돌아와 제법 교수 티를 냈다.

나는 급했다. 그때 이미 내 관심은 그런 성공의 마뜩치 못한 과정이나 그걸 가능하게 한 사회 구조가 아니라 그들이 누리고 있는 그 과일 쪽이었다. 한마디로 말해, 나도 어서 빨리 그들의 풍성한 식탁 모퉁이에 끼어들고 싶었다. 그러나 그 급함이 나를 한층 더 질퍽한 생활의 진창에다 패댕이를 쳤다. 겨우겨우 마련한 열아홉 평 아파트 팔고 이 돈 저 돈 마구잡이로 끌어대 벌인 어떤 수상쩍은 벤처 사업의 대리점은, 잘 수습됐다는 게 나를 두 칸 전세방에 들어앉은 실업자로 만들어버리는 것으로 끝났다.

실업자가 되어 한 발 물러서서 보니 세상이 한층 잘 보였다. 내가 갑자기 낯선, 이상한 곳으로 전학 온 듯한 느낌을 가지게 된 것은 그 무렵이었다. 그전 학교에서의 성적이나 거기서 빛났던 내 자랑들은 아무런 소용이 없는, 그들만의 질서로 다스려지는 어떤 가혹한 왕국에 내던져진 느낌. ― 거기서 엄석대는 아득한 과거로부터 되살아나왔다.

이런 세상이라면 석대는 어디선가 틀림없이 다시 급장이 되었을 것이다. ― 나는 그렇게 단정했다. 공부의 석차도 싸움의 순위도 그의 조작에 따라 결정되고, 가짐도 누림도 그의 의사에 따라 분배되는 어떤 반, 때로 나는 운 좋게 그 반을 찾아내 옛날처럼 석대 곁에서 모든 걸 함께 누리는 꿈을 꾸다가 서운함 속에 깨어나기까지 했다.

다행히도 실제 세상은 그때의 우리 반과 꼭 같지는 않아 그래도 내가 나온 일류 대학과 거기서 닦은 지식을 써주는 곳이 아직은 더러 남아 있었다. 그중에 내가 하나 찾아낸 곳이 사설 학원이었다. 그곳도 꼭 옛날의 성적대로 되는 것은 아니고 뒤늦게 출발한 강사 생활이라 적응에 고생은 좀 됐지만, 어쨌든 나는 거기서 다시 아내와 아이들을 보살필 만한 수입은 벌어들일 수 있었다. 그리고 몇 달 지나지 않아서는 제법 내 집 마련의 꿈까지 키울 수 있을 만큼 살이는 펴졌다. 하지만 석대에 대한 나의 그런 단정은 조금도 변하지 않았다.

이따금씩 만나는 국민학교 동창들도 심심찮게 그런 내 단정을 뒷받침해 주었다.

"엄석대 그 친구, 역시 물건이더만. 그라나다 뒷자석에 턱 제끼고 앉아 가는 걸 봤지."

"고향에 갔다가 엄석대 개 때문에 기분 꽉 잡쳤어. 고향 친구들 불러 술 한 잔 하는데 온통 개 얘기뿐이더군. 무얼 하는지 젊은 녀석 둘을 달고 와 중앙통을 돈으로 휩쓸고 간 모양이야."

녀석들은 감탄조로 그렇게 말했지만, 나는 오히려 그들이 석대를 일부러 왜소하게 만들고 있는 듯한 느낌까지 들었다.

우리들의 석대는 그렇게 작아서는 안 되었다. 그렇게 속된 성공으로 그쳐서는 이미 실패의 예감이 짙은 내 삶을 해명할 길이 없어지고 만다. 또 우리들의 석대는 그렇게 쉽게 그의 힘과 성공이 눈에 띄어서도 안 되었다. 보다 은밀하고 깊은 곳에 숨어 지금의 이 반을 주물러대고 있어야 했고, 그래서 내가 자유와 합리의 기억을 포기하기만 하면 다시 그의 곁에 불러 앉혀주어야 했다. 내 재능의 일부만 바치면 그는 전처럼 거의 모든 것을 내게 줄 수 있어야 했다.

그런데⋯⋯ 끝내는 나도 그를 만나고 말았다. 바로 지난여름의
일이었다. 입시반 때문에 겨우 사흘 얻은 휴가로 나는 아내와 아
이들을 데리고 강릉으로 갔다. 딴에는 마음먹고 나선 피서 길이
라 굳이 돈을 아끼려는 것은 아니었으나 마침 새마을 표가 매진
돼 어쩔 수 없이 타게 된 우등칸은 고생스럽기 그지없었다. 따로
좌석을 사기에는 아직 어려서 하나씩 데리고 앉은 아이들이 칭얼
대는 데다 통로는 입석객이 들어차 에어컨도 제구실을 못했기 때
문이었다. 그래서 강릉에 도착하기 바쁘게 기차를 빠져나와 출구
쪽으로 가는데, 문득 등 뒤에서 귀에 익은 외침 소리가 들려왔다.

"놔, 이거 못 놔?"

무심코 소리 나는 쪽을 돌아보니 대여섯 발자국 뒤에서 사복형
사인 듯싶은 두 사람에게 양팔을 잡힌 어떤 건장한 젊은 남자가
그들을 뿌리치려고 애쓰며 지르는 고함이었다. 미색 정장에 엷은
갈색 넥타이를 점잖게 받쳐 맸으나 왼쪽 소매는 그 실랑이로 벌써
뜯겨져 있었다. 나는 그런 그의 선글라스 낀 얼굴이 이상하게 눈
에 익어 나도 모르게 발걸음을 멈추었다.

"튀어 봤자 벼룩이야. 역 구내에 쫙 깔렸어!"

형사 한 사람이 차갑게 내뱉으며 허리춤에서 반짝반짝하는 수
갑을 꺼냈다. 그걸 보자 붙잡힌 남자는 더욱 거세게 몸부림쳤다.

"이 새끼가 아직도 정신 못 차려?"

보다 못한 다른 형사가 그렇게 쏘아붙이며 한 손을 빼 그 남자
의 입가를 쳤다. 그 충격에 선글라스가 벗겨져 날아갔다. 그러자

비로소 온전히 드러난 그 남자의 얼굴, 아 그것은 놀랍게도 엄석대였다. 삼십 년 가까운 세월이 지나갔건만 한눈에 알아볼 수 있는 그 우뚝한 콧날, 억세 뵈는 턱, 그리고 번쩍이는 눈길…….

나는 못 볼 것을 본 사람처럼 질끈 두 눈을 감았다. 그런 내 눈앞에 교탁 위에서 팔을 들고 꿇어앉아 있던 이십육 년 전 그날의 석대가 떠올랐다. 몰락한 영웅의 비장미도 뭐도 없는 초라하고 무력한 우리들 중의 하나가.

"여보, 당신 왜 그러세요?"

영문도 모르고 내 곁에 붙어 섰던 아내가 가만히 옷깃을 당기며 걱정스레 물었다. 나는 그제서야 눈을 뜨고 다시 석대 쪽을 보았다. 그사이 수갑을 받은 석대는 두 손으로 피 묻은 입가를 씻으며 비척비척 끌려가고 있었다. 내 곁을 지날 때 힐끗 나를 곁눈질했지만 조금도 나를 알아보는 것 같지는 않았다…….

— 그날 밤 나는 잠든 아내와 아이들 곁에서 늦도록 술잔을 비웠다. 나중에는 눈물까지 두어 방울 떨군 것 같은데, 그러나 그게 나를 위한 것이었는지 그를 위한 것이었는지, 또 세계와 인생에 대한 안도에서였는지 새로운 비관에서였는지는 지금에조차 뚜렷하지 않다.

(1987년)

장군과 박사

다시 한 번 되풀이하거니와, 우리는 행복하다. 우리에게 유일한 불행이 있다면 그것은 우리 행복의 목록이 너무도 빠짐없이 짜인 것일 뿐이라는 말도 전에 했던가.

하지만 이번 이야기의 목적은 그 숱한 행복의 목록을 시시콜콜하게 들춰 이미 싫증나기 시작한 그 정신적 자위행위(自慰行爲)를 되풀이하려는 데 있지 않다. 벌써 수십 년째 끈질기게 우리 사회의 구석구석을 떠도는 고약한 소문 — 지금으로부터 꼭 40년 전 그날, 서력으로는 1945년 8월 15일에 우리에게 나타났다는 어떤 장군과 박사의 이야기 — 의 진상을 밝히기 위해 이 글을 쓴다. 따라서 우리들 행복의 점검도 그런 목적에 맞는 항목이어야 하는데, 여기서는 다만 정치적인 행복만을 살펴보기로 한다.

정치적 행복의 내용 가운데 다른 불행한 나라의 사람들이 가장 뜨겁게 바라면서도 잘 얻지 못하는 것은 아마도 그 지도자와의 일체감일 것이다. 그것은 별 실속도 없으면서 사람을 기분 좋고 으쓱하게 만들 뿐만 아니라 다른 분야에서의 행복까지 몇 배로 뻥튀기해 주는 효과가 있다.

그런데 우리는 바로 그 지도자와의 일체감에서 이 세상 어떤 땅의 사람들보다 더 큰 행복을 누리고 있다. 왜냐하면, 우리에겐 통치가 없고 관리(管理)만 있으며, 그 관리의 역할마저 완벽한 기회 균등의 제도에 따라 우리 모두에게 골고루 할당되기 때문이다. 말하자면, 다른 불행한 나라에서 정치적 지도자라 불리는 이들은 우리에게는 관리인(管理人)이 되는 셈인데, 그 관리인과 우리와의 관계는 일체감 정도가 아니라 바로 일치(一致)이다.

그러나 사람에게는 묘한 습성이 있어 뻔한 것도 뒤집어 보기를 좋아하고, 모두가 맞다고 하면 일부러 아니라고 우겨보기를 즐기는 데가 있다. 특히 요즈음 젊은이들에게 그런 경향이 심해, 나이 든 사람들이 말짱하다고 하면 말짱한 그릇도 깨졌다고 보고, 나이 든 사람들이 곱다고 하면 이제껏 소중히 들고 다니던 꽃다발도 무슨 더러운 물건 내던지듯 팽개치는 게 유행처럼 퍼져간다고 한다. 우리의 완강한 행복을 흔들 만큼 많은 수도 아니고, 또 그게 병이라도 한때의 병이라 걱정할 일은 아니지만, 이런 얘기를 할 때는 절로 눈치가 보인다. 더군다나 이 글이 우리끼리만 돌려보고 만다는 보장이 없으니, 지금의 우리 같은 상태가 까마득한 꿈일 뿐인 다른 불행한 나라 사람들에게는 더욱 못 미더울 것이다. 따라서 그들을 위해서라도 앞서의 추상적인 주장을 구체적인 예(例)로 바꾸어보자. 설령 그게 우리끼리는 다 아는, 현대사의 흔해 빠진 삽화일지라도.

얘기가 좀 빗나간 듯 여겨질지도 모르지만 먼저 이 글을 쓰고 있는 사람의 예를 들어보자. 몇 달 전 나는 오뉴월 감기보다 더 고약한 어떤 관리 업무의 당직(當直)에 걸려 꼬박 일주일 동안이나 초죽음을 당한 적이 있다. 바로 청와대 당직으로 다른 불행한 나라에서는 거기서 일하는 최고 책임자를 대통령이니 뭐니 하며 서로 맡기를 다툰다지만, 다 알다시피 우리에게는 그게 얼마나 힘들고 지겨운 당직인가.

처음 그 당직 통지문을 받았을 때 나는 솔직히 터무니없이 일찍 돌아온 내 순번에 부정의 의혹을 품었다. 그러나 알아볼 대로 알아보고 확인할 대로 확인해 보아도 누가 순번을 조작했거나 부당하게 담합해 나를 원래보다 일찍 그 당직에 끌어들인 혐의는 끝내 찾을 수가 없었다. 거기다가 질병, 기타 업무를 수행할 수 없는 사유도 발생하지 않아, 나는 하고 있던 온갖 급한 일을 일시 미뤄두고 청와대로 가는 수밖에 없었다.

그 일주일의 끔찍함이란! 누군가는 해야 할 일이고, 또 내 순번은 우리들의 '신성한 약속' 중의 하나라 겨우겨우 하루하루를 때워 나가기는 했어도, 일생에 두 번 다시 그곳 당직이 돌아온다면 나는 서슴없이 감옥행을 택할 것이다. 회의는 왜 그렇게 많고 사람은 또 왜 그리 몰려들던지 회의, 숙의, 회동(會同), 요담, 밀담, 회담, 접견, 예방 — 거기다가 끊임없이 서명을 요구하는 결재, 승인, 추인, 허가, 인가……

일주일 내내 머리는 금세 터질 것 같았고 잠은 턱없이 모자랐다. 밥은 모래를 씹는 맛이었고, 없던 소화불량의 증세가 나타났으며, 나중에는 코피까지 줄줄이 쏟아졌다. 가까스로 일주일을 채우고 돌아오니 내가 그 전에 하던 일은 밀려 엉망이 돼 있고.

그렇지만 곰곰 헤아려보면 나는 아직도 몇 번인가 그런 괴로운 당직을 더 남겨 놓고 있다. 청와대는 이미 때웠으니 남은 곳은 도청(道廳)이나 부처(部處) 같은 데라 일은 좀 가벼울지 몰라도 대신 이번에는 당직 기간이 훨씬 기니 고생은 마찬가지일 것이다.

하지만 어찌하랴. 그러한 당직은 이 땅에 살려면 한 번은 돌아오기 마련인 것을. 곧 우리에게 통치는 없고 관리만 있으며, 그 관리인이 되는 것은 권리의 획득이 아니라 의무의 수행일 뿐이다.

따라서 원래의 논의로 돌아가면, 지도자와의 일체감이란 우리에게는 오히려 괴로울 정도의 일치(一致)로 실현되어 있는 셈이다. 그리고 지도자와의 일체감이 그 정도라면 자유니 평등이니 하는 정치적 행복의 다른 내용들은 더 말할 나위도 없다. 낡고 애매하고 다분히 선동적인 그런 용어들은 아직도 권력을 잡은 지도자의 '통치'를 받고 있는 다른 불행한 나라나 전(前) 시대에 속한 말일 뿐 우리네 정치학 사전에는 이미 사어(死語)가 되어버렸다.

그런데 요즈음 항간에는 그런 우리의 정치적 행복을 정면으로 의심케 하는 근거 없는 소문이 나돌고 있다 한다. 우리에게는 바로 앞서 말한 바와 같은 관리인이 있는 게 아니라 전혀 일체감을 못 느끼는 권위주의적 지도자가 있으며 그것도 둘씩이나 된다는 내용이다.

좀 더 구체적이 되면 그 소문은 이렇게 발전하기도 한다. 곧, 그들 중 하나는 장군이며 하나는 박사로서, 몇 수십 년 전부터 이 나라를 남북 둘로 쪼개 다스리고 있다는 식으로. 거기다가, 좀 더 신이 나면 제법 소상한 후일담까지 보태는데, 거기 따르면, 북쪽을 차지한 장군은 반세기나 권력을 잡고 있었어도 양이 안 차 이제는 그 아들에게 물려줄 궁리가 한창이고, 남쪽의 박사는 십이 년 만에 쫓겨났지만 그 뒤로도 비슷비슷한 사람들이 그 자리를 잇는 바람에 그 남쪽 사람들의 정치적 불행도 북쪽에 못지않고 한다.

터무니없는 말, 마른날에 날벼락 맞아 죽을 소리다. 그것은 아마도 우리가 무슨무슨 강대국에 의해 남북으로 분단되었다느니, 그래서 남과 북이 피가 튀고 살점이 흩어지는 싸움까지 몇 년씩 했다느니 하는 따위의 유언비어와 근원이 같아 보인다. 행복에 겨워 심심해진 나머지 꾸며낸 가상극(假想劇)이거나, 한자(韓子)와 되[胡]튀기, 양(洋)튀기가 먹은 마음이 있어 지어 퍼뜨린 낭설임에 분명한 까닭이다. 조금만 분별 있는 사람이라면 그걸 다 말이라고 귀 있다 해서 듣고 앉았고 입 있다 해서 수군수군 옮겨 대는 짓거리는 않을 터이다.

하기야 어떤 이는 비록 그게 헛소문일지라도 그 치밀한 구성이

나 빼어난 상상력은 인정해 줘야 한다고 주장하기도 한다. 하지만 그 또한 꼭 그렇게만 볼 수는 없는 것이 그 얘기의 원형이나 전개 방식에는 어딘가 일본 현대사의 냄새가 나기 때문이다. 다시 말하면, 20세기 들어 한 끗발 잡은 일본이 앞뒤 없이 촐랑대다가 낭패를 당해도 크게 당한 뒤에 겪은 일과 요즈음 우리를 노엽게 하는 그 헛소문이 몹시 닮아 있다는 뜻이다.

일본에 대해서 조금이라도 아는 이라면 저 서력(西曆) 1945년의 패전이 몰아다 준 혼란을 틈타 넓지도 않은 그 땅을 두 토막 낸 금촌(金村) 장군과 목자(木子) 박사를 기억할 것이다. 그들은 땅덩어리뿐만 아니라 그 나라 사람들의 마음까지 두 동강 낸 자들로, 일본 사람들은 그때로부터 40여 년이 지난 오늘날까지도 그 두 사람이 남긴 상처에 시달리고 있다. 이왕 얘기가 나왔을 뿐더러 우리로 보면 가까운 이웃의 일이니 이 기회에 한번 살펴봐 두자. 남의 산[他山]의 돌이 비록 쓸모가 없어도 내 칼을 가는[磨] 데는 좋은 숫돌일 수 있느니.

늦게 배운 도둑이 날 새는지 모른다고 이웃 일본이 뒤늦게 배운 식민지 놀음에 미쳐 한동안 꼴같잖게 촐랑거리고 담방댄 이야기는 이미 했다. 그러나 초장 끗발이 파장 맷감이요, 영감 상투 굵어봐야 문지방 넘을 때 알아본다더니, 일본이 꼭 그랬다. 병들어 비실대는 짱꼴라 사자 운 좋게 때려눕히고, 염통에 쉬슬어 성질만 사납던 북극곰 엉덩이 한번 호되게 걷어찰 때까지는 좋았지만 그다음이 문제였다. 간이 배 밖에 나와도 유분수지, '박멸 미영귀축(米英鬼畜)'이라니 무리라도 너무 암팡진 무리였다. 과학 기술, 전쟁 기술, 식민지 놀음 모두에서 저희 스승이요, 후견자요, 선배인 그 두 나라에 초장 끗발만 믿고 칼끝을 들이댄 일이 그랬다.

하기야 이번에도 한동안은 초장 끗발이 통하는 듯싶었다. 하지만 영국이 누구고 미국은 누군가. 특히, 아으, 그 미국의 물량(物量). 그때 유럽과 태평양에서 동시에 터진 대전을 치르면서도 남는 구축함 오십 척으로 태평양 무슨 제도(諸島)를 영국으로부터 사들일 수 있던 게 미국의 엄청난 생산물량이었다.

거기다가 어디 미영(米英)뿐이던가. 옛적에 엉덩이 호되게 걷어차 멀찍감치 내쫓았다 싶었던 북극곰, 그사이 환골탈태해 북쪽에서 넘실대니 이름하여 소련이다. 그동안 서쪽이 바빠 동쪽으로는 연방 일본에게 헤픈 웃음 흘리고 있었으나, 스탈린그라드에서 묘수(妙數) 나자 금세 동쪽을 보는 눈길부터 달라졌다. 차르와 귀족에게서 뺏은 빵으로 '인민'을 어루었건, 인민의 언[凍] 볼 주먹으로 치고 헐벗은 그 정강이뼈 군홧발로 내질러 짜내었건, 한 이십 년 군대깨나 모으고 총칼깨나 마련했으니 필경엔 동쪽으로도 써먹을 게 뻔했다.

말이 난 김에 하는 소리지만 섬오랑캐 저희 자충수(自充手)는 또 어땠는가. 조개 주우려고 바닷물 퍼내는 게 낫지, 만주로는 모자라 진창 같은 화북(華北), 화남(華南)에 출병하더니 시베리아에 관동군을 보내 아라사까지 집적이다가 급기야는 태평양이 좁다고 한껏 전선을 벌렸다. 남의 일이라 쉽게 말하는 건 아니지만, 옥쇄(玉碎)인가 뭔가로 태평양 섬마다 몰살당한 시체로 덮고도 본토에 종자(種子) 할 인총이 남았으니, 우리말로 눈알이 빠져도 그만하기가 다행이었다.

그 파장판에 그들이 당한 참상을 길게 얘기하는 건 삼가자. 군자는 남의 불행을 기뻐하는 법이 아니거니와, 이 얘기의 목적도 거기에는 있지 않다. 애당초 우리가 그들 얘기를 꺼낸 것은 패전 뒤를 살펴보기 위함이었으니.

마지막까지도 본토 결전, 본토 결전 하며 바락바락 악을 쓰다가 원자탄인가 뭔가로 정신 번쩍 들어 손들고 보니 이미 판은 복기(復棋)도 못해 보게 쓸린 뒤였다. 그러나 항복 뒤에 그들이 겪은 낭패 중에서도 가장 큰 낭패는 권력의 공동화(空洞化) 현상이었다. 앞장서 악쓰던 놈은 전범(戰犯)으로 잡혀가고, 엉큼한 놈은 큼직한 오리발 하나 구해 들고 어슬렁거리고, 겁 많은 놈은 꼬리 꽉 내리고 숨어버리니 무주공산(無主空山)이 따로 없었다.

금촌(金村)이란 자는 바로 그런 때를 틈타 관서(關西) 지방에 나타난 자였다. 그는 스스로를 불세출의 영웅이며 애국자며 장군이며 이념가라 자처했다. 그는 일찍부터 군부의 불장난과 그 불장난에 놀아나는 천황(天皇)이 조국 일본을 망칠 줄 알았다고 한다. 그리하여 만주로 망명한 그는 반천황(反天皇) 구국 결사대란 유격대를 조직해 그릇된 조국의 군부와 싸우게 된 게 애국자요 영웅으로서의 출발이었다. 그런 그의 전설과 신화는 뒷날로 갈수록 요란

뻑적지근해졌다.

먼저 그의 사격 솜씨부터 살펴보자. 처음 관서 지방으로 돌아왔을 때만 해도 그의 총 솜씨는 나무에 달린 사과 낱이나 떨어뜨리고, 공중에서 떨어지는 깡통이나 쏘아 맞히는 정도였다. 그러다가 차츰 날아가는 외기러기 눈깔을 쏘아 맞혔다던가 만 피트 상공의 적 전투기 조종사의 마빡을 뚫었다는 식으로 부풀더니 1980년대 들어서는 마침내 일석이조(一石二鳥) 신화까지 나왔다.

일석이조 신화는 갈공산 전투인가 뭔가 하는 유서 깊은 전투에서 총알 하나로 적 우두머리 둘을 한꺼번에 잡은 얘기다. 그날 전투는 매우 치열하여 쌍방이 모두 전사하고 이쪽은 금촌 장군, 저쪽은 제국주의 파쇼 군대 사단장과 그 부관만 남았는데, 불행히도 금촌 장군의 소총에는 총알이 하나뿐이었다 한다. 이에 영명한 금촌 장군은 총구에 천하의 보검인 군도(軍刀)날을 대고 그 둘을 겨냥해 쏘았더니 총알이 두 쪽으로 갈라져 둘 모두의 심장에 가서 박히더란 기막힌 얘기였다.

금촌 장군의 기마술에 관한 전설도 사격 솜씨에 못지않다. 안장 없는 말을 타고 남만주의 산악을 평지처럼 치달았다는 얘기에서 시작된 신화는 차츰 달리는 말에 탄 채 땅에 떨어진 권총을 주워들었다는 식으로 발전해 갔다. 그러다가 1970년대에서는 말 배에 붙어 몇십 리를 달리는 게 그의 전기(傳記) 영화에 선보이더니요 근래에는 그가 암말 엉덩이 사이로 들어갔다가 입으로 나오는 걸 봤다는 기록문까지 나오게 되었다. 들리는 말로는 그 장면도

영화로 찍고 싶었으나, 스필버그를 가르친 감독조차 그런 장면을 만들어낼 자신은 없다고 손을 내젓는 바람에 문자로 된 기록으로 만족할 수밖에 없었다고 한다.

그의 감동적인 동지애(同志愛)도 여러 갈래의 전설로 전해진다. 굶주린 동지들을 위해 한 달 내내 곡식 한 톨 입에 넣지 않았다던 가, 추위에 떠는 동지들에게 벗어 주는 바람에 한겨울 내내 훈도시 한 장으로 버텼다는 따위가 그 초보에 나오는 서사다. 중급으로는 굶주리는 동지들에게 한 톨의 곡식이라도 더 돌아가게 하려고 사랑하는 가족들을 눈 속에 버렸다는 게 있고, 고급으로는 어느 핸가의 어려운 농성전 때 허벅다리를 잘라 동지들을 먹인 바람에 지금도 왼편 허벅지 아래는 의족(義足)이라는 주장이 있다.

금촌 장군의 탁월한 능력이나 인간적인 미덕으로 넘어가면 지금까지 말한 사격 솜씨나 기마술 따위는 또 한 수 처진다. 그 너그러움이며 참을성, 용기, 지혜, 박식에다 통찰력, 예견력, 분석력, 결단력은『불멸의 횃불』이라는 전기(傳記)와『영원의 금자탑』,『세기와 더불어』라는 그의 어록(語錄)에 하나같이 찬연한 단원을 이루고 있다. 전기는 추리고 추렸다는 게 스물두 권이요, 어록은 고르고 고른 게 일흔일곱 권이나 되는 데다, 재주가 짧고 시간까지 넉넉잖아, 여기에다 요약하지 못하는 게 실로 유감이지만 특별히 그쪽으로 관심 있는 분은 직접 원본을 구해 읽어 보시기 바란다.

하기야 너무 쉽게 원본을 구해 보란 말을 하니 어떤 이는 이상하게 여길지 모르겠다. 사실 예전에는 반일(反日)이니 멸일(滅日)이니

해서 그런 것을 구하기는커녕 구경하기조차 어려운 적도 있었다.

하지만 이제는 사정이 다르다. 약삭빠른 출판 장사꾼들이 아무 것도 모르는 우리 독자의 일시적인 호기심을 노려 마구잡이로 복사해 뿌려 대니, 발에 차이는 게 그 전기요, 손에 걸리는 게 그 어록이다. 뿐인가, 원래 그쪽에서 만들어진 책은 충견(忠犬) 같은 그쪽 관료들의 과잉 충성으로 우리가 읽기에 역겨운 데가 많이 있었던 모양인데, 우리 귀신같은 출판업자들은 그 문제까지도 해결해 놓은 경우가 많다. 우리 독자들을 역겹게 할 부분은 알아서 빼고 적당하게 편집해 제법 읽을 만하게 만든 뒤 판다고 한다. 출판업자로서는 장군을 대신해 가장 양질의 서비스를 제공하고 있는 셈이다.

그러나 금촌 장군을 소개하는 데 앞서의 그 어떤 것보다 중요한 것은 혁명가, 이념가로서의 면모이다. 그는 일찍이 아버지의 정액 속에 섞여 있을 때부터 혁명가였으며, 방년 아홉 살이 되어서는 드디어 소비에트식 사회주의만이 조국 일본을 구하는 유일한 길이요, 답임을 깨달았다고 한다. 그 뒤 풍찬노숙 이십여 년 그 사상을 갈고 다듬은 그는 서른넷의 나이로 관서 지방에 귀향할 때 이미 그 사상을 창시한, 막슨가 탁슨가 하는 천재적인 유태인에 못지않은 사상가로 자라 있었다.

그 뚜렷한 근거가 서력 1960년대에 접어들어 그가 창안했다는 자체 사상(自體思想)이다. 선배 격인 스탈린이나 모택동이도 혀를 내둘렀다는 그 사상을 구체적으로 다 소개할 수는 없으나 어쨌든 무시무시하고 끔찍하게 위대한 사상임에는 틀림없는 듯하다. 듣기로 그 사상에 따르면 그곳 인민은 모두 그의 자식이며, 그들이 먹을 것, 입을 옷, 살 집은 모두 그가 준 것이고, 때로는 그곳의 해와 달도 그가 만든 것이라고도 한다. 거기다가 그 사상의 구조가 얼마나 정밀하고 논리적인지, 최근에는 우리 똑똑한 아해들 중에도 자사파(自思派)란 게 생겨 그 사상의 위대함을 즐기고 있다는 소문도 있다.

어쨌든 금촌은 인민들의 열렬한 환영을 받으며 조국 일본으로 돌아갔고, 그 이듬해는 관서 지방에 준(準)통치 기구까지 마련했다고 한다. 미국과 소련이 전쟁 도발의 책임을 물어 일본을 동서로 분할하는 바람에 소련군의 점령 지역이 된 지방이었다.

금촌의 관서 정권 수립 시기에 대해서는 그 뒤 일본 국내에서 일게 된 분단 책임에 관한 시비와 더불어 이설이 많다. 목자(木子) 박사가 미국의 지원을 받아 관동(關東) 지방에 세운 정권과의 관계에서 비롯된 것인데 어떤 이는 서슴없이 금촌의 관서 정권이 먼저라고 한다. 앞서 준(準)통치 기구라고 한 인민위원회를 근거로, 그 위원회가 도도부현(都道府縣) 시정촌(市町村)마다 설치된 걸 바로 정권의 수립으로 보기 때문이다. 그러나 금촌이 정식으로 서(西) 일본 인민공화국 수립을 선포한 것은 목자의 대일본 민국 수립을 선포한 몇 달 뒤여서, 어떤 사람은 먼저 단독 정부를 세운 책임을 목자의 관동 정권에 묻기도 한다.

이렇게 따지고 보면 사실 금촌이란 인물 자체에 대해서도 여러 가지 이설이 있다. 지금까지 전한 것은 그래도 대개는 금촌에게 긍정적인 쪽이지만, 그의 반대자들의 얘기를 들어보면 사뭇 다르다. 남의 흉은 길게 말하는 법이 아니니 대강만 말해 보자.

그 반대자들에 따르면, 그의 반제(反帝) 유격 활동부터가 생판 거짓말이 된다. 할 일 없는 건달로 만주를 떠돌다가 마적 패에 가담한 그가 관동군의 토벌에 쫓겨 다니다 치른 몇 번의 조우전을 그렇게 떠벌렸다는 주장이다. 이념가, 혁명가로서의 면모도 마찬가지로 그의 사회주의 사상이랬자 기껏 만주에서 관동군의 마적 토벌에 쫓긴 그가 소련으로 넘어가 그곳 외인부대(外人部隊)에 투신한 뒤에 얻어진 것이라 한다. 그러나 그나마도 소련군의 정훈(政訓) 교육 수준을 크게 넘지 못해 과연 그를 사회주의자로 부를 수 있는지조차 의문스럽다는 말도 있다. 관서 인민의 열렬한 환영을 받았다는 것도 말 같잖은 말이란 지적들이다. 관서에는 원래 명망가(名望家)들이 많은 데다 사회주의 계열로도 그보다 몇 배나 관록과 명성을 쌓은 국내파(國內派)가 여럿 있어 그는 거의 무명(無名)의 신인에 가까웠다는 게 그 근거다. 소련 점령군이 우격다짐으로 끌어낸 군중을 그렇게 과장했을 뿐이라고 한다. 그의 정권 수립에 관해서도 의심은 많다. 이념에 턱없이 민감하고 흑백논리에 잘 들뜨는 일본인의 국민성이 경박한 편 가르기에 나서 그를 어느 정도 도왔을 가능성은 있지만, 그보다는 괴뢰정권 수립에 급급한 소련 점령군의 총칼이 더 힘이 됐을 거란 얘기다. 남의 나라 일이라 그 시비를 일일이 가릴 수는 없지만 — 하여튼 금촌이란 인물은 대강 그렇다.

그러면 관동(關東) 지방에 나타난 목자(木子)란 인물은 누구인가. 여러 가지로 뜯어 맞춰보면 이 목자 또한 좋은 뜻으로든 나쁜 뜻으로든 말 많기로는 금촌에 못지않다. 역시 금촌의 선례에 따라 조목조목 짚어나가 보자.

목자는 혈통부터가 금촌과 달리 화려하다. 어떤 이는 고대(古代)의 방계(傍系)일 뿐이라고도 하고 어떤 이는 당시 일왕실(日王室)의 근친이라고 해 서로의 주장이 엇갈리기도 하지만 어쨌든 그가 가깝든 멀든 일왕가(日王家)의 혈통과 이어진 것은 분명하다. 그는 일생 그것을 은근히 내세웠으며, 미국에서는 한때 일본의 왕자를 자처하기도 했다고 한다.

그도 그런 종류의 인간에 예외 아니게 애국자, 구국(救國)의 화신을 자처했는데 그 구국의 행각은 대강 이러했다. 일찍이 어머니의 배 속에서부터 조국 일본을 위해 몸 바치기로 결심하고 태어난 그는 세상이 놀랄 만한 신동으로 자랐다. 그러다가 나이 열다섯 되던 해 왕가가 점차 군부(軍部)의 손에 넘어가는 걸 보고 조국의 위기를 직감한 그는 먼저 국내에서의 반(反)군부 투쟁에 뛰어들었다고 한다.

그의 방대한 전기(傳記)가 「투쟁의 서막」이란 이름의 장으로 서술하는 바를 보면, 그 무렵 그는 주로 '반(反)군부·평화 협회'라는 진보적 단체를 중심으로 활동했던 것 같다. 그 단체는 또 〈평화신문〉이란 최초의 순 가타가나(일본 글) 신문을 만들어 여러 가지 사회 운동을 벌였는데 그 공로는 실로 혁혁했다고 한다.

그러나 의로운 자에게는 고난이 따르는 법이라던가. 그도 곧 엄혹한 시련에 빠졌다. 한창 대륙 침략의 열정에 들떠 있던 군부 과격파가 내각을 장악하면서 목자 그룹에게 조직적인 탄압이 시작됐다. 거기서 '반군부·평화 협회'는 반란 단체로 규정되고 목자는 그 수괴(首魁)급으로 체포되어 끔찍한 고문을 겪은 뒤 사형을 언도받았다.

목자가 어떻게 교수대를 면하고 미국으로 망명할 수 있었는지에 대해서는 해설이 분분하다. 어떤 이는 일왕(日王)이 혈육의 정으로 특사를 내렸다고도 하고, 어떤 이는 차후 일체의 정치 활동을 않겠다는 서약을 하고 군부의 용서를 받았다고도 한다. 극적인 것으로는 체포 안 된 동지들의 도움으로 탈옥을 했다는 것도 있고, 그에게 악의 품은 후문으로는 동지를 팔아 그 한목숨을 구했다는 것도 있다. 그러나 그의 전기는 그에 대한 국민의 절대적인 지지 때문에 함부로 사형에 처할 수 없게 된 군부가 사형 대신 출국을 간청해 왔다고 한다. 거기다가 그 또한 더 이상 국내에서는 희망이 없음을 알고 해외 투쟁으로 방식을 전환해 그 망명이 이루어지게 되었다고 한다. 일단은 공식적인 기록을 믿어주기로 하자.

목자의 미국 망명 시절은 그의 전기(傳記)에서 「길고 외로운 투쟁」이란 장으로 장황하게 서술돼 있다. 거기에 따르면 방년 스물둘의 나이로 미국에 건너간 목자가 먼저 힘을 쏟은 것은 배움이었다. 그는 턴스프링이란 명문 대학에 들어가 뒷날 그의 공식 호칭이 된 박사 학위를 따고 난 뒤에야 구국 활동으로 들어서게 된다. 하지만 그가 어떤 전공을 택해 무슨 박사를 땄는지에 대해서는 의견이 분분하다.

전기는 뒷날 정치가로 대성한 그답게 그의 학위를 정치학 박사로 밝히면서 「천황가와 군부의 결탁」이란 논문 제목까지 밝히고 있다. 그러나 어떤 사람은 그가 대단할 것 없는 신도(神道)의 지식을 영어로 대강 읽어 어리숙한 미국의 동양학자를 홀리고 동양철학으로 박사를 딴 것이라 하고, 또 어떤 사람은 기껏해야 학생 칠십 명 정도의 시골 교회 부속 신학대학에서 논문도 없는 신학 박사 학위를 받은 것이라고도 한다. 전공이야 어찌 됐건 그가 박사학위를 땄다는 것에는 모두 일치하는 것으로 보아 적어도 그를 박사로 부르는 데는 지장이 없을 듯하다.

그 뒤 불의(不義)한 조국이 패망할 때까지 삼십여 년 — 박사는 오직 조국에 남아 있는 동포의 자유와 권리 회복을 위해 밤낮을 가리지 않고 싸웠다. 한때는 남가주(南加州)에 망명정부를 세워 세계의 지지를 호소하며 조국을 철권으로 통치하고 있는 군부 파쇼 정권과 싸웠으며, 그 망명정부가 간악한 정보 정치에 의해 와해된 뒤에는 주로 외교전(外交戰)을 펴 불한 조국의 패망을 앞당기는 데 전력하였다……. 그가 통치하는 관동의 대일본 민국 문부성이 공식으로 인정하는 기록들은 대강 그렇게 요약될 수 있다. 하지만 여기에도 상반된 주장은 여럿 보인다.

그 첫째가 망명정부와의 관계에 대한 부분이다. 일본이 본격적으로 대륙 침략을 시작한 뒤 해외로 망명한 일본의 민간 지도자들에 의해 망명정부가 성립된 것은 사실이었다. 그리고 초기 한때 목자 박사가 개입했던 것도 사실이나, 마치 그가 지도자로 시종일관한 것처럼 주장하는 것은 어불성설이라는 주장이다. 일시 요직에 앉은 걸 기화로 재미 교포들이 모아 준 구국 성금을 유용(流用)했다가 탄핵받아 해임된 뒤 다시는 망명정부 근처에도 얼씬거리지 못했다는 게 그들의 주장이다. 뒷날 일본이 패망한 뒤 귀국한 망명정부 인사들이 한결같이 목자 박사를 백안시한 걸 보면 그 주장이 훨씬 사실에 가까운 듯하나 남의 나라 일이라 잘라 말할 수는 없다. 또 목자 박사를 편들어 말하는 사람은 그 망명정부가 오래잖아 일본 군부 정권의 공작 정치에 와해된 것처럼 주장하고 있지만 그것도 사실과는 다르다. 이미 말했듯 패망 직후 일본에 돌아온 정치 세력 중에는 버젓이 망명정부를 앞세운 일단이 있었다.

목자 박사가 구미(歐美) 여러 나라를 상대로 화려하게 펼쳤다는 외교전(外交戰)에 대해서도 곧, 만만치 않은 이설(異說)이 많다. 말이 구미지 실은 그가 구라파로 건너가 무슨 외교 활동을 한 적은 없고 다만 워싱턴에서 그것도 미 국무성을 상대로만 활동했는데, 그게 외교에 속한 활동인지는 지극히 의심스럽다고 하는 사람도 있다. 그들이 주장하는 목자 박사의 활동 내역은 대강 이렇다.

목자 박사가 몇몇 자신의 영향력 아래 든 재미 동포를 조직해 단체를 만든 적은 있었으나 그게 한 번도 외교권을 행사할 만한 규모가 된 적은 없었다고 한다. 단체가 워낙 빨리 분열하기 때문에 미처 제대로 클 수가 없었던 까닭이다. 얘기가 좀 빗나가는지 모르지만 그가 개입하기만 하면 어떤 단체든 분열하고 마는 것은 당시 미국에 있던 일본 교포 사회에 널리 알려진 일이었다. 한번은 하와이에 있던 어떤 일본인 단체가 둘로 나누어져 목자 박사를 수습차 파견했더니 얼마 후 그 단체는 셋으로 나누어져 있었다. 그 전의 두 파(派)에다 목자 박사의 파(派) 하나가 더 늘어난 까닭이었다.

따라서 목자 박사의 외교 활동이란 것은 주로 개별적인 것인데, 어떤 사람은 그걸 '타이프라이터 외교' 혹은 '투서(投書) 외교'라 비꼬아 부르기도 한다. 워싱턴 빈민가의 셋방에 타이프라이터 한 대를 놓고 무슨 작은 일만 있으면 끊임없이 미 국무성에 서한을 보냈기 때문이다. 항의, 요구, 경고, 충고 등의 여러 형식을 한 그 끝에는 있지도 않은 이런저런 이름의 일인(日人) 단체를 내세우고 스스로 그 회장으로서 서명한 개인적 투서였다.

하지만 이 부분에 대해서는 반드시 목자 박사의 방식을 얕볼 것만은 아닌 듯하다. 처음에는 대수롭지 않게 그런 서한을 받아들이던 국무성 관리들도 십 년, 이십 년 되풀이되자 차츰 목자(木子)라는 이름을 기억하게 되었으며 나중에는 일본의 민간 지도자 중에서 가장 활동적이고 영향력 있는 사람으로 여기게까지 되었다고 한다. 그리하여 종전 후 패전 일본의 관동 지방에 점령군을 보내고, 그곳에다 자신들이 원하는 정권을 세워야 할 필요가 생겼을 때 미 국무성은 맨 먼저 그의 이름을 떠올리게 되었다고 한다.

어쨌든 목자 박사가 환국했을 때 그 외교적 활동의 성과는 대단해 보였다. 그는 관서의 금촌 장군이 소련 점령군으로부터 받았던 것에 못지않은 대우를 관동의 미 점령군으로부터 받아 특별 군용기 편으로 동경 공항에 내릴 수 있었다. 그를 환영하는 국민들의 열광도 대단했다. 미 점령군의 입김이 작용했다기보다는 그가 미 점령군의 전폭적인 지지를 받는다는 걸 알아챈 정치 모리배들과 전범(戰犯)들이 이익과 보호를 구해 몰려든 것이라는 주장이 많다. 하지만 어쨌든 환영 인파는 환영 인파 — 그리고 그들은 곧 관동에 단독 정권을 수립하는 데 든든한 배경이 되어줌으로써 이른 바 '표현(表見)의 하자'는 치유된다.

일본의 금촌 장군과 목자 박사는 대강 그러했다. 여기까지 듣고 나면 요즈음 우리 사회 구석을 돌고 있는 고약한 소문에 대해 어지간히 속아 있던 이도 그 진원이 어딘지는 짐작이 갈 것이다.

그렇지만 무턱대고 그 소문을 일본의 복사판으로 보기에는 그래도 좀 찜찜한 구석이 있다. 우리 옛말에 "아니 땐 굴뚝에 연기 나랴."란 것이 있듯이, 아무리 이웃 나라에 그런 일이 있었기로니, 우리에게는 생판 없었던 일이 그렇게 끈질긴 소문이 되어 떠돌 리는 없기 때문이다.

조용히 진행되긴 했지만 근간에 있었던 우리 현대사학회(現代史學會)의 대대적인 점검은 그 바람에 있었다. 우리의 저명한 현대사학자들은 켜켜이 앉은 세월의 먼지를 떨고, 항간에 떠도는 소문의 근거로 가능할 만한 소지가 있는 인물들과 사건을 찾아보았다. 그런데 — 놀랍게도 있었다. 일본과는 경우를 달리하지만 우리에게도 장군과 박사가 오기는 왔었다. 그리고 바로 그 발견이 자칫 지루하게 들릴 수도 있는 이 이야기의 발단이 되었음도 아울러 말해 둔다.

25년 전쟁 — 아는 이는 알고 있겠지만, 서력 1920년부터 1945년까지 우리가 침략자 일본과 싸워 이 땅을 한 치 한 치 피로 물들이며 그들을 내쫓은 전쟁 — 직후의 일이었다. 조선 원정군 사령관 이찌끼[一木]는 불타는 일장기(日章旗) 곁에서 배를 가르고, 나머지 조선 원정군 패잔병은 우리 남북군(南北軍)에 항복한 며칠 뒤 소련군 극동 사령부와 미군 태평양 사령부에서 각기 경축 사절이 왔다. 그런데 바로 그 경축 사절에 묻어 그 어이없는 우리 장군과 박사가 오게 되었다고 한다.

하기야 가만히 앞뒤를 재보면 미국과 소련의 경축 사절단이란 것도 수상한 구석은 있었다. 이십오 년간이나 피 흘려 싸워 제 땅 제 나라를 되찾은 우리에게야 그 마지막 승리가 감격스럽기 그지 없겠지만 미소(米蘇) 저희들에게야 그게 무에 그리 사절단까지 보내 가며 경축할 만한 일이겠는가. 좀 심한 짐작인지는 모르지만, 일본을 관서, 관동으로 분할 점령해 재미를 본 그들이 은근히 우리에게도 그런 재미를 기대하고 경축을 구실 삼아 정탐을 보낸 것이나 아닌가 하는 의심이 간다. 소련군도 미군도 사절단이랍시고 보낸 게 맨 첩보 전문가, 정치 공작 전문가들이었으니 말이다.

하지만 우리가 누군가. 이 겨레가 어떤 겨레인가. 저 경박한 일본인들같이 미소(米蘇)가 멀쩡한 제 땅에 선을 긋는다고 동(東)이네 서(西)네 갈라설 리 없고, 민주가 어떠니 공산(共産)이 어떠니 하며 꾄다고 좌(左)니 우(右)니 다툴 리 없었다. 거기다가 우리는 일본과 달리 전쟁 도발의 책임 같은 것도 없으니 설령 불측한 기대가 있었다 해도 요새 아이들 말로 혹시나, 정도였을 것이다.

소련 극동사령부의 경축 사절단 백여 명이 육로(陸路)로 이 땅에 들어온 것은 서력 1945년 팔월 중순이었다. 이미 말했듯 첩보 전문가, 정치 공작 요원들로만 짜여진 사절단이었는데, 우리의 장군은 바로 그들 틈에 끼어 있던 여남은 명 소련 현지인 보조 요원들 중의 하나였다.

그럼 여기서 잠시 그때의 목격자가 남긴 기록을 빌려 우리의 장군이 처음 이 땅으로 들어설 때의 모습을 살펴보자. 그 기록에 따르면, 그때는 더위가 한창인 팔월 중순인데도 장군은 소련식의 위엄을 뽐내느라 개털 모자를 귀밑까지 내려 쓰고 놋쇠 단추가 줄줄이 달린 소련군 외투를 목깃까지 여미고 있었다고 한다. 또 여느 사람은 너무 더워 발걸음을 옮기기조차 힘이 드는데 그는 긴 가죽 장화의 번쩍임과 밑창에 박힌 징 소리를 드러내기 위해 보폭(步幅)이 평균 넉 자는 되었다 한다. 거기다가 사람들만 보면 다 와리시(동무), 어쩌구 하며 손을 번쩍번쩍 쳐드는 게 한낱 보조 요원답지 않은 기세라 꼭 뭔 일을 낼 것 같은 느낌을 주었다고 전하는 목격자들도 있다.

하지만 그 좋던 기세도 닷새를 넘기지 못했다. 차량 행군을 한 껏 늦춰 회령 쪽으로 들어온 지 닷새 만에 평양에 이른 소련군 사절단은 생각을 바꾸었다. 그 닷새 숙영 때마다 올빼미처럼 눈 한 번 붙이지 않고 수집한 첩보를 종합한 결과 혹시나, 했던 것은 역시나, 안 될 일로 판단이 난 까닭이었다. 다시 말하지만 우리가 누구인가. 어떤 겨레인가.

그 바람에 맥이 빠진 소련군 사절단은 소득도 없는 길을 더 가고 싶지 않아 평양에서 서울로 어물쩍 경축 메시지나 띄우고 제 땅으로 돌아가려 했다. 일본처럼 갈라먹기가 틀린 바에야 구태여 찜통 같은 길을 시원치도 않은 자동차로 몇 백 리나 더 가야 할 필요를 느끼지 못한 까닭이었다.

그때 인솔자인 스티코프 준장 앞에 나선 게 꼬붕 몇을 거느린 우리의 '장군'이었다.

"단장 동지, 너무 쉽게 포기해서는 안 됩니다. 제가 보기엔 일본의 관서 지방처럼 이 땅도 북쪽 절반쯤은 위대한 붉은 군대의 전리품이 될 수 있습니다."

"틀렸소. 그동안 수집한 첩보를 종합하건대, 이곳은 적어도 두 가지 점에서 일본과 다르오. 첫째는 이 땅의 사람들인데, 아무리 보아도 일본인들처럼 제 땅을 동강 내는 데 호락호락 따라 줄 것 같지 않소. 공연히 건드렸다가 옛 연고까지 들먹여 만주까지 내놓으라 덤비면 모택동 동지만 골치 아프게 된단 말이오. 둘째는 점령의 구실이오. 일본이야 전쟁을 일으킨 죄가 있으니 우리[米蘇]가

분할 점령해도 할 말 없겠지만, 이 나라는 오히려 피해 당사자 아니오? 그런 이 나라를 무슨 구실로 분할한단 말이오?"

스티코프가 핀잔 주듯 그렇게 대꾸했다. 하지만 우리 환장한 장군은 단념하지 않았다.

"그렇지 않습니다, 단장 동지. 나는 저들과 같은 피를 나눠 받고 또 이 땅에 살아봐서 잘 압니다만 아무래도 이번 판단은 성급하신 것 같습니다. 첩보가 과장된 게 아닌지 모르겠습니다. 지금 저들은 겉보기에는 슬기로운 척, 잘 뭉치는 척하고 있지만 본성을 들여다보면 형편없습니다. 저들이 이민족의 지배에 떨어지는 경우를 보면 열에 아홉은 저희끼리 싸워 먼저 저항 세력을 처치한 뒤 성문을 활짝 열어 적을 맞아들이는 형식입니다. 또 저들의 본성은 모래와 같아서 옛적에는 이 조그만 땅덩어리에 나라가 셋씩이나 서서 피투성이 싸움을 한 적도 있습니다. 이번에 요행히 일본을 물리쳤지만 이것은 그야말로 천에 하나 있는 예외일 뿐입니다."

우리의 장군이 우긴 내용은 대강 그랬다고 한다. 하지만 결과로 보면 그것은 스스로가 우리와 피를 달리하고 있음을 밝힌 꼴밖에 안 된다. 이왕 피 얘기가 나왔으니 이쯤에서 한번 그의 혈통에 대해 따져보자.

나이 든 어른들의 기억에 따르면 그는 김일성이란 우리식 성과 이름을 가지고 있었고, 모양도 겉으로 봐서는 우리와 비슷했다고 한다. 거기다가 가계(家系)까지 제법 소상하게 대고 있어 자칫 우리와 같은 피를 가진 것으로 보일 수도 있다. 그러나 어느 정도 우리 피가 섞인 것은 인정할 수 있어도 순수한 우리 겨레는 아니라는 게 오늘날의 정설이다.

여러 가지 조사를 통해 확인된 바에 따르면, 첫째로 그와 우리의 피가 다른 점은 그의 염통에는 작은 용이 살지 않는다는 점이다. 우리의 마지막 황제께서 자결하시고 하늘에서 이천만 마리의 작은 용이 떨어졌을 때 우리는 모두 가슴으로 그 용을 한 마리씩 받았으나 어찌 된 셈인지 그는 예외였다. 그의 염통에 짙게 괸 되[胡]피가 그 용이 살기에 적합하지 못했다는 말도 있고, 달리는 그 핏줄기가 바로 되(胡)튀기여서 애초부터 그 아비는 아들에게 물려줄 용을 가슴으로 받지 못했다는 말도 있다.

그다음 그의 피가 우리와 같지 아니함을 드러내는 것은 평화전쟁 또는 제1차 수복 전쟁이 실패한 뒤의 행적이다. 그는 장백산으로 들어가 북군(北軍)으로 싸우지도 않았고 이어도로 건너가 남군(南軍)의 대열에 들지도 않았다. 이 나라를 버리고 떠나 이 땅저 땅을 헤매다가 소련군 외인부대에 편입돼 그날에 이르렀을 뿐이었다. 무릇 환웅과 웅녀의 피를 이어받은 겨레라면 예외 없이 밟은 길을 유독 그만 벗어났다는 게 그의 피가 우리와 다름을 증명하는 게 아니고 무엇이겠는가.

그의 피에 대해 의심이 들게 하는 또 다른 근거는 바로 그가 소련군 경축 사절단장에게 했다는 말이다. 그가 우리와 같은 피를 가진 자라면 어찌 남 앞에서 우리 본성을 '모래와 같다'고 비하하고, 우리 역사의 유년에 있었던 부끄러운 분열상(分裂狀)을 함부로 들출 것인가.

스티코프는 처음에는 영 장군의 말이 귀에 들어오지 않았으나 장군이 자꾸 우겨대자 차츰 마음이 달라졌다. 첩보야 어떠하든 제가 나서서 한번 해보겠다는데 군이 말릴 까닭이 없었기 때문이다. 아니면 그만이요, 들키면 장난이라고, 잘하면 소비에트는 코에 손안 대고 코 푸는 격이 되니 한번 도박을 걸고 싶어졌다.

"좋소. 소좌 동무, 한번 해보시오. 하지만 우리에게 대단한 지원을 기대해선 안 되오."

마침내 스티코프는 그런 다짐과 함께 장군의 청을 들어주기에 이르렀다. 장군이 자신만만하게 말했다.

"지원은 별로 필요 없습니다. 호위병 약간과 조선인 요원들만 제게 남겨주십시오. 그걸로 충분합니다."

우리를 얕보아도 한참 얕본 소리였는데, 그가 그렇게 된 이유에는 몇 가지 종류를 달리하는 설명이 있다.

그중 가장 볼품없는 것은 음주 만취설(說)이다. 돌아가기로 작정하는 바람에 느슨해진 통제를 틈타 훔쳐 마신 소련군 보드카에 너무 취해 헛소리를 한 거라는 주장인데 아무래도 믿음이 가지 않는 까닭은 깨난 뒤에도 자신이 한 말을 바꾸지 않았기 때문이다.

그다음이 금촌 영향설이다. 일본에서 금촌이 거두고 있는 눈부신 성공에 자극을 받았다는 것으로, 거기에는 어느 정도 귀 기울일 만한 데가 있다. 소련군 극동 사령부에 근무하면서 자신과 크게 다른 처지가 아닌 금촌이 저희 나라에 돌아가 비록 관서만의 반동가리지만 정권까지 장악하는 걸 그의 눈으로 보았으니 그 같은 야심이 생길 법도 하다.

마지막은 혈통설(血統說)이다. 그것은 주로 분단에 대한 그의 무감각에 바탕한 것으로, 피가 우리와 다르기 때문에 그는 앞장서서 이 땅을 동강 내는 일을 자청할 수 있었다고 한다. 뚜렷이 결론지어진 바는 없어도 그 세 가지 중에 답 하나가 있는 게 아니라 그것이 모두 합쳐져 그를 내몰았다는 게 온당한 설명일 듯싶다.

어쨌든 장군이 무슨 대병력을 요청하는 것도 아니라 스티코프는 그가 원하는 걸 좀 넉넉하게 들어주었다. 소련군 병사 열 명과 조선인 보조 요원 일곱 명에다 트럭 한 대와 성능이 좋은 마이크까지 얹어준 게 그랬다. 그 뒤 얼마간 평양을 중심으로 벌어진 '장군 소동'은 그렇게 시작되었다.

남쪽의 박사가 이 땅에 들어온 경위는 북의 장군과는 좀 다르다. 그가 미군 경축 사절단과 함께 온 건 사실이지만 처음부터 거기 소속된 요원은 아니었다. 한 민간인으로서 미국의 의도를 알아차리자마자 재빨리 그것에 편승했을 뿐이었다.

그러면 그는 어떤 사람이었을까. 목격자들의 기억에 따르면 그는 이승만이란 우리 이름을 쓰고 있었고 옷차림이며 모습도 당시의 우리네 늙은이들과 크게 다르지 않았다고 한다. 하지만 말이며 행동거지에 이르면 전혀 아니었다. 그의 혀는 이미 미국식으로 뒤틀려 우리말보다는 그쪽 말에 훨씬 익숙했고 손짓 발짓에서 걸음

걸이까지도 우리네보다는 그 나라 사람과 비슷했다. 거기다가 눈알 푸른 그의 아내에 이르면 아무래도 그를 우리 중의 하나라 여기기는 어려울 듯하다.

그가 언제 미국에 건너갔으며 얼마나 그 땅에 머물렀는지는 명확하게 알려진 바 없다. 짐작으로는 우리와 일본 간에 25년 전쟁이 벌어지기 얼마 전의 어수선하던 때에 실속 없이 양(洋)바람이 든 우리 젊은이 몇 명이 그리로 건너간 적이 있다는데 그도 그중의 한 사람인 듯싶다. 그리되면 그가 그 땅에 머문 것은 대강 사십 년이 넘어, 우리말을 하기에는 너무 심하게 꼬부라져버린 그의 혀나 눈알 푸른 그의 아내를 설명하기 어렵지 않다.

그가 어떻게 미군 태평양사령부의 경축 사절단 파견과 그 뒤에 숨겨진 워싱턴 당국의 의도를 알아차리게 되었는가에 대해서는 아직도 의견이 분분하다. 어떤 사람은 그가 국무성의 잡역부로 일하다가 귀동냥한 것이라고도 하고, 또 어떤 사람은 조심성 모자라는 국방성 관리가 택시 안에 흘리고 간 서류 봉투를 운 좋게 주운 덕분이라고도 한다.

어쨌든 그는 그 기막힌 정보를 입수하자마자 국무성으로 달려가 그 무렵 신설된 극동국장에게 면담을 요청했다. 그리고 두어 번의 거절 끝에 어렵사리 면담이 이루어지자 거창한 자기소개와 함께 말하였다.

"조선 사람 그렇게 쉽게 보아서는 아니됩네다. 당신네 코 큰 사람들만 가서는 분할 점령은커녕 일시 주둔도 어려울 겁네다. 나,

싱만 리를 앞세워야만 워싱턴 당국의 뜻이 이루어질 거라 이 말입네다."

극동국장은 물론 그 엉뚱한 동양 늙은이의 말을 믿을 수가 없었다. 그러나 떼를 쓰며 덤비는 게 싫어 신중하게 고려하겠노란 약속과 함께 돌려보내려 했다.

"나, 싱만 리 그렇게 간단한 사람 아닙네다. 워싱턴에 힘 있는 친구들 많이 있어요. 그들을 통해 백악관을 바로 찾아볼 수도 있습네다. 이 제안을 신중하게 검토해야 된다 이 말입네다."

박사는 한참이나 더 자신의 생각을 늘어놓다가 그 말을 덧붙인 뒤에야 자리에서 일어났다. 하지만 그때는 태평양전쟁이 막 승리로 끝난 참이라 국무성 극동과는 너무 바빴고, 박사 또한 매우 인상적인 사람이긴 해도 그 바쁜 극동국장이 그의 말까지 명심해 줄 정도는 아니었다. 들을 때는 한번 검토해 보리라 싶었으나 갑자기 긴박해진 중국 문제에 휩쓸려 깜박 잊고 말았다.

박사가 그 특유의 끈질김을 보이기 시작한 것은 바로 그때부터였다. 그는 자신이 무시당했다 싶자 그 앙갚음과 아울러 자신의 이른바 '힘 있는 친구들'을 최대한 끌어댔다. 그가 한 앙갚음의 시작은 길고도 격렬한 투서였다. 그는 미국 대통령과 국무장관, 하원 의장을 비롯해 국무성 극동과와 조금이라도 연관이 있어 보이는 부처의 장(長)들에게는 모조리 극동국장의 업무 태만을 비난하는 글을 보냈다. 명의는 한결같이 있지도 않은 조선인 단체의 회장이나 의장으로 돼 있었는데 어쩌면 박사는 이미 그때부터 일본의 목자(木子) 박사 흉내를 내고 있었는지도 모를 일이었다.

하지만 힘 있는 친구들에 이르면 일본의 목자도 우리의 박사보다는 한 수 아래다. 당시 우리 박사는 워싱턴 전역에 체인망을 가진 슈퍼마켓 주인과 백악관 이발사, 그리고 국무장관 부인 친정의 정원사를 친구로 삼고 있었다. 또 슈퍼마켓 주인은 지역구 하원 의원을 비롯해 가깝게 지내는 사람이 여럿 있었고 백악관 이발사는 매일 대통령의 얼굴을 매만질 뿐만 아니라 그 비서관과도 매우 낯익게 지냈으며, 국무장관 부인의 친정에서 수십 년째 일하고 있는 정원사는 무엇보다도 그 부인을 통해 국무장관에게 영향을 미칠 수 있는 사람이었다. 일이 되려면 뜨물에도 애가 생긴다는데 그렇게 힘 있는 친구들이 모두 나섰으니 안 될 게 무엇이겠는가. 그러나 워싱턴 당국의 최종 결정은 사실 박사의 투서나 그 '힘 있는 친구들'의 조력보다는 소련 극동사령부의 사절단 파견 결정에 자극받은 것이란 설(說)도 있다.

어쨌든 박사가 우여곡절 끝에 미(米) 태평양사령부의 경축 사절단에 끼어 서울에 도착한 것은 북의 장군이 평양에 온 지 두 달 뒤의 일이었다. 우리의 장군과 박사는 대강 그런 경위로 우리에게 나타났다.

그렇지만 어떤 사람이 어느 곳에 왔다 갔다고 해서 반드시 무슨 소문이 남는 것은 아니다. 오게 된 경위야 어떠했건 우리의 장군과 박사도 이 땅에서의 행적이 별게 없었다면 오늘날처럼 요란

빽적지근한 소문은 남기지 않았을 게다. 하지만 우리의 장군과 박사는 그렇지가 못했다. 애초에 먹고 온 마음이 따로 있으니 아무리 이 땅의 형편이 자신들에게 불리하더라도 그냥 돌아갈 수는 없었다. 처음 이야기를 꺼낸 순서에 따라 이번에도 북쪽에 왔던 장군이 한 우스꽝스러운 짓거리들부터 살펴보자. 당치도 않은 게 지도자로 나서려면 먼저 비틀고 끼워 맞추기를 해야 되는 게 역사다. 우리의 장군도 그것만은 신통하게 알아, 먼저 그 짓부터 시작했다. 그가 한 줌도 안 되는 졸개들을 시켜 비튼 것은 우리의 25년 전쟁사였다.

장군의 졸개들은 소련군이 남겨주고 간 고성능 마이크를 들고 이 땅 북쪽 곳곳을 누비면서 우리의 처절한, 그리고 끝내는 영광스럽게 끝난 25년 전쟁사를 깡그리 부인하고 대신 어둡고 한심한 식민지사(植民地史)를 내밀었다. 곧 우리는 총 한 방 쏴보지 못하고 일본의 식민지가 되었으며, 그 뒤 삼십육 년이나 그들의 쓰라린 지배를 받았노란 조의 왜곡으로 오래전에 몇몇 한자(韓子)들이 지어 퍼뜨린 적이 있는 못된 소문의 재탕이다. 차이가 있다면 새것이 옛것보다 좀 더 세련되었다는 정도일까.

그리하여 만들어진, 있지도 않은 우리 식민지사의 한 모퉁이에 끼어든 장군의 전설과 신화는 참으로 휘황찬란하였다. 금촌처럼 책으로 묶지 않아서 그렇지 만약 그리되기만 했다면 우리 장군의 전기(傳記)만도 두터운 장정본으로 서른 권은 넘었을 것이다. 하지만 일본과 우리가 원래 비슷한 데가 있어서인지, 아니면 이번

에도 장군이 일본의 금촌을 본보기로 삼아서인지 줄거리는 서로
가 많이 닮아 있다. 중복을 피한다는 뜻에서, 여기서는 다만 그 차
이만 잠깐 살펴보자.

우리의 장군과 일본의 금촌이 다른 점은 첫째로 그들이 맞서
싸운 상대이다. 금촌이 동족인 군부 파쇼 세력과 싸운 데 비해 우
리의 장군은 이민족인 침략자와 싸웠다고 주장하기 때문이다. 그
바람에 유격전은 둘 모두에게 공통되지만 그 전개 양상은 우리의
장군 쪽이 훨씬 진진하다. 무슨 봇도랑[洑] 전투에선가 우리의 장
군은 일제(日帝) 침략군 수만 명을 잡아 포를 떴다고 하는데, 같은
민족끼리라면 아무리 나쁜 편에 선 군대라도 그렇게 잔인하게 다
룬 걸 자랑하고 나서지는 못했을 터이다.

그다음 우리의 장군과 일본의 금촌이 다른 점은 소련군과의
관계다. 금촌은 일본 관동 지방을 점령한 소련의 군정 아래서 비
교적 쉽게 괴뢰정권을 수립할 수 있었지만 우리의 장군은 그렇지
가 못했다. 애초에 소련군이 우리 땅을 점령한 적이 없고, 더구나
군정(軍政) 같은 것은 생각조차 못한 터라 우리의 장군은 다만 몇
안 되는 호위병과 그저 비슷한 혈통의 졸개들만 데리고 일을 꾸려
가지 않으면 안 되었다. 그래서 군정청의 도움 부분을 말로만 때
우다 보니 장군의 신화가 금촌보다 몇 배나 휘황찬란해지게 된다.

마지막으로 들 수 있는 우리의 장군과 금촌의 차이점은 이념
가, 혁명가로서의 본질이다. 나중에 자체 사상(自體思想)이란 걸 만
들어 약간 개판을 치기는 해도 금촌은 어디까지나 공산주의자라

할 수 있었다. 소련군 내의 정훈(政訓) 수준이건 말건 그래도 금촌이 배우고 익힌 원리는 그 사상에 입각한 것이었기 때문이다. 하지만 우리의 장군은 정규군에 편입되지 못하고 다만 정보부 소속 민간 요원이었을 뿐이어서 그런 정훈 교육조차 받을 기회가 없었다. 그를 잘 알고 지낸 적이 있는 사람의 증언에 따르면, 장군은 아주 뒷날까지도 마르크스와 레닌과 엥겔스가 사돈이나 처남 남매간인 줄만 알았으며, 공산주의는 화투의 공산 광(光)을 최고로 여기는 사상쯤으로 알았다고 한다. 그 증언이야 믿을 수 없다 쳐도, 그가 정말로 공산주의자라 할 수 있는지는 매우 의심스럽다는 게 우리 현대사가(現代史家)들 사이의 통설이다.

그러나 앞서 든 세 가지를 빼면 장군이 처음 이 땅에 들어와 벌인 행각은 일본의 금촌과 모든 면에서 너무도 닮아 있다. 어쩌면 요즈음 이 땅에 도는 그 고약한 소문이 일본의 현대사와 비슷해 보이는 것은 바로 우리의 장군과 일본의 금촌이 한 짓거리들이 닮아 있어서일 것이다.

북의 장군이 되[胡]튀기 졸개들을 시켜 깡깡이, 꽹과리에 때때나팔까지 한창 신명 나게 불어 젖히고 있을 무렵 우리의 박사도 남쪽으로 들어와 일을 벌였다. 그러나 박사의 출발은 장군에 비해 훨씬 불운했다. 대단치는 않았지만 그래도 장군은 소련군 사절단의 지원을 받는 반면 박사는 미군 사절단과의 불화 위에서 그 어림없는 장사를 시작해야 했기 때문이다.

박사와 미군 사절단이 불화하게 된 까닭은 무엇보다도 박사가 처음부터 그들과는 소속을 달리하는 사람이었다는 데 있었다. 미(美) 태평양 하고도 극동 사령부 나름대로는 우리를 정탐하는 데 가장 효율적인 팀을 짜서 보냈다고 자부하고 있는데 뒤늦게 난데없는 민간인 하나가 날아오니 아무리 그가 워싱턴 당국을 업고 있다 해도 기분 좋을 리가 없었다. 특히 정탐 결과에 따라서는 자신도 한반도 남쪽에서 맥아더가 일본에서 누리는 바와 같은 지위를 누릴 수 있게 될지도 모른다는 망상에 빠져 있던 미군 사절단장 하지는 우리의 박사에게 은근히 경쟁심 이상의 적의까지 느꼈다.

박사의 성격적인 결함도 그들과의 불화를 깊게 하는 데 한몫을 단단히 했다. 턱없는 오만과 고집에다 이 땅과 우리에 대해서는 오직 자신만이 알고 있다는 식의 독선이 바로 그랬다. 박사는 마치 그 사절단이 처음부터 자신을 돕기 위해 파견된 특수부대인 것처럼 다루었고, 자신은 그 실질적인 지휘자인 양 그들 위에 서려고 했다. 그 전 몇 달 일본에서 승리의 단맛을 한껏 보고 온 미군 사절단으로서는 거의 모욕감을 느낄 정도였다.

거기다가 하지가 본국에 남아 있는 지인(知人)을 통해 알아본 결과도 우리의 박사에게는 그리 유리하지 못했다. 그 뒤에는 미국 정가(政街)의 어떤 거물도 있는 것 같지 않다는 게 지인들의 한결같은 회신이었기 때문이다. 박사가 쥐뿔도 없으면서 껍죽대는 것이란 생각이 들자 하지는 더욱 참을 수가 없었다.

그렇게 되면 충돌은 필연적이었다. 처음에는 박사의 말에 귀라도 기울이는 척하고 숙소도 단장실 곁에 잡아주던 사절단의 태도가 차츰 쌀쌀맞아지더니 급기야는 박사를 한 쌈에 넣어 주지도 않으려는 것으로 바뀌었다. 어지간하면 넉살로 버텨보려던 박사도 일이 그쯤 되자 더는 참지를 못했다. 어느 날 하지와 대판 싸우고 보따리를 싸 워싱턴으로 후르르 날아갔다.

하지를 비롯한 사절단은 제까짓 게 가 봤자, 했지만 일은 그리 간단하지가 않았다. 박사가 돌아간 지 열흘도 안 돼 그들은 정확하지도 않은 정보를 너무 깊이 믿은 대가를 톡톡히 치르지 않으면 안 되었다.

현대사학회의 연구는 비교적 자세하게 그때 워싱턴으로 돌아간 박사가 한 '활동'에 대한 추적을 해놓고 있다. 거기 따르면 박사는 먼저 슈퍼마켓 주인을 선술집으로 불러내 남의 일 얘기하듯 말했다.

"일이 안 되더군. 도둑질을 해도 손발이 맞아야 해먹지. 나는 자네들에게 적어도 뉴욕 시의 세 배는 되는 시장을 만들어 주려고 애썼네마는 태평양사령부의 돌대가리들이 통 들어 먹어야지."

"엉, 그게 무슨 소리야? 태평양사령부의 돌대가리들이라니? 또 그들이 뭘 어쨌기에?"

시장이란 말에 귀가 번쩍 뜨인 장사꾼이 그렇게 물었다. 박사는 조금도 감정이 섞이지 않은 어조로 자신이 이 땅에서 당한 일을 들려주었다. 그러나 감정이 섞이지 않은 것은 어조뿐이었고 내용은 과장되기 짝이 없었다. 거기다가 이 땅 북쪽은 이미 소련이 차지해 소련 장사꾼들이 슬슬 재미를 보기 시작하더란 말까지 슬쩍 보태자 아무것도 모르는 그 미국 장사꾼은 단박 벌겋게 달아올랐다.

"그냥 둬서는 안 되겠군. 당장 매카시 의원을 만나야겠어. 하지 그놈부터 모가지를 떼어놓아야지!"

그러면서 당장에 선술집 문을 박차고 나서려 했다. 박사가 그런 슈퍼마켓 주인을 잡아 위스키 한 잔을 더 권한 뒤에 타이르듯 말했다.

"그 의원 나리가 힘이 있는 건 알지만 너무 혈기로만 나서지 말게. 먼저 사람들을 모으라구, 사람들을. 자네처럼 새로운 시장에 관심 있는 친구들을 말이야. 그들과 함께 몰려가 입에 거품을 물어야 겨우 듣는 척이라도 할 걸세."

그런 다음 지나가는 말처럼 슬며시 덧붙였다.

"친구끼리니까 하는 말이네만 만약 이번에 내가 갔던 일이 잘되었더라면 어떻게 되었을까를 한번 생각해 보게. 내 뜻대로만 됐으면 비록 반동가리 땅에서지만 나는 그 동네 대통령이 됐을 거네. 그러면 나를 위해 애써준 자네를 내가 어찌 잊을 수 있겠는가? 오랜 친구인 자네를……. 적어도 그 땅에서의 슈퍼마켓 영업권은 자네 혼자서 몽땅 차지할 수 있었을 텐데."

슬쩍 하는 말이지만 돈독이 오른 시골 장사꾼 하나를 돌게 하기에는 충분한 제안이 감추어진 말이었다. 그리고 그 말에 넘어간 슈퍼마켓 주인이 그날부터 물불 안 가리고 뛰니 하원 의원 한 사람을 움직이는 정도가 아니었다. 덩달아 들떠 미국의 잘못된 극동 정책을 성토하는 전국의 장사꾼들로 매일 백악관과 국무성 앞이 미어터질 판이었다.

박사가 백악관 이발사와 국무장관 처가의 정원사를 만나서 한 일도 대강은 슈퍼마켓 주인을 만났을 때와 비슷했다. 박사는 사절단의 비협조를 과장되게 말한 뒤에, 이발사에게는 이 땅 남쪽에서의 이발권을, 그리고 정원사에게는 조경 사업(造景事業) 독점권을 넌지시 약속하면서 도움을 청했다.

이번에도 효과는 만점이었다. 후끈 단 이발사는 친구인 청소부며 잡역부들뿐만 아니라 어슷비슷 알고 지내는 비서관들이며 심지어는 어쩌다 마주치게 되는 대통령에게까지 이 땅으로 파견된 '돌대가리 군인들'을 헐뜯었다. 또 정원사는 정원사대로 국무장관 부인이 된 옛날의 아씨를 찾아가, 아무래도 장관께서는 극동 정책의 시행 과정에서 중대한 실책을 저지르고 계신 듯하다는 여론을 심각하게 전하며 태산 같은 걱정을 늘어놓았다. 말할 것도 없이 미국의 대통령이나 국무장관은 짐작이 있는 사람들이지만, 어찌 됐거나 팔은 안으로 굽는 법이다. 하찮은 일이라도 곁에 두고 부리는 사람이 게거품을 물고, 아녀자의 말이라도 매일 끼고 자는 아내가 베갯머리송사를 해대니 기억쯤은 하게 되었다.

그때쯤 해서 박사가 무슨 멋진 마감질처럼 펼친 게 이미 전에도 크게 효과를 본 적이 있는 투서 작전이었다. 상대는 소련과의 긴장 관계를 틈타 천둥벌거숭이처럼 날뛰는 극우(極右) 신문과 승전 뒤의 들뜬 분위기에 편승해 고양이 가죽만 보아도 호랑이 오백 마리를 보았노라고 휘갈겨 대는 노랑 신문들이었다.

소련의 극동사령부는 경축을 핑계로 사절단을 보내 한반도 북쪽을 야금야금 먹어 들어가고 있다, 그런데 태평양사령부가 보낸 사절단은 무얼 하고 있느냐, 이러다간 북쪽뿐만 아니라 남쪽까지도 몽땅 소련에게 먹히고 말겠다, 그 땅의 명망 높은 망명 정객을 앞세워 펼쳐보겠다던 대응 전략은 어찌 되었느냐, 극우 신문에 보내는 투서의 내용은 주로 그랬고, 한반도 남쪽을 겨냥하고 간 미국의 사절단은 단장부터 말단 수행원에 이르기까지 모조리 부패하고 타락했다, 그들은 그곳의 술과 미녀에 취해 미국의 국익을 깨끗이 잊어버렸다, 특히 그 단장 하지는 부패하고 타락한 데다 야심까지 있어, 그곳 사람들을 설득하는 데 매우 유리한 그곳 출신 망명 정객을 돕기는커녕 방해하고 있다, 국무성의 공작금으로 예쁜 조선 여성 정부(情婦)를 일곱 명씩이나 둔 주제에……, 노랑 신문에 가는 투서의 골자는 대강 그랬다.

이번에도 결과는 박사가 노린 것 이상으로 나왔다. 극우 신문과 노랑 신문이 그런 박사의 투서를 몇 배나 부풀리어 재미를 보자 점잖은 신문들도 그냥 있지 못했다. 외면하는 척하면서도 슬금슬금 그 기사들을 인용하자 이내 미국은 돼먹잖은 극동 정책과 그 선발대격인 경축사절단을 비난하는 여론으로 들끓었다.

본국(本國)이 그 모양이 나고 보면 이 땅에 와 있던 사절단에도 영향이 미칠 것은 뻔한 이치였다. 박사가 떠나자 앓던 이라도 빠진 듯이 시원해하던 사절단은 채 열흘도 안 돼 갑자기 딱딱해지기 시작한 본국의 훈령(訓令)이 갈수록 경고조로 바뀌자 조금씩 이상해지기 시작했다. 그러다가 그 경고가 소환과 처벌의 위협으로까지 발전하자 비로소 일이 심상찮음과 아울러 책상을 둘러엎고 떠난 우리 박사를 떠올렸다.

이에 하지는 다시 본국의 지인들에게 박사의 행적을 알아보게 했다. 회답은 여전히 박사의 연줄이 대단찮음을 알리고 있었지만 처음처럼 자신에 차 있지는 못했다. 박사가 만난 사람이나 활동 형태가 워낙 남의 눈에 드러나는 것이 아니어서 이전에 띄운 정보를 고집하고 있기는 해도 뭔가 꺼림칙한 데는 있다는 어조들이었다. 하지로서는 적이 불안한 일이 아닐 수 없었다.

박사가 이 땅으로 되돌아온 것은 그런 하지의 불안이 한껏 부풀어 있을 때였다. 그 무렵 들어 구체적으로 박사의 이름을 들어가며 현지인 지도자와 협력 관계를 소홀히 한 점을 꾸짖는 본국의 훈령이 부쩍 늘고 있었기 때문이었다. 떠날 때보다도 몇 배는 거만한 태도로 사절단 숙소를 찾아온 박사는 다시 이름깨나 들어본 듯한 본국의 상하 의원 몇과 신문 편집장 몇의 협력 촉구 서신을 디밀어 정치 경험 없는 그 직업 군인을 한 번 더 기죽인 뒤 말했다.

"워싱턴 친구들 걱정이 많습데다. 트루먼 씨도 이곳 일에 큰 관심을 가진 듯하고 내가 때마침 가지 않았더라면 장군은 아주 어렵게 됐을 뻔했습네다. 더군다나 신문 만드는 친구들이 얼마나 극성인지."

그렇게 시작해서 한동안 얼르고 달래다가 슬며시 자기 의자를 단장석 윗자리로 옮겨버렸다.

그러나 하지도 영 맹물은 아니었다. 미국이 태평양을 자기네 호수로 만들 작심을 하면서부터 벌이기 시작한 이 전장 저 전장을 떠돌아다니며 주름이 는 그라, 눈치놀음이나 감 잡기에도 기본은 있었다. 이 늙은 노랑 것이, 하고 울컥 속이 치밀었지만 꾹 눌러 참고 슬슬 보따리나 싸기 시작했다.

실은 그렇잖아도 보따리를 싸려던 그들이었다. 그 몇 달 이 땅 남쪽 구석구석을 헤집고 다니며 정탐해 보았지만 그들의 결론 역시 소련 사절단과 마찬가지로 '별 가망 없음'으로 나왔다. 그야말로 강철같이 단결하여 왜적에게 짓밟힌 삼천리 강토를 한 치 한 치 피로 물들이며 되찾은 우리가 아니던가. 그런 우리를 어정쩡한 이념으로 유혹하여 분열시키고, 그런 이 땅을 동강 내어 한 토막을 어물쩍 삼켜보려던 사령부의 책상물림들이야말로 뭣도 모르고 탱자탱자 하는 등신들임에 분명하였다.

하지는 박사와의 쓸데없는 신경전으로 정력을 낭비하는 법 없이 그 같은 정보를 본국의 정책 입안자들에게 이해시키는 데 온 힘을 쏟았다. 박사가 들쑤셔 일으킨 근거 없는 여론에 휘말렸던 워싱턴 당국도 차츰 정신을 차리는 듯했다. 그리하여 장기 체류로 공연한 경비만 나는 사절단의 철수가 결정된 날, 하지는 통쾌한 기분으로 그 사실을 박사에게 알렸다.

"박사, 다시 워싱턴으로 가서 힘 있는 친구들을 좀 만나봐야겠소이다. 우리 사절단에게 철수하라는 명령이 떨어졌소."

그때 하지가 기대한 것은 박사의 우거지상이었다. 그런데 박사의 표정은 뜻밖에도 태평이었다.

"현명한 결정입네다. 이 땅에서의 일은 이 땅 사람들에게 맡겨야지요."

끈 떨어진 조롱박 신세를 걱정하는 눈치는커녕, 오히려 잘됐다는 듯 그렇게 받았다. 거기다가 더욱 눈 튀어나올 일은 철수할 무렵 사절단에게 날아온 본국의 훈령이었다.

"잔여분 공작금과 장비 일체는 싱만 리에게 인계하고 철수할 것."

결국 박사를 가망 없는 땅에 홀로 남겨 골탕을 먹이게 된 게 아니라 자기들만 오히려 그 박사에게 방해가 되는 존재로 몰려 사령부로 불려가게 된 꼴이었다. 나중에 알게 된 바로는 그사이 경축 사절단을 가장한 어릿한 그들보다 몇 배는 똑똑하고 쓸 만한 협조자들을 이 땅에서 찾아낸 박사가 몰래 손을 쓴 결과였다.

그러면 박사가 이 땅에서 찾아냈다는 그 협조자들은 누구였을까. 제1차 수복 전쟁 또는 평화 전쟁에서 실패한 우리 가운데 일부가 잠시 이 땅을 떠난 적이 있다는 얘기는 이미 했다. 그때 우리는 모두 장백산 아니면 이어도로 떠나 북군(北軍) 아니면 남군(南軍)으로 섬나라 침략자들을 협공하게 되지만 그렇다고 이 땅이 그대로 비어버린 것은 아니었다. 한자(韓子)들은 피를 따라 기뻐하며 이 땅에 남았고, 되[胡]튀기, 양(洋)튀기도 그대로 남았다. 박사가 협조자로 찾아낸 것은 그들 중에서 바로 한자와 양튀기였다.

한자와 양튀기들이 박사 주위로 몰리는 데는 다 까닭이 있었다. 한자들은 이 땅에 남아 침략자인 일본인보다 더 몹쓸 짓을 많이 한 죄가 있고, 양튀기들은 박사 뒤에 미국이 있다는 데 강한 피의 이끌림을 받아서였다. 몇 달 늦기는 했지만 결국 박사도 북의 장군에 못지않은 졸개들을 이 땅 남쪽에서 얻은 셈이었다.

그 뒤 몇 달, 이 땅은 그들로 하여 남쪽과 북쪽이 아울러 소연하였다. 평양을 중심으로 하는 이른바 '장군 소동'과 서울을 중심으로 벌어졌던 '박사 난리'가 그것이다.

지금까지 그랬으니 이번에도 장군 소동부터 살펴보자. 장군의 신화가 여러 면에서 일본의 금촌을 흉내 낸 것 같다는 얘기는 이미 했다. 하지만 원래 가짜가 더 번쩍거리고, 실속 없는 것일수록 포장이 더 요란하다더니, 장군이 바로 그랬다. 뒤따라가는 자의 이점을 최대한으로 살려 신화를 짓고 전설을 꾸며 대니, 실상을 제쳐놓고 그 졸개들의 얘기만 들으면 '민족의 태양'이나 '겨레의 어버이' 정도로 끝날 게 아니라 '천지 만물의 주재자'라 해도 오히려 모자랄 지경이었다.

거기에 따르면, 우리 삼천만이 이를 사리고 피를 뿜은 25년 전쟁의 영광은 모두 그의 것이었다. 그는 남북군(南北軍)이 이 땅 곳곳에서 치른 모든 전투의 선두에 있었으며, 탁월한 영도력과 전략으로 항상 우리에게 빛나는 승리를 안겨주었다. 때로는 분신술(分

身術)을 부려 같은 날, 같은 시각에 살수(薩水) 싸움과 행주(幸州) 싸움을 동시에 지휘하기도 했고, 때로는 도력(道力)으로 왜인들의 소굴인 동경(東京)에 지진과 불비[火雨]를 안기기도 했다. 그동안에 얼마나 많은 침략군을 죽였는지 적어도 그 신화와 전설에 따르면 이 땅에서 장군의 탁월한 작전에 걸려 죽은 일본군만도 대일본 제국의 육군을 다 합친 숫자보다 많았다.

혁명가, 이념가로서의 장군도 눈부신 바 있다. 장군은 공산주의 철학의 완성자요, 투철한 실천가며, 마르크스의 진정한 전인(傳人)이었다. 당시 삼십 대 중반에 지나지 않은 나이가 벌써 육십 년 전에 죽은 마르크스와 연결 짓는 데 장애가 되었지만, 그 문제도 곧 어렵잖게 해결되었다. 무덤을 쪼개고 나온 마르크스의 삭다 만 유골이 스탈린에게 잘못 전해져 있던 의발(衣鉢)을 빼앗아 우리의 장군에게 내렸다는 주장으로. 글쎄, 말로 꾸며 안 될 게 무엇이겠는가.

처음 한동안은 장군의 졸개인 되[胡]튀기들에게 뭔가가 될성부르게 느껴지던 시절이었다. 사실이건 아니건, 그들이 떠벌리고 다니는 얘기가 워낙 재미있어 적잖은 사람들이 귀 기울여주었고, 더러는 박수에 푼돈까지도 던져주었다. 그들이 하고 있는 게 개인의 우상화(偶像化) 작업이라고는 상상조차 못 한 사람들이 그들을 장터에서 얘기를 파는 전문 얘기꾼으로만 안 까닭이었다.

우리의 장군에게도 처음 몇 달은 신나는 세월이었다. 그가 나타나는 곳이면 어디든 사람이 수월찮게 모여들었고, 또 스스로도 불안하게 여기며 친 허풍까지 감탄하며 들어주었기 때문이었다. 너무도 자신에게 유리하기만 한 오해였다.

사람들을 그에게로 끌어들인 것은 그가 빌려 입은 소련군 좌관(左官) 군복과 파리가 앉았다가 미끄러질 정도로 닦은 가죽 장화 그리고 조금이라도 잘 보이기 위해 짙게 화장한 얼굴이었다. 그를 외국서 연기 공부를 하고 돌아온 신파(新派) 배우쯤으로 안 까닭인데, 아 그거야 요즘도 탤런트나 가수가 길거리에 나타나면 사람들이 모여들지 않는가.

사람들이 그의 말에 지어 보였다는 감탄의 표정 또한 알고 보면 그에게는 별로 유리할 것도 없었다. 그 감탄은 사람이 이야기를 꾸며내 이를 수 있는 허풍의 최고봉을 본 데서 우러난 것인 까닭이다.

그런데도 그 고약한 소문은 마치 북쪽의 '인민'들이 우리의 장군을 열렬히 환영하며 받아들인 것처럼 꾸며 대고 있다. 역사의 희극적인 막간극(幕間劇)도 못 되는 그 소동을 턱없이 부풀리어 우리를 욕되게 하는 헛소리를 지어내고 퍼뜨리는 자들에게 앙화 있을진저, 그것도 말이라고 듣고 전하는 헛똑똑이들에게도.

그 무렵 하여 남쪽에서 벌어진 '박사 난리'도 그 대강의 줄거리는 북쪽의 '장군 소동'과 크게 다르지 않다. 박사를 새 주인으로 모셔 들인 한자와 양튀기들은 박사보다도 그들 스스로를 위해 발 벗고 나섰다. 25년 전쟁이 진행되는 동안 저지른 친일 부역의 죗

값을 물지 않기 위해서, 또는 미국이 들어오면 얼어걸리게 될지 모르는 핏줄의 이득을 위해.

그들 역시도 첫 번째로 손댄 것은 역사였다. 그들은 자진해서 오히려 찬연한 우리의 25년 전쟁사를 깡그리 부인하고 그 자리에 답답하고 비굴한 식민지사를 갖다 놓았다. 그리고 우리의 해방은 온전히 미국과 소련의 군장 보따리[行李]에서 나온 선물이란 어이없는 주장으로 밑자리를 깐 뒤, 따라서 그 두 강대국은 당연히 이 땅에 지분을 가졌다는 해괴한 논리를 넌지시 웃기로 얹었다.

그때 우리는 막 길고 힘든 싸움을 끝낸 참이라 재미와 웃음에 굶주려 있었다. 그런데 난데없는 떠돌이 동포 하나가 눈알 푸른 아낙을 데리고 나타나 씨알도 먹히지 않는 수작을 해대니 성이 나기보다는 재미부터 났다. 거기다가 지난 전쟁 동안 한 싸가지 없는 짓거리들만으로도 끽소리 못하고 엎드려 있어야 할 한자와 양튀기까지 그를 도와 할 소리 안 할 소리 떠들어 대자 남쪽 사람들은 아무 주저 없이 웃을 준비로 들어갔다. 하도 터무니없는 수작들이라, 남쪽도 북쪽처럼 깜박 속은 까닭이었다. 곧 박사와 한자, 양튀기들이 미안함이나 죄책감에 시달린 나머지 오랜 싸움에 지친 우리를 위해 산뜻한 코미디 한 프로를 준비하는 것쯤으로.

따지고 보면 그때가 박사에게는 좋은 때였다. 서툰 그의 우리말이 늙은 만담가(漫談家)의 사람 웃기기 위한 고안(考案)으로 오인되었건, 눈알 푸른 그의 아내가 삭막한 그 시대에는 좋은 구경거리가 되어서였건. 그가 나서면 사람들은 어김없이 모여들었고 이야기도 제법 귀담아들었다.

그런 박사 주위에 쇠파리 떼처럼 모여 웅웅거리던 한자와 양튀기들에게도 한동안은 괜찮은 세월이었다. 사람들은 그들의 뒤집은 역사를 비튼 논리도 재담(才談)의 한 방식으로만 알았고, 그런데도 그들이 제 김에 신이 나서 입에 거품을 물면 이번에는 그걸 물 건너 사람들이 말하는 그 블랙코미디쯤으로 짐작했다. 따라서 그들만 나타나면 심심파적 삼아 모여들곤 했는데, 그들은 그걸 자신들에게 유리하게만 해석했다.

하지만 장난도 한두 번이고 농담도 분수가 있지, 차츰 장군과 박사가 하는 소리가 우스개가 아니란 게 알려지자 형편은 달라지기 시작했다. 이 땅은 미소(米蘇)에 분할 점령된 일본이 아니고, 우리는 싸가지 없는 일본인이 아니었기 때문이다.

우연히 지금까지의 얘기 순서와 맞아떨어진 것이지만 낭패도 먼저 본 것은 장군이었다. 장군이 되튀기 졸개들과 함께 북녘을 휘젓고 다닌 지 한 석 달이 지나면서부터 사람들은 차츰 그들에게 냉담해지기 시작했다. 장군의 분장(扮裝)에 싫증이 나고, 그 졸개들의 헛소리도 더는 우습지 않아서였다.

그런데도 우리의 장군과 그 졸개들은 미련스러운 오해와 어림없는 환상에서 깨어날 줄 몰랐다. 점점 모여드는 사람이 줄어들고, 몇 안 모인 사람마저 그들의 얘기를 빈정거리게 돼도 그 가망 없는 작업을 그치지 않았다. 일본의 금촌이 누리는 권력의 단맛을 잠시나마 구경한 게 그토록 사람을 해까닥 돌게 한 듯하다.

그러다가 참담한 끝장이 왔다. 결국 장군과 그 졸개들이 획책하는 것은 이 땅과 겨레의 분단이며, 그들이 전하려 하는 것은 인류 역사상 가장 고약한 사이비 종교에 지나지 않음이 명백해지자 북녘 사람들은 더 이상 그들을 용서하지 않았다. 이번에는 야유하기 위해 장군과 그 졸개들 주위로 몰려들기도 하고, 때로는 돌팔매질까지 해 정신이 들게 해주기도 하다가, 드디어는 엄혹한 제재로 그 소동을 막 내리게 했다. 닭똥으로 치약을 삼고 말 오줌을 양칫물로 하여 거짓말한 입을 씻긴 뒤 개피[犬血]를 덮어씌워 장군을 국경 밖으로 내쫓고, 그를 따라다니던 되튀기들은 물푸레나무 도리깨로 오뉴월 보리타작하듯 흠씬 두들긴 뒤 그런 쓸데없는 피가 더 퍼지는 걸 막기 위해 모두 불까기[去勢]를 해버렸다.

남녘에서 박사가 당한 낭패도 북녘의 장군보다 더하면 더했지 덜하지는 않았다. 듣기 좋은 꽃노래도 한두 번이라고, 아무리 심심파적거리라도 여러 번 되풀이되면 싫증이 나기 마련이라, 박사네 패거리도 장사를 벌인 지 석 달이 넘으면서부터는 하마 이전 같지가 못했다. 그런 데다 눈치는 없으면서 고집만 쇠고집인 박사와 그 졸개들이 오히려 갈수록 더 열을 올리니 결과는 뻔했다.

남녘에서도 북녘과 거의 비슷한 반응이 진행되다가 일은 드디어 막판에 이르렀다. 결국 박사와 그 패거리들 역시 꾀하는 것은 이 땅과 겨레의 분단이요, 퍼뜨리려는 것은 낡고 부패하고 타락한 물 건너의 미신이라는 게 모두에게 명백해졌다. 거기다가 어떤 섣부른 양튀기가 이 땅을 미국의 쉰한 번째 주(州)로 만들자고 한 주장이 사람들을 격분시켜 박사와 그 졸개들에게 마지막 날이 왔다.

남녘 사람들은 박사를 소 오줌으로 위세척을 시키고 잿물로 관장을 시켜 컴컴한 속을 씻긴 뒤, 조각배 한 척에 노 두 개를 주어 태평양에 띄웠다. 눈알 푸른 그 아내와 함께 미국까지 저어 가게 함이었는데, 그래도 석 달 양식은 실어 주었다.

그렇지만 박사의 졸개들을 처리한 방식은 북녘과 많이 달랐다. 남녘의 한자와 양튀기들은 워낙에 수가 많아 북녘처럼 불까기를 한다 해도 뒤끝이 남을 듯해서였다. 그 바람에 남녘 사람들이 최종적으로 결정한 것은 이 땅 밖으로의 추방이었다. 곧 한자는 제 아비의 핏줄을 따라 일본으로 내쫓고, 양튀기도 각기 그 핏줄을 따라 미국과 유럽으로 내쫓아 버렸다.

그렇게 ― '장군 소동'과 '박사 난리'는 일단 끝이 났다. 아시아의 다른 지역이나 아프리카에서 하던 수작으로 이 땅과 겨레를 나누어 삼키려던 미국이나 소련의 '혹시나' ― 도 그걸로 한 끝장을 보았다. 실제로 당시 그 두 나라의 원수(元首)였던 스탈린과 트루먼의 회고록을 보면 한결같이 그때 그들이 직접 이 땅에 손을 대지 않고 장군과 박사를 내세운 데 대해 가슴을 쓸고 있는 듯한 구절들이 있다. 우리 시골말로 눈알이 빠져도 그만하기 다행이란 소리겠다.

장군과 박사의 뒷일에 대해서는 여러 가지 소문이 있지만, 우리 현대사학회의 추적 결과는 이렇다. 그때 이 땅에서 쫓겨난 장군은 소련군 정보 요원으로 복직했다가, 나중에는 외인부대로 옮겨 대좌(大佐)까지 승진했다. 그러나 있지도 않은 항일 유격전 경력을 너무 자랑하다가 소련군 월맹 지원단으로 파견돼 이십 년 전미군의 하노이 대공습 때 폭사했다고 한다.

한편, 간신히 태평양을 건너간 박사는 미국 정부의 배려로 시골 대학의 교수 자리를 얻었다. 그러나 워낙 실력이 모자라 석달 만에 학생들에게 쫓겨난 뒤 로스앤젤레스에서 부동산 중개업을 하다가, 역시 이십 년 전쯤 여든 몇의 나이로 늙어 죽었다는 게 우리의 추적 결과다.

전에도 이미 말했지만, 역사에 가정(假定)은 당치 않다. 그러나 워낙 모골이 송연해지는 일이라, 한번쯤은 장군과 박사의 뜻대로 됐을 때의 이 땅과 우리를 생각해 보는 것도 의미 있는 일이 되겠다.

만약 그때 우리가 겨레 간의 뜨거운 정과 슬기로 그 두 사람을 여지없이 거절하지 않았더라면, 이 땅은 어김없이 일본처럼 체제를 달리하는 두 개의 나라로 분단되었을 것이다. 그렇게 되면 오늘 우리의 행복은 어림도 없다. 그 두 체제는 나뉘어진 우리를 주도권 다툼으로 더욱 이간시켜 서로에 대한 증오를 부추겼을 것이다. 거기다가 그럴듯한 이데올로기에 경망하게 들뜬 사람들이 나타나 촐싹거리면 저 일본처럼 동족상잔은 필연적이다. 언제부터 공산이고 언제부터 민주라고 아비와 자식이 돌아서고, 형제가 서로 눈 흘기며, 이웃이 이웃의 가슴에 죽창을 찔러 넣는 판세가 나면, 그 피로 분단은 더욱 고착될 것이며, 그렇게 나뉘어진 겨레는 적어도 몇십 년 피를 달리하고 말을 달리하는 세계의 어떤 족속보다 더 멀고 미운 적이 될 것이다. 일본의 관동 정권과 관서 정권이 그러하듯 나뉘어진 겨레 사이의 그 허무맹랑한 증오와 의구심을 악용한 권력이 양쪽을 각기 지배하며 온갖 횡포를 저지를 것이고 — 아아, 그리하여 지금 일본의 현대사가 겪고 있는 참혹한 불행은 그대로 우리에게서도 되풀이되었을 것이다.

특히 일본이 요즈음 들어 겪고 있는 통일 문제를 중심한 갈등은 가정(假定) 속에서조차 섬뜩하다. 아무리 남의 나라 일이라도 지나쳐 보기 애처로울 뿐 아니라 잘못된 본보기로는 유용한 만큼 지루하더라도 여기서 한번쯤 더듬어보자. 지금 우리의 행복을 다시 확인하고, 그 방어의 결의를 다지기 위해서라도. 읽고 들어 아시는 분이야 다 아시겠지만, 그래도 잘 모르시는 분을 위해 조금은 설명조가 되더라도 용서하시기를.

원래 일본에서의 통일이란 관동·관서 정권 모두에게 심심하면 불러보는 좀 심각한 노래 같은 것이었다. 죄 없이 백성 겁주거나 얼 뺄 일이 있으면 서로 써먹는 동침(東侵), 서침(西侵)이란 말처럼, 자기 '인민'이나 '국민'을 다독거리거나 감탄시킬 필요가 생기면 금촌 패거리도 목자와 그 후계자들도 어김없이 통일을 내세웠다. 하지만 요즈음 일본 열도를 시끄럽게 하고 있는 통일 논의는 그전과는 약간 질을 달리한다. 전에는 관동·관서 정권 모두가 자신의 필요에 따라 써먹느라 한편이 떠벌리면 한쪽은 짐짓 귀를 막는 식의 일방통행이었는데 최근에 와서는 사정이 달라졌다. 관동과 관서의 정권 모두에게 그 통일이란 카드가 절실하게 필요해진 까닭이었다.

관서 정권에 통일이란 카드가 필요해진 까닭은 무엇보다도 금촌의 장기 집권과 관계있는 듯하다. 금촌은 태평양전쟁이 끝난 그해부터 40년이 넘는 오늘까지 계속하여 관서 지방을 다스려왔는데, 요즈음은 그것도 모자라 그의 아들 직월(直月: 우리 식으로는 正日이라는 말도 있다.)에게 다시 그 절대 권력을 승계시키기 위한 작업이 한창이라고 한다. 1980년대 들어서부터 관서 지방에서 흔히 볼 수 있다는 "대를 이어 충성하자."란 현수막이 바로 그런 움직임을 보여주는 뚜렷한 예가 된다. 하지만 아무리 어수룩한 관서 인민들이라 해도 그런 중세적 수작에는 말들이 없을 수 없고, 그래서 금촌에게도 비상한 카드가 필요했다. 통일은 그런 금촌이 내밀 수 있는 카드 중 가장 끗발이 높은 것이 될 것이다.

물론 금촌이 그동안 써먹은 카드는 그 외에도 여럿 있다. 위기의식의 조장, 전 인민의 조직화, 자체 사상, 충효(忠孝) 개념의 정치화 따위가 그 중요한 목표이다. 위기의식의 조장은 주로 '일본 전쟁'으로 알려진 동서 전쟁(東西戰爭) 뒤 한 이십 년간은 아주 유용하게 써먹은 카드였다. 중소(中蘇)의 지원을 받은 관서 정권의 선제 공격으로 시작된 그 전쟁은 한때 금촌의 야망대로 되는가도 싶었다. 그러나 유엔군을 앞세운 미국의 개입으로 좋다 만 꼴이 됐는데, 그때 관서 정권은 정말로 호된 맛을 봤다. 미군 비행기의 폭격으로 그 수도 격인 경도(京都)에는 성한 집이 꼭 두 집 남았을 정도였다. 결국 전쟁은 우여곡절 끝에 휴전으로 막을 내렸지만 금촌은 그 뒤로도 이십 년은 넉넉히 미 제국주의자의 침략을 내세워 관서의 인민을 옴짝달싹할 수 없게 휘어잡을 수 있었다.

전 인민의 조직화도 시작은 '일본 전쟁'과 무관하지 않다. 그러나 일종의 동원 체계로 시작된 인민의 조직화는 곧 정치적인 통제 수단으로 전환되었다. 오가작통(五家作統)이니 뭐니 해서, 아시아의 전제 국가들이 그 폭압의 절정기에 일쑤 써먹던 수법을 상기해 보면 뭔가 짚이는 게 있을 것이다.

자체 사상(自體思想)에 대해서는 앞서도 잠깐 소개한 바 있다. 하지만 그것은 간단한 외양 소개에 지나지 않았던 만큼, 이번에는 그 내면적 구조를 살펴보자.

뭐니 뭐니 해도 그 사상이 강조하고 있는 것을 두어 마디로 뭉뚱그리면 그것은 민족과 주체성쯤이 될 것이다. 민족과 주체성, 듣기만 해도 얼마나 신나고 그럴듯한 말인가. 더구나 방금도 외세에 의해 동서로 분단되어 있는 일본 사람들에게는 그보다 더 절실하고 매력적으로 들리는 말도 드물 것이다. 그런데 가만히 그 배경을 살펴보면 그게 또 그렇지가 않다.

세계의 주변 국가들에게서 되풀이 나타나는 통치의 양태를 크게 이분(二分)하면 군사주의와 문민주의(文民主義)가 될 것이다. 또 문화의 양태는 전통적 문화에 집착하는 문화적 국수주의와 문화의 비교 우위(比較優位)를 인정하는 세계주의로 대분될 수 있다.

일반적으로 군사주의 통치는 효율성과 보상의 원리에 기초하며 통치자에게는 종종 말할 수 없는 유혹으로 다가오지만 일반 민중들에게는 경원되는 경향이 있다. 거기 비해 문민주의 통치는 정통성과 합법성의 원리에 기초하며 일쑤 노정되는 비능률성과 무질서로 권력 핵심에게 골머리를 앓게는 해도, 일반 민중들에게는 민주(民主)와 동의어처럼 여겨지는 경우가 많다.

문화적 국수주의와 세계주의도 마찬가지로 비슷한 양면성을 지니고 있다. 문화적 국수주의는 민족주의와 주체사상이란 매혹적인 외양을 갖추지만, 종종 거기에는 문화의 정체나 퇴영이란 역기능의 그늘이 있다. 거기 비해 세계주의는 진보와 발전이란 현란한 구호에도 불구하고 문화의 비교 우위를 확보하지 못한 주변 국가에서는 일쑤 사대주의(事大主義) 양태를 띤다.

그런데 우리가 주목할 것은 이러한 통치 형태와 문화 형태의 결합 방식이다. 적어도 역사를 통해서 되풀이 확인할 수 있는 그 결합 방식은 군사주의 통치와 문화적 국수주의, 문민주의 통치와 문화적 세계주의이다. 우리의 역사에 있어서도 당시의 핵심인 대륙 세력에 대해 가장 저항적이며 민족 자주를 내세운 정권은 어김없이 군사주의 정권으로 그 대표적인 예는 원(元)의 침략에 70년이나 집요하게 맞선 고려의 최씨 정권에서 찾아볼 수 있다. 이에 비해 문화적 세계주의는 왕조(王朝)가 문민화(文民化)한 후의 정권 아래서 이른바 사대주의란 모습으로 나타난다. 군벌 출신인 개국 태조(開國太祖)의 군사주의 통치가 문민정치로 전환되는 고려의 광종(光宗) 이후, 그리고 근세조선의 세종 이후에 나타나는 문화 형태는 그 좋은 예가 될 것이다.

만약 이러한 관찰이 일리 있는 것이라면 금촌의 자체 사상은 그 통치 형태에 따른 필연의 선택이 된다. 금촌의 관서 정권이 세계에서 그 유례를 보기 어려운 군사주의 통치 형태란 것에 대해서는 오늘날 부인하는 사람이 그리 많지 않다. 곧 금촌의 자체 사상은 그의 개인적인 신념이나 경향과 무관하게 선택될 수도 있다는 뜻이다.

그러나 민족과 주체성이란 말이 가지는 위력은 대단해서 금촌의 자체 사상은 관서의 '인민'들뿐만 아니라, 관동의 '국민'들에게도 적잖은 반향을 일으킬 수 있었다. 방금도 관동의 진보주의 대학생 일부에게는 그 주체주의를 비틀어 만든 자체 사상이 무슨 신줏단지처럼 모셔지고 있다는 얘기는 이미 했던가.

그렇지만 현대 세계사에도 유례가 드문 장기 집권과 대만의 장개석 외에는 그리 성공한 예를 찾아볼 수 없는 부자 세습(父子世襲)을 위해 금촌이 고안한 것 중에 가장 절묘한 것은 효(孝) 개념의 정치화가 될 것이다. 벌써 오래전부터 일본의 관서 인민들은 금촌을 '어버이 두령 동지'로 부르도록 교육받아 와서, 요즈음은 그게 공식 명칭을 넘는 고유명사가 되어 있다고 한다. 사람을 존경해 붙이는 호칭은 수천 수백 가지가 있을 수 있는데 금촌이 유독 어버이란 호칭을 가장 앞세운 것은 무슨 까닭인가.

권력의 유지를 위한 고안(考案) 중에서 가장 흔해 빠진 것은 권력자 개인의 카리스마화(化)이다. 지도자의 무오류성(無誤謬性), 완전성을 골자로 하는 그 조직적인 프로파간다는 세계 여러 곳에서 권력의 장기화(長期化)에 아주 효율적인 기능을 수행해 왔다.

그런데 그보다 한 수 위인 것이 일찍이 아시아의 전제 왕조들이 고안해 낸 효(孝)의 정치화이다. 그들은 군부(君父)라 하여 정치적인 지도자에 어버이의 의미를 더하고, 그 신민(臣民)에게 아이 적부터 충효(忠孝)를 가르쳐 두 존재의 통일성을 고정관념으로 키워가게 했다.

카리스마는 그 무오류성과 완전성에 대한 존경과 신뢰 위에 존재하지만 어버이 개념은 그런 선전조차도 필요하지 않는 무조건적인 굴복의 강요이다. 설령 오류가 있다 한들 어버이를 어쩔 것인가. 설령 완전하지 않다 한들 어버이를 어쩔 것인가. 그 바람에 세 살 먹은 어린아이도 한번 왕관을 쓰면 절대적인 복종의 대상으로 충성할 수밖에 없게 되는 것인데 금촌에게 필요했던 것은 바로 그런 피지배 계층의 멘탈리티였다.

하지만 금촌과 그 추종 세력의 고안이 아무리 정교한 것이라 해도 요즈음 — 20세기도 다해 가는 대명천지에는 한계가 있었다. 아무리 들볶아도 사십 년이 넘다 보니 전쟁 걱정은 시들해지고, 이 마을에서 저 마을 가는 데도 여행 허가서를 얻어야 하는 조직화 또한 세월이 길어지다 보면 신물이 나기 마련이다. 자체 사상이 그럴듯하다 하나 손에 쥐어 주는 게 없고, 어버이 놀음도 이미 수천 년 당해 온 사기라 곧 수상쩍어질 판이다.

거기다가 자급자족이니 자립 경제니 하는 자(自) 자 항렬 구호만 너무 찾다 보니 한동안은 관동보다 잘나가던 경제에도 한계가 왔다. 국제화다, 첨단화다, 다국적기업이다 해서 세계가 두루뭉수리로 돌아가는 판에 쌀 서너 섬 윗목에 놓아두고 내 배 다칠라 하며 문 닫아 걸고 앉았기도 하루 이틀이었다. 뒤늦게 개방이다, 외국 자본 유치다 법석을 떨어본들, 쌀 빨리 먹자고 더디게 자라는 벼 이삭 잡아 뽑을 수야 없지 않은가. 이래저래 앞수 몰리고 뒷수 막히니 기중 낫다 싶어 내민 게 통일이란 카드였다. 잘되면 연방제네, 어쩌네 하며 관동 것들까지 호려 전 일본을 적화하는 수도 나고 못돼도 벌써 못 견뎌 몸들을 비비 꼬고 있는 관서의 '인민'들 얼이라도 한동안 빼놓을 수 있으니 말이다.

그러면 관동 정권에게는 왜 통일 놀음이 필요했을까. 관동 정권의 담당자들이 요 근래에 와서 부쩍 통일 놀음에 열을 올리게 된 것도 냉정히 따져보면 관서의 금촌에 못지않게 절실한 이유가 있다.

다 알다시피 관동 정권의 수립은 목자 박사의 주도 아래 이뤄졌지만, 그 뒤 사십 년 동안의 우여곡절은 관서와는 비할 수 없을 만큼 복잡다단하다. 금촌과는 달리 목자의 집권은 겨우 십이 년만에 끝나고, 그 뒤로도 서로 조금씩 질을 달리하는 집단들이 네 번씩이나 번갈아 정권을 담당하기 때문이다.

하지만 질은 조금씩 달리해도, 필요할 때마다 통일 놀음을 벌인 데 있어서는 목자 이후의 다섯 정권에 공통된 현상이다. 우선 목자의 통일은 시종일관 멸공(滅共) 서진(西進) 통일로서, 오늘날 많은 일본학(日本學)의 권위자들이 설명하는 바로는 진정한 통일보다는 분단의 고착화에 더 큰 뜻이 있었다고 한다. 어떤 때는 대(對)국민 충격요법의 한 방식으로, 어떤 때는 대(對)미국 공갈용으로 나타나고 있지만, 진정한 의미의 통일과는 거리가 있었다는 게 그들의 주장이다.

그래도 관동에서의 통일 논의가 제대로 모양을 갖췄던 것은 목자의 망명 뒤 수립된 제2기 정권 초기였다. 목자의 독재 정권을 타도하는 데 앞장섰던 학생층의 주도로 이루어진 통일 논의도 다분히 충동적이고 감상적인 데가 있었지만, 그 진정성으로 보아서는 분명히 한 단계 발전한 논의였다.

하지만 그 논의는 당시의 집권층과 무관하게 이루어진 데 한계가 있었다. 정권을 잡는 데 많은 빚을 진 학생 계층의 주장이라 맞대 놓고 반대는 못해도 이제 막 관동이라는 밥상을 받아 든 격인 집권층으로서는 떨떠름하고 껄끄럽기 그지없는 메뉴가 끼어든 셈이었다. 그래서 울도 웃도 못하고 허둥대는 사이에 논의는 걷잡을 수 없이 확산돼 갔고, 마침내 사회 분위기는 관동의 극우 보수 세력에게 생존권이 위협당하는 위기 상황으로 인식되기에 이르렀다.

그 필연의 결과가 관동의 제3기 정권인 목정(木正) 군부 정권이었다. 쿠데타로 제2기 정권이 수립된 지 일 년 만에 전복한 목정(木正) 장군은 군부와 일부 극우 세력의 지지 아래 관동에 새로운 정권을 세웠는데, 통일 논의가 가장 소극적이었던 것은 아마도 그의 치세(治世) 전반(前半)에 해당되는 제3기 정권 시절이었을 것이다. 그는 그때까지 일었던 여러 갈래의 통일 논의를 모두 이적(利敵) 행위로 간주해 단호히 처벌했고, 관제(官製)논의를 제공하는 데도 아주 인색했다.

그러나 세월도 상황도 변화하기 마련, 끝내는 목정(木正) 정권 에게도 통일 놀음이 필요해질 때가 왔다. 십 년이나 장기 집권하 던 목정이 집권 연장을 위해 '제2유신'을 외치면서 뭔가를 보여줘 야 했기 때문이다.

흔히 유신 정권으로 더 잘 불리는 관동의 제4기 정권은 어떤 의미에서 출발부터가 통일 놀음에 의지하고 있다고 볼 수도 있을 것이다. 서력(西曆) 1970년대 초의 어느 날 대일본 국민들은 관동 정권 비밀 정보국장의 갑작스러운 담화에 놀라 벌어진 입을 다물 지 못했다.

내용인즉, 그때까지만 해도 국민들은 같은 해를 이고 살 수 없 는 적으로만 알았던 관서 정권의 수도 격인 경도(京都)를 다른 사 람도 아닌 비밀 정보국장 그 자신도 다녀왔다는 것이며, 또한 관 서 정권 쪽에서도 둘째 두령 격인 부수상이 동경(東京)을 방문해 관동 정권의 수뇌들을 만나고 갔다는 것이었다. 뿐만 아니었다. 그 왕래에서 그때껏 범죄와 동일시되었던 통일이 진지하게 논의되었 으며, 결과로는 상호 비방 금지, 전쟁 포기 등이 쌍방에 의해 합의 를 보았다고 했다.

당연히 동서(東西) 일본의 국민들은 경악에서 깨어나자마자 기

뿜과 흥분으로 들떴다. 그때 일본에는 대략 천만이 넘는 동서 이산가족이 있었고, 그게 아니라도 그 불행한 민족이 기뻐하고 흥분할 이유는 수백 가지가 넘었다. 민족의 이질화(異質化), 산업의 파행적 발전, 국토의 기형적 개발, 외세의 침탈 따위 동서 일본이 함께 앓아온 고통들이 모두 그 분단에서 비롯되고 있었기 때문이다.

한 몇 달은 금방 뭐가 될 것처럼 와작거리는 동안에 흘러갔다. 하지만 어차피 깨어지게 되어 있는 환상의 세월이었다. 순진하게도 동서 양쪽 스피커가 하는 말을 믿고 휴전선을 무시하려 했던 어느 청년이 뒤통수에 아카보 소총과 카빈 소총을 동시에 맞고 나자빠진 사건에서 명백하게 볼 수 있듯이 관동, 관서의 합의는 똑같이 '진의(眞意) 아닌 의사 표시'에 지나지 않았기 때문이다.

모든 비밀 회담이나 막후 협상이 그러하듯, 이번에도 어느 쪽이 먼저 그 모양새 나던 합의를 어기기 시작했는지는 뚜렷이 밝혀져 있지 않다. 그러나 여러 가지로 미뤄보아 먼저 화를 내고 테이블을 박찬 것은 관서 정권 쪽인 듯하다. 적어도 그 통일 놀음은 그들이 필요해서 시작된 게 아닌 데다 시간이 갈수록 관동 정권의 속셈이 수상쩍어졌기 때문이다. 그들 또한 속셈은 따로 두고 혹시나 해서 관동 정권이 마련한 테이블에 앉았으나, 결과는 역시나일 뿐만 아니라 오히려 관동 정권이 자기들을 이용하려는 기색마저 보이니 화가 날 것은 뻔한 이치였다.

하지만 관동 정권이 기다린 게 바로 그거였다. 화난 김에 지른 관서 정권의 몇 마디 거친 소리를 동침(東侵)의 구체적인 조짐으로 몇 배나 뻥튀기해 관동의 허파에 바람 든 국민들을 후려 댄 뒤 벼락같이 내민 게 이름하여 '제2유신'이다.

백 년 전 저희 조상이 막부(幕府)를 타도하고 천황을 옹립한 것처럼 자기들도 고국의 위기에 즈음해 비상한 결단을 내린 것이라지만 모든 게 실은 각본대로였다.

그때의 통일 놀음에 삼선(三選) 개헌으로도 모자란 목정(木正) 정권의 한판 잘해 먹은 사기극이란 건 오늘날 관동의 어린 학생들조차 다 안다. 그 뒤 목정은 불만을 품은 부하 장군에게 살해될 때까지 두 번 다시 통일 문제를 힘주어 말한 적이 없었다.

목정에 이은 관동의 제5기 정권에서도 통일은 심심찮게 국정연설이나 담화문의 메뉴로 쓰였다. 이렇다 할 준비도 없고, 모의 과정도 충분하지 않은 채 정권을 인수받아 내외로 여러 가지 문제가 많은 게 제5기 정권이었지만, 적어도 통일 놀음만은 염치없게 써먹지 않았다는 게 그 정권에 대한 관동 사람들의 기억인 듯하다.

그다음에 이제 우리에게 가장 흥미로운 관동의 현 정권이 벌이는 통일 놀음이다. 아직도 많은 것이 진행 중이라 함부로 잘라 말할 수는 없지만, 제6기 정권에 해당되는 현(現) 관동 정권의 통일 논의도 여러 번 당해 본 뒤끝인 관동 사람들에게는 곧이곧대로 믿기지 않는 듯하다. 특히 관동의 재야인사들은 그것이 군부 출신인 현 정권 수반의 정치적 콤플렉스가 짜낸 낡은 묘수(妙手)에 지나지 않는다고 단언한다.

이미 역사에 편입된 앞서의 여러 정권들과는 달리 제6기 정권은 현재 관동을 장악하고 있는 정권이고, 그들의 정권 출범 벽두에 대형 현수막처럼 내건 통일도 아직은 지속적인 추구를 다짐하고 있는 한 나라의 정책인 만큼 그게 지금껏 해온 놀음의 하나라거나 아니라거나에 대해서는 막말을 삼가자. 이웃 나라의 현 정권에 대한 예의로도 그렇고, 아직은 끝장이 나지 않고 진행 중이란 점에서도 그렇다. 그 어느 쪽이든 지금 관동 지방을 휩쓸고 있는 갈등과 혼란을 보는 우리의 눈길에서 연민과 동정이 지워지지는 않는다는 점에서도.

작년 이맘때쯤인가, 관동의 현 정권 수반이 통일을 지향한 일곱 가지 조항을 발표했을 때, 솔직히 우리도 약간은 흥분되었다. 아무리 이웃 나라의 일이지만, 너무도 그림 같은 조항들이었기 때문이다. 관동이 이렇게 자랐는가. ― 일본의 현실에 대해 잘 모르는 이들까지도 그렇게 감탄의 말을 쏟을 정도였다.

따지고 보면 우리가 그런 느낌을 받게 된 데는 적지 않은 근거도 있다. 사실 요 근래 몇 년 관동의 발전은 외국인인 우리가 보기에도 놀라운 데가 있었다.

군부 독재 정권의 보상적(補償的) 특성에 기인했던 3, 4, 5기 정권 아래서의 관동 경제는 눈부신 성장을 했다. 매판자본 시비도 일고 외채 문제로 시끄러운 적도 있지만, 부존자원도 자본도 기술 축적도 모두 시원찮은 상태에서 관동의 경제는 이십 년 내리 두 자리 수의 경제성장 지수(指數)를 유지했고, 숫자 놀음이건 뭐

건 GNP도 아시아에서는 우리 다음가는 고소득으로 올라섰다. 거기다가 1988년에는 반동가리 난 일본 관동정권의 수도 동경에서 터억 올림픽까지 치러냈으니 우리가 놀란 것도 무리는 아니었다.

아무튼 관동 정권의 그 같은 제의가 있자 관서 정권도 노상 싫지만은 않은 눈치였다. 앞서 살펴본 것처럼, 그렇잖아도 지금쯤은 통일 놀음을 제대로 한판 벌여봐야 하지 않을까 하고 있는데, 관동 정권이 때맞춰 건드려준 셈이었다.

이에 관서 정권은 자기들의 다급함을 눈치채이지 않으려 딴전으로 뜸을 들이는 한편 그들의 오래고 경험 많은 대동 적화(對東赤化) 전략을 동시에 발동시켰다. 그 첫 솜씨가 관동의 사회단체 대표에 대한 초청장 발송이었다.

외신(外信)에 따르면 금년 초 금촌은 현(現) 관동 정권의 원수(元首)를 비롯해 세 개 야당 당수, 두 개 재야 단체 대표, 그리고 두 개 종교 단체 대표에게 통일 문제를 의논하자는 명목으로 초청장을 띄웠다고 한다. 얼핏 보면 작년에 있었던 관동 정권의 제안에 응하는 것 같지만, 자세히 관찰하면 적잖은 노림수가 감춰진 대응이었다.

정권 수립 이후 사십 년이 넘도록 금촌의 절대 권력 아래 단일 체제를 유지해 온 관서 정권에 비해, 미국식 민주주의를 도입한 관동 정권은 애초부터 정치력의 결집에는 불리한 체제였다. 미국식 민주주의란 게 원래가 다원화(多元化) 사회를 지향하고 있는 데다 정통성을 의심받는 정권이 사십 년에 여섯 번이나 뒤바뀌는 동안에 분열과 대립은 더욱 격렬해져 관동에는 공공연히 정부의 권위를 부정하는 사회단체가 줄을 잇는 판이었다. 거기다가 최근 이십 년의 군부 정권은 감옥에 다녀온 게 훈장으로 여겨질 만큼 반정부 세력에 정당성을 부여했고, 소홀했던 분배 정책은 경제의 외형적인 성장에도 불구하고 기층민(基層民)의 반발을 불러일으켜 반체제 단체가 의지할 수 있는 언덕을 마련해 주었다. 그런데 금촌이 초청장을 보낸 것은 바로 그런 단체의 대표들이었다.

보수적이라 욕을 먹건 말건 야당은 본질적으로 현 정권과 권력 장악을 경쟁하는 만큼 금촌이 기대할 여지가 있게 마련이다. 금촌이 그 대표를 초청한 사회단체도 관동의 현 정권을 타도할 수만 있다면 누구하고도 손잡을 각오가 돼 있는 반정부 단체이고 얼른 보아서는 구색을 갖춘 것에 지나지 않아 보여도 종교 단체 또한 마찬가지로 그 같은 고려에서 선택되어 있었다.

금촌이 초청장을 보낸 것은 기독교의 구교와 신교 지도자들로 구교야 '교회는 하나'라는 원칙에 묶여 있어 대표가 저절로 추기경으로 결정 나지만 신교는 중구난방이라 선택의 여지가 있었다. 그런데 금촌이 고른 것은 관동 정권에서 가장 정권에 감정이 많은 단체였다. 거기다가 그런 금촌의 선택을 더욱 잘 드러내는 게 관동 인구의 절반 가까이가 믿고 있는 불교 지도자를 초청 대상에서 뺀 일이었다. 호국 불교의 전통에다 그 은둔적 성격으로 현실 참여에는 소극적인 불교에는 별 볼일이 없다는 뜻이겠다.

어쨌든 그런 초청 인사들이 경도(京都)에 모여 관서 쪽 관제(官

製) 단체 대표자들과 연석으로 통일 문제를 의논한다고 상상해 보라. 방 안마다 관서 쪽의 우세요, 투표마다 금촌의 뜻대로 결정 날 것은 불을 보듯 뻔하다. 더군다나 관동 정권의 원수가 밸 없이 그 연석 회의에 참가했다고 해보자. 그때 그는 관동을 대표하는 여덟 명 중의 하나가 될 뿐이 아니겠는가.

금촌의 그 같은 초청장에 대해 관동 정권은 당연히 발끈했다. 그 결과가 신경질적인 반박 성명과 아울러 관서 정권과의 개별적 접촉을 금지하는 반공법(反共法) 폐지의 보류였다. 일부에서는 관동 정권의 그 같은 대응을 일관성이 없느니 어쩌느니 하지만 냉정히 살펴보면 관서고 관동이고 그 나물에 그 밥이다. 진정이라고는 개미 뭐만큼도 안 담긴 통일이란 빈 깡통을 심보 컴컴한 놈과 속 엉큼한 놈이 들고 부딪치니 소리가 어찌 요란하지 않겠는가. ― 라는 어떤 독설가(毒舌家)의 촌평도 한 번쯤은 귀담아들어 볼 만하다.

그런데 소동이 처음 일어난 것은 그런 싹수 노란 주고받기가 오간 지 한 달도 안 돼서였다. 일민맹(日民盟, 일본민족주의연맹)인가 뭔가 하는 단체가 먼저 금촌의 초청에 응하겠다고 나선 일이었다. 어버이 두령 동지께서 오라시는데 아니 가고 어쩌리오. ― 까지는 아니었지만, 적어도 '군부 독재 잔당'인 제6기 '물정권'이 꿰맞춘 것보다도 훨씬 볼 만한 통일 방안이 관서와 금촌에게 있다고 믿은 것만은 틀림없었던 듯했다.

그들이 뭍길로 경도를 향해 떠나리라 발표하자 관동 지방은 적잖게 술렁거렸다. 아이들은 구경거리에 신나 하고, 못 가진 어른들은 빈 주머니 만지며 헛꿈도 꾸어보고, 가진 어른들은 자다가 가위눌리고, 정부는 이미 해놓은 소리 때문에 오히려 더 약이 올라 이리저리 왁작왁작 시끌시끌했다.

하지만 결국 갈 수는 없는 길이었다. 아무래도 그냥 보낼 수는 없다고 결론을 내린 관동 정권이 경찰을 풀어 길목을 막으니 일민맹(日民盟) 간부들은 동서 경계선인 각문관(角文館)까지도 못 가보고 버스째 붙잡혀 되돌아왔다. 옳고 그름이 어디에 있건, 이웃 나라 서생(書生)이 보기에는 쓸쓸하기 그지없는 희비극이었다. 세상에 순수와 아름다움과 정의만으로 찬 사람이 있다더냐. 세상에 탐욕과 잔인성과 권력욕만으로 뭉쳐진 인간이 있다더냐. 인간이 그렇게 양분되어 태어나지 않는 바에야 칼로 베듯 하는 시비의 구별은 의미도 없거니와 옳지도 않다. 다만 그들을 보고 다시 한 번 가슴 쓸며 확인하는 것은 분단되지 않은 나라에서 그런 소동 안 보고 살아가는 우리의 행복일 뿐이었다.

통일 논의와 관계해 관동에서 두 번째로 벌어진 소동은 문사(文士)들에 의한 것이었다. 금촌으로부터 초청받지는 못했지만 이번에는 문인들이 통일의 선봉을 자임(自任)하고 경도로 가보겠다고 떼 지어 나섰다. 관서 문인들과의 교류를 통해 통일의 물꼬를 트겠다는 주장이었다.

이 자리에서 다 말할 수 없지만 요즈음 세계에서 가장 활기차게 관동 문인들이란 말이 있다. 이십 년의 군부 정권에다 분배의 불평등, 핵(核), 공해(公害) 따위 세계가 골머리를 앓고 있는 모든 문제가 그 좁은 땅에 다 몰려 있어, 이놈 치고 저놈 나무라다 보니 하루가 마흔여덟 시간이라도 모자란다는 얘기였다.

거기다가 더욱 신나는 것은 정치판과 문학판의 판세가 정반대로 뒤집혀 있는 점이다. 정치꾼들은 경찰과 군대 같은 제도를 장악하고 있는 여당과 친정부 인사가 아직도 우세하지만 문학판에서는 벌써 칠팔 년 전부터 그게 뒤집혀 있었다고 한다. 곧 친정부나 중간파는 어용이나 보수(관동에서는 보수란 말이 욕설이 되어 있다.)로 몰려 눈치 보기 바쁜 데 비해 반정부파만이 진보와 새로움의 미덕을 독점한 채 목소리를 높여온 탓이다.

그런 현상은 외형상의 군부 정권이 끝나가는 제5기 정권 말기에 더욱 두드러져, 반정부파가 기존의 문인 단체를 어용으로 규정하고 새로운 문인 단체를 만드니 관동 문인의 80퍼센트가 그리로 돌릴 정도였다. 그 모두가 골수 민주 세력인지는 알 수 없으나, 어쨌든 관동 문단의 판도를 짐작하는 데는 훌륭한 근거가 될 것이다.

그런데 재작년 선거로 민선 대통령이 들어서고 정부와 여당이 거꾸로 민주화를 부르짖게 되자 관동 문인들은 좀 혼란되었다. 그때껏 그들이 힘을 모아 외쳐온 것은 군부 타도, 민주 회복이었는데, 갑자기 그 구호의 호소력과 설득력이 반이나 줄어든 까닭이었다.

거기서 관동의 민주 문인들 사이에는 잠시 논란이 일었다. 일부

는 제6기 정권의 골격이 아직 많은 부분 제5기 정권 사람들에 의
해 장악되어 있고, 대통령도 군부 출신이란 점에 착안해 빛이 좀
바래긴 했지만 군부 타도, 민주 회복을 그대로 쓰자고 주장했고,
다른 일부는 민족 통일로 구호를 바꾸자고 나왔으며 나머지 소수
는 반핵 운동으로 전환하자고 주장했다. 그런데 그 논란을 자연스
럽게 끝내준 게 제6기 정권이 내놓은 문제의 그 선언(그쪽에선 9·9
선언이라 불린다.)이었다. 그 어설픈 선언이 민주 문인들의 선택을 통
일로 유도한 셈이었다.

사실 이러한 해석은 진정으로 민족의 통일을 열망하는 관동의
민족주의 문인들에게는 모욕이 될 것이다. 하지만 사람이든 날짐
승이든 무리를 잘 지어야 한다. 까마귀 떼 사이에 황새 몇 마리가
섞여 있다 해서 아무도 그걸 황새 떼라고 말하지는 않는다. 거기다
가 집단이 되고 운동성을 띠면 원래의 순수성은 전략이니 효율성
제고니 해서 어느 정도 왜곡되고 변질되기 마련 아닌가.

민주 문인 단체가 성명을 통해 경도행(京都行)을 발표하자 관동
은 다시 시끌벅적해졌다. 관동 사람의 일부는 그들의 용기 있는
결정에 갈채를 보내고 그 뜨거운 민족주의에 감격했다. 그들이야
말로 이 시대 양심의 표상이며 민족혼의 결정이며 일본의 지성(知
性)이 지닐 수 있는 모든 미덕(美德)의 화신(化身)이었다. 그들의 아
름다운 꿈 하나로 이와테 산(혼슈[本州] 북쪽의 고산(高山))과 구니
미다케 산(규슈[九州] 남쪽의 고산(高山))이 얼싸안고 춤을 출 줄 알
았으며, 그들의 민족혼에 찬 노래 한 구절로 비와호(경도(京都) 곁

의 큰 호수)와 동경만(東京灣)의 물이 하나로 합쳐질 줄 믿었다. 아카보 소총도 M16도 그들의 살갗은 뚫지 못하고, 미그25도 F16도 그들의 뜨거운 염원에 부딪히면 격추되리라 보았다. 관서 인민공화국 군대도 관동 민주공화국 군도 동서의 문인 교류만 이뤄지면 바람 앞의 짚검불이요, 그리하여 튼 통일의 물꼬는 내무서도 경찰서도 흔적 없이 휩쓸어버릴 것 같았다.

그렇지만 그들에 대한 부정적인 시각도 만만찮았다. 동경(東京)에는 삼천 명 가까운 문인들이 있다. 반체제니 어용이니 회색분자니 해서, 넓어야 반경 백 킬로미터도 안 되는 도시에 살면서도 저희끼리는 몇 년씩 얼굴을 맞대지 않고 지내면서 수백 킬로미터 서쪽 경도(京都)에 있는 문인들과 교류하는 것만이 통일을 앞당기는 것이냐? 같은 체제 안에서도 서로 화합하지 못하면서 체제를 달리하는 쪽과는 얼싸안을 수 있다니 뭐가 잘못된 거 아니냐? 통일이란 게 민족의 결속을 의미한다면 먼저 관동의 문인끼리부터 부둥켜안아야 되지 않느냐? 지척에 있는 동료는 뱀 보듯 하면서 멀리 있는 사람들을 어찌 그리 잘 믿느냐? 그런 게 대강 관동 문단을 잘 아는 사람들의 의문이었고, 문단 밖의 현실주의자들은 또 이렇게 빈정거렸다.

이루어질 수 없는 줄 알면서도 진지하게 추구된 꿈이 우리 역사를 진전시킨 적도 있지만, 헝클어 놓은 적도 많지 않냐. 펜이 칼보다 강하다지만 그건 칼 쥔 놈이 해보는 소리지 언제 펜과 칼이 정면으로 부딪쳐 이겨본 적이 있느냐. 통일 그거 좋은 거지만 함부로 가지고 놀지 마라. 돌 던지는 아이들은 장난이지만 맞는 개구리는 죽을 지경이라지 않더냐. 너희들은 꿈으로 기분으로 해 보는 소리지만, 그거 잘못되면 모가지가 날아가고 재산이 날아가고, 살아도 사는 것 같지 못하게 살아야 되는 사람이 동과 서에 작게 잡아도 천만씩은 있다. 그런데 바로 그들이 쥐고 있는 게 총칼이고 돈이고 힘 아니냐. 겁탈할 재간도 없이 지분거리면 계집 콧대만 높아지고, 넘지도 못할 담 자꾸 기웃거리면 그 집 개새끼 성질만 버려 놓는다. 공연히 주적거려 일 어렵게 만들지 말고, 눈치 보아 짬 보아 될성부를 때 나서거라.

그러나 시비야 어찌 됐건 결과는 일민맹(日民盟)과 비슷했다. 그들 역시도 각문관에 발도 들여놓지 못하고 닭장차 신세로 되돌아왔다.

그래도 그 두 사건은 뒤이은 통일 소동으로 보아 장으로 치면 초장이요, 막으로 치면 서막에 지나지 않았다. 이 봄 들기 바쁘게 일본의 관동 정권은 성나고 기막혀 허파가 뒤집힐 외신(外信) 몇 줄을 받았다. 연초 금촌의 초대를 받은 관동의 목사 한 사람이 정부의 거듭된 엄포에도 불구하고 멀리 길을 돌아 경도에 도착했다는 내용이었다. 붕헤이[文平]라고 하는 반체제 운동의 지도급 인사인 목사였다.

붕헤이 목사는 대(代)를 잇는 목회자(牧會者)요, 민족 민주 지사의 가문 출신으로 관동의 '제2유신' 시절부터 민주화 운동에 헌신해 온 사람이었다. 군부 정권에 의해 여러 차례 투옥당한 경력이 있고 연초에는 가장 강력한 재야 단체인 일민맹(日民盟)의 고문으로 추대되어 새로운 활동이 기대되던 그 방면의 원로라고 한다. 나이는 벌써 일흔이 넘었지만 불같은 기백으로 민주 회복의 늙은 기수(旗首)역을 담당해 왔다는데 갑자기 그렇게 통일의 선봉으로 노익장의 순발력을 보였다.

법석은 먼저 경도에서 벌어졌다. 금촌을 비롯한 관서 정권의 권력 핵심들은 분단 뒤 처음으로 찾아든 제대로 된 선전거리를 효과적이고도 인상적인 무대를 갖춰 맞아들였다. 금촌 자신이 공항까지 영접을 나가고 상징적인 포옹이 거룩하게 나눠지고 감동의 눈물이 온 사람, 맞는 사람에게서 줄기줄기 흘렀다. 아쉬운 대로라면 그리고 될 수 있는 일이라면 그런 사람 하나쯤은 납치라도 해올 판에 붕혜이 목사가 제 발로 걸어 들어왔으니 관서 쪽의 눈물은 진정일 수도 있겠다.

고의였든 아니였든 붕혜이 목사도 그런 관서 정권의 기분 한번 화끈하게 맞춰주었다. 마치 망명이라도 온 것처럼 관동 정권과 그 수반은 아무개 정권, 아무개로 부르면서 금촌에게는 깍듯이 수령 동지를 붙였고 일본의 통일은 다만 관동의 반동 세력 때문에 안 되는 것으로 단정했다.

뿐만이 아니었다. 관동에는 수백만의 애국 학도와 민주 시민이 통일을 열망하고 있다는 보고를 함으로써 그들이 마치 금촌을 지지하고 있는 듯한 인상을 주었고 마침내는 몇 년 전 금촌이 내놓아 관동 정권에게는 명백히 거부된 통일안과 비슷한 것에 합의한 뒤 일통투(日統鬪)인가 하는 촌스러운 이름의 관제 단체와 공동 성명까지 내놓기에 이르렀다.

일이 그쯤 되자 외신을 통해 보고 있던 관동에서는 그 몇 배나 되는 소동이 벌어졌다. 설마설마하고 보고 있던 관동 정권은 이제 허파가 뒤집힐 지경을 넘어 눈알이 다 튀어나올 지경이었다. 실제로 해외 토픽란에 보면 그 무렵 관동의 정부 청사 마당에는 관련 부처 고관들의 놀라거나 성나 튀어나온 눈알이 자갈처럼 굴러다녔다 한다.

관동의 일반 국민들 사이에 벌어진 찬반의 논의도 소동이란 말이 조금도 지나치지 않았다. 둘만 만나도 붕혜이 목사요, 셋이 만나면 통일이었다. 아침에 만나도 그 얘기요, 저녁에 만나도 그 얘기였으며, 지하철에서, 목욕탕에서도 그 얘기였다. 확인은 못 했지만, 서당개 삼 년이면 풍월을 한다고, 그 무렵에 관동의 개새끼들까지도 멍멍이나 왕왕 대신 붕혜이, 붕혜이, 통일, 통일 하고 짖어 댔다는 소문이 있다.

부질없기로야 남의 시비를 가려주는 일보다 더한 게 있을까만, 이왕 얘기를 낸 김이니, 그 찬반(贊反)의 내용들이라도 살펴보자.

관동 당국에 의해 '붕혜이(文平) 밀입서(密入西) 사건'으로 공식 명명된 그 일이 터지자 그곳 젊은이와 진보적임을 자처하는 지식인 다수는 어김없이 붕혜이 목사를 지지하고 나섰다. 그들은 그 사건을 분단 사십오 년 제일의 쾌거로 치켜세우기에 주저치 않았으며, 그게 통일에 기여하는 바는 혁명에 버금가는 것이라고 단언

했다. 봉혜이 목사님의 결단은 그 한 몸으로 민족의 염원을 보듬어 안은 것이며, 그 실행은 통일이란 민족적 과업을 향한 거룩한 출발이었다. 돌아오면 닥칠 파쇼·반동·악질 군부 정권의 박해에 개의치 않고 떠난 것은 자신을 던져 민족을 구하겠다는 애족혼(愛族魂)의 극치이며, 금촌과의 포옹은 원수를 사랑하라던 기독(基督) 그 자신보다 더욱 완벽한 사랑의 실천이었다.

지지는 거기서도 그치지 않았다. 그것은 차츰 개인 숭배로까지 발전해 그 개인뿐만 아니라 가족사(家族史)까지도 미화(美化)되었다. 역시 목사로 재직하다가 군국주의 정권의 신사참배 강요와 기독교 탄압을 피해 관서에서 만주로 망명했던 그 선친(先親), 패전 후 다시 관서로 돌아왔으나 금촌과 공산당의 박해를 못 이겨 관동으로 옮겨야 했던 그 자신과 다시 관동의 목자(木子) 독재 정권 및 군부 정권의 박해를 못 이겨 이제는 낯선 미국 땅을 유랑하는 일부 그 아랫대, 그 삼 대(三代)에 걸친 수난사는 실로 전해 듣는 이마저 숙연해지는 데가 있었다. 더군다나 그 자신도 한때 미국의 풍요와 평온에 안주할 기회가 있었으나, 진작에 마다하고 관동으로 되돌아와 그 서슬 푸른 '제2유신' 시절에 의(義)를 위한 투쟁의 첫발을 내디뎠으니 아마도 그는 그의 하느님이 동방의 불행한 나라를 구하기 위해 특별히 지어 보내신 사람 같다는 게 그 지지자들의 결론이었다.

그러하되, 참으로 알지 못할래라 사람의 눈과 귀여, 머릿속이여, 대상이 되는 인격도 행위도 다만 하나인데 그 판단과 해석은 또 어찌 이리 다를 수 있단 말인가. 관동에는 또 그만큼의 붕헤이 목사를 싫어하고 그의 서행(西行)을 비난하는 사람들도 많았다.

애꾸눈인 사람을 옆모양만 보면 그는 장님이거나 성한 사람일 뿐이다. 그런데 지금 일본의 관동에는 사람의 옆모양만 보고(그것도 자신이 보고 싶은 쪽만) 판단하는 게 유행하는지, 붕헤이 목사를 반대하는 사람들의 얘기는 또 너무 다르다.

우선 그들은 붕헤이 목사를 지지하는 사람들이 그토록 미화하던 그의 가족사에 대해서부터 비난의 포문을 연다. 우선 그들은 붕헤이 목사의 선친이 위대한 목회자(牧會者)로 미화되는 것부터 반대한다. 군국주의 시절에도 진정한 목자(牧者)는 수난받는 그 양떼와 더불어 본토(本土)에 남아 있었으며, 관서가 적화되었을 때도 진정한 목자는 그 양떼와 남아 순교까지 당했다. 그런데 두 번씩이나 양떼를 버린 목자를 찬양하는 것은 양떼와 함께 남아서 죽지 않았다고 나무라는 것만큼이나 억지다. 그 아랫대도 그렇다. 관동에 왔으면 그대로 눌러 살지, 그곳이 좀 불안하다고 제나라를 버리고 미국까지 가? 혹시 그 일가 원래 조금만 불편하면 제 살던 곳 버리고 튀는 피 아냐 — 그렇게 나가다가 나중에는 붕헤이 목사 신상에까지 모욕적인 말을 서슴지 않았다. 이 사람 혹시 좋은 것만 너무 따라다니는 사람 아냐? 생각해 보라구. 동서 전쟁 전 관동의 많은 사람들 공산당 의심받을까 봐 기도 제대로 못 펼 때 피난 온 관서 사람 거기다가 기독교인 얼마나 당당했겠어? 또, 동서 전쟁 때는 그 사람 유엔군 통역했다며? 우리가 굶주림에 떨고 있을 때 권총 차고 양키 장교 식당에서 잘 지냈겠지. 우리 괴롭던 50년대, 60년대 그 사람은 어디 있었나? 미국 유학 거 좋지, 가족 대부분이 이주하고⋯⋯. 그러다가 우리 정계 데뷔는 1974년, 고생은 꽤 했지만 그 뒤 십여 년 만으로 그만한 자격 생길까? 우리가 사십오 년씩이나 피땀 흘려 가꿔 논 이 마당을 제것처럼 휘저을. 다 안다구, 다 알아. 거 뭐 일민맹(日民盟)인가 하는 단체, 연초에 통합할 때 주도권 다툼깨나 있었다면서? 노욕이 뻗쳐 어떻게 한번 쥐어흔들고 싶은데 젊은 패들이 고문이란 실속 없는 감투만 씌워 한쪽에다 밀어붙여 버렸다면서? 혹시 이번 경도행 그거 어떻게 한번 만회해 보려고 짜낸 묘수(妙手) 아냐? 금촌이나 목자에게서 한 수 배운⋯⋯.

그 경도행의 효과를 가지고 비난하는 사람들도 있었다. 그 사람, 무엇보다 그 동지들에게 몹쓸 짓 했어. 자리 보구 다리 뻗으랬다고 아직은 보수 세력 눈이 시퍼런데 그래 놓으면 그 동지들은 어쩌란 말이야? 더구나 의논도 제대로 안 하고 갔다며? 통일도 최소한 몇 년은 후퇴시켰어. 좀 궁상맞은 소리 같지만, 당장은 동서 양쪽 정권이 소리소리 함께 통일을 외쳐 대고 있으니 좀 지켜보는 것도 괜찮잖아? 아무래도 총칼 가진 놈 무시하고 될 일은 아니잖은가 이 말이야.

눈알 푸른 사람들 속담에 불행은 반드시 떼를 지어 온다는 게 있다더니 올해 관동 정권의 운세가 바로 그런 것 같았다. '붕혜이 밀입서 사건'이 아직 채 가라앉기도 전에 — 그 후 돌아온 붕혜이 목사는 관동의 공안당국에 의해 수감되었다. ― 관동 정권은 다시 새로운 돌풍에 휩쓸렸다. 이른바 '모리(森) 양 밀입서(密入西) 사건'으로, 이번 초여름에 터진 그 사건은 아마도 올해 일본이 겪고 있는 통일 소동의 한 절정이 될 듯싶다. 이번에는 모리(森) 성 쓰는 관동의 여대생이 관동의 일대맹(日大盟, 일본대학생연맹)을 대표해 경도로 날아간 일이 바로 그랬다.

그런데 이 모리 양의 밀입서에 대해서는 일본의 사정을 잘 모르는 이들을 위해 약간의 설명을 해야 될 것 같다.

앞서 지나가는 얘기로 관동의 올림픽을 말한 적이 있는데 실은 그게 그리 간단하지가 않았다. 올림픽을 유치한 제5기 정권이 정말로 오늘날과 같은 그 효과를 계산하고 있었는지는 모르지만, 그리고 유치 초기에는 지식인들의 반대도 많았지만, 작년에 동경에서 우리에게조차 뜻밖일 만큼 성공적으로 치러진 88올림픽은 관동 정권에게는 여러 가지 굉장한 이득을 주었다. 그중에서도 가장 관서 정권에게 쓰라린 것은 그 대회의 눈부신 대외 홍보 효과였다. 그 전에도 관동 정권은 공업화다, 수출 몇 백억 불이다 하며 기세를 올렸으나, 세계는 별로 대수롭게 여기지 않았다. 그러나 관동 정권이 총력을 기울여 동경을 거대한 전시장처럼 만든 결과 찾아온 세계는 깜짝 놀랐다. 오늘날 관동의 대일본 민국을 아시아에서는 우리 다음의 선진국으로 공인하게 된 것도 바로 그 올림픽 덕분이었다.

이에 앙앙불락하던 관서 정권이 꿩 대신 닭이라고 유치해 들인

게 바로 세계청년축전이라는 행사였다. 주로 사회주의 국가의 청년들이 모여 친목과 단결을 도모하는 국제 대회로 올림픽보다는 규모도 지명도(地名度)도 어림없지만, 잘만 하면 관서의 일본 민주주의 인민공화국이라고 해서 곧 죽어가는 나라는 아니라는 것쯤은 세계에 알릴 만했다.

모르긴 해도 관서 정권이 그 대회를 준비하는 데 들인 공도 관동 정권이 올림픽을 준비하는 데 들인 공보다 적지는 않을 것이다. 워낙 일사불란한 체제라 한 몇 년 공을 들이니 경도 또한 남에게 보이기에 부끄럽지 않을 만큼 되어갔다. 관동처럼 참가국과 참가자 숫자에도 안간힘을 다해, 한번 가 봐도 괜찮은 대회가 될 만해졌는데 — 작년 관동 정권의 9·9 선언이 금상첨화의 힌트 하나를 주었다. 그 축전에 관동의 대학생 대표를 끌어들인다는 묘책이었다.

최근 관동 공안 당국의 발표를 보면 모리 양의 입서(入西)는 관서 정권의 치밀한 공작에 따른 것이라 한다. 그러나 관동의 학생 운동권 내막을 살펴보면 뭐 그렇게 기를 쓰지 않아도 관서 정권의 뜻대로 관동 대학생 대표가 경도에 나타났을 듯싶다. 왜냐하면, 관동의 학생운동 주도권은 관서 정권이 일대맹(日大盟)에 초청 의사를 공표할 때 이미 자사파(自思派: 자체사상파)에 잡혀 있었기 때문이다. 사상의 조국이 부르는데 어찌 마다할 수 있겠는가.

하기야, 세계에서 이름난 반공 국가요, 더구나 아직까지도 군부 정권 시비가 심심찮은 관동의 대학생 운동이 어떻게 좌파 중에도 가장 과격한 자사파에게 넘어갔는지에 대해서는 의심나는 사람도 있을 것이다. 그러나 조금만 유심히 살펴보면 꼭 이해 안 될 것도 없다.

어떤 관동 시인의 노래 중에 "버스를 갑자기 우로 몰면 승객은 좌로 쏠린다."는 게 있다. 관동의 군부 정권이 실시한 극우적인 정책들에 대한 반발이 일반 민중들을 오히려 좌파로 기울어지게 한다는 점을 암시하고 있는데, 실제로 그랬다. 그리고 한번 의식이 좌파로 길을 잡자 그다음 운동 지도부는 그 주도권 다툼 과정의 상승작용으로 급속히 과격화하였다.

십여 년 전만 해도 관동의 학생운동 지도부는 사회주의란 말조차 조심스럽게 다루었다. 그러나 차츰 공산주의까지 서슴없이 말해지더니 5기 정권 끝 무렵엔 마르크스와 레닌이 공공연히 인용되는 지경에 이르렀다. 그러다가 근년에는 그것으로도 부족해 과격 선명 경쟁이 일어나더니 마침내 주도권은 가장 과격한 자사파에게로 낙착을 보았다. 만약 금촌의 아들 직월(直月)이 자체 사상보다 새로운 사상을 꿰맞추기만 하면 관동 학생운동의 이다음 주도권은 틀림없이 그 사상으로 무장한 일파에게 돌아갈 것이다.

어쨌든 관서 정권의 초청 의사가 이르기 무섭게 자사파에 주도된 일대맹은 참가 의사를 밝혔다. 이래저래 속을 썩이던 관동 정권은 그때부터 이미 골머리를 앓기 시작했다. 무턱대고 막자니 동서 교류 추진이란 9·9 선언의 한 항목이 걸리고, 보내자니 뻔한 관서 정권의 수작에 걸려드는 게 싫었다. 자기네 정부 입장 알 만한 데도 준비 없이 쏟아낸 선언 한 구절 걸고 들어가 억지를 써대는 일대맹 아이들도 염치 있어 보이지는 않지만, 어쩌자고 그런 방비도 없이 멋 부린 선언부터 먼저 쏟아내 그 지경으로 몰린 관동 정권도 딱했다.

하지만 아무리 멋쩍어도 맥없이 손 놓고 보낼 수는 없는 노릇이라 정부가 끝내 허락하지 않자, 일대맹이 결행한 게 바로 모리 양 밀파였다.

모리 양이 누구이며, 어떻게 선발됐고, 어떤 길을 돌아 경도까지 갔는지에 대해 장황하게 얘기하는 건 그만두자. 하도 기발한 착상이라 우리 신문에도 몇 번 소개됐으니 웬만하면 모두 알 것이기 때문이다. 허풍 치기 좋아하는 사람은, 소련 비밀경찰 열 명 찜 쩌 먹고도 미국 중앙정보부원 하나는 입가심으로 해치울 만한 게 일대맹의 모리 양 밀입서 작전이라고 한다.

그 뒤 관서에서 있었던 북새통과 관동의 호들갑에 대해서도 생략하겠다. 이미 말했지만 그 나물에 그 밥이다. 이제 스무 살을 갓 넘은 어린아이 하나 간 걸 두고 외국 원수라도 온 듯 각부(各部) 요인에 여든이 넘은 금촌까지 나서서 주접을 떤 꼴도 가관이지만, 기자 회견까지 하고 돌아다니는 일대맹 간부 한 명 못 붙들어 모리 양이 제 발로 돌아올 때까지는 뭐가 어떻게 돌아간지도 제대로 모르던 관동 정권의 무능도 한심스럽다.

하지만 그 소동에 끼어들어 하마터면 배보다 더 큰 배꼽 될 뻔했던 '신부님, 우리들의 신부님' 얘기는 좀 해야겠다. 그 역시 오랜 군부 정권의 산물로 관동에는 한 십여 년 전부터 정의추구사제단이란 비정규적인 사제들의 모임이 있었다. 천주교의 정식 기구는 아니나 지난 십 년 꽤 볼 만한 일을 많이 한 단체였다.

모리 양의 경도 도착이 매스컴에 떠들썩하게 알려지고, 관동 전체가 그 찬반의 다툼으로 벌컥 뒤집혀 있을 무렵, 그 사제단은 외국에 나가 있던 신부 한 사람을 관서로 파견했다. 치밀한 사전 계획과 정확한 자금 조달 체계에다 세계를 반 바퀴나 돌아 경도까지 간 당찬 아가씨지만, 그 사제단에게는 어디까지나 한 마리 길 잃은 양일 뿐이었다.

그 소식이 전해지면서 관동은 다시 한 번 뒤집혔다. 특히 그 신부가 연설을 통해 관서 정권이 되풀이 주장해 오던 통일 원칙을 전폭적으로 지지하면서, 관동 정권에게 무조건적인 항복을 권유함과 아울러 그렇지 않을 경우에는 '우리 안에 살아남을 수 없을 것'이란 위협까지 곁들이자, 그때껏 눈치만 보고 있던 보수 세력도 일제히 성토의 포문을 열기 시작했다. 그리고 거기에 신부 편을 드는 사람들이 맞받아침으로써 한동안 관동은 그 시비로 악머구리 들끓듯 했다.

그 신부를 반대하는 사람들은 주로 성경 해석을 통해 논지를 세워 나갔다. 통일이란 게 워낙 건드릴 수 없는 지상(至上)이라 반통일 세력 소리를 안 들으려면 그 길밖에 없었다. 그들은 "가이사의 것은 가이사에게 하느님의 것은 하느님에게."란 구절에 의지해 교리의 초월성과 세계주의, 그리고 평화와 비폭력 원칙을 강조하며 그 신부와 그가 속한 사제단이 성경을 잘못 해석했다고 꾸짖었다. 어떤 이는 그들 사제단의 지나친 정치화를 비난했고, 심하게는 그 사제단이 중세적(中世的)인 교권(敎權) 우월의 환상에 빠져 있는 것이라고 빈정대는 사람도 있었다.

물어보나 마나 그 신부를 지지하는 세력도 만만치 않았다. 그들은 먼저 성경 해석의 문제에서 자신들이 정당함을 강경하게 주장했다. 기독(基督)의 드러난 언행에서 정치적인 부분은 확실히 적었지만 그것이야말로 가장 중요한 것이었으며, 틀림없이 초월성이 현실성보다 더 강조되고는 있지만 그게 바로 세속에서의 삶에 대한 방관이나 무시를 의미하지는 않는다. 교리의 세계주의적 특성도 분명히 인정되나 민족 공동체를 저버리란 뜻은 아니고, 평화와 비폭력도 마찬가지로 무조건적인 것은 아니었다. 그리고 그 근거로서 기독이 덜 헬라화(化)된 갈릴리를 중심으로 포교를 시작한 것, 성전에서 장사치들을 채찍으로 내쫓은 것, 착한 사마리아인을 치켜세운 것 따위를 들었다. 그들에 따르면 "가이사의 것은 가이사에게⋯⋯." 하는 구절로 기독의 사상에 어떤 근거로 삼으려는 시도야말로 피상적인 성경 해석이며 십자가 위에서의 진실도 "아버지여 저들을 용서하소서."보다는 "아버지여, 나를 버리시나이까?" 쪽에 있다고 믿는 것 같았다.

그 어느 편과도 직접적인 이해관계가 없는 우리들이라 뱃속 편하게 그 시비에 가담할 수도 있지만, 사실 말이야 바른 말이지, 누가 그런 시비에 최종적인 판정을 내려줄 수 있단 말인가. 공산주의의 사상적 근원을 원시 기독교의 공동생활에서 찾는 사람도 있는 만큼, 말려들어 봐야 골치만 아픈 게 그 시비일 것이다.

그러나 그 시비와는 무관하게 아무래도 딱하게 된 것은 그 신부와 사제단일 듯싶다. 뒤이어 표명된 주교단의 의견과 관동 평신도 협회의 결의가 생판 거짓이 아니라면, 그들의 성경 해석이 옳아도, 틀려도 문제가 있기 때문이다.

만약 정의추구사제단의 성경 해석이 옳다면 불행하게도 그들은 방향 착오를 일으켰거나 주제넘은 짓을 한 게 된다. 내 코가 석 자라고 엉망인 가톨릭 내부를 놔두고 정치에 배 놔라 감 놔라 할 수 있겠는가. 일껏 기독의 가르침에 충실하게 결행해 놓은 일에 '유감 운운'의 의견을 표명한 완고하고 보수적인 주교단, 아무래도 성경을 잘못 해석한 듯하니 빨리 갈아 치워야 할 것이다. 교회를 현세 기복(祈福)의 장소쯤으로 여기는 저 홍몽천지의 평신도들, 그 우매한 대부분은 재교육시키거나 파문해야 한다. 뿐인가. 성경을 제대로 이해한 선배 보프 신부를 불러다가 공연히 겁준 교황청도 그냥 둘 수 없을 것이다. 그런데도 그것을 버려둔 채 정치의 불의에만 목청 높이고 있다면 이는 바로 '소경이 소경을 인도하는' 격이요, '제 눈 속에 있는 들보는 못 보면서 형제의 눈에 있는 티를 빼주겠다.'는 격이 아니겠는가.

만약 그들의 성경 해석이 틀렸다면 그 자체로 낭패이고 ― 요새 아이들 말로 '용코로' 딜레마에 걸린 셈이다.

모리 양에 대한 시비는 대략만 전하겠다. 저희끼리는 중요한 시비이고, 모리 양이 관동으로 돌아간 지금은 실정법(實定法) 문제까지 얽혀 앞으로 한동안은 박 터지는 쌈질을 하겠지만 우리에게는 어차피 강 건너 불이다.

모리 양을 지지하는 쪽의 의견을 한마디로 요약하면 옳다, 네가 바로 잔다르크라는 것이 될 것이다. 부디 파쇼 군부 정권에게 항복하지 마라. 그들의 장작더미 위에서 타 죽으면 네가 바로 구국(救國)의 성녀(聖女)다…….

하지만 프랑스에게 구국의 성녀는 영국에게 재앙의 마녀(魔女)가 된다. 관동의 보수 세력(편의상 붙인 이름이다. 관동 분들 화내지 마시길.)은 말한다.

지난 한 달 관서 지방을 짤랑거리고 다니며 사람 허파 뒤집는 소리만 해댈 때는 철없는 계집아이가 아니라 정말로 작은 마녀(魔女) 같았어…….

그 밖에 통일과 관계해 요즈음 일본이, 특히 관동이 겪고 있는 갈등과 혼란의 원인이 된 사건은 수없이 많다. 미쓰이[三井] 재벌 총수의 관서 방문, 사이코[西鄕] 의원의 밀입서(密入西) 사건, 기토오[木藤] 관방 장관의 경도 방문설 따위가 그것인데…… 남의 나라 얘기가 너무 지루한 것 같아 줄이기로 한다. 궁금한 게 많은 분은 도서관으로 가서 요미우리나 마이니치 금년 치를 읽어보시도록.

그렇지만 아무리 강 건너 불이고 당장 우리가 속 태울 것 없는 남의 나라 일이지만, 가까운 이웃으로 그 소동을 보는 감회마저 없을 수는 없다.

우리가 먼저 느끼는 것은 — 미움도 원한도 세월이 지나면 속절없이 씻기고 마는가. — 이 불행한 이웃에 대한 연민과 동정이다. 동서로 나뉜 것만도 괴로운데, 다시 그 동서가 조각조각 나 대립하고 다투니 그 민족이 겪는 고통이 오죽할까. 더군다나 그 갈등과 불화가 민족이 다시 하나 되기 위한 것이라는 아이러니에는 동정을 넘어 애잔한 연민마저 느낀다.

그다음은 — 남의 불행을 우리가 즐기고 있다고 성내지 않는다면 — 충고의 유혹도 있다. 특히 관동 사람들에게 말하고 싶다. 당신들은 무엇보다도 사고(思考)의 일관성을 가져라. 왜 어떤 부분에는 그렇게 현실적이고 치밀하면서도 어떤 부분에서는 그렇게 환상적이며 무모한가. 어째서 어떤 부분에는 그렇게도 냉정하고 회의적이면서 어떤 부분은 또 그토록 맹목적인 믿음으로만 대하는가. 왜 어떤 쪽은 그렇게 비관하면서 다른 쪽에 대해서는 그토록 터무니없이 낙관적인가. 진정으로 당신들이 불행한 역사를 청산하고자 한다면, 공격하는 쪽이건 방어하는 쪽이건 편향될 대로 편향된 시각부터 교정하거라.

우리하고 정식의 국교 관계가 있어 살펴보기에 훨씬 용이한 관동의 각 세력이 지닌 편향성만 예를 들어보자. 그쪽 정부 여당의 편향성은 예부터 이름이 나 있다. 예컨대, 어떠한 통일 논의건 그 옳고 그름은 논리가 아니라, 논의의 주체가 이편이냐 저편이냐에 따라 판정돼 왔다. 하지만 그 반대편이라고 해서 조금도 나을 것은 없다.

　우리가 보기에 관동에서는 인간성에 대한 이해와 세계 해석을 아직도 전근대(前近代)적 극단론에 의지하고 있는 것 같다. 곧 악으로만 뭉쳐진 인간성과 선으로만 뭉쳐진 인간성, 전적으로 낙관적이거나 전적으로 비관적인 것으로만 나눠진 세계, 그것이 그들이 인간과 세계를 이해하는 도식인 것처럼 보인다. 그리하여 어떤 계기로 한 번 선의 판정을 받으면 그 인간의 행위는 처음부터 끝까지 선한 것으로만 이해되고, 한 번 악으로 규정되면 그에게서는 손톱만큼의 선도 인정되어서는 안 된다. 세상도 그와 마찬가지로 양분되어 한 번 낙관적으로 보기 시작한 세계는 끝없이 낙관적으로 전개되고, 한 번 비관적으로 단정된 세계는 그대로 비관적으로 끝장 보게 결정돼 있다는 식이다.

　더 구체적인 예를 들어보자. 자기들이 지지하는 사람들은 처음부터 끝까지 순수와 선으로만 뭉쳐 있고, 그 통일 논의는 낙관적인 결말이 보증돼 있다. 그러나 반대편은 말 그대로 악과 탐욕만의 덩어리이며, 그 통일 논의는 오직 비극적인 결말에 이를 뿐이라고 단정한다. 현실과 이상을 너무나 자의적으로 분배한 탓으로, 거기에 우리의 일관성에 대한 충고가 나오게 된 것이다. 불행한 이들이여, 현실과 이상을 골고루 분배할 줄 알아라. 세상에는 악으로만 뭉쳐진 인간이 없는 것처럼, 선으로만 뭉쳐진 인간은 없느니, 이기(利己)에 찬 자본주의적 고안(考案)도 위대한 발명으로 인류의 복리 증진에 공헌할 수 있는 것처럼, 치밀한 논리와 빛나는 이성으로 짜 맞춰진 이념이 오히려 인류의 족쇄로 기능할 수도 있느니.

그다음 우리가 특히 관동 사람들의 통일 논의에 해주고 싶은 것은 진지성이다. 그들의 분단은 이미 사십 년이 넘었고, 또 한 차례 죽고 죽이는 싸움까지 치른 터였다. 따라서 그러한 분단의 해소는 준(準)혁명적 상황이 될 것인데, 우리가 보기에 관동에서 지금 벌어지고 있는 통일 논의에는 그러한 준혁명적 상황에 걸맞은 진지성이 인정되지 않는다. 듣는 이는 저마다 화날 테지만, 기껏해야 좀 심각하고 거창한 놀이, 아니면 이도 저도 막힐 때 내던지는 정략적 카드, 또는 다급한 땜질을 누가 진지하다 말하겠는가.

남은 최루탄 가스 속을 박 터져가며 이리 뛰고 저리 뛰고 하는데, 기껏해야 좀 심각하고 거창한 놀이라니, 거 아무리 물 건너 양반들이라 해도 너무하잖소? 관동 정부의 형무소와 경찰은 폼으로 있고, 간첩죄 보안법은 사람 못 죽이는 줄 아시오? 뭐 최루탄 가스는 샤넬 향수쯤 되고 경찰봉은 안마기 대용품인 줄 아시오? 라고 관동의 재야와 급진 학생들은 우리에게 항의해 올지 모른다. 물론 우리도 그들의 행위 그 자체가 진지하지 않다고 말하지는 않는다. 문제는 그들의 통일안이다. 마치 그것만이 유일한 답이며, 정부가 그것만 인정해 주면 통일은 떼놓은 당상이라는 식의 행동 방식이 영 미덥지 못할 뿐이다.

우리 보기에 당신네 통일은 먼저 당신네 사천만이 내부적으로 일치하여 몇 년이고 진지하게 머리 쥐어뜯으며 답을 짜낸다 해도 온전한 답일 가능성은 적다. 거기에 또 수없이 수정과 가감이 곁들여져야만 근근이 그 꼬일 대로 꼬인 민족의 대사(大事)를 풀어 갈 수 있을 것이다. 그런데 일반 사람들로서는 그 객관성과 합리성을 승인하기 넉넉잖은 몇 사람이, 경우에 따라서는 편향된 이념과 설익은 지식의 책상물림 몇이, 머리 맞대고 얽어 논 그 통일안을 정답으로 우기고 사회 전반에 강요하고 들어? ― 거기에 그들의 진지성에 대한 우리의 의심이 있다.

만약 그들이 겸손하게, "우리가 이런 방안을 생각해 보았는데 종합 답안 작성에 참고로 하시지요."라고만 하고 나왔더라도 우리의 생각은 달라질 게다. 아니, 좀 대담하게 우리 것이 거진 정답 같으니 어디 당신네 답하고 같이 국민투표라도 부쳐 봅시다 하고만 나와도 우리는 그들의 진지성을 의심하지 않을 것이다. 그런데 국민적인 합의 과정에는 무관심하게 ― 또는 일방적인 프로파간다로 강요하며 ― 제 것만 옳다고 우기니, 국민 무시하기로는 저희 정부나 다를 게 무엇이겠는가. 그 때문에 우리는 그 진지성을 믿지 못하고 있다. 비록 바다 건너 사람들이지만.

"우리는 밖으로는 세계정세에 순응하고 안으로는 민족의 점증하는 열망에 부응하여 금번의 통일안을 내놓았다. 정부의 책임 있는 각료는 물론 사계의 권위들을 망라해 내놓은 이 통일안에 대해 무슨 카드니 땜질이니 하며 진지성을 의심하는 귀(貴) 국민들의 태도는 실로 유감이다. 이는 국제 예양에도 어긋나는 바이므로 귀(貴) 정부에 공식적으로 항의함과 아울러 그 시정을 엄중히 요구한다."

어쩌면 이 글을 읽은 일본의 관동 정부는 외무부를 통해 이런 항의 각서를 전달해 올지도 모른다. 물론 국제 예양상으로는 미안하다. 그러나 우리에게도 할 말이 없는 것은 결코 아니다.

"우리도 귀(貴) 정부의 진지성에 대해 전적으로 의심하는 것은 아니다. 비록 그 안출(案出) 기간이 짧고, 담당자의 선임 과정에 이의가 있다 쳐도, 기능주의에 입각한 당신네 통일안 또는 명분론(名分論)에 집착한 반대편의 통일안에 못지않게 볼 만한 데가 있음을 안다. 그렇지만 국민적 합의를 끌어내는 방식이나 과정에 이르면 역시 진지성을 의심받을 구석은 많다. 무조건 당신네들 것만 정답이라 우기지 말고 적극적인 대(對)국민 설득에 나서보는 게 어떤가. 얼마든지 수정할 수 있다는 유연성을 가지고 일정 기간 보완을 거친 뒤에, 마찬가지로 그런 과정을 거친 다른 통일안과 나란히 국민투표에 부쳐보는 건 어떤가. 그런 적극적인 합의 도출의 과정이 없는 한, 당신네 전(前) 정권의 형태를 익히 알고 있는 우리로서는 그 진지성을 의심할 수밖에 없다."

이쯤이면 그 항의 각서에 대한 대강의 답은 될 것이다.

마지막으로, 특히 지금 정신적 내란(內亂) 상태에 빠져 있는 관동 정권에게 하고 싶은 충고는 목적 못지않게 수단과 과정도 중시할 줄 알아야 한다는 점이다.

우리가 보기에 동서(東西) 일본의 통일이 피로 피를 씻는 동족상잔이나, 어느 쪽에든 살아도 사는 것 같지 않은 사람을 수천 수백만 만들어내지 않는 길은 두 체제 모두의 승리에 의한 것(말이 좀 안 맞는 듯하지만 곰곰이 생각해 보면 그런 방법도 없지는 않을 것이다.)
이어야 할 듯싶다. 통일이 비록 민족의 절대 지상의 과제라 할지라
도 그 값이 너무 비싸다면 살 수 없기도 할 것이다. 겨레가 다 죽
고 땅이 몽땅 뒤집히는 통일이 무슨 소용이겠는가.

　따라서 지금 관동에서 먼저 있어야 할 일은 통일이란 목표 그
자체뿐만 아니라(기실 그 목표에 대한 합의는 이미 오래전에 이루어졌다
고 보아도 좋다.) 그것을 달성하는 수단과 과정에 대한 국민 의사의
통일이다. 의식은 천 동가리 만 동가리 갈라져 있고, 지역 간, 계
층 간의 불화는 토막 난 땅을 다시 몇 토막으로 갈라놓고 있는 판
에 관서와 통일만 서두르는 것은 무언가 순서가 바뀐 것이 아니
겠는가.

　만약 그러한 내분을 방치한 채 동서의 통일만을 서두른다면 그
목적은 뻔하다. 관서의 칼을 빌려 관동 내부의 원수를 쓸어버리려
는 음모를 통일이란 이름으로 위장하는 것이거나, 또 다른 정치적
필요에 의해 국민들의 눈과 귀를 통일이란 거창한 명제에 묶어두
려는 술책에 지나지 않을 것이다. 어느 편도 관동의 국민 대다수
가 생각하는 진정한 통일과는 거리가 먼, 그리하여 ― 그 통일은
일방의 일방에 대한 섬멸이란 형태의 끔찍한 것이거나, 쌍방 모두
가 최후의 피 한 방울까지 흘리고 난 뒤 함께 나자빠지는, 양패 구
상(兩敗具傷)의 터무니없이 값비싼 무엇이 될 것이다.(물론 우리에게
는 그런 일본을 삼킬 좋은 기회가 되겠지만.)

　그러하되, 부질없다, 남의 시비를 가림이여. 무망하다, 물에 빠

저 허우적거리는 이를 물 밖에서 깨우치려 함이여. 시비는 거들어 오히려 커지고, 이미 위와 허파에 물이 차는 이에게 헤엄치는 법을 일러주는 일은 놀림이나 다름없다. 자칫 남의 불행을 즐긴다는 혐의를 받지 않으려면 우리의 얘기로 돌아감이 옳으리라.

만약 그때 ― 저 빛나는 25년 전쟁이 승리한 아침에 ― 우리가 슬기롭고 차분하지 않았던들, 우리가 그 엉뚱한 장군과 박사를 그토록 냉대하여 돌려보내지 않았던들, 오늘날 일본의 동서가 겪고 있는 불행은 반드시 남의 일이 되지는 않았을 것이다. 만약 그때 우리의 장군과 박사가 소련과 미국에게서 지급받아 마구 흩뿌린 이념의 깃발을 우리가 경박하게 집어 들었다면, 겨레는 그 깃발의 색깔에 따라 나뉘었을 것이고 종당에는 땅까지 남북으로 토막 나고 말았을 것이다. 어디 그뿐인가. 땅이 나뉘고 겨레가 나뉜다면 일본이 겪은 저 참혹한 동족상잔을 우리라고 어떻게 면할 수 있었겠으며, 그 뒤 사십 년이나 진행된 저들 민족 동서 간의 이질화(異質化) 또한 우리가 막을 수 있었으리라 어떻게 장담하겠는가. 그리하여 뒤늦게 통일 논의가 일었을 때 오늘날의 일본보다 그 진통과 갈등이 적으리라 누가 단언할 수 있겠는가……

하지만 우리는 장군과 박사를 거부했고, 그리하여 우리가 넘어야 했던 역사의 마지막 고비를 훌륭히 넘겼다. 앞서의 그 어떤 고비도 오늘날 우리가 누리고 있는 이 크나큰 행복을 위해서는 반드시 넘겨야 할 것이었지만 특히 이 마지막 고비는 결정적이었다. 자칫하면 소비에트 제국의 변경과 아메리카 제국의 변경으로 분단될 뻔했던 이 땅은 그로써 구함 받고, 자체 사상(自體思想)이란 그럴듯한 포장의 해괴한 신왕조(新王朝) 이론과 자유민주주의 때깔 나는 화장의 교묘한 신식민(新植民) 논리에 조각조각 났을 겨레의 얼 또한 그 결단으로 무사히 보존된 까닭이다. 오늘날처럼 균형 있는 발전을 이룬 국토며, 쓸데없는 대치의 전비(戰費)로 낭비되었을 뻔한 재화가 우리의 경제적 번영에 공헌한 것은 또 얼마인가.

그러나 평안할 때 위태로움을 걱정하고 가멸 때 가난함을 대비하라는 것이 옛 성현의 가르침이다. 비록 옛날의 장군과 박사는 갔지만 그들은 앞으로 심심찮게 우리를 찾아올 것이다. 그게 언제 어느 곳에서건 우리는 예전의 그 슬기와 단합으로 그들을 제 온 곳으로 돌려보내야 한다. 어쩌면 이 땅, 우리 안에서도 그런 장군과 박사가 생겨날지 모른다. 그 또한 끊임없이 경계할 일이며, 그래도 나타나면 아예 발붙일 구석조차 주지 말아야 한다. 우리의 가슴 안에서도 그 장군과 박사는 빚어질 수 있다. 안 된다. 안 된다. 세 번 안 된다. 그때는 차라리 그 가슴을 담고 있는 작은 나[小我]를 부숴버려라. 우리 모두의 오늘을 위하여. 우리의 이 불꽃 같은, 숨 막힐 듯한 행복을 위하여.

(1986년)

민족이라는 아버지와의 만남

- 이문열의 초기 소설에 잠재된 어떤 가능성

이경재(문학평론가)

1. 다시 읽는 이문열

이문열은 등단 이래 비평가들이나 일반인들 사이에서 가장 뜨거운 관심을 받은 한국의 대표 작가라고 할 수 있다. 그에 대한 수많은 논의들이 있었으며, 그것을 통해 그의 문학이 지닌 특성에 대해서는 비교적 다양하게 논의가 이루어졌다. 그 논의의 핵심적인 키워드들은 '교양주의', '능란한 이야기꾼의 솜씨', '다양한 소재와 해박한 전문 지식', '유려한 의고적 문체', '낭만적 상상력의 세계 인식', '개인과 자유를 향한 열망', '전망 결여와 이념 혐오', '허무주의자', '관념편향적 창작방법' 등으로 정리할 수 있다.

여기에 수록된 작품들은 「심근경색」을 제외하고는 모두 1980

년대에 창작된 작품들이다. 그의 1980년대 작품들은 정치적으로 허무주의적인 것으로 이야기되고는 하였다. 김명인의 이문열은 "그의 문학으로 허무주의적 반이념투쟁에 헌신해 온 작가"[1]라는 규정이 대표적인 경우라고 할 수 있다. 그 허무주의가 더욱 문제적인 것은 결국 그러한 정치적 태도가 기존 지배체제에 대한 긍정과 순응으로 귀결된다는 것이었다. 변혁의 열기로 뜨거웠던 1980년대에 이러한 그의 문학적 특징은 수많은 비판과 논란의 초점이 되기에 충분했다.

그 시절로부터 30년이 훌쩍 지난 지금의 시점에서 다시 읽는 이문열의 80년대 단편소설은 다른 느낌으로 독자에게 다가온다. 1990년대 중반 이후 한국의 문학계에는 포스트모더니즘이 수많은 유행 중의 하나가 아니라 주도적인 패러다임으로 자리 잡았기 때문이다. 이러한 시점에서 다시 읽는 1980년대 이문열의 소설은 허무주의를 보여준다기보다는 오히려 허무주의를 부인하기 위해 온 에너지를 바치고 있는 것처럼 보인다. 가치나 존재의 불투명성과 비실제성을 하나의 상수로 단정하는 포스트모더니즘의 입장에서 보자면, 이문열의 작품들은 '촌스럽다'고 여겨질 정도로 집요하게 절대적인 가치나 진실, 혹은 질서에 대한 열망을 보여준다. 이문열은 절대적인 가치 체계나 이념의 부재를 즐긴다기보다는 그러한 부재를 괴로워하는 작가이며, 그의 1980년대 소설은 나름의

---

1) 김명인, 「한 허무주의자의 길찾기」, 『이문열론』(삼인행, 1991), 189쪽.

대타자를 찾기 위한 분투의 과정이 낳은 결과물로 볼 수도 있다.

2. 두 겹의 노래

「타오르는 추억」은 이번 작품집을 이해하는 데 매우 중요한 작품이다. 이 작품은 한마디로 대타자의 부재로 인해 상징계가 제대로 작동하지 않는 모습을 분명하게 보여주기 때문이다. 이 작품의 '나'는 자신의 기억과 사람들의 기억이 서로 충돌하는 바람에 평생을 고통 속에서 지내온 사람이다. 이러한 기억의 충돌은 진실을 보증해 줄 수 있는 대타자의 부재에서 비롯되는 것이라고 할 수 있다. 사람들로부터 인정받지 못하는 '나'의 기억에는 어머니가 문둥이에게 간이 뽑힌 것을 본 일, 문둥이가 어린 처녀 아이의 간을 파먹은 모습을 본 것, 수십 년 후에 만날 아내의 얼굴을 본 일 등이 포함된다.

사람들의 기억과 충돌을 일으키는 핵심적인 '나'의 기억은 아버지에 대한 것이다. '나'는 아버지가 "총에 맞아 벌집처럼 된 시체로 돌아왔다"는 주변 어른들의 말과는 달리, 아버지가 "선산(先山) 발치에 있는 새 무덤가에서 하얀 모시 도포 차림으로 학처럼 하늘로 솟아올랐다"고 기억한다. '나'는 아버지가 "용감한 국군 아저씨로서 괴뢰군을 무찌르다가 총을 맞고 집으로 돌아와 학이 되어 하늘로 날아갔다"는 기억을 지니고 있는 것이다. 이것은 아버지의 기억이 한국전쟁으로 대표되는 이데올로기적 상처와 밀접하게 연관된 것임을 보여준다. 그 기억에는 "산빨갱이만 잡으면 목을 뎅강뎅강 잘라 개울가의 바위 위에 나란히 얹어 두"거나, "대추나무에 달아매 놓고 몽둥이로 때려 죽이"는 것 등이 해당한다. '나'의 다른 기억들과 마찬가지로 아버지에 대한 '나'의 기억 역시도 철저하게 부정당한다. 공산당과 대항해 싸우다 목숨을 잃은 아버지를 둔 김정두는, '나'의 아버지가 "흉악한 산빨갱이"였다고 주장하는 것이다. 사촌형의 "너 아부지가 죽인 기 어디 가들 아부지뿐인 줄 아나?"라는 말을 통해, '나'의 기억 대신 김정두의 기억이 진실로 인정받는다. 이후 초등학교를 졸업한 '나'는 가출하여 "스스로의 기억을 믿지 못하는 데서 오는 정신적인 발전의 포기와 헤어날 길 없는 무력감"으로 힘들게 살아간다.

이 작품에서는 "인간이 범할 수 있는 그 어떤 다른 범죄보다 빨갱이란 것을 더 끔찍한 죄로 알았던 어린 날의 단순한 이해가 어른들의 사회에서도 그대로 유지"되는 것으로 이야기된다. '나'는 중동에 나가 돈을 벌어 천만 원 가까운 돈을 아내에게 송금하지만 아내는 전셋돈까지 빼내어 다른 남자와 살림을 차린다. 다시 돌아올 것을 부탁하는 '나'에게 아내는 '빨갱이'였던 시아버지의 존재를 거절의 이유 중 하나로 들먹인다. 결국 '나'는 분노로 아내의 목을 조르고, 고통으로 일그러지는 아내의 얼굴에서 "어린 날 뒷간 거울 속의 얼굴"을 발견한다. 이 일로 '나'는 자신의 부정당한 기억이 맞고, 자신의 기억을 부정해 온 사회의 기억이 틀린 것일 수도 있다고 생각하게 된다. 이 사건은 상징계에 균열을 일으키는 외상적 사건이자, 실재의 침입에 해당하는 것이다.

아무런 저항 없이 포기해 버렸던 기억 하나가 사실임이 확인되자, '나'는 "어린 날의 환상으로 단정하고 포기해 버린 그 기억이 실제로 있었던 것인가를 끝까지 확인해 보고 싶"어진다. '나'는 다시 "잃어버린 진실들을 회복하고, 거기에서 새로 출발"하려는 계획으로 누구보다도 자기 기억의 많은 부분을 부인하거나 포기를 강요한 사촌 형을 찾아가지만, 아버지의 기억을 중심으로 한 '나'의 기억이 과연 진실인지 여부는 끝내 확인되지 않는다. '나'는 국군으로 나라를 위해 싸우다가 학이 되어 날아간 아버지의 기억을 보증해 줄 "학으로 날아간 아버지의 깃털 하나"도 확인하지 못하기 때문이다. 이처럼 기억의 진위를 확보해 줄 확고한 의미나 가치의 질서체계는 존재하지 않는 것이다.

「두 겹의 노래」에서도 하나의 행위에 대한 의미를 확정지을 수 있는 인식의 지평은 찾아보기 어렵다. 작품의 대부분은 한 남녀가 육체적 사랑을 나누며, 그들의 행위에 어마어마한 의미부여를 하는 것으로 되어 있다. 그들은 그 사랑의 행위 속에서 수십 억 년에 걸친 지구 진화의 역사를 되새기기도 한다. 그러나 마지막 부분에 강서호텔 벨 보이 김시욱은 그들을 향해 "잡것들. 대낮부터 요란스럽기는 지금이 어떤 때라고……"라며, 전혀 다른 반응을 보여주는 것이다. 결국 이문열에게 "모든 노래는 두 겹"이라고 할 수 있다. 그러나 여기서 놓치지 말아야 할 것은 이문열에게 그러한 두 겹의 사랑은 유희나 인정의 대상이라기보다는 고통과 극복의 대상으로 존재한다는 점이다. 그것이 「타오르는 추억」에서는 정상적인 규범을 깨뜨리는 마성적 행동으로까지 이어지고 있다.

3. 전쟁이 만들어낸 떠돌이로서의 삶

의미나 가치의 고정점이 부재하는 세상에서 사람들은 어딘가에 정착하지 못하고 떠도는 존재가 된다. 「이 황량한 역에서」에서 이 세상은 '역' 중에서도 '황량한 역'이며, 그렇기에 그곳에 사는 우리들의 삶은 "기다란 여행"일 수밖에 없다. '나'는 어린 시절 작은 역이 있는 소읍에서 살며 처음으로 역을 가까이 하게 된다. '내'가 역 주변을 놀이터로 삼게 된 것은 "영문 모를 아버지의 부재(不在)"를 어머니가 "멀리 여행을 떠난 것으로 설명"하였기 때문이다. '나'는 아버지를 가장 먼저 맞이하기 위해서 역을 가까이 하게 된다. '나'는 어린 시절 역에서 만난 초로의 외팔이 검차원으로 인해 "낯선 도시의 풍경이나 그 방랑의 즐거움"을 자신의 운명 속에 새긴다. 전란으로 아버지와 재산을 모두 잃은 후 유일한 의지처가 된 외삼촌마저 거지 신세로 나앉게 되자, '나'의 "어느 곳으로든 떠나고 싶다는 열망"은 더욱 강렬해진다. 실제로 '나'는 열네 살에 M읍을 떠난 후 여러 곳을 떠돌아다니며, "지구조차도 하나의 커다란 역"임을 깨닫는다. 지금 '나'는 지금 자신의 삶에서 가장 오랜 인연을 맺어온 "당신이라는 역"도 떠나려 하고 있다.

이와 관련하여 「과객」도 단순하게 과거의 세상에 대한 동경을 드러냈다는 것 이상의 의미를 지니게 된다. 이 작품은 "지나가던 길손"인 과객이 우연히 '나'의 집을 찾아오는 것으로 시작된다. '나'는 처음 "과객이 뭐야?"라는 아들의 물음에 "고급 거지 같은 거지"라며 악의를 드러내지만, 과객과의 문답을 통해 "흡족하고 평안한 기분"을 느끼고는 "그 낯선 사내를 기분 좋게" 자기의 집에 재운다. '흡족하고 평안한 기분'을 느끼게 된 중요한 이유로는 과객이 보학(譜學) 등에 해박한 전통사회에 속한 존재라는 것을 생각할 수 있다. 과객은 아내로 대표되는 현대인들의 "지극히 사적(私的)이고 폐쇄적인 삶의 방식"과는 정반대 되는 삶을 사는 사람인 것이다. 그러나 '나'를 이토록 기분 좋게 해주는 과객이지만, 그는 어디까지나 과거에 속한 '지나간 존재'(過客)에 불과하다. 과객 스스로의 규정처럼, 그는 "자기가 사는 세상과 잘 맞지 않는 사람. 그래서 고향이나 가족들과 살지 못하고 이리저리 떠돌아다니는 사람"인 것이다. 과객은 당대의 시공에서는 어디까지나 한갓 떠돌이에 불과하다.

이문열의 초기 작품은 조금 과장하자면 '전후소설'이라고 부를 수 있을 만큼, 한국전쟁이 가져온 삶의 충격이 큰 비중을 차지한다. 앞에서 살펴본 「타오르는 추억」에서도 '내'가 사회와 불화하는 기억의 핵심에는 전쟁 중에 사망한 아버지의 존재가 있었으며, 그러한 아버지는 수십 년이 지난 현재까지도 연좌제라는 굴레로 '나'

를 옥죄고 있다. 「이 황량한 역에서」에서도 평생 어딘가에 정착하지 못하고 방랑하는 주인공의 삶은 전란 중에 사라진 아버지와 결코 무관하지 않다. 「타오르는 추억」과 「이 황량한 역에서」에서 확인되는 이념적인 존재였던 아버지의 부재는 작가가 진지하게 고민하는 대타자의 부재라는 상황과 직결되어 있는 것이다.

이번 작품집에 수록된 작품들 중에서 가장 먼저 창작된 「심근경색」에서도 한국전쟁의 상처는 환상적인 기법을 통해 심각하게 그려지고 있다. 그는 지금 자살을 하려는데, 그 이유 역시도 한국전쟁으로부터 비롯된 것이다. 그는 전쟁 직후 첫사랑의 여인이 "부역한 오빠와 아버지를 살리기 위해 사십이 넘은 특무 대장에게 후처로 간 것"을 알게 된다. 스물일곱 살의 나이였던 그는 그때 처음으로 죽음을 생각할 정도로 충격을 받는다. 이후에도 한차례 큰 위기를 겪은 후에, 그는 혁명에 가담해 고위 관료로 진출한 옛 전우를 만나 승승장구하게 된다. 그러나 그는 5년 전에 첫사랑의 여인을 술자리에서 다시 만나고, 그녀를 위해 청백한 관리에서 온갖 부패에 연루된 관리가 되고 만다. 결국 그 일로 그는 죽음을 결심하게 된 것이다. 주목할 것은 그의 인생을 망가뜨린 그녀 역시도 이미 한국전쟁으로 인해 몸과 마음이 모두 망가진 존재라는 점이다. "일본군 하사관 출신의 망나니 특무 대장에게 아버지와 오빠의 생명을 구걸하며 몸을 맡길 때 선생의 그녀는 이미 죽었던 겁니다."라는 죽음외판원의 말처럼, 그녀 역시도 전쟁으로 인해 이미 상징적 죽음을 겪은 존재였던 것이다. 이들 작품에 등장하는 주인공들의 끔찍한 인생 말로를 통해서도 확인할 수 있듯이, 한국전쟁이라는 거대한 비극을 원경에 거느린 삶은 결코 가벼운 고통일 수 없다. 「심근경색」과 「이 황량한 역에서」의 주인공들은 죽음을 맞이하며 끝난다. 「타오르는 추억」에서는 자신이 아닌 타인을 죽이는 것으로 생을 마감하게 된다. 어디에도 정주하지 못한 자, 무엇으로부터도 의미를 찾지 못한 자에게 예비된 것은 죽음뿐인지도 모른다.

4. 꼭 필요한 무엇

「우리들의 일그러진 영웅」은 이문열의 대표작 중 하나이며, 그에 걸맞게 지금까지 너무나도 많은 논의가 이루어져 왔다. 이 작품은 알레고리 형식을 통해 독재와 뒤이은 민주화로 홍역을 겪은 1980년대의 한국 사회를 날카롭게 드러낸 작품으로 언급되고는 했다. 덧붙여 기회주의에 대한 비판이나 진보에 대한 회의와 같은 이문열 정치의식의 상수가 또한 놓여 있는 것으로 이야기되었다.

대타자의 부재에 따른 상징계의 효력 상실과 그에 대한 대응이라는 맥락에서 1980년대 이문열 소설을 읽을 때, 「우리들의 일그러진 영웅」을 읽는 초점은 '현대사에 대한 알레고리'에서 다른 곳으로 이동할 필요가 있다. 지금까지의 논의는 액자식 구성으로 되어 있는 이 소설의 내화에만 논의를 집중시켜 왔다면, 이제는 초등학교 시절의 내화는 외화에 의해 재구성된 것이며 이 내화를 애써 끄집어 낸 어른 한병태의 심리에 주목해 보아야 한다. 어른이 된 한병태는 무슨 이유로 26년 전 초등학교 교실의 빅브라더[2]였던 엄석대를 떠올리게 된 것일까?

한병태는 "일류와 일류, 모범생의 집단을 거쳐 자라가는 동안" 엄석대를 거의 생각하지 않았다. 석대의 기억은 일류 고등학교와 일류 대학을 거쳐 사회에 나왔을 때는 "짧은 악몽 속에서나 퍼뜩 나타났다 사라지는 의미 없는 환영에 지나지 않"았던 것이다. 중학교 이후의 학창시절은 "재능과 노력, 특히 정신적인 능력과 학문에 대한 천착의 깊이로 모든 서열이 정해지고, 자율과 합리에 지배"되던 시절이었다. 이 시기는 '자율과 합리'라는 나름의 사회적 질서가 능력을 발휘하는 곳이고, 학창시절은 비유적으로 말하자면 엄석대를 몰락시키고 교실에 민주적 질서를 회복한 새 담임선생님이 대타자로 존재하는 시기였다고 할 수 있다.

그러나 사회에 진출한 이후 모든 상황은 새롭게 변모하고, 이로 인해 "생활의 진창에 짓이겨진" 한병태는 엄석대를 떠올리게 된 것이다. 실제 생활에서는 학창시절을 지배했던 '자율과 합리'는 별다른 힘을 발휘하지 못한다. 일테면 현실은 "오퍼상(商)인가 뭔가 하는 구멍가게를 열었던 친구는 용도가 가늠 안 가는 어떤 상품으

---

2) 권성우는 엄석대가 "한병태가 속해 있던 '반'을 완전히 장악하고 있던 '빅브라더'"(권성우, 「이문열 중단편소설의 문학사적 의미」 『이문열 중단편전집 5』, 둥지, 1994, 253쪽)라고 지적한 바 있다.

로 떼돈을 움켜 거들먹거"리고, "재수(再修)마저 실패해 따라지 대학으로 낙착을 보았던 녀석은 어물쩍 미국 박사가 되어 제법 교수티"를 내는 식의 일이 비일비재하다. 이러한 상황에서 한병태에게는 엄석대가 "아득한 과거로부터 되살아" 나기 시작한다. '자율과 합리'에 바탕한 상징계적 효력이 작동하지 않는 세상이라면, 이러한 세상을 지배하고 설명해 줄 수 있는 또 다른 대타자가 필요로 되는 것이다. 이때 새롭게 호출된 것이 바로 초등학교 교실이라는 작은 공간에서이기는 했지만, 그곳을 완벽하게 지배했던 엄석대라고 볼 수 있다. "이런 세상이라면 석대는 어디선가 틀림없이 다시 급장이 되었을 것"이라고 한병태는 "단정"하게 된 것이다.

「타오르는 추억」의 '나'가 마성적인 성격을 드러내면서까지 기억의 진실을 찾고자 했던 것과 비슷한 맥락에서, 「우리들의 일그러진 영웅」의 한병태는 자신의 삶과 세상에 의미를 부여해 줄 대타자를 간절히 원하는 바람에 어린아이 시절의 골목대장이었던 엄석대까지 끌어들이게 된 것으로 볼 수 있다. 그것만이 "실패의 예감이 짙은 내 삶을 해명"할 유일한 방법인 것이다. 어떤 의미에서 한병태에게는 대타자 그 자체가 중요하지, 대타자(합리와 자유를 대변하는 새 담임선생님 혹은 힘으로 모든 것을 장악하던 엄석대)와 그에 바탕한 상징계의 성격은 부차적인 것일 수도 있다. "내가 자유와 합리의 기억을 포기하기만 하면 다시 그의 곁에 불러 앉혀주어야 했다."와 같은 부분에서 드러나듯이, 한병태는 엄석대가 지배하는 세상이든 새로운 담임선생님이 지배하는 세상이든 그 성격 자체를 중요시하는 것은 아니다. 이런 측면에서 26년 전 기회주의적인 모습을 유감없이 발휘하던 작은 교실의 급우들과 그들을 냉소하던 한병태의 거리는 그리 먼 것이 아니다.

그러나 우연히 여행길에 만난 석대는 형사에게 얻어맞아 선글라스가 벗겨진 모습을 노출한다. 이러한 엄석대의 모습은 마치 포도주에 취한 노아가 벗은 채로 잠이 들자 이를 감추기 위해 셋째 아들 야벳이 덮어주려는 외투가 벗겨진 모습에 버금가는 것이라고 할 수 있다. 지금 석대는 교탁 위에서 팔을 들고 꿇어앉아 있던 26년 전의 석대, "몰락한 영웅의 비장미(悲壯美)도 뭐도 없는 초라하고 무력한 우리들 중의 하나"에 불과한 것이다. 석대는 상징계적 아버지가 아니라 현실의 무지막지한 혼란 그 자체인 실재계의 아버지가 되어 있었던 것이다. 이문열의 1980년대 소설에서 현실(상징계)은 통합이 불가능한 균열과 틈 위에서 간신히 존재하는 매우 불완전하고 위태롭게 존재하고 있다.[3] 이 작품의 마지막에 한병태는 밤늦도록 술잔을 비우며 눈물까지 두어 방울 떨군다. 이 눈물은 거의 강박적이라고 할 만큼 새로운 가치 체계를 찾았지만, 끝내 그것을 발견하지 못한 자가 느끼는 비애와 결코 무관한 것일 수 없다.

---

3) 이것은 지젝이 말한 라캉의 세계 인식과 매우 흡사하다. 지젝은 라캉 이론의 가장 급진적인 차원이 "큰 타자, 상징적 질서 자체도 또한 어떤 근본적인 불가능성에 의해 빗금 그어져 있으며, 어떤 불가능한/외상적인 중핵, 중심의 결여를 중심으로 구조화되어 있다는 점을 깨달았다는 데 있다."(슬라보예 지젝, 이수련 옮김, 『이데올로기라는 숭고한 대상』, 인간사랑, 2002, 213쪽)고 주장한다.

5. 민족이라는 '절대 반지'

대타자의 부재에 따른 상징계의 효력 상실이라는 상황을 이문열은 그대로 수용하거나 자연화하지 않는다. 오히려 강박적이라고 할 만큼 진리와 질서의 토대가 될 새로운 대상을 애써 찾으려 노력한 것이 1980년대 이문열 소설의 특징이라고 할 수 있다. 그러나 앞에서 살펴보았듯이, 그러한 시도는 당대적 시공간 속에서 결코 간단하게 이루어지지 않는다. 그 결과 「장려했느니, 우리 그 낙일」과 「장군과 박사」 연작에서는 대체역사소설이라는 형식을 통하여 작가 스스로 이상적인 기원으로서의 '신화'를 창조하는 이채로운 모습을 보여준다. 「장려했느니, 우리 그 낙일」과 「장군과 박사」는 연작장편 『우리가 행복해지기까지』의 일부를 이루는 소설들이다.[4] 이 두 작품은 대체역사소설로서 근대의 노벨과는 성격이 다른 '허구적 설화'에 가까우며, 실제 우리의 역사에 해당하는 것은 "왜곡", "와전", "낭설"로 치부되는 대신 작가가 꿈꾸는 이상적인 세상과 그것을 위한 기원과 계보 등이 '역사적 사실'로 진술된다.

「장려했느니, 우리 그 낙일」에서 작가가 말하고자 하는 "다함 없는 존숭과 애도 속에 스러"져 간 이씨 왕조의 모습은 고종을 통해 집중적으로 형상화되고 있다. 을사년에 이등박문은 조약에 조

---

4) 『우리가 행복해지기까지』(문이당, 1989)에는 프롤로그에 해당하는 「도입, 또는 확인 작업」과 「장려했느니, 우리 그 낙일」 「1차 수복전쟁사」 「25년 전쟁사」 「장군과 박사」 등이 수록되어 있다.

인하지 않으면 왕자들을 모두 죽이겠다고 고종을 칼로 협박한다. 고종은 자신의 자식들이 모두 죽는 상황에서도 끝까지 조인을 거부한다. 고종의 가장 핵심적인 업적은 3·1 독립운동의 기본적인 토대를 놓았다는 점이다. 창덕궁에서 탈출한 고종은 "우리의 대표를 서울의 주산 북악 기슭에 불러모으는 내용"의 교지를 받고 팔도에서 모인 천 명의 대표들에게 그 이후 25년간 전개된 수복 전쟁의 씨앗이 될 귀한 연설을 한다. 고종은 진실로 "새로운 충성의 구심점"이 되었던 것이며, 동시에 새로운 이상 국가의 기원이 되었던 것이다.

이 작품에서는 환상적인 장면을 통해 같은 핏줄에 의거한 민족주의가 선명하게 드러난다. 연설을 마친 고종이 "나라 잃은 죄를 물어 공의로 스스로를 처단"하자, 왕의 가슴에서는 뇌성과 함께 한 마리 희고 거대한 용이 하늘로 치솟는다. 그 용은 이천만 마리의 작은 용이 되어 비처럼 삼천리 구석구석까지 쏟아지고, 그 용은 "환웅과 웅녀의 자손"이면 가리지 않고 누구의 가슴에든 한 마리씩 떨어지게 된다. 용을 가슴에 받는 자와 그렇지 않은 자의 구분은 철저하게 핏줄에 의해 이루어진다. "친일파며, 저들의 앞잡이, 보조원, 정보원"일지라도 그들이 같은 핏줄을 가진 겨레일 경우에는 용이 가슴에 내려앉게 되지만, "할미 가운데 하나가 임진 왜란 때 겁탈을 당해 이 땅에 떨어진 왜병의 씨"일 경우에는 작은 용이 가슴에 내려앉지 않는다.

나아가 핏줄은 모든 윤리적 판단의 준거로서 작용한다. 핏줄의 힘은 너무나 강고해 이 연작에서 같은 핏줄의 우리 겨레가 올바른 일을 하는 것이라는 인식은 당연한 것이고, 나아가 올바르지 않은 자는 결코 같은 핏줄의 겨레일 수 없다는 논리마저 성립할 정도이다. 우리에게 벌어진 모든 문제는 핏줄을 달리하거나 핏줄이 오염된 자들의 몫일 뿐이다. 「장려했느니, 우리 그 낙일」에서 그 찬란한 우리 왕가와 마지막 임금님에 대한 왜곡을 일삼는 "못된 세력"은 "우리 중에 섞여 살고 생김도 차림도 비슷하나, 피는 우리와 조금씩 달리하는 되[胡]튀기, 양(洋)튀기, 한자(韓子=일본혼혈아들)"이다.[5] 이 '못된 세력'은 철저히 피의 기준으로 선별된 것임을 알 수 있다.

「장군과 박사」에서도 혈연 중심의 민족이라는 대타자는 굳건하게 자리 잡고 있으며, 이를 기반으로 한 이상적인 역사 다시 쓰기가 이루어진다. 이 작품에서는 해방 이후 실제 남한과 북한에서 일어난 분단과 전쟁 등의 비극은 일본의 관동과 관서에서 일어난 일로 대체된다. 한반도에도 해방 이후 장군과 박사가 나타나기는 하지만 "겨레 간의 뜨거운 정과 슬기"로 인해 아무런 성과도 내지 못한다.

북쪽에서 기를 쓰고 분단을 꾀한 장군은 "우리와 피를 달리하고 있"는 것으로 그려진다. 장군의 염통에는 고종이 자결한 후 하

---

5) 「장군과 박사」에서도 한국 역사에서 실제로 일어난 해방 이후의 분단과 전쟁 등은 "유언비어"나 "가상극"에 불과하고, 이러한 낭설은 "한자(韓子)와 되[胡]튀기, 양(洋)튀기가 먹은 마음이 있어 지어 퍼뜨린" 것으로 설명된다.

늘에서 이천만 마리의 작은 용이 떨어졌을 때 우리 민족 누구나의 가슴에 담겨진 "작은 용이 살지 않는" 것이다. 남쪽의 박사 역시 "아무래도 그를 우리 중의 하나라 여기기는 어려"운 사람으로 설명된다. 또한 장군의 졸개들은 "되[胡]튀기들"이며, 박사를 도와준 이들은 "한자와 양튀기"이다. 결국 분단을 획책하던 장군과 박사는 우리 민족에 의해 국경 밖으로 쫓겨나며, 그들의 졸개들은 "쓸데없는 피가 더 퍼지는 걸 막기 위해 모두 불까기(去勢)" 되거나 아예 "제 아비의 핏줄을 따라" 일본이나 미국으로 쫓겨난다. 이처럼 같은 혈통에 바탕한 민족에 대한 강조는 원시적으로 느껴질 만큼 강렬하게 형상화되고 있다. 이문열은 힘든 고투 끝에 같은 혈통(bloodline)과 조상을 기반으로 한 민족이라는 이름의 대타자를 찾아냈다. 민족의 절대적인 힘에 따른 결과 "다시 한 번 되풀이하거니와, 우리는 행복"하다. 「장려했느니, 우리 그 낙일」과 「장군과 박사」에서 드러난 민족 개념은 실제 한국 현대사에서 익숙하게 보아온 것이기도 하다.[6]

「장려했느니, 우리 그 낙일」과 「장군과 박사」 연작과 관련해 가장 흥미로운 것은 이들 작품이 그토록 민족(주의)을 강조하는데, 그 방식이 근대주의적인(또는 탈근대주의적인) 입장에서 민족을 가상의 구성물로 바라보는 입장과 흡사하다는 점이다. 민족주의를

---

6) 한국에서는 민족 개념이 지역과 계급 같은 다른 형태의 정언적인 정체성들을 지배했으며, 여러 가지 민족 개념 중에서도 같은 혈통과 선조에 바탕을 둔 유기적이고, 인종중심적이고, 집단주의적인 민족 개념이 압도적인 영향력을 발휘했던 것이다. (신기욱, 이진준 옮김, 『한국 민족주의의 계보와 정치』(창비, 2009))

정치적 동원의 산물로 바라보는 사람들은 "한국인들의 종족 동질성 의식은 실제로 역사적 근거가 없는 '신화', '공상', 또는 '착각'으로까지 받아"들인다.[7] 구체적으로 말하자면, 한민족을 조선왕조 말기에 도입된 근대적인 민족주의 이데올로기의 산물로 간주하는 것이다. 실제로 이 연작의 핵심 인물인 고종은 민족 시조인 '단군'의 역할을 하고 있으며, 고종의 이야기는 명백한 허구로서 제시되고 있다. 또한 '되[胡]튀기', '양(洋)튀기', '한자(韓子=일본혼혈아들)', '불까기'와 같은 과도한 용어들에서 혈통 중심의 민족 개념에 대한 비판적 의식이 개입된 결과로 보이기도 한다.

그러나 이들 작품이 수록된 『우리가 행복해지기까지』의 '작가의 말'에는 "분열과 미움에 대한 경계"를 하고자 한다면서, "계급의 조국은 피의 조국과 달라질 수도 있다. 하지만 두 조국이 부딪칠 때는 피의 조국이 우선하기를. 어떤 경우에도 우리는 우리로서 하나이기를"이라고 말하는 대목이 명시적으로 등장한다. 전체 연작의 서론에 해당하는 「도입, 또는 확인작업」에서도 "우리가 누구인가. 한핏줄 한겨레로 반만 년을 오손도손 살아온 민족 아닌가."라는 부분이 나온다. 이로 미루어 볼 때, 작가는 「장려했느니, 우리 그 낙일」과 「장군과 박사」 연작을 통해 혈연 중심의 민족 개념에 대한 아이러니적 성찰을 도모했다기보다는 직접적으로 그 중요성과 의의를 강조하고자 했다고 보는 것이 타당할 것이다.

---

7) 같은 책, 22쪽.

주지하다시피 민족(주의)은 그 자체로 선험적인 가치 판단을 할 수 있는 대상이 아니다. 여타의 이데올로기들과 결합하여 그것이 어떠한 역할과 기능을 수행하느냐가 늘 문제인 이야기 체계인 것이다. 이 연작에서 민족(주의)에 대한 강조는 우리가 흔히 보아왔듯이, 집단에 대한 개인의 헌신(희생)을 뒷받침하는 논리로 기능한다. 그것은 이 연작의 결론이 언제 다시 나타날지 모르는 장군과 박사를 경계하여 "작은 나(小我)를 부숴 버려라. 우리 모두의 오늘을 위하여. 우리의 이 불꽃같은, 숨막힐 듯한 행복을 위하여."라는 것에서도 어느 정도 확인이 가능하다. 동시에 이들 작품에 나타난 민족(주의)에 대한 강조는 민주주의의 가장 원형적이자 이상적인 모습을 가능케 하는 기본 토대가 되기도 한다. 『우리가 행복해지기까지』 연작의 마지막 작품인 「장군과 박사」에는 현재 우리나라의 모습이 시작 부분에 간단하게 소개되고 있다. 너무나도 '행복'한 우리에게는 통치가 없고 관리만 있으며, 그 관리마저도 "완벽한 기회 균등의 제도에 따라 우리 모두에게 골고루 할당"되어 있을 뿐이다. 나아가 관리인과 우리와의 관계는 일체감 정도를 느끼는 것이 아니라 "일치"한다. 그 '일치'를 보장하는 구체적인 제도는 다름 아닌 공직을 순번에 따라 맡는 것이다. 다른 나라에서 대통령이니 뭐니 하며 맡기를 다투는 자리는 누구에게나 돌아오는 "청와대 당직"에 불과하다. 이 제도는 고대 아테네의 실질적인 민주주의를 보장했다는 제비뽑기를 생각나게 한다.[8] 공직의 순번제는 제비뽑기와 마찬가지로 권력의 집중을 막을 수 있는 방법이기 때문이다.

'치자＝피치자'인 이 사회에서는 자유니 평등이니 하는 관념은 존재할 필요도 없는 "사어"에 불과하다. 민족이라는 대타자 앞에서 치자와 피치자가 일치하는 완벽한 평등을 이루고 있는 것이다. 본래 민족주의와 민주주의는 결코 양립 불가능한 것은 아니다. 이문열이 1980년대 내내 대타자의 부재와 그에 따른 상징계의 효력 상실이라는 상황에 맞서 힘들게 발견해 낸 민족(주의)이라는 대타자는 어디까지나 철저한 혈연 중심의 범주라는 것 역시 잊어서는 안 되는 중요한 성찰의 지점으로 오늘의 우리 앞에 놓여 있다.

8) 가라타니 고진은 아테네의 민주정을 유지한 핵심적인 장치는 비밀투표도 민회도 아닌 제비뽑기에 있었다고 본다. 민주정은 민회에 모여 의견을 말하는 것 정도를 의미하는 것이 아니라 행정과 사법에 누구나 참여할 수 있는 것이어야 하며, 그렇게 하기 위해서는 선발에 어떤 강제나 교사, 매수도 통할 수 없는 뭔가를 개재시켜야 한다는 것이다. 제비뽑기란 권력이 집중되는 곳에 우연성을 도입하는 것이며, 우연성에 의해 권력의 고정화를 저지하는 방법이다. (가라타니 고진, 송태욱 옮김, 『일본 정신의 기원 ─ 언어, 국가, 대의제, 그리고 통화』, 이매진, 2003, 124~135쪽)

작가 연보

1948년(1세)	5월 18일 서울 청운동에서 영남 남인(南人) 재령(載寧) 이씨(李氏) 집안에서 아버지 이원철(李元喆)과 어머니 조남현(趙南鉉)의 셋째 아들로 태어나다. 본명은 이열(李烈).
1950년(3세)	한국전쟁이 일어나자 부친 이원철이 월북하다. 어머니를 따라 고향인 경상북도 영양군 석보면 원리동으로 이사하다.
1953년(6세)	경상북도 안동읍으로 이사하고, 중앙국민학교에 입학하다.
1957년(10세)	서울로 이사하여 종암국민학교로 전학하다.
1958년(11세)	경상남도 밀양읍으로 이사하여 밀양국민학교로 전학하다.
1961년(14세)	밀양국민학교를 졸업하고, 밀양중학교에 입학하다. 6개월 만에 그만두고 고향으로 돌아가다.

1962년(15세)	이후 3년 동안 큰형님이 황무지 2만여 평을 일구는 것을 지켜보다.
1964년(17세)	고입 검정고시에 합격하고, 안동고등학교에 입학하다.
1965년(18세)	별 다른 이유 없이 안동고등학교를 중퇴하다. 부산으로 이사하여 이후 3년 동안 일없이 지내다.
1968년(21세)	대입 검정고시에 합격하고, 서울대학교 사범대학 국어교육과에 입학하다.
1969년(22세)	사대문학회에 가입하여 활동하다. 이 시기에 작가가 되기로 마음을 굳히는 한편, 사법고시를 준비하다.
1970년(23세)	사법고시를 준비하려고 학교를 중퇴하였으나 이후 세 번 연속 실패하다.
1973년(26세)	박필순(朴畢順)과 결혼한 후 군에 입대하여 통신병으로 근무하다.
1976년(29세)	군에서 제대한 후 고향으로 돌아가다. 곧바로 대구로 이사하여 여러 학원을 전전하면서 학원 강사를 하다.
1977년(30세)	《대구매일신문》 신춘문예에 단편 「나자레를 아십니까」가 입선하다. 이때부터 이문열이라는 필명을 사용하다.
1978년(31세)	대구매일신문사에 입사하다.
1979년(32세)	《동아일보》 신춘문예에 중편 「새하곡(塞下曲)」이 당선되다. 『사람의 아들』로 민음사에서 주관하는 제2회 〈오늘의 작가상〉에 당선되다. 단행본 출간 후 공전의 히트를 기록하다. 「들소」, 「그해 겨울」 등을 잇달아 발표하면서 작품의 배경에 깔려 있는 풍부한 교양과 참신하고 세련된 문장, 새로운 감수성으로 한국 문학에 돌풍을 일으키다.
1980년(33세)	대구매일신문사를 퇴직하고 전업 작가로 나서다. 김원우,

김채원, 유익서, 윤후명 등과 〈작가〉 동인으로 활동하다. 『그대 다시는 고향에 가지 못하리』, 『그해 겨울』 출간. 「필론의 돼지」, 「이 황량한 역에서」 발표하다.

1981년(34세)　「그해 겨울」, 「하구(河口)」, 「우리 기쁜 젊은 날」 연작으로 이루어진 자전적 장편 『젊은 날의 초상』을 출간하다. 소설집 『어둠의 그늘』을 출간하다.

1982년(35세)　「금시조(金翅鳥)」로 〈동인문학상〉을 받다. 장편소설 『황제를 위하여』, 『그 찬란한 여명』을 출간하다. 「칼레파 타 칼라」, 「익명의 섬」 등을 발표하다.

1983년(36세)　『황제를 위하여』로 〈대한민국문학상〉을 받다. 장편 『레테의 연가』를 출간하다. 《경향신문》에 연재할 『평역 삼국지』의 자료 수집을 위하여 대만에 다녀오다.

1984년(37세)　장편 『영웅시대』를 출간하고, 이 작품으로 〈중앙문화대상〉을 받다. 장편 『미로일지』를 출간하다. 11월 서울로 이사하다.

1985년(38세)　소설집 『칼레파 타 칼라』를 출간하다.

1986년(39세)　대하 장편 『변경』을 《한국일보》에 연재하기 시작하다. 장편 역사소설 『요서지(遼西志)』를 출간하다. 경기도 이천군 마장면에 작업실을 마련하고, 그곳에서 집필 활동을 시작하다.

1987년(40세)　「우리들의 일그러진 영웅」으로 〈이상문학상〉을 받다. 소설집 『금시조』를 출간하다.

1988년(41세)　나관중의 『삼국지연의』에 작가 자신의 비평을 달아 현대어로 옮긴 『이문열 평역 삼국지』를 출간하다. 소설집 『구로 아리랑』, 장편소설 『추락하는 것은 날개가 있다』를 출간하다.

1989년(42세)	대하장편소설『변경』제1부 세 권을 출간하다.
1990년(43세)	「금시조」, 「그해 겨울」이 프랑스에서 출간되다.
1991년(44세)	첫 산문집『사색』을 출간하다. 장편『시인』을 출간하고, 번역으로『수호지』를 출간하다. 「새하곡」이 프랑스에서, 「금시조」와 「그해 겨울」이 이탈리아에서 출간되다.
1992년(45세)	산문집『시대와의 불화』를 출간하다. 단편「시인과 도둑」으로 〈현대문학상〉을 수상하다. 〈대한민국문화예술상〉(문학 부문)을 수상하다. 「금시조」가 일본에서,『우리들의 일그러진 영웅』과『시인』이 프랑스에서 출간되다.
1993년(46세)	장편소설『오디세이아 서울』을 출간하다. 이탈리아와 네덜란드에서『시인』이 출간되다.
1994년(47세)	그동안 발표했던 모든 중단편을 모아서『이문열 중단편전집』을 출간하다. 세종대학교 국어국문학과 정교수로 부임하다. 일본에서『우리들의 일그러진 영웅』이 출간되다.
1995년(48세)	뮤지컬「명성황후」의 원작인 장막 희곡『여우 사냥』을 출간하다. 콜롬비아에서 「금시조」, 「우리들의 일그러진 영웅」,『시인』이, 러시아에서 「금시조」가, 중국에서 「우리들의 일그러진 영웅」이 출간되다.
1996년(49세)	프랑스에서『사람의 아들』이, 영국에서『시인』이 출간되다.
1997년(50세)	장편소설『선택』을 출간하다. 이 작품을 놓고 여성주의 진영과 격렬한 논쟁을 벌이다. 세종대학교 교수를 사임하다. 일본과 중국에서『사람의 아들』이 출간되다.
1998년(51세)	대하장편소설『변경』이 전 12권으로 완간되다. 「전야, 혹은 시대의 마지막 밤」으로 〈21세기문학상〉을 받다. 사숙(私塾)인 부악문원을 열어서 후진 양성에 힘쓰기 시작하

다. 미국 뉴욕의 와일리 에이전시에 해외 출판권을 위임하다. 이는 이후 한국 작가들이 해외에 진출하는 하나의 모델이 되다. 프랑스에서 『황제를 위하여』가 출간되다.

1999년(52세) 『변경』으로 〈호암예술상〉을 받다. 일본에서 『황제를 위하여』가 출간되다.

2000년(53세) 장편소설 『아가(雅歌)』를 출간하다.

2001년(54세) 소설집 『술 단지와 잔을 끌어당기며』를 출간하다. 한 칼럼을 통하여 시민단체를 '정권의 홍위병'에 비유했다가 격렬한 논쟁에 휘말렸으며, 결국 일부 세력에 의하여 작품이 불태워지는 이른바 '책 장례식'을 당하다. 이 사건 이후 잇따른 보수 성향의 발언을 통하여 정치적 견해를 달리하는 세력과 정면으로 충돌하다. 그리스와 스페인에서 『시인』이, 미국에서 『우리들의 일그러진 영웅』이 출간되다.

2003년(56세) 노무현 대통령 탄핵 사태로 위기에 빠진 보수 세력의 정치적 재기를 돕기 위하여 한나라당 공천 심사 위원으로 활동하다.

2004년(57세) 산문집 『신들메를 고쳐 매며』를 출간하다.

2005년(58세) 스웨덴에서 『젊은 날의 초상』에 이어 『시인』이 출간되다. 이탈리아에서 『사람의 아들』이 출간되다.

2006년(59세) 장편소설 『호모 엑세쿠탄스』를 출간하다. 이 해부터 5년 동안 이탈리아에서 『우리들의 일그러진 영웅』, 『시인』, 「금시조」, 「그해 겨울」이 재출간되다.

2007년(60세) 독일에서 「새하곡」에 이어 『시인』이 출간되다.

2008년(61세) 대하 역사 장편 『초한지(楚漢志)』를 출간하다. 독일에서 『황제를 위하여』가 출간되다.

2009년(62세) 〈대한민국예술원상〉을 받다. 러시아와 우크라이나에서 『사람의 아들』이 출간되다.

2010년(63세) 장편소설 『불멸』을 출간하다.

2011년(64세) 장편소설 『리투아니아 여인』을 출간하다. 중국에서 『황제를 위하여』가, 터키에서 『시인』이 출간되다.

2012년(65세) 『리투아니아 여인』으로 〈동리문학상〉을 받다. 페루에서 「새하곡」과 「금시조」, 태국에서 『황제를 위하여』가 출간되다.

2014년(67세) 『변경』 개정판을 내다. 러시아에서 『우리들의 일그러진 영웅』이 출간되다. 리투아니아에서 『리투아니아 여인』이, 체코에서 『시인』이 출간되다.

2015년(68세) 폴란드에서 『우리들의 일그러진 영웅』이, 미국에서 『사람의 아들』이 출간되다. 은관문화훈장을 받다.

2016년(69세) 『이문열 중단편전집』(전 6권) 출간, 『이문열 중단편전집 출간 기념 수상작 모음집』이 출간되다.

2020년(73세) 『삼국지』, 『수호지』가 개정 신판으로 출간되다. 『사람의 아들』, 『젊은 날의 초상』, 『우리들의 일그러진 영웅』이 새롭게 출간되다.

타오르는 추억

신판 1쇄 인쇄 2021년 4월 25일
신판 1쇄 발행 2021년 5월 7일

지은이 이문열

발행인 양원석
편집장 최두은 **디자인** 이은혜 **영업마케팅** 양정길 강효경

펴낸 곳 ㈜알에이치코리아
주소 서울시 금천구 가산디지털2로 53, 20층 (가산동, 한라시그마밸리)
편집문의 02-6443-8844 **도서문의** 02-6443-8800
홈페이지 http://rhk.co.kr
등록 2004년 1월 15일 제2-3726호

ISBN 978-89-255-8885-8 04810
      978-89-255-8889-6 (세트)

※ 이 책은 ㈜알에이치코리아가 저작권자와의 계약에 따라 발행한 것이므로
   본사의 서면 허락 없이는 어떠한 형태나 수단으로도 이 책의 내용을 이용하지 못합니다.

※ 잘못된 책은 구입하신 서점에서 바꾸어 드립니다.

※ 책값은 뒤표지에 있습니다.